File No. 001

BING AN BEN 1

病案本

肉包不吃肉 / 著
ROU BAO BU CHI ROU

Case File Compendium

广东旅游出版社
中国·广州

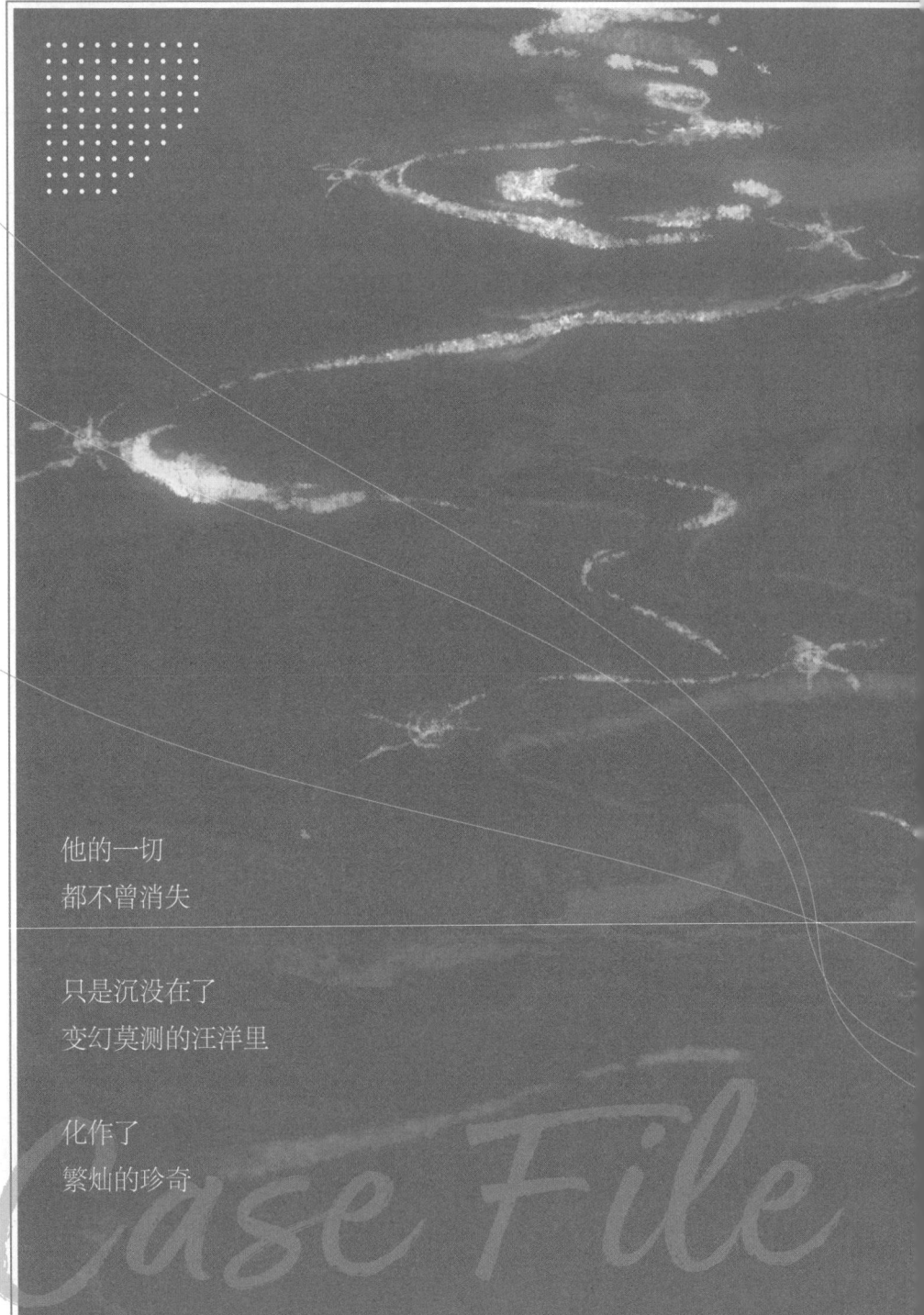

他的一切
都不曾消失

只是沉没在了
变幻莫测的汪洋里

化作了
繁灿的珍奇

Nothing of him that doth fade.

File No. 001, Volume 01-02

VOLUME 01 当年之人 PAGE 001

VOLUME 02 审判之剑 PAGE 229

目录

Compendium

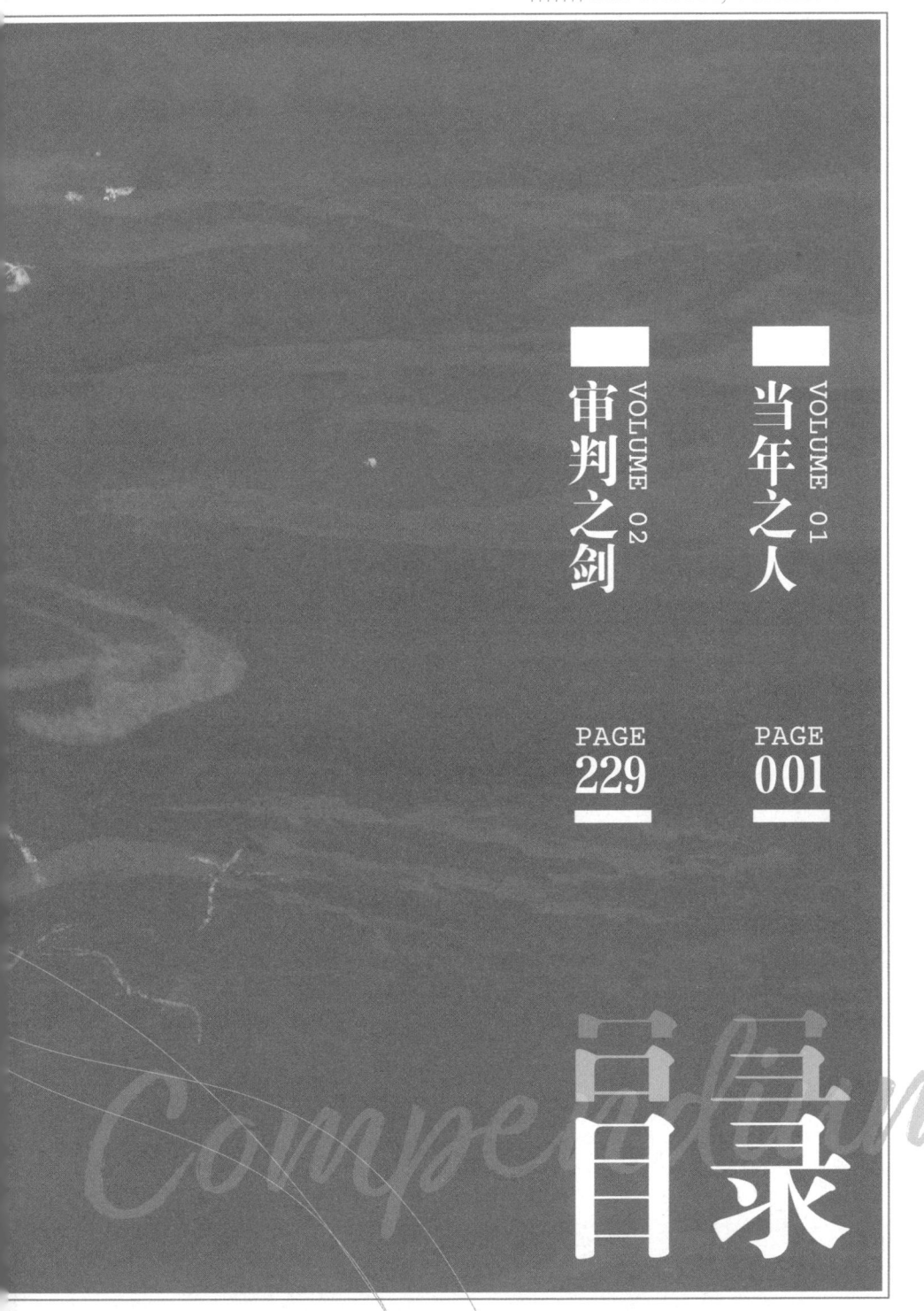

But doth suffer a sea-change. Into something rich and strange.

"精神埃博拉",
是一种孤例病。
它会逐渐让人的精神崩溃,肉体僵麻,
身和心加在一起,要死两次。
病症步步恶化,就和癌变一样,
病人从完全民事行为能力人,
逐渐演变成限制民事行为能力人,
最终完全丧失民事行为能力,
变成一个彻头彻尾的疯子。

1号病例到3号病例,在病情完全恶化之前,
都已经受不了折磨死去了。
贺予是4号。

File No. 001

Case File Compendium

本故事纯属虚构，
现实中的社会情形、职场制度、地理位置、科学理论等，
与本故事中的内容均有较大区别，请勿以为真实。

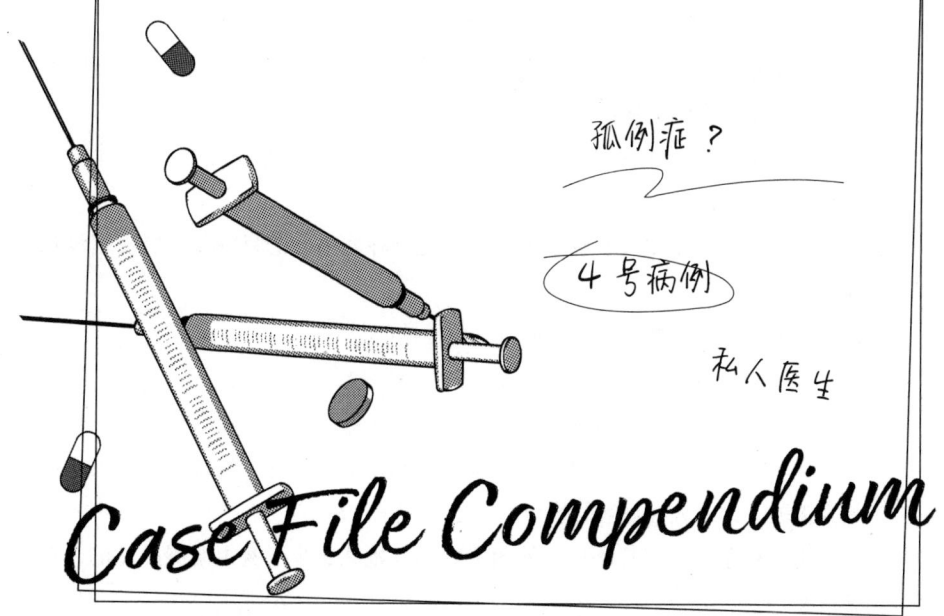

01 | 镜开

"咔嗒。"一切由暗转明，荧幕闪动，画面开始呈现。

这是一栋教工宿舍，百年老校群楼里最犄角旮旯的一栋，地处偏远，学院多半打发嫩茬儿年轻老师去住。这房子外头看上去红砖白阶很漂亮，常春藤舒着千娇百媚的青蔓攀绕着老洋楼，谁路过都忍不住多瞧两眼，可有幸成了老师，进去了这才大彻大悟——原来此房舍年久失修，内墙的墙面都已层次斑驳，像一张补了无数次妆的倦容。

倦到连数字电视也欠奉，配给宿舍楼每间屋的，都是一台堪称古董级的有线电视。

"长江中下游地区陆续出现大到暴雨……"

少年走过楼道入口，传达室的窗玻璃里漏出电视节目的声音，值班的老太太以往总是拦住他嚷嚷：

"哎，小同学，侬晓不晓得？这是教工宿舍，教师住的地方，你一个学生别总是往里跑。"

但今日，老太太没有盘诘他，或许是她在发呆，老目昏花，黑夜里没觉察他的路过。

他径自上了三楼，叩响了那扇熟悉的铁门。

门吱呀一声开了，门里的女人探头："是你？"

少年小声地说："谢老师。"

尽管很晚了，少年又是不速之客，但她是他的老师，也是学校里关系和他最亲近的人，女人在短暂的惊讶后，还是迎他进屋。

泡一杯茶，切姜片添进，外面下着雨，她感觉少年身上湿湿冷冷的，热姜茶能驱寒。

谢老师把冒着热气的茶杯放在他面前的茶桌上："什么时候回来的？"

"今天刚回来。"少年局促地在沙发前站着。

谢老师："快坐吧。"

他这才坐下了，手在膝盖上蜷着，拘谨地，没有去碰那茶杯。

"回来怎么都没和我提前说？这么晚了，还有公交到学校？"

"嗯。"

"那家里的事情处理得怎么样了？"

少年安静了一会儿，低头抠着自己牛仔裤上的破洞。

"我妈还是想让我退学……"

谢老师沉默了。

已经是大学生了，学生选择读与不读，学校没有权利置喙，她和眼前少年的母亲谈过，承诺给予特困家庭学费减免，希望母亲能够容许孩子把辛苦考上的大学念完。

但是那母亲尖厉地拒绝了——

"读什么书？学中文？谁不会讲中国话？你们就是骗钱的！"

她耐心地和那母亲讲理："孩子很有天赋，您看，都已经大二了，半途而废是不是很可惜？何况再等两年学完出去，他在社会上也好找工作，我问过他，他以后想当老师呢。以他的成绩，考个教师编制不成问题，这是孩子的梦想，教师工作又稳定……"

"他当不了老师的！你又不是没看到他的脸！"

母亲一句话就像钝刀劈下来，斩在无形的电流之间。

谢老师感到很愤怒，可她不知道该回应什么。

"我现在就要让他回家打工！家里没钱了！不要浪费时间！那张脸——那张脸……读了书，又能怎么样！哪个学校会要这样的老师！"

那是一张怎样的脸呢？

谢老师屋里开着一盏白炽灯，瓦数低，显得昏沉，但还是照亮了少年的面容。

他的面容，谢老师已经看得很习惯了，可任谁第一次瞧见这张脸，都会倒吸一口凉气——半面阴阳脸，也不知生过什么病，青青紫紫的瘢痕从额头一直覆盖到脖颈，像遮了一张腐烂的皮。

让人触目惊心，赤裸裸的不正常。

"有病！"

"别靠近他，没准会传染。"

"喂！阴阳人！"

伴随着这张脸和他一起成长的，是无边的谩骂和嘲笑。

因为有病，因为病得不知掩藏，丑得不知躲闪，少年从小受尽了白眼。哪怕再努力地学习，再温和地与人相处，他仍像一条游走在青天白日之下的恶龙，得不到任何平等对待。

很少有人和谢老师一样能够发觉他正常的那一半脸长得很乖巧，是温柔的。

他总是在温柔而麻木地承受着大家的讥笑，有时候自己也配合着笑一笑，好像他真的做错了什么似的。

可他到底做错了什么呢？

谢老师看在眼里，他念书永远是最认真的一个，老实本分，分在小组里总是默默地做最多的活儿。别人欺负他，他也总是好脾气地受着，话不多。

"没事的，老师，您能和我聊聊天，我已经很高兴了。以前我在村子里，别人见了我都绕着走，从来没人和您一样那么专注地听我说几句话。

"同学也都很好，至少没有拿砖头砸我。"

他说得很平和，但头总是低着，肩也佝偻，长期背负沉重的侮辱，使得他的脊柱已经畸形，被压弯了。

她后来对他说："晚自习之后只要你愿意，都可以来找我单独辅导，有什么不懂的，需要我帮忙的，尽管开口。"

他很不好意思地笑笑，半张正常的脸露出些窘羞的红。

她认识他两年，已习惯于他微驼着背，来敲她的宿舍门，把他自己写好的论文、散文乃至诗歌带给她，请她指点。

这年头很多人喜欢骂娘，却很少有人喜欢写诗了。

他却执着地写着。

同学们笑他：丑八怪写丑东西，酸死了，比你的烂葡萄脸皮还酸。

他笑笑，老老实实地又写。

但现在，他连这份权利也没有了。

谢老师想着之前的事，心中唏嘘，怜悯地望着眼前的男孩。

少年道："我这次来，是来向老师告别的。我明天就要走了。"

"回老家？"

"嗯，算是吧。"

少年顿了顿："老师，要是我的病不是在脸上，而是在别人看不见的地方，大家就会对我友善一点了。那该多好。"

谢老师的眼眶终于忍不住红了，事情到了这一步，什么努力都已经做过，可惜她毕竟不是他的家人，做不了最终的决定，也救不了他。少年的家境一天窘迫过一天，母亲懊悔让这孩子出来念书，家里毕竟还有一个身体健全的次子，才念中学，有病的那个叫回来，便可换健全的孩子走出去。

她觉得她做得也没有错，作为一个母亲，也要权衡家境，她很公平。

"你……你上次放在我这里，要我替你看的论文，我还没有完全改完——"谢老师觉得自己就快兜不住泪了，仓皇地变换话题，"但前面我读得很仔细，你要不要迟一些再去办离校手续，等我全部批掉……"

"不了。"他笑着摇摇头，"天一亮，我就要走了。"

她懊悔极了，为什么总觉得还有时间？

为什么不熬一夜？

又为什么，要去逛街，闲聊，开那冗长无意义的会？

这里有一个学生将要碎的梦，还有一颗快要跳不动的心，她作为他最后一任老师，却不能给他的梦献上一捧花束作别。

"对不起……"

"没关系的。"他说，"但我最后写了一首诗，我能不能把它送给您？"

她忙点头。

他便从书包里拿给她看，纸页很薄，捧在手中仿佛没有重量。

她逐字逐句地读完了，是一首很缱绻的爱情诗，滚烫热烈，却小心翼翼。她看过很多大师写过的爱意，从古人的"何时倚虚幌，双照泪痕干"到今天的"我的眼睛更好看，因为我眼里有你"，但这一刻，好像都不及少年捧出来的这一页纸。

他什么也没有说破，仿佛说破了也是一种韵律的缺失。

少年是个诗人，知道失了诗意，地位悬殊的爱情，也就只剩下难堪。

"是留给您的纪念。"

丑陋的面庞和正常的面庞都写着温柔。

"对不起，老师，我实在买不起什么礼物送给您。"

"没什么比这个更好了。"她背过身，压着哽咽，"你……你吃些东西吧，我去给你找茶点。"

借着翻箱倒柜，控制住自己的情绪，谢老师拿了一罐奶油曲奇放到茶几上。

少年礼貌地谢过了，在谢老师的注视下，终于小心翼翼地碰了碰茶杯，却缩回手，轻轻地道："好烫。"

她碰了碰："怎会？温的。"

但她还是给他添了些冷水。

少年就着最爱吃的饼干，一点一点地喝了起来。

吃完喝完，夜还长。

他说："老师，我能在您这里再看一会儿书吗？"

"当然可以。"

少年又笑，有些无奈："都要走了，最后还这么麻烦您。"

"没事，你多留一会儿都可以……对了，你回去之后，再给我一个地址吧，我把看到的好书都寄你一份。你这么聪明，其实哪怕是自学……也不会差到哪里去的。"谢老师只能聊作安慰，"有任何需要帮忙的地方，都可以到微信上找我。"

少年望着她："谢谢。"

顿了顿。

"要是每个人都像您这样，或许就……"

他低下头，没有再说下去。

她宿舍里最多的就是书，因着他容貌丑陋，病态裸露，每次去到图书馆都是焦点，她便请他到教工宿舍来，把自己的藏书借给他阅读。

少年就这样在教工宿舍内读了一整夜的书，好像要靠这一夜，就把这些文字全部带回他的故乡。

他很少有这么自我的时候，从前他不会留到太晚，总担心自己会打扰到老师正常的作息。但今天是个例外。

谢老师没有怪他这最后的任性，只是陪着他熬到后半夜，确实有些困了，不知不觉伏案睡去。

蒙眬间，她听到少年对她忽然说："谢老师。"

她含糊地应了他一声。

"还有一件事，我想向您道个歉。

"之前班里失窃……那几个学生总是丢东西，怎么也查不到，害您被批评。那些东西，其实是我拿的。"

她迷迷糊糊地震惊欲醒，但身子太倦，又沉甸甸地起不来。

少年略显哀伤地说："但我没有要那些东西，我一分钱都没有要。他们这样笑话我，我心里其实是有怨恨的……我把他们的包都扔去了草垛里，后来又都烧了个干净。那时候他们怀疑到我身上，但您问都没有来问我就替我开脱。其实做这件事的人，确实是我。

"我没有勇气承认，我只在一个人眼里当过正常人，甚至是一个好人。

"那个人就是您。

"老师,我很虚荣是不是?……但是如果连您也对我失望,我就不知道该怎么办了。您是我一生中唯一认可我的人。"

他说到最后,声音越来越轻。

眼神却澄澈,近乎透明,如释重负。

"我做的最后悔的事情就是这件……谢老师,真的很对不起。我的病好像从我的脸上,转移到了我的心里。要是有下辈子,我真的很想做一个正常人……我不想病得连爱的资格也没有了。

"谢老师……"

哗哗,风吹进窗来,吹得桌上纸页翻飞,像招魂的幡。

而后,一切复归安静。

桌上的茶凉了。

谢老师第二天清晨醒来时,发现自己在书桌前睡了一夜,屋子里很干净,少年是个很懂礼貌的人,但这一天他没有等与老师告别就收拾东西离开了。

难免有些心堵,她起身,睡眼蒙眬地来到客厅。

低头往茶几上一看——

却整个人如兜头淋了盆冰水,猛地瞪大眼!

昨天她给少年倒的茶,已经结成了冰,可是……可是……

室温明明有二十七八摄氏度!

怎么会?怎么会?

她瞪大了眼珠子在屋内寻找,越来越多的痕迹让她的心一直凉下去——铁盒里的奶油曲奇饼干,她昨天明明是看着少年吃下去的,但现在看来一块也没少。茶杯里的水冻成了冰块,可也并未缺下去,还有最后——

最后,那一页含蓄的情诗,内容尚在她心底安卧,他赠她一页纸作别。

纸却不见了。

或者说,从来就没有那一页纸……

她近乎战栗,忽然嘀的一声,手机振动,骇得她跳将起来,劈手夺过,原是垃圾信息。她松了口气,却如梦初醒般想到什么,于是迅速拨了少年的电话。

嘟。嘟。嘟。

心跳和机械音一起颤动。

"喂?"

通了。

接电话的人是熟悉的中年妇人的声音，粗野，但此时又带着些哭腔。她与电话那头少年的母亲往来了几句对话。

心狠狠坠入一个看不见的黑洞里，跌下去。

她听到了——

"……"

"是你们！又是你们！我还没来得及找你们！你们倒先打过来！！"

女人在控诉，前面说了什么谢老师已经记不得了，她脑中几乎一片空白，只听到最后凄厉的呐喊犹如棒喝："他死了！死了！"

血流如注。

死了？

"都是你们蛊惑的！他和我吵架，跑出去，外面在下暴雨，警察说，那里有一段电缆暴露……"

谢老师耳中嗡嗡的。

激烈的谩骂和哀哭里，她只勉强听得两句，如鬼如魅，如不属于世间的作别。

妇人在电话那头，凄声破耳：

"还找什么？还找什么？！"

"昨天已是他的头七！！"

02 | 那时我还是个学生

键盘停止敲击，贺予从教工宿舍的书桌前起身。

不足六十平方米的房子，一墙之隔的客厅里，老式电视机还在播放冗长的诗词综艺，伴随着信号不好时沙沙的雪片声。

沙发还是故事里的那张沙发，茶点、饼干盒子，都还在。

但墙上的时钟显示 8 点 09 分，外面亮着路灯，不是深夜。这会儿正值夏日时节，空气湿闷，蛾子在灯下盘旋打转，蚊虫低飞，雨还未落。

少年离开教工宿舍的小书房，推门出去，光影透过脏兮兮的窗玻璃斜射进来，使得整个空间的光影都有些虚幻，虚幻胜过他刚刚写完的故事。

一个年轻女人躺在沙发上，空调开得很低，她盖了条珊瑚绒毛毯睡着了，面前是几张擦过眼泪鼻涕的纸巾。

贺予说："醒醒。"

"嗯……"

"起来。"

"不要吵……我根本没怎么睡着……"年轻女人困倦地哼哼，咂了两下嘴，"再躺一会儿……"

贺予刚想再说什么，电视机前的综艺节目开始介绍老电影。

"每个人心中都有一座断背山……"

他暂停了叫醒她的服务，拿遥控器换台。

贺予很讨厌这部电影。

"欢迎各位观众观看我们的医学养生栏目——"

再换台。贺予也讨厌医生和医院。

"昔者庄周梦为蝴蝶，栩栩然蝴蝶也……"

这次就姑且不换了，以他的品位，这勉强可以作为背景音。

贺予放下遥控器，瞥了还仰躺着打呼噜的女人一眼，转身去到厨房内，打开油腻腻的冰箱，脸庞被照明灯映亮。

他将冰箱里的存货扫了几遍，拿出两枚鸡蛋、一块火腿，又寻摸到一碗隔夜的剩饭，然后他提高声音，问客厅里还在睡觉的女人："谢雪，你这儿有葱吗？我没找着。"

女人没动静。

"给你做扬州炒饭。"

屋外安静了一会儿，贺予再回过头，看到年轻女人不知什么时候已经下了沙发，扒到了厨房边："那要两个蛋，加一大块午餐肉。"

她又犹豫着问："你会不会啊？"

贺予卷起袖子，回头温文尔雅地笑了笑："外面坐着等。很快就好。"

那个叫谢雪的女人就晃去别的房间转悠了。

她看到了书房里打开的电脑，坐下来浏览了一遍文档："贺予！你是在拿我当原型吗？"

抽油烟机的声音很大，贺予问："什么？"

"我说——你是在——拿我——做原型吗？？"谢雪抱着他的电脑出来，"这个，鬼故事里的谢老师！"

"哦。"少年安静了一下，磕碎了一枚鸡蛋，笑笑，"是啊。你就是我想象出来的人。"

"艺术来源于现实，谢老师。"

"可你写你暗恋我啊？"

"艺术不同于现实,谢老师。"

但他最后一句说谎了。

他确实是暗恋她的。

贺予和谢雪认识了十多年。

谢雪比他大了五岁,今年是她在沪州大学艺术学院任教编导老师的第一年,而贺予则成了她班上的学生。

谢雪看到编导新生名册的时候曾在微信上惊讶地弹贺予:"真是无巧不成书!我要教的这两个编导班里,居然有个男生的名字和你一模一样!"

彼时贺予以手支颐,坐在靠窗的座位上,望着停机坪外闪烁明灭的灯光,手机丁零响了,弹出的是那个熟悉头像。他看着暗恋了十年的女孩的消息,刚想回复,广播里传来机组要求关闭通信设备的提示。

贺予侧着脸想了想,没有回她,关了手机。

这世上哪里有那么多巧合?

蠢货。

当然是他努力争取的。

——和贺予自己编的故事截然不同。

他这个"少年"不但不穷,而且不丑,他长得非常英俊,是药企巨头家的儿子,含着金钥匙出生。他的高中是在国外读的,但在得知谢雪大学毕业后考取了教师资格证,成了沪州大学的一名讲师时,他用了不到半个钟头的时间思考,然后登上了国内沪州大学艺术学院的招生官网。

几个月后,沪州大学艺术学院开学了。

然而"新官上任"的谢雪谢老师毕竟还是太年轻,不知职场险恶。

负责编导新生一、二、三班的辅导员蒋丽萍是学校出了名的奇葩。据说此人要学识没学识,要修养没修养,全靠长得漂亮,才在学校里捞了个闲职。她也不以以色侍人为耻,成天大咧咧地在光天化日之下和领导搞暧昧,并且对一切颇有姿色的女学生、女老师都抱有明显敌意。

谢雪抱着笔记本赶去上课的时候,就看到蒋丽萍一袭红裙及地,还占着讲台在和新生交接注意事项。

"不好意思,蒋老师,第一节课已经开始了……"谢雪试着提醒她。

谁料对方一挥手:"等一下吧,早自习时间太短了,我还有最后两项要求没说呢。"

也不知道是不是故意刁难,蒋丽萍的最后两点讲了十五六分钟才算结束:

"好了,我要叮嘱的就是这些,不耽误你们上课了。那个……不好意思,没记住新老师您姓什么,好好干,别紧张。"

蒋老师踩着跟高十几厘米的猩红色高跟鞋咯噔咯噔走了,港风古韵的长裙在她身后高傲地扬起红波,留谢雪灰头土脸老老实实地抱着电脑来到了讲台上。

真要命。

蒋丽萍不说倒还好,她一说,谢雪还真的就紧张地吞了吞口水。

名校学生们大多能力突出,不易服人,他们原本对年轻老师的信赖度就没有对老教授们高,更何况蒋丽萍临走前还阴森森地瞪了谢雪一眼。

这群人精顿时就明白了,哦,原来他们班的老师,是个连辅导员都还没记住名字的实习老师。

这还了得?饶是谢雪胸中揣着三把火,也挡不住一个大教室的学生们的口水。职场新人谢老师从自信满满到磕磕巴巴只花了短短十分钟的时间,就开始两眼发昏脚下发软。

所以她压根没有注意到,那个高个子的男学生坐在大教室最后一排,慵懒地转着笔,靠在椅背上看着她。

"各位同学好,我是你们的编导老师,我姓谢,叫谢雪。那个……"

学生不买她的账:"老师,你今年几岁呀?"

"姐姐要不也和我们一起点杯奶茶?"

"老师,你看起来比我还年轻哦……"

谢雪见场面有些失控,不免手足无措,只好纸老虎似的装狠:"安静!我不和你们闹。你们在大学时期,一定不要辜负自己的大好青春,要努力学习知识。再说现实点,我这人很严格,不好说话,给学生判挂科的概率远超其他同事。你们自己都长个心眼儿,别不拿我的话当回事。"

贺予忍不住低头笑出了声,那笑容落到唇角,随意勾住——

她就一傻瓜。

教室里的同学们默默无言,瞧猴似的瞧着她,有男生叹了口气,收拾书包,直接就走了。

"喂!同学!你——"

"老师,你再凶,我也挂不了科的。我还和我女朋友有约会,先走了。"

"真有意思,沪大居然会招这种拿挂科来威胁人上课听讲的实习生,我们千军万马过独木桥考进这所大学,不是为了给新老师做小白鼠实验的吧?凭什么我们班是你来带,隔壁班却是沈教授啊?我要给校长写投诉信去,不奉陪了。"

谢雪难堪不已。

虽然强作镇定地询问了这几个学生的名字，拿着小板子给他们扣了分，但谢雪明显被打击得很厉害，半天都不能回神，准备好的课件内容也记得乱七八糟，废话连篇讲了半天，好不容易挨到了预想中会非常有趣的互动环节，却没有任何人愿意主动上台配合。

"老师，我来吧。"

就在她快噙不住泪，几乎要落荒而逃的时候，教室最后排忽然传来一个男生的声音。

谢雪被折磨惨了，都没有意识到那个好听的声音有多耳熟，直接感激涕零地循声望向救兵。

然后她望到了那个三年未见的男孩子，一瞬间惊讶到毫无形象可言地张大了嘴："贺……贺予？！"

男生坐在课桌前，他眉眼清爽，勾着笑，嘴唇薄得很有特色，有些凌厉，又有些邪，像极了《无间道》里少年刘建明抬起头望向醉酒的Mary的那一瞬间，有着年轻男孩子发现了猎物时的踌躇满志，以及欲望餍足。

他扬起眉："好久不见啊，谢老师。"

事情就是这样。

回到宿舍后，谢雪就绷不住了，开始发泄性地大哭，贺予喜欢她，但他这人嘴有点儿欠，不太会好好安慰她，居然和她说："那你自己先哭着，我去你书房写一会儿故事。你不难受了我再出来，陪你吃个晚饭。"

"贺予，你会不会哄人啊！！"

"那你布置的作业我要不要写完？"

"你去吧。"

但等贺予写完故事出来，谢雪已经哭得睡着了。

喊了不醒，他也不急。

谢雪第一喜欢吃，第二喜欢睡。只要给她做好吃的，她一定能麻溜地从床上爬起来。这一点哪怕她当了高校老师也不会改变。

十五分钟后。

"这是个什么？"

低头看看自己端出来的黏糊不堪的"火腿鸡蛋炒米疙瘩"，男生有些抹不开面子，自尊心特别强地对他的老师说："看不懂吗，扬州炒饭。"

"你管这叫扬州炒饭？"

"……你不吃算了，我点个外卖也行。"男生板着脸，拿起手机，搜了家评分最高的餐厅，就在填收餐地址的时候，教工宿舍的门铃响了。

贺予抬起杏眼："怎么，同事找你？"

"没有呀，我都还没和他们混熟呢。"谢雪放下筷子，抬头看了看时钟，"这个点了，会是谁啊……"

她一边说，一边趿拉着拖鞋跑去玄关。

几秒钟过后——

"哥！"谢雪惊喜的声音从门口传来，"你怎么来啦？今天不加班吗？"

一声"哥"字，霹雳惊天，贺予原本有些痞气又有些心不在焉的懒散神情瞬间被打破了，无数阴暗的记忆在电光石火间迅速跑完了他的反射弧全程。

他立刻起身，一把抄起桌上惨不忍睹丢人现眼的炒饭，迅速往厨房垃圾桶方向跑去。

但为时已晚，谢雪挽着她大哥进了屋。

"哥，我还没来得及和你说哦，贺予回国了，他现在居然是我班上的学生，正在屋里坐呢，你俩也好久没见了吧？——哎，贺予！"谢雪叫住他，"你端着盘子去哪儿呢？"

"……"

算了。

既然都回国了，总要再遇见他的。

贺予背对着他们站着，将自己面庞上的所有真实情绪都收拾了个干净，然后他慢慢回过身来，姿态温文尔雅，风度翩翩。

与面前大了自己整整十三岁的谢家大哥相比，气场上似乎也不遑多让。

他望向那个眉眼间和谢雪有三分相似的男人——谢家的一家之主。

然后男生反手捏了捏自己的后脖颈，觑着眼，略微停顿："好久不见，谢医生……您好像……"

贺予端详着他。

那个男人还和从前一样，眉目冷峻，面部线条锐硬，脸庞轮廓具有进攻性。他的眼睛好看，和谢雪相似，一双桃花眼，换作任何人有这样一双眼睛都会显得很媚，但他厉害，硬生生诠释了什么叫相由心生，千尺桃花潭都能被他冻成玄冰。兄妹俩明明是一模一样的眼，谢雪很娇，他却一点也不媚，瞳水冰凉，凝着拒人于千里之外的气质，整个人都显得冷硬高挺。

很霸道、专横的气质。像个封建专制家族里的大当家，最好再给他苍白的面孔配上一套气场很足的黑绒貂裘，然后衣襟处再配两根军阀银挂链，那就齐活了。

贺予最后温和地笑了，但眼睛里没什么笑意：

"您好像还和以前一样，挺年轻的，不见老。"

03 ｜我从一开始就有些抵触他

这就是谢雪的哥哥，谢清呈。

谢清呈曾经给贺予治过病，当过他们家的家庭医生。

贺予虽然外表看着和正常人没什么两样，给外人的印象一直都是温良恭俭让，品学行兼优，然而贺家却有个鲜为人知的秘密——他们这位教人羡慕的"别人家的孩子"，从小就得了一种罕见的精神疾病。

是孤例病，至今有病历记录的只四位患者。每位患者基本状态都差不多，激素指标和神经系统存在先天的缺陷，紊乱时会性情大变，他们平时痛感麻木，疾病一发作，就会发疯、嗜血，具有很强的毁人或自毁倾向，标准反社会人格，肉体上则会出现高烧、精神错乱等病状，每一次发作都比前一次更严重。

临床称这种疾病为"精神上的埃博拉"，它会逐渐让人的精神崩溃，肉体僵麻，身和心加在一起，要死两次。病症步步恶化，就和癌变一样，病人从完全民事行为能力人，逐渐演变成限制民事行为能力人，最终完全丧失民事行为能力，变成一个彻头彻尾的疯子。

1号病例到3号病例，在病情完全恶化之前，都已经受不了折磨死去了。

贺予是4号。

他父母带着他看了国内外很多知名的医生，但都没什么用，医生们认为唯一的拖延办法，只能是先请一个医护人员陪伴在贺予身边，进行长期的监护式治疗，降低发病率。

贺家出于各种原因考虑，最后找到了当时才二十一岁的谢清呈。

那一年，贺予八岁。

但现在贺予已经十九岁了，谢清呈则已经三十二岁。

谢清呈看上去比以前更沉稳，甚至可以说是冷漠，他对事情不容易有太大的波澜，所以对贺予的突然回国也没有感到过多惊讶，他只花了几秒钟的时间将三四年未见的青年从头到脚打量了一遍，然后无视了贺予客气的寒暄。

以他的年纪和社会地位，他没有兴趣，也没必要去和一个二十岁都还没到的男孩子讲场面话。

他只问："你为什么会在这里？"

"我……"

"都已经这个点了，这是女教职工宿舍楼。"

贺予微笑，虽然他想骂，您不也来了吗？但他还是彬彬有礼地说："我很久没有和谢老师见了，聊得久，忘了时间，真不好意思，谢医生。"

"你不用再叫我谢医生，我已经不是医生了。"

贺予轻声地回："对不起，习惯了。"

"哎呀。"谢雪在旁边见他俩气氛僵硬，连忙调和，"那个，大哥，你别板着张脸这么严肃嘛……贺予，你坐，你也不用太紧张，大家都好久没见了。"

说着话，她又和贺予拉开些距离，挺客气的——她经常这样，单独和贺予相处时很轻松，举止也更为亲密，可一旦有其他人在场，尤其是谢清呈在场，又会和贺予保持很礼貌的边界。

贺予估摸着，她有这种行为，实在是从小被谢清呈训怕了。她这位封建社会大当家似的哥是个标准直男癌[1]，而且大男子主义特别重，特别有"爹味"。

这种人对自己家女眷的安全隐患往往是很敏感的。谢雪小的时候，谢清呈连不过膝的裙子都不允许她穿。有一回学校组织家校表演会，谢雪跳霹雳舞，谢清呈在台下脸都看黑了，小姑娘一下台他就沉着脸问她为什么参加这种乱七八糟的舞蹈排演，然后强行往她身上披了自己的西装外套。

现在虽然才八九点，恐怕谢清呈也会认为很晚了，贺予和他妹妹孤男寡女混在一起非常不合适。

果不其然，谢清呈进屋，拉了把椅子坐下来，当家的男人长腿交叠，一边松了颗袖扣，一边抬眼漠然看向贺予：

"说说，怎么就这么巧，考了谢雪教书的学校，还是她教的专业。"

"……"

这姿态真是太爷们儿了，完全的职业病。贺予一瞬间觉得自己是个去医院求助的病人，而医生心情不好，板着脸问："说说，哪里不舒服？"

贺予这样想着，觉得有点好笑。

---

[1] 指永远活在自己的世界观、价值观、审美观里，时时流露出对他人的苛责、打压以及种种的不顺眼，并略带有大男子主义特征的男性。

谢清呈见他半天不答，嘴角似乎还带着些似有若无的笑意，眼神更冷了些："说不了？"

"……"

他错了，不是医生问病人。

这语气简直是警察审犯人。

贺予叹了口气道："没有。"

"那就说。"

"我觉得在国外不太适应，而且我喜欢编导专业。您要问我为什么这么巧，这让我怎么解释？"贺予笑着说，仿佛耐着性子，"我又不是算命的。"

"你喜欢编导？"

"是的。"

谢清呈没有再问更多，因为他的目光被贺予端着的"火腿鸡蛋炒米疙瘩"吸引了。

谢清呈皱起眉："什么东西？"

贺予很想把盘子丢在谢清呈那张仿佛别人欠了他一个亿的面庞上，然后附赠一句：关你什么事？

但是碍于谢雪在场，男生还是对她的哥哥礼节性地笑了一下，说："扬州炒饭。"

谢清呈端详了几秒钟，冷着张"爹脸"："围裙脱了，我重做一份。"

"……"

"你这些年在国外怎么活下来的？"

"点外卖。"

谢清呈看他的眼神就更犀锐了，带着些责备。

贺予在这样的目光下，没来由地觉得这种感觉很像他们第一次见面的时候，在别墅新修剪的绿茵地上，谢清呈低着头看着七岁的他，凛冽的眼神好像能把他的心脏都检视剖开。

那天还是贺予的生日，一群孩子在贺家偌大的别墅里玩耍，孩子们玩得累了，就在湖边的白砂石地上聊天，讲自己长大了想干的职业。

"我长大之后要当明星！"

"我要当科学家。"

"我要当宇航员！"

有个小胖子不知道自己想干什么，但又不甘落后，左看右看，正好看到管家带着一位年轻的医生从前院穿过。

绿茵茵的草坪，湛蓝如洗的天空，年轻医生怀里抱着一束为了拜访主人而买的捧花，开到灿烂的无尽夏绣球被淡银色的绸面纸裹着，搭配银柳和重瓣鲜玫瑰，花束上还别致地覆盖了一层点缀用的薄纱。

谢清呈一只手抱着花，另一只手则很随意地插在衣兜里。他穿着干净合身的实验室制服白大褂，胸前别着两支圆珠笔，因为没有在正式工作，所以衣服是敞开的，露出里面铅灰色的衬衫，还有被休闲西裤包裹着的修长双腿。

小胖子看呆了，过了一会儿，伸出短短胖胖的香肠手指，指着谢清呈，声音很响亮："我要当……我要当个医生！"

忽然风刮得紧了，而卖花的商家包装得太不用心，这风居然把谢清呈怀里花束上的纱巾吹开了，白纱一下子飘在了草坪上空，又于风停时堪堪然落下。

小孩子们齐齐仰头看着那块白纱，而那白纱最后不偏不倚，落到了唯一兴趣缺缺的贺予跟前。

"……"贺予虽然不喜欢家里这些经常会出现的医护啊，药代啊，还有科研员，但他习惯了彬彬有礼，所以他还是低头，拾起那方柔软的纱巾，走过去——

"医生，您的东西掉了。"

他仰起脸，正对上双瞳剪水淡漠的眼睛。

大夏天的，却让那时候正在学唐诗的贺予莫名其妙想到了一句话："雪声偏傍竹。"

谢清呈低头接过白纱，实验室制服随着动作微微吹拂，像是白鹤化成了妖魅后的羽蜕。

"谢谢。"

这个时候，贺予忽然从他袖口间闻到一股淡淡的药水味。

有研究表明，人与人之间的感觉如何，有很大一部分取决于对方身上的气息。

意思就是，如果一个人正好散发着你所喜欢的体香，那就更容易让你心生好感。而如果那个人身上的气息让你觉得讨厌或者害怕，那么你们的未来关系恐怕就不会有什么良性发展。

贺予不喜欢谢清呈的气息。

冰冷、坚硬，像是他从小到大吞下过的无数苦涩的药片，打针之前擦在皮肤上的酒精碘伏，苍白冰冷无人陪伴的病房里弥漫的消毒水味。

他几乎是对这种味道有本能恐惧的，下意识地皱起了眉头。

可是肩膀被管家伯伯搭住了，管家笑着和那个让他浑身不适的医生大哥哥介绍："谢医生，这位就是我们老板的公子。"

谢清呈正准备移开的目光停了一下，眸色幽深，凝视着贺予："原来就是你。"

那眼神没来由地让贺予联想到手术刀，锋利异常，让贺予有种自己的心会被他剖开来放到显微镜下的异样感受。

年轻大夫说："第一次见面。以后你的病，可能会由我进行治疗。"

贺予恐医，温和的女医生都让他抵触不已，何况是这种浑身上下都散发着严肃寒冷气息的夜叉，八岁的孩子登时浑身不适，为了维持风度，勉强笑了一下，转身就走。

这一幕偏巧给露台上的母亲看到了，吕芝书女士当晚处理完公务，就把儿子叫到书房内，铺着祖母绿绒布的茶桌上摆着一杯温度合宜的热可可，她把热可可推给了贺予。

"今天那个谢医生，你见过了？"

"见过了。"贺予家教森严，在母亲面前也一板一眼，并不那么亲近。

吕芝书对这病态儿子很失望，她那时候已经生了二胎，二宝虽然没有长子聪明，但至少可爱嘴甜还健康，所以她完全只向着次子。至于对贺予，她说话就几乎没什么耐心："他叫谢清呈，以后就是你的私人医生了，他每周都会来我们家给你看病，你一定要好好配合，如果身体有什么不舒服，也可以随时请他过来。"

"嗯。"

吕芝书看着眼前才八岁的男孩这样沉稳，总觉得心里有些发怵，为了消除这种难受的气氛，她叹了口气，稍微逗了逗他："贺予，谢医生是和我们家签了'卖身契'的，如果他不能把你的病治好，那他就会沦为我们家的'长工'，全年无休，没有工资，连老婆都不能娶。你懂不懂这是什么意思？"

"不是很明白。"

"意思就是如果你不配合，让他的治疗效果打折，耽误了他恢复自由身的时间，害他以后娶不了老婆的话，你就得对他负责，养他一辈子。"

贺予那时候太小了，虽然早熟，但毕竟只有八岁，所以还是被震慑到了。他立刻抬头："我能和他解约吗？"

"不能。"吕女士这几天赶飞机的时候热衷于看民国苦情宅斗剧，转念一想，居然还补上一句更损的，"而且没准他要求的负责方式，是要你来陪着他呢。"

贺予那时候对母亲的意思半点不懂，听吕女士这样一说，便信以为真，心理阴影更重了，有段时间连噩梦里都是谢清呈的身影："不行，我不……我不要陪他……"

这个梦魇直到半年后贺继威听闻此事，才被打破。

贺继威当时臭骂了自己老婆一通："你和孩子胡说些什么？"

他又骂贺予："这种话逗你你也信？平时的聪明劲去哪儿了？你脑袋装了太平洋的海水？"

贺予很是阴郁。

这半年来，一想到如果自己不配合，让谢医生治不好他的心理疾病，他可能就要被那个浑身散发着冰冷气息的医生当陪衬，就只能不断故意在谢医生面前出丑卖蠢，希望让这个人对自己留下极坏的印象。

结果没想到他在谢清呈面前装疯卖傻了半年，最后得来的却是他爸的一句——

"你妈逗你玩。"

如果不是贺予涵养好，他可能已经破口而出直接骂一句脏话了。可惜贺予被约束得太厉害，八岁的时候别说脏话，就连"王八蛋"都不曾进入过他的"少年儿童百科词典"。

但不管怎样，通过这半年坚持不懈地在谢清呈面前丢自己的脸之后，贺予差不多已经完成了一件壮举，那就是无论他怎么努力，后来的六七年……

不，或许不止六七年，哪怕在他十四岁离开了谢清呈之后，到了今天，或许在谢清呈看来——

他贺予，都还是一个大写的、立体的、会呼吸会喘气的大傻缺。

而此时此刻，他手上端着的这碗惨不忍睹的炒饭，在谢清呈眼中，恐怕就是时隔四年，他还是个连碗炒饭都不会炒的绝世傻缺的最有力证据。

男生放下炒饭，把围裙递给了西装革履的谢家当家大哥，神情看似从容冷静，实则有些阴沉：失策了，他就不该亲自下厨的。这不给谢清呈白捡个笑话？

04 | 重逢时我垂眼看着他

狭小的厨房里传来炒饭时的滋滋油响，贺予和谢雪坐在有些油腻的小餐桌边。

谢雪一扫阴霾，挺轻松地笑着等她大哥把饭做好。

贺予也敷衍地笑着，心里却翻了个白眼。

厨房粘着招贴画的推拉门被打开，先出来的是一阵熟悉的扑鼻饭香，然后谢清呈走出来,摘了围裙,依旧是衬衫收腰,西裤笔挺。虽然他性情冷淡,但是个好大哥,因为父母早亡,他是一家之主,从小照顾妹妹,所以做菜的手艺很不错。

谢雪见她哥卷着半截衣袖,端了个托盘,摆在了简陋的小桌上,哇地叫了一声,欢快地蹦起来,帮着哥哥摆盘拿餐具。

"好香啊。哥,你好帅你好帅!我好爱你我好爱你,快!饿死我了!"

谢清呈沉着脸:"女孩子不要把这种话挂在嘴上。不像话。去,先洗个手。"

谢清呈又对贺予道:"你也是。"

贺予很久没有吃过这样的炒饭了。

谢清呈炒的饭蓬松金黄,米饭颗颗分明——贺予小时候曾经在灶台边观察过谢清呈炒这道妹妹最喜欢的主食,知道好的炒饭需要用隔夜的米,不能太潮湿,也不能过于干燥。米饭下锅前,先在打了蛋液的大碗里翻搅,让每一粒米饭都均匀地裹上金黄色。

等热油烧滚,锅内飞快地下两枚鲜鸡蛋,打碎翻搅,迅速捞起。再下猪油,将裹满了蛋液的米饭倒入平底锅大火翻炒。

但这其实不是正宗的扬州炒饭,谢清呈依照谢雪的口味做过调整,从来不放青豆,不过这并不妨碍它的美味,三盘热气腾腾的炒饭都是颗粒金黄,油汪汪地在灯下散发着光,里面搁着切成小块儿的火腿,还有滑嫩的虾仁,青嫩的葱段撒在上面,色泽和味道都很诱人。

贺予吃着饭,内心却打着算盘。

他实在有些食不知味,饭桌上谢雪一直在说说笑笑,但因为谢清呈来了,她多半的欢声笑语都是冲着她哥的。他们兄妹俩在一起谈笑自若,他反而因为太久没有和这两个人相处而有些插不上话,成了他们聊天的一块毫无存在感的背景板。

背景板很不高兴,他得想个办法,把谢清呈给支走。

"还要吗?"

走神间,喷香的炒饭已经被自己默默吃得见了底,贺予回过神来,对看向自己的谢清呈客气道:"不用了。"

"哥,我还要的,你给我再添点!"

谢清呈拿着谢雪的餐盘去了,谢雪咬着筷子对贺予道:"我哥做的可比你做的好多了,特别美味,你不多来一碗?"

贺予皮笑肉不笑:"能压坏体重秤的人,有你一个就够了,我就不添乱了。"

"喂！哪儿有你这样的！你讨厌我啊！"

"是你先嫌我做的没他做的好吃——"

两人正闹着，厨房里传来谢清呈的声音："谢雪，你在这里放桶水干什么？"

"哦。"谢雪立刻停下了和贺予打闹的动作，就像刚才与贺予嘻嘻哈哈的人不是她似的，正襟危坐道，"学校说明天宿舍要停水，我打了一桶水囤着，但是厨房太小啦，放在别的地方碍事，只能先放五斗橱上。"

"放这么高，推门不注意掉下来怎么办？"

傻子说："哎呀，哥，你不用管，没事的。"

说者无意，听者有心，热衷于揪喜欢的女孩辫子的贺予听着他们俩的对话，那双漂亮清纯的杏眸往厨房扫了一眼，心里忽然生出了一个极损的招……

三人吃完饭，谢清呈不喜欢打扫，于是贺予作为一个表面上温柔可靠又优秀的男生，自然主动承担了洗碗刷锅的工作。

"要帮忙吗？"谢雪问。

"一会儿有需要再叫你。"贺予似笑非笑道，转身去了厨房，并且关上了门。

门一关，他的笑容就消失了。

贺予开始仔细观察角度，他先是把五斗橱上搁着的那桶水往外移了些，移到一个开门正好会撞倒的位置。

再然后，他很淡定地找出谢雪放在五斗橱第二层的吹风机，眼也不眨地放到了水池里，拧开了龙头。

"哗——"

谢雪小半个月工资买的高端吹风机就这样被她毫不疑心的贺少爷给冲成了一台中看不中用的废品。

很好。

贺予镇定自若地把吹风机擦干了重新塞回柜子里。

前期准备工作结束。

他从门缝里不动声色地望了正在和谢清呈说笑的女孩一眼，回身挽起白衬衫的衣袖，安安静静地拧开龙头，开始倒洗涤剂刷碗筷。

那架势，简直大好人一个！五好青年一枚！

然而大概坏事做多了总会遭报应。

就在贺予运筹帷幄精打细算筹备完这一切行动，刚甩干净手上的水珠，准备让女主角进来接受这一次他策划的"巧合"遭遇时，他忽然听到厨房外面传来脚步声。贺予立刻回头，见磨砂玻璃上已经映出了一个高挑挺拔的男士身影。

贺予睁大杏眼，还来不及阻止，就听得谢清呈在外面说："贺予，我进来洗个手。"

"等——"

一个字刚说出口，就听得一阵惊天动地的噪声，贺予故意搁在五斗橱边沿的水桶摇摇摆摆地晃了一圈，然后——

"哗啦！"

那满满一桶水，按照贺予的计划，本应该落在谢雪的头上，就这样径直照着谢清呈的俊脸兜头盖脸地砸了下去！

一滴也没浪费！

贺予："……"

谢清呈："……"

水花飞溅，满室狼藉，功德圆满的水桶骨碌碌地在谢清呈从头湿到鞋的身边来回滚动，最后老大爷遛弯似的，慢腾腾地滚到了客厅外面，在闻声惊恐赶来的谢雪的拖鞋前，心满意足地停下了。

谢雪在外面目睹全程，吓得人都抖了。

完了……完了完了完了！

谢雪看着她大哥浑身湿透，慢慢地朝自己转过头来，他一张原本就很白皙的脸庞在一大桶天降甘霖的洗涤之下更显得肤色玉白眉目漆黑，被打湿的碎发垂在额前，正在往下滴着水珠。水珠穿过眉毛，流到他因难以置信而睁大的眼睛里，他下意识地眯了一下，然后回过神。

"谢雪！！"

谢雪浑身一个激灵，害怕地把自己缩小了。

谢清呈甩开滴水的额发，怒不可遏："早说了别把水桶放在五斗橱上！！"

"对不起对不起！"谢雪哆哆嗦嗦地跑进来，又拿拖把又拿纸巾，一边把纸巾递给她哥，一边在五斗橱里翻吹风机，"哥，我也没想到它会掉下来……明明刚刚进出还没事的呀……你先吹吹头发，别着凉。"

贺予在后面心虚地眨了一下温良的杏眼。

谢雪把谢清呈拉到客厅，毫不知情地翻出被贺予用水淋到报废的吹风机，接上电板，一按开关。

没动静。

"咦？"

再按。

还是没动静。

"……"

反复按。

"哥。"谢雪看着她哥阴沉至极的脸色，几乎觉得自己死之将至，颤声道，"吹……吹风机好像坏了……"

谢清呈觑起冰冷的桃花眼："这就是你之前和我说花了 4000 元买的那台吹风机？"

谢雪差点跪下了。

她怎么会这么倒霉啊！！！

本来谢清呈就不明白她为什么要买个比一台普通电视机还贵的吹风机，当时就把她骂了个狗血淋头，得亏她反复解释这台机器有多好，有多能养护头发，最关键是质量过硬，用个二十年都不会坏。

"我发誓，二十年内我就用这一台吹风机！不然你把我头砍下来抵智商税好了！"

当时的话音还在耳边，谢雪在谢清呈森寒的目光下，只觉得脖子发凉，忍不住后退一步，抬手捂住自己的秀颈。

正不知如何是好，谢雪余光瞥见贺予擦干净手，人模狗样地从厨房出来了，她灵机一动，就像看到了救命的天神，忙不迭地哭着朝贺予奔过去，嚷道："贺予！请你帮个忙好不好？我吹风机坏了！谁知道这么倒霉！你宿舍有换洗衣服吗？有吹风机吧？能把我哥带过去换一下吗？老师谢谢你了！"

"……"

又在她哥面前装得这么客气。

贺予笑笑，很配合："谢老师，您可真太见外了。"

目光转向谢清呈。

谢清呈后靠在沙发上，线条凌厉的下颌还在往下滴水，一件休闲灰衬衫完全被打湿，布料紧贴在皮肤上——这会儿他正侧着头，斜着眸，薄唇微抿，面色阴沉地盯着谢雪，似乎是准备大义灭亲把这败家妹妹给人道毁灭了。

贺予看着他，感到轻微的头痛。

在他原本的计划里，最后浑身湿透走投无路要跟他回宿舍吹头发的人，应该是谢雪。

怎么就阴错阳差，成了谢清呈？

他很讨厌医生，完全不欢迎谢清呈老人家莅临他的寝室。

但是没办法，木已成舟，谢清呈都被他弄成这狼狈样子了，谢雪都已经开口求助了，他只得轻轻叹了口气，走到谢清呈面前，对坐在沙发上神情阴鸷的医生道："您都湿透了，就别瞪人了，谢医生，跟我回去换一套衣服？我宿舍离这里不远，就十分钟路程。走吧。"

沪州大学艺术学院的男生宿舍是四人一间，贺予带谢清呈回去的时候，正是晚饭时间，室友们都外出觅食去了，屋内并无他人。

"穿这套。"贺予从衣橱里拿了一套干净的衣裤，递给谢清呈。

谢清呈面露嫌弃："运动 T 恤？"

"怎么了？"

什么怎么了，这种衣服都是读书时期的男生才穿的，他穿这款式都是十多年前的事了，他连自己以前套上这种衣服是什么模样都不太想得起来，现在根本不适合他。

"你给我一件衬衫。"

"啧，真不好意思，谢医生，您没的挑。"贺予笑了一下，但此刻谢雪不在了，他也就不装了。

他的微笑忽然就敷衍轻薄得如同一张砂纸，眼底黑沉沉的，什么真挚的感觉都没有，对谢清呈说话的态度也不再那么客气："我这儿啊，还就真只有这一件是适合您尺码的，我的衬衫您穿大了。"

谢清呈抬起眼，目光穿过垂到眼前的湿润额发，落到贺予脸上。

贺予拭去了礼貌的伪装之后，唇角的戏谑就显得很明显，对上谢清呈的视线，他略扬起眉："不穿？不穿您就只好裸着出去了。"

"……"

谢清呈狠狠从他手里拽过换洗衣服，板着脸去了浴室。

贺予站在浴室外面等着他换衣服，突然觉得这一幕有些眼熟……

他隔着磨砂玻璃门，和里面的男人搭腔："对了谢医生，我忽然想起来以前一件事。"

"您还记不记得那年，我去您大学宿舍——"

"不记得，滚。"

贺予笑了，他的话还没说完，谢清呈就直接否认，那和斩钉截铁地承认又有什么区别？

谢清呈分明也和他一样，是记得关于那桩旧怨的。

冤有头债有主，连一件衣服都是他对谢清呈时隔多年的报复。

这样想想居然还有点高兴，多年后翻身，大概就是这种感受？

"那您快点儿啊。"没了谢雪在，贺予的尾巴几乎就要在谢清呈面前藏不住了，他笑着往浴室门边一靠，双手抱臂，声线里流露出了一丝难以按捺的痞气，屈起食指敲了敲磨砂玻璃，"换完咱们还要回去找你妹妹呢。"

几分钟后，谢清呈气势汹汹地推门出来了，砰的一下撞到了贺予，甚至差点把人掀翻在地。

贺予猝不及防，闷哼一声，弓身捂住鼻子。

谢清呈漠然抬眼："你为什么离这么近？"

贺予疼得要命，彻底不想装了："谢清呈，你讲不讲道理？是你自己撞上来的。"

他性子上来时，私底下还是会直称谢清呈的全名。

谢清呈顿了顿："去拿块冰敷一下。"

"我上哪儿找冰去？"贺予把手从撞红的鼻梁上拿开，揉着，勉强压着火气，却还是忍不住要顶撞他，"我看你挺像冰的，拿你的手给我敷一敷算了。"

谢清呈想象了一下那个画面，冷着脸没讲话，一把推开他，绕道走进了宿舍内，四处寻找。

贺予被他弄得也无语。

"吹风机呢？"

"凳子上。"

谢清呈插了接线板吹头发去了，贺予就站在阳台上，还有些不高兴，他远远地盯着吹头发的谢清呈看，实在不知道为什么这样的人会是谢雪的亲哥哥。

谢雪把她哥看得和救世主似的，崇拜他崇拜得不得了。

他不明白谢清呈到底有哪里值得崇拜。

横竖不过就是个老男人而已。

但看着看着，贺予就有些走神了。

他想起以前谢清呈在他眼里，算是一个童年的噩梦。贺予总是很怕他，又不得不见到他，不得不在他面前丢人现眼，仪态尽失。他发疯的样子谢清呈都看到过，他也曾被绑着拘束带疯狂地挣扎着，像一头困兽朝谢清呈吼叫过。谢清呈那时候看他的眼神很冷静，无影灯下向他走近，他闻到那冰冷的消毒水味，然后针刺破皮肤……

那时候他觉得谢清呈好高。

又很冷。

力气大，不容置疑，阴云般笼罩着他，他好像一辈子都摆脱不了这个噩梦。

但没想到，几年不见，谁仰视谁，谁俯瞧谁，竟都倒了个个儿。

贺予略垂了眼看着他——

怎么回事？

现在再看，他好像也没以前那么可怕。

也许是因为很多人会对孩提时的一些事物留下虚幻的印象，那些印象是由大脑经过岁月的沉淀酿成的，其实并非原貌。比如小时候看过的电视剧，总觉得无比漫长，但回头一看，竟然不过二十来集。又如小时候畏惧的牧羊犬，总觉得比高头骏马还魁梧，可再瞧老照片，发现那动物也不过到成年人的膝盖。

也许他对谢清呈就是这样的心理落差。

他的目光停了很久，久到谢清呈觉察。

谢清呈回头，冷眼："看什么？"

贺予安静了一下："看我的衣服你穿合不合适。"

"……"

"确实大了。"贺予说，"谢清呈，我记得你以前很高的。"

谢清呈冷冷道："我觉得我不需要用身高体形来耀武扬威。"

然后他就转身继续顾自己吹头发了，只是转头前脸色显得有些难看。

贺予在这一刻忽然意识到，原来自己的童年噩梦也不过就是个平平常常的男人，甚至是有些清瘦的，自己的白T恤穿在他身上都嫌大，领口下凹处能看到苍白的皮肤，像一汪雪山流落的水，映在衣服的阴影里。

奇了怪了，自己那时候怎么会那么怕他呢？

不知不觉间，谢清呈吹干了头发，直男不太会捯饬自己，他对着镜子很随意地拨了一下，就放下了吹风机，回过头来对贺予道："我先走了。你的衣服明天还你。"

"不用还了。我不习惯穿别人穿过的衣服。你穿完就扔了吧，也旧了。"

话都说到这份上，谢清呈也不再坚持，又拨了拨还有些湿的发尾，说道："那好吧，那我先走了。"

"您不和我一起再去谢雪那边了？"

"不去了。"谢清呈道，"晚上还有别的事。"

"写论文？"

谢清呈没有隐瞒自己私事的社交习惯，又或许他并不在意，所以他戴上腕表，扣好了搭扣，瞥过贺予："相亲。"

原本只是和他随口闲聊的贺予闻言，先是没有反应过来，依旧心不在焉，甚至还暗中高兴谢清呈终于识趣地离开了，但几秒过后，这两个字终于从他耳中跑完了可绕地球一圈的反射弧，抵达脑部终点。

贺予微微惊讶，倏地回过头来，睁大了杏眼。

谢清呈不是结婚了吗？

怎么还要相亲？

谢雪怎么都没有和他提过？

无数想法涌上来，贺予眨了眨眼，从这一片纷乱的念头中握住一缕头绪。

他看着半张脸沉在光线阴影里很淡漠的谢清呈，迟疑片刻，试探着问："你……离婚了吗？"

05 ｜他离了婚

谢清呈似乎并不打算和贺予多说什么，只问了句："谢雪没告诉你？"

"没有。"

"那她可能觉得这是我的私事。"

贺予平静了一会儿："你和李若秋不合适吗？"

李若秋是谢清呈前妻的名字。

贺予对那个与谢清呈结为连理的女人印象非常深刻，觉得她有毛病，竟然能够和谢清呈这种又"爹"又冷的男性走入婚姻的坟墓。

在他的印象中，谢清呈好像是无欲无求的，就应该穿着工整妥帖的白大褂坐在办公桌前，身后是卷帙浩繁的书架，身上是冰冷而清醒的药水味。

贺予很难相信谢清呈会去爱一个人，更难相信有哪个人会去爱谢清呈。

可谢医生确实结婚了。

他还记得婚礼当天，他按照母亲的要求去随份子，他去得随意，甚至连校服都还没换掉。司机将他载至酒店，他就单肩背着书包，踩着白球鞋，手插在校服运动裤的裤兜里，进了酒店。

谢清呈正在那里迎宾。

婚庆团队给他做了妆造，他站在人群中间，身材笔挺，仪态端庄，漆黑的眉目好像落着星辰。司仪在和他说着什么，四周太嘈杂，谢清呈又个子高，没有听清，于是他侧过头倾着身好让司仪能贴着他的耳朵讲，那张脸在旁人的映衬下显出一种触目惊心的透白，好像聚光灯照着的薄瓷，连轻微的触碰都会让之破碎，嘴唇的颜色也略浅，像是血冻在了冰层之下。

皮肤如琉璃世界，嘴唇若霜雪红梅。

贺予是个审美能力很强的人。

在那一瞬间，他有了一种感觉，他认为虽然那个叫作李若秋的女人长得也非常好看，不过平心而论，贺予觉得她和谢清呈在一起，那求婚画面或许是这样的——

谢清呈应该穿着一身白衣，别着惯用的圆珠笔和钢笔，手插在衣兜里如同高岭之花般立着，然后用气死人不偿命的语气，对人家姑娘说："我要和你结婚，你跪下谢恩吧。"

当然，他是个很擅于伪装的人，不会说实话的。

贺予背着单肩书包，笑着走上前，站在英俊的新郎和漂亮的新娘面前，说："谢医生，嫂子。"

李若秋："这是？"

谢清呈对妻子介绍："朋友家的儿子。"

他和贺家有约定，不会在外面说贺予是个病人。

李若秋夸赞道："真漂亮，多好看一个孩子。"

贺予很有礼貌地欠了欠身，绅士风度很足，深黑的眼睛带着微笑："哪里，嫂子您才是真的花容月貌。"

说着，少年从单肩帆布书包里拿了封好的红包，很厚，温文尔雅道："祝您和谢医生百年好合。"

百年好合个鬼！

他那时候就觉得谢清呈这种男人就没谁忍得了，没想到这场婚姻竟然真的如此短暂。现在看来他还有言灵的能耐？

贺予忍着幸灾乐祸，不动声色地问："怎么就离了？"

谢清呈没说话。

"我记得她那时候很喜欢你。她和你结婚之后来过我家，那时候她眼睛里就没有任何人，只有你。"

谢清呈开口了："贺予，这确实是我的私事。"

贺予微挑眉峰。

他打量着谢清呈孤高的样子，忽然觉得自己出国几年回来，再见到的这个人，好像有很多东西都不一样了。

只是他对谢清呈的变化并不好奇，所以他最后笑了一下："那算了，祝你相亲成功。"

谢清呈浅淡的目光瞥过他，也没说谢，转身就走。

宿舍门在他身后合上。

因为贺予提起了前妻，所以行在路上，谢清呈不由得就回想了自己和李若秋的那一段可谓极度失败的婚姻。

谢清呈其实知道谢雪为什么不和贺予提这件事。

因为他离异的原因是很让人难堪的——李若秋确实爱过他，但她后来确实又不再爱他了。

她出轨了。

这是谢清呈无法接受的，他这人不知道什么是爱情，但知道什么是家庭责任，在某些方面，他的思想是非常保守的。

可她不一样。

她认为婚姻里最重要的是爱，不是责任，所以到头来他们还是镜破钗分，她爱上了一个有妇之夫，事发后反而哭着指责他眼里心里都只有工作，嫁给他和嫁给一张冷冰冰的工作日程表没有什么区别。

这样的指责其实不无道理，谢清呈知道自己是个没情调的人。

在这段关系里，谢清呈其实没有感受过什么爱意，她追了他好多年，他后来觉得也还合适，接触了一段时间，也就结婚了。

结婚之后，丈夫该做的事情，该尽的义务，他一样也没有逃避。

但是她要的不是这样的婚姻。

谢清呈很有担当，但他不浪漫，性子也有些冷淡。他甚至在床笫之间也能维持着冷静和理性，没有沉沦，没有痴迷，像完成一项组成家庭后必须做的工作，尽到义务，可并不那么热衷。

她的心渐渐地也就凉透了。

她出轨，回头对他说："谢清呈，你这个人没有心。你到今天还是不懂，我想要有爱情，不仅仅是婚姻。"

可什么是爱情？

谢清呈只觉得自己头疼欲裂，不知花了多大的气力，才忍着不让自己怒而拍桌。他那时候望着她，望了很久，最后麻木地开口，声音平静得像死水："那个人喜欢你吗？他有妻有女，你觉得他对你有几分真心？"

被问到这句话时，她昂起头，目光里烧起了一种让谢清呈根本就无法理解的东西。

"我不管他有没有老婆孩子。我只知道他抱我的时候,至少是热烈的。我能听到他加速的心跳。不像你,谢清呈,你干干净净,从不拈花惹草,你把钱把家都交给我,但你对我的心跳就像死人的心电图,结婚这么多年,始终是一条直线。"

"人生在世短短数十年,他曾为他不幸的婚姻所束缚,我也一样。现在我想开了,我可以不要名分,不要钱财,甚至不要名声,别人说我是荡妇也好,破鞋也罢,我只想和他在一起。"

谢清呈闭上眼睛,手里的烟几乎烧着指腹:"李若秋,你疯了吧?这世上没有爱情,爱情都是人体里的多巴胺在起反应,是你的激素在作祟,但这个世界上存在责任,存在家庭。你烧昏头了要和他在一起,他愿意离婚和你生活吗?"

沉默。

然后李若秋眼里的那种火焰烧得更炙热且疯狂了,她最后含着泪,却无比倔强地对他说:"我只是不想让自己后悔。

"谢清呈,这世上是有爱情的,它或许大逆不道,有悖人伦,或许下贱到泥土里,肮脏不堪,但它是存在的,与激素和多巴胺无关。

"对不起,我无法再和你生活下去,因为我现在知道了什么是爱情。我爱他,尽管那是错的。"

离婚这么多年,谢清呈每每想起这段对话,仍会觉得荒谬。

如果所谓爱情就是让一个人明知是错,也要头破血流,明知一脚下去便是深渊,也要执迷不悟,骂名、唾弃、道德、生命、底线……什么都可以不顾,那么在他看来,这恐怕不是一种爱,而是一种病。

他无法与之共情。

他虽然性格很硬,但毕竟有些大男子主义,妻子出轨,和一个有妇之夫跑了,他到底还是受了伤害。

离婚后的那一阵子,谢清呈依旧工作,写论文,带学生,平时看不出任何难受的样子。但是周围所有人都肉眼可见地发现,他迅速地消瘦,脸颊微微地凹陷,说话时嗓音里都带着沙哑。

领导出于害怕被连累的担心,对他嘘寒问暖:"谢教授,你要是身体不舒服就请假回家休息一阵子吧,千万不要强撑。"

谁料到谢清呈甩了一沓 PPT 压缩包给他,是最新授课课件,内容之精细,系统之凝练,领导自问就连自己在头脑最清晰身体最年富力强的时候,也很难于这么短时间内完成这样的工作。

"还要我回去吗？"谢清呈往办公椅上一靠，细长十指交叠，薄得像轻纸般的人，瘦得像青烟似的形，抬眼看人时目光竟仍是清晰的，甚至可以说是冷锐的。

"我确实想休息，但请你确定这课件的第一讲除了我还有其他人可以做成这样。"

能做成这样的其他人自然是没有的。

领导也从他如炬的目光中看出了自己学校暂时不会上热搜——那不是一种将要枯死之人会有的眼神。

但是几乎没人知道，为了能够好好工作，为了能把支离破碎的情绪压入心底填埋，谢清呈只要回到家，就会坐在屋子里抽烟，抽得不住咳嗽也不愿停下来，几乎要把自己的肺熏成黑色，要把整间房子变成尼古丁的乐土。

他这样子，邻居家的黎阿姨看在眼里，难受得不得了。

谢家原本家境很不错，他父母都是高阶警司，但后来办案子出了重要差错，双双被调降到了基层。那阵子谢母又生了病，为了给她看病，他们卖了大房子，住到了沪州市老城区的一条小弄堂里，日子过得清贫，但结识了不少热心的左邻右舍。

谢清呈父母去世的时候，谢清呈都还没成年，就要担负起一家之主的责任，邻居们看孩子可怜，对他们都很照顾，而这些人中，对谢清呈最好的就是这个黎阿姨。

黎阿姨比谢清呈的母亲小一点，喜欢孩子，却一直没有结婚，也没有属于自己的小孩。她几乎是把谢家兄妹当自己的宝贝看的，尤其是在谢父谢母都离世之后，这个浮萍野草般的女人，和两个父母见弃的孩子都从彼此身上找到了些不能舍弃的情感。

谢清呈离了婚，黎阿姨以泪洗面了好一阵子，然后又像一个操碎了心的老母亲似的，打起精神试着给他介绍姑娘。

他呢，也为了不伤黎阿姨的感情，于是都去了，但他其实只是走个过场，而且对那些女孩子而言，他也并不是什么很好的选择——

谢清呈第一次结婚的时候，条件算是很不错的，他长得俊，个儿又高，三甲医院的医生，二十来岁的年纪，风华正茂，前途无量。

唯一的硬件缺陷是他出身不怎么好，没有钱。

然而现在，他是个二婚，当大学教授的工资也没当医生时高，人也不再那么年轻了，于是他的缺陷就变得异常露骨。离婚男士，奔四的年纪，无好房无好车，而且还有一个没有嫁人需要他关照的拖油瓶妹妹。

脸长得再帅，又不是明星，总不能换来过日子的钱。

姑娘的父母哪能不介意？

相亲和恋爱不一样，第一眼看的说是眼缘，其实是综合条件，所以发生对话往往是这样的：

"工作挺好的吧，能顾家吗？"

"不能。因为是医学院教授，讲义内容需要很仔细，不能出错，学生问题也多，经常加班。"

"哦……那，工资收入不错吧？"

"可能要再任教三年才会有提升。但我也不确定三年以后我还会不会在高校。"

"这样啊……你家里还有别的亲人吗？"

"有个妹妹。"

"结婚了吗？"

"还没有。"

刺探往往尖锐而直白，刀一般把人的条件剖开，也把对方一开始还怀有希望的笑容削得干干净净。

黎阿姨知道了，急得厉害："哎，相亲就是要夸自己啊！这都是约定俗成的规矩，别人都是吹牛皮，就侬（你）一上来就把自己往差的说，人家都以为本人会比嘴上讲的更糟呢，谁知道侬（你）反着来啊！"

谢清呈原本想说："我不想再结婚了。"

但是对上黎阿姨焦虑到有些伤心的眼，话到嘴边就改成了："我习惯了。对不起。"

黎阿姨瞪着他，瞪着瞪着，就有些哽咽了："孩子，你说你这么好，佛祖怎么就不保佑你呢……我天天烧香天天拜，就是求老天给我家的宝再找一桩好姻缘，那我立刻死了也值得了……"

"黎姨，您不能乱说。"

"我这把老骨头了还怕什么呢？你不一样，你还年轻，要是以后过得不如意，我去了地下，我哪儿还有脸见你爸爸和木英……"

黎阿姨是以坚持给他物色各式各样的姑娘，总希望能撮合成一桩姻缘。

谢清呈心里很不是滋味，他是个心高气傲的硬汉子，不肯撒谎，也不愿意被挑剔，更出于一些原因，他的心境已经和当年与李若秋相亲时完全不同了，他已很确定自己不会再和任何人共度余生。

可是以他这种当家男人的性格，哪里受得了亲朋好友为他伤心和落泪？他只能接受他们在自己的保护和照顾下过得很快乐。

所以哪怕结果是可以预见的，他也会为了让黎阿姨高兴些，答应去那些求职应聘般的相亲。

这次和他相亲的是一个非常年轻的女孩，叫白晶，家里有个亲戚在大学里教书，听说也是某知名医学院的。而她自己则在沪州最时尚的商场里做奢侈品专柜的柜姐。

流金落玉的沿海城市，不缺有钱人，女孩终日在挥金如土的高奢专柜间浸淫，听着往来的男女客户高谈阔论，不免就产生了自己也非常高贵冷艳的错觉，看人昂着头，先瞅一眼衣服 logo，把那些穿普通品牌的男孩子全部在心里盖上穷鬼的钢印，好歹套一件高奢品牌才配和她搭话。

谢清呈来到咖啡馆时，白晶正在和闺密打电话："哎呀，是的呀，你都不晓得哦，我上班天天都能碰到那种傻缺，今天还来了俩母子，儿子穿着什么不知道，估计是地摊货，要不是我职业素养好，白眼都要翻到天上去了，哎，穿那样来逛我们专柜，侬窝发厝不发厝（你说可笑不可笑）啦。"

做着碎钻的小拇指翘起来，搅着小杯子里的咖啡，白晶听着闺密在手机那头回了几句什么，掩嘴直乐。

"那还能买什么？肯定什么都买不起呀，我们专柜一双拖鞋可能都要他们母子半年工资吧。哎，宝贝，而且我和你说哦，你知道那个男孩子上来跟我说什么？他跟我说：'你们这里有棒球帽卖吗？我妈喜欢运动，她今天过生日，我想给她买一顶棒球帽。'"

白晶笑得花枝乱颤。

"我直接回他说，不好意思哦，我们这个品牌从没有出过棒球帽。先生，您不了解我们品牌吗？哈哈哈哈，你没看到他的脸色！特别精彩……哎呀，等一下，和我相亲的那个男的好像来了，我先不和你聊了，回头一起去宝格丽打卡下午茶哦宝贝，爱你！Mua！"

只可惜咖啡馆人声嘈杂，谢清呈又在找人，所以没听见她的高谈阔论。

白晶瞧见他左右张望的样子，又符合媒人描述的"个子很高，很帅，桃花眼，但气质很冷"这样的形象，立刻朝他招手："嗨！是谢清呈谢教授吗？"

谢清呈走过来："嗯。你好。"

白晶上下将他打量一番，最后目光锁定在了他简约的 T 恤上，忽然笑逐颜开，声音都嗲了八度："你好你好，我叫白晶。"

06 | 还得去相亲

谢清呈来之前就听说了这小姑娘比较在乎男士的收入,但没想到他和她说了自己工资其实不算太高之后,这姑娘居然依然没有减退热情。

白晶笑眯眯地道:"谢教授不愧是知识分子,真的很谦虚。哎呀,这年头这么实诚的男人不好找啦。"

谢清呈:"……"

"谢教授好像也很有品位哦,是个很讲生活情调的人吧?"

谢清呈皱眉:"不,我——"

"一看你打扮就看出来啦。"

谢清呈:"……"

他不明所以了好一会儿,直到白晶克制不住地对他说:"谢教授,你身上那件T恤是我们专柜的正款哎,当时整个沪州就来了五六件,特别难得,1∶1配货也配不到,你真的好低调。"

谢清呈这才终于意识到,原来这次相亲气氛不对的原因是贺予随手借给自己的这件换洗衣服。

他琢磨了片刻女孩说的话,又想起贺予轻描淡写的话——"不用还了。我不习惯穿别人穿过的衣服。你穿完就扔了吧,也旧了。"

"……"

万恶的有钱人。

白晶笑眯眯地说:"谢教授,你不诚心和我约会哦,你这件衣服都快赶上很多人一年的工资了,而且没有点关系很难在国内买到的,你就请我喝咖啡?"

谢清呈道:"误会了。这件衣服是我问朋友借的。"

"借的?"白晶瞬间瞪大了眼睛。

后面的对话就乏善可陈了,原本眉飞色舞的柜姐在得知真相后,这场相亲就回归到了现实。

白晶对他的兴趣明显减弱,除了强拉着他合影了一张照片之后,就一直在对着甜品拍拍拍,反转镜头对着自己拍拍拍。中途间或有几位客户发来消息,她也毫不避讳地直接语音回复——

"张太太,您放心,那个限量包当然是给您留着的啦,哎呀,您不用给我发额外的谢礼的,这多不好意思。"

"王总，您上次要的裙子订货到了，您看什么时候方便来店里？对，是提前按您的尺码改过的，大码，但是前襟要收2厘米，您放心，我这里都记着呢。"

一顿饭吃得异常尴尬，结束之后谢清呈结了账，又低头看了白晶一眼，这小姑娘和自己学生差不多的年纪，他原本就没有任何相亲的诚意，完全是为了完成黎阿姨的心愿，因此对小姑娘的种种言行也没放在心里。再加上他又大男子主义，于是道："我帮你打辆车。"

"好的呀好的呀。"白晶老大不客气地，"那就麻烦谢教授了哦。"

但这条路是沪州最繁华的街道之一，现在又是晚高峰时间，两人等了半天，来的全是有客的出租车。

谢清呈叹了口气："你如果不介意，我陪你往前走一点，前面那个路口拐个弯会好打一些。"

白晶："也行吧，不过我8点钟要开个直播，时间是固定的，临时爽约粉丝会不高兴，你介不介意？"

谢清呈虽然不玩直播软件，但是谢雪玩儿，因此他多少有些了解，听白晶这样说，他就随口问了句："你还是个主播？"

"是啊，我很努力的，迟早是大主播，嘻嘻。"

谢清呈点了点头："有梦想是好事，那走吧，我不介意。"

"谢谢你哦哥哥，你虽然不是很有钱，但还蛮帅的。"白晶笑着追上了他，"对了，我一会儿镜头扫到你，也没有关系的对伐（吧）？大家都喜欢看帅哥啦。"

"随你。"

十分钟后，谢清呈非常后悔自己说的这句"随你"。

他实在是和时代脱轨了，不知道现在年轻人玩的直播居然还有这种形式。白晶从包里摸出根粉红色自拍杆就开始左右乱晃，嘴里说着让他觉得莫名其妙、毫无营养的台词，东拉西扯半天，也不知道具体想要表达什么。

"这里是沪州最繁华的街道，帅哥美女很多，哎，大家看到那个路人背的包了吗？那个是高仿的，我一眼就能看出来，如果大家想知道怎么鉴别真伪，记得跟着我哦。

"哦对，我身边这个是我今天认识的一个帅哥，气质超绝，高知教授，年薪百万，你们看他身上那件绝版T恤，啊，对啊，就是他请我吃的饭，现在他要送我回家。谢谢大家的祝福，谢谢！"

谢清呈简直怀疑自己聋了，刚想转头驳斥她，她已经很灵活地把镜头一转顺便切了静音。

"不好意思哥哥，谋生不易，不要拆穿我好不好？"

谢清呈："……"

他就弄不明白为什么会有人喜欢把虚假的幸福放在网上，用膨胀的物欲去吸引看客。

这也就算了，他不想和小姑娘多计较。

原本这场相亲就该这样隐忍着结束了——如果不是他们接下来遇到了一个人的话。

那个意外之中的人，是在三岔路口出现的。

当时谢清呈和白晶走了十多分钟路，来到了人少的路边，在那里等车。白晶正眉飞色舞地和直播间的粉丝介绍当季的奢侈品。

介绍到一半，敏锐的白晶忽然从自拍镜头中发现了自己身后不远处有个模糊的影子，那影子来回晃动着，似乎在犹豫着什么。

她起先没有太在意，但很快地，这团影子居然朝她的方向迅速逼近，等她反应过来时，镜头的画面里已经映出了一个肮脏的老流浪汉的脸，直直地朝她身后扑过来。

白晶一下子愣住了，回头一看，不禁尖叫出声。

那是个浑身散发着恶臭的糟老头子，一身衣服破破烂烂，没人怀疑这衣服脱下来之后就再也穿不上去了，因为几乎全是大小不一的孔洞。老头子身边还跟着一只瘸腿黄狗，这会儿也跟着蹿过来朝着白晶狂吠。

"闺女！闺女！我可算是找到你了闺女！"

"呀！你有什么毛病！谁是你闺女！走开呀！"

"不、不不不，你是我闺女啊！闺女，你不认识你老汉了吗？你快让老汉看看，老汉都多久没见着你了……"老人似乎有精神疾病，一边流着泪，一边情绪激动地要过去抱住白晶。

白晶吓得花容失色，直播镜头也没关，连连后退，歇斯底里地尖叫道："神经病啊！你谁啊！滚开啊！"

"闺女，你怎么能不认识我了呢？"老头子老泪纵横，往前抢了两步，黑灰色的枯瘦手指像从余烬中不甘心伸出的炭，颤巍巍地往前扒拉着，"我……想你啊……爹想你啊……"

他说话一股浓重的中原乡音，显然并不会是沪州人白晶的父亲，谢清呈立刻判断出了状况，把白晶拦到身后，安抚道："没关系，你躲我后面。"

白晶惊魂未定："他好吓人！这种人怎么能在路上闲逛啊，城管不管吗？啊啊啊！！"

话音未落，她又歇斯底里地跳着脚大叫起来，原来是老头子身边跟着的那只黄狗绕过来在她脚边直嗅。

"救命啊！它……它要咬我！这狗怎么回事！没有狗绳的吗？"

白晶边叫边跑，仓皇间抓着手机就想打报警电话。

在她看来，老流浪汉本来就已经够可怕了，这种丑陋的流浪狗更是让她惊慌失措，统统都该抓起来！更何况他们还吓到了她，打断了她的直播……哎，等等，她的直播！！

白晶忽然意识到自己的直播一直没关，慌忙拿起手机一看。

几秒钟之后，她的瞳孔剧烈收缩，简直不敢相信——

她那平平无奇的直播间，平时也就二三十个人观看，这会儿却因为这个离奇的突发事件，居然已经在几分钟之内涨到三百多人了！

屏幕上的人数还在直线上升，弹幕刷着在线留言："发生了什么啊？沪州夜惊魂？"

"好像是遇到了有神经病的流浪汉，主播！你还好吧？你把镜头移过去啊，想看现场情况！"

"刺激刺激，就在我家附近哟！"

"那个老流浪汉不会是咸猪手吧，居然要抱主播哟，主播，你快去看看！有情况要立刻报警！"

如同氢气球上升一样的弹幕中，忽然有个火箭升空，然后在直播间屏幕上砰地炸开。

白晶浑身一震，这一炸，就把她给炸醒了。

她忽然意识到自己该怎么去做，连忙捋了捋头发，调整镜头，然后在谢清呈都还没有来得及反应之前，从他背后冲了出去。

谢清呈："你当心！"

但他怎么也没想到的是，那前一秒还胆怯不已的女孩，此刻竟然不顾危险，昂着俏脸站在老流浪汉旁边——但提前注意把自己的昂贵小包反背到后面，以免被老头子蹭到。

"你看清楚了，你口音都是外地的，怎么可能是我爸爸？糟老头子，你好色想借机揩油，以为我瞧不出来啊？不要为老不尊了好不好！"

老头子受惊了，往后退了几步。

这样一来，情况就完全不一样了。谢清呈意识到那老人似乎真的没有任何恶意，仔细瞧去，老人脸上的哀戚太深重了，并不像装的。

谢清呈不由得皱眉："白小姐，你能把直播关了吗？这位老伯看上去状态不大好，他可能是找错了人，你先打城管电话吧，一起处理一下。"

白晶哪里听他的，眼瞅着直播间观众数量噌噌往上涨，她都不嫌老头子臭了，把自己一张粉脸挨得更近。

"哎，你看看，家人们也来看看。"白晶让流浪汉瞧她举着的手机屏幕，自拍杆加前置镜头刚好摄入两人的全身，"老色鬼，你看看我，再看看你自己，你对比一下。我会不会是你闺女？你自己好好看看——你看看你这一身破布，蓬头垢面，你还说你不是来揩油的？"

老流浪汉先是一蒙，随即就顺着她的指引，眯起眼睛顺着自拍杆看过去。

他应该是看清屏幕上两个人的样子了，所以先是一愣，然后好像突然意识到了自己的狼狈不堪，慌忙要往后跑。

他跑了，白晶反而来劲了。

原来让一个有洁癖的主播在瞬间克服心理障碍，贴着一个糟老头子拍摄，只需要噌噌地往上涨粉就行。

"大家看看！这就是变相骚扰！他肯定是假装精神有问题，看我揭穿他的真面目！"白晶追着要把老头子摄入镜头里，冲着老头子喊，"喂！你过来啊！你不是说我是你闺女吗？沪州这么大的地方，治安这么好，你也敢来碰这种瓷！你也不看看自己那浑身馊臭的模样！你过来！"

老头子似乎清醒了些，但又似乎没那么清醒，眼神一半混沌，一半恍然。

谢清呈在旁边看着，已经确定了这老人绝不是来揩油碰瓷的，他的精神状态非常糟糕，如果要他形容的话，仿佛一只颠沛流离走过了大半个中国，流荡到江南烟雨里的瘦狗。"寻找"这个词已经成了他的习惯，一眼望去都能看出他是丢了什么东西似的，一直在苦苦追寻。

但白晶并不在乎这些，她做了大半年主播，自己平平无奇吸引不了几个观众，却对其他努力去经营的同行眼红心热得要命。

曾几何时，她绞尽脑汁也赚不到眼球，便愤恨地跑到那几位知名带货主播下面刷屏辱骂。

今天她骂这个："你装什么！摆出这副岁月静好的样子，还不都是资本运作起来的？你展示的根本不是真正的田园生活！"

明天她骂那个："一个男人拿着女人的血汗钱，买着豪宅别墅，别人都说了，你们买的每一支口红都是他家的砖下之魂哪！买他东西的女人们还不肯清醒吗？！"

后天她再换一个骂："说什么自强自立的现代女性，整天就知道卖惨，主播不是你的工作吗？你累但你赚到钱了啊，你挨骂但你赚到钱了啊，给你这么多钱，你还有什么好抱怨的？"

没人知道她在被窝里刷着手机时露出的狰狞嘴脸，她在拥挤的地铁里，在繁华的楼宇间，在衣香鬓影中，在纸醉金迷里，永远都是那个踩着高跟鞋，努力经营着事业，卑屈讨好着贵客的Cindy。

弯着腰费力地维系着仪态，蹲下来，纤纤玉手为陈太太李太太们扣上鞋扣，恭敬地鞠躬送他们走出宽阔的金色门厅时，没人知道她有多少次望着那些摇曳生姿的背影，想着，有一天她也可以让最高傲的柜姐俯首相迎。

她想要钱，想成名，想红了眼，所以没了恐惧，失了洁癖，也看不清老流浪汉颤抖的嘴唇，老眼里混浊的热泪。

"你闺女是沪州人吗？还你闺女。像你这种糟老头子，有没有结婚都不知道，就会找理由装疯卖傻出来骚扰女性！你躲什么？刚刚不还一直往我面前蹭吗？让大家看看你的样子啊！来！"

"不……不……"

老头子害怕极了，缩着脖子，佝偻着身子，口中发出婴儿般哀哀的、含混的胡囔。

"对不起……我……是我认错了……"

"对不起？对不起有什么用？你过来！你看镜头！你看看你那一身什么装扮！你出来骗你也收拾得像样点吧！"

屏幕上，弹幕里，不明所以的观众正在为"豪气女主播反杀街头骚扰狂流浪汉"加油鼓劲，礼物刷了起来，气球上升，她的心好像也跟着膨胀了。

老头子惊慌失措地躲着，从癔症发作认错了女儿的激动，到惊醒过来四处逃避的无助。他在镜头的追踪下，好像一只无处可逃的老狗，和那条他带在身边的流浪野狗一样，被"正义"驱逐得失魂落魄，抱头鼠窜。

"不要拍了，求求你……我认错了……不要拍我了……姑娘，不要拍我了……"

老人浑身都在发抖，双腿在破洞的裤子里筛糠般打战。

他在镜头前捂住脸，又想捂住褴褛的衣衫，最后他不知道该遮哪里，好像自己的每一寸血肉、身上的每一缕衣衫都是不堪入目的，都是羞于见人的。眼泪顺着他沟壑纵横的老脸，一个劲地往下淌，他往下缩着，几乎要跪在地上给白晶求饶。

"求求你姑娘，你行行好……"

"我——"白晶不依不饶地刚要说什么，自拍杆忽然就被夺去了。

紧接着她的手机被毫不客气地拿下来，谢清呈把她的自拍杆丢到一边。

"哎！你！你干什么？！"

"你干什么？我和你说了，这老人看上去是有精神疾病，让你别刺激他。你是听不见还是听不懂？"

谢清呈强制退出了直播。

白晶的脸瞬间由粉转红、由红转紫、由紫转绿，走马灯似的姹紫嫣红遛了一圈，最后踩着高跟鞋怒气冲冲地对谢清呈道："管这么多干什么？把我手机还给我！我直播是我的自由！我要赚钱的你知不知道！我要当网络红人！"

"你要当什么都和我没关系。"谢清呈冷着脸，他的那股劲又上来了，训人训得眼也不眨，"但是白小姐，你要脸吗？你看不到他的情况吗！你为了博人眼球，明明知道是错的，也要选择错误；明明知道后果，也要不择手段。你甚至明明知道这样的行为会给别人带来痛苦，也要拿这种痛苦来换几个关注，因为这种痛苦和你没有任何关系，你缺不缺德！"

"你胡说八道什么！你少教育我，你是我爹吗？你不过就是今天来和我相亲的一个对象！不用你管！"白晶来了火气，冲上去就要夺手机。

但谢清呈脾气比她更大，一把按住她，居高临下地盯住她，眼神像刀片一样。

"人的尊严在你眼里，人的性命在你眼里，比不上你一场直播吸引的观众。你真畸形得够可以。"

"你敢骂我？你个瘪……"

白晶气得厉害了，扑过去扬手欲扇谢清呈耳光。

但谢清呈一把攥住她的手腕，用力一发狠，就把她的手腕拧了过去，疼得她啊啊直叫。

谢清呈冰冷道："你再闹下去，我不但敢骂你，还敢揍你。"

"你……你松开！你不松开我报警了！我喊人了！"

这条路上人虽不多，可他们闹的动静大，已经有人远远地驻足围观了。谢清呈对此并不在意，他本来就是个会把别人的眼光当空气的人，然而令他意想不到的是，人群中忽然有个眼尖的大妈叫了一声。

"哎哟，要命啦！这老头子怎么回事？"

谢清呈立刻低头看去，老大爷可能因为本身就有精神疾病，认错了女儿之后，又被白晶追着拍摄，大喜大悲之下，心脏受不了刺激，居然嘴唇发青，脸色发白，整个人捂着胸慢慢弯曲成虾子状，而后扑通一声栽倒在地！

07 | 他问我车技怎么样

当过医生的谢清呈几乎是在一瞬间就反应了过来，一把甩开白晶的手腕，俯身去查看老人的情况。

在临床上，急性心梗是致死率非常高的急性心血管疾病，而突然的情绪激动是导致老年人这种疾病发作的重要诱因。

白晶没反应过来，还在骂骂咧咧。

谢清呈挽起袖子开始急救，回头冲她怒道："还愣着干什么！病人急性心梗！打急救电话！快点！"

"急性心梗有什么……急性心梗？！"

白晶一下子傻眼了。

她描着金粉的眼线框不住眼睛里的惊愕和恐惧，女孩瞬间脸色惨白，站在那边呆头鹅似的，进也不是退也不是。

谢清呈："急救电话不知道吗？！"

白晶可能原本是知道的，但骤发情况下，脑中一片空白："是……是什么？"

"120！"

"哦哦哦……"人命关天的事儿，白晶也没料到会这样，慌忙抓起谢清呈丢还给她的手机，就拨了急救电话。

"喂？110吗？哦，不是不是！你不要挂！我说错了！我没有要报警，我就是要打你们电话！我……我这里遇到个老人突发急性昏倒炎……哦不是，是那个啥，急性心肌炎……"

"急性心梗！"

"啊！是！心梗心梗！"

磕磕巴巴结束了通话，白晶舒了口气，稍微缓过了点神，但还是不敢靠近谢清呈和老流浪汉。

谢清呈处理了老人口鼻处的分泌物，很小心地把人调整成平躺姿势避免窒息，这会儿他额头已经全是汗了，抬头对白晶道："搭把手。"

白晶立刻道："我不要！好恶心，谁知道他有没有传染病啊！而且我这身衣服很贵的，被弄脏就报废了呀。"

谢清呈怒不可遏："你衣服重要还是人命重要！过来搭把手！"

"不要，你这是道德绑架吧？你知道我买一件这样的衣服要努力工作多久、站多长时间吗？而且他发病肯定是有基础病啊，又不是我的错，我……"

老头子哇地又吐了一大口白沫，白晶看得喉头发紧，差点跟着干呕出来，她连连后退："你不要勉强我……我不行的。"

所幸这时候围观人群里有个阿姨跑出来，阿姨先是骂白晶："小姑娘，你有没有良心的啦？你也有老的一天的啊！衣服穿得嘎嘎光鲜，心怎么这么坏啊！"

白晶："我——"

阿姨翻了个白眼就不理她了，对谢清呈道："你和我说怎么做吧，我来帮忙。"

而有的时候，人就是这样，一群人都安静地、远远地站着看着，都不会主动上前帮忙，而一旦有了第一个开口的人，其他人也就会雨后春笋般冒出头来。

一时间，之前那些远观着怕事儿不敢靠近的人都围近了，主动提出去附近找找有没有药店可以买急救药的，给他们扇风凉的，就都出现了，硬生生把白晶挤到了一边。

但围观群众再热心，也解不了燃眉之急，只得焦急地等着时间一分一秒过去。

可惜事与愿违，就在这当口，白晶电话响了，是医院打来的。

"很不巧的情况，你们那边进去的路，有一条是地面塌陷大水管破了主干道被淹，根本无法绕道，有一条是老街道也开不进去，大堵车，而且还是单行逆向道，我们要掉头。"

白晶和正在给老人实施抢救的谢清呈转述了情况，谢清呈厉声问："要多久？"

白晶这会儿也冈了，慌慌忙忙转问电话里："要……要多久？"

"掉头过去，最快也要三十分钟了。"

谢清呈看了一眼老人的状况，三十分钟赶过来，这简直是要命。

怎么就这么倒霉，现在出事故，而且还是地面塌陷水管破裂主干道被淹！

正不知该怎么办才好时，马路口忽然闪过两道刺目的车大灯灯光，矩形尾灯也从容不迫地点亮，一辆张着小翅膀的豪车自华灯璀璨处沉稳无声地驶来，然后好巧不巧地，就从单行道驶向了这个事发路口。

白晶对所有豪华奢侈的东西都有着难以克制的直播欲，哪怕在这风口浪尖人命关天的时候，她也下意识地就要举起手机对准这辆豪车，生怕错过一秒它就要开走了。

可是没想到，那辆豪车居然缓缓开到他们身边，停了下来。

白晶难以置信地瞪大眼睛。

接下来的一幕更是让她大吃一惊，只见她梦寐以求的大豪车的后车窗寂静无声地降下，一个女孩探出头来，冲着她身边正在给老头子急救的谢清呈喊了一声——

"哥！"

白晶震惊。

谢雪："贺予请我来吃烧烤路过这里，我老远瞅见人影，觉得好像是你，就让他过来看看，真的是你啊……啊！天哪！你身边这个人怎么了？出什么事了吗？！"

谢清呈抬头望去，被真皮座椅包裹着坐在另一侧的贺予隐匿在黑暗中，旁人只瞧见他一个沉稳优雅的侧影，轮廓特别英俊斯文，但仔细打量，又仿佛能捕捉到一种禽兽败类的气息。

谢清呈并不想麻烦贺予，但这会儿也顾不得那么多了："遇到一个病人，受了刺激，急性心梗，我做了简单处理，不过需要紧急送医。"

谢雪一惊："救护车呢？"

"打了，路况不行，要三十分钟后才能来。"

谢雪一听，立刻打开车门跳了下来，忙跑到老人身边，一点也没有嫌弃老人的意思，只是她不懂急救，茫茫然站在旁边，不知该从哪里配合，急得直冲车上喊："贺予！贺予！你快下来帮忙！"

斯文败类下车，看了老人发紫的嘴唇一眼，当机立断："坐我车去。"

谢雪是个傻瓜："别人不给你让道怎么办啊？你看这早晚高峰的。"

贺予冷笑："他们撞上来试试。"

回头问司机："老赵，你开得稳吗？"

"我开得稳，但是谨慎惯了，不一定快……"

而且就算小贺总你说撞我也不敢撞啊！

"那你下来。"贺予挽了一截衣袖，长腿一迈径直上了驾驶座，看也不看就拉下手刹，嘴里还嚼着口香糖，"上车，十分钟就能到市立医院。"

谢清呈："你有驾照吗？"

贺予面无表情："没有。你坐不坐？"

"他有！"谢雪真服了他们二位了，尤其是贺予，都到这份上了，还要和她大哥"杠"，"他境外机动车驾驶证刚在国内换完本！哥，你别听他鬼扯！"

老人在谢清呈的指导下，被小心而平稳地抬到了车座上，一行人都已经上了车，贺予系上安全带正要一脚油门来个生死时速，忽然那只瘸腿小狗冲过来，在已经缓缓关闭的车门外，冲着车上的人汪汪直叫。

谢雪心肠软，看着那冇着毛瘸了脚却还在车外跟着的小狗，忍不住道："好可怜……"

贺予看了她一眼，副驾车门再一次打开了："抱上来。"

谢雪立刻跳下车，手绕过去，举在了小狗两只前爪下面，将那只脏兮兮的小黄狗抱上了车。

小黄狗："呜呜……"

仿佛感知到自己没有被抛下，小黄狗先是扭头看了看躺在后座的老人，然后抬起毛茸茸的嘴，黑豆般的鼻子感激地嗅嗅谢雪的脸颊，又扭头把脸凑到驾驶座，伸出湿润的舌，小心翼翼地在青年脸庞上舔了一下。

贺予无视了狗的讨好，一键记忆还原他的驾驶后视镜，骨节秀长的大手握上了方向盘："打刚才的急救回拨，路上和他们说明我们的情况，走吧。"

不幸中的万幸，老人因为在第一时间得到了专业急救，送医又及时，忙活了大半夜，总算是脱离了险境。

夜间抢救室病房外，谢清呈签了一系列单子，打开手机APP结账，却发现钱不太够，正犹豫着该和窗口办事人员怎么说，忽然背后伸出一只手，隔着他从服务窗把卡递过去。

谢清呈回头，看到贺予的脸。

"怎么是你？"

贺予："没事。不用谢我。"

由于老人是流浪人员，没有找到亲属，身份证也不在身上，有些手续很麻烦。如果不是谢清呈曾经在市立医院就职过，而且夜间急诊的巡回主任又和他认识，这事儿恐怕也没那么顺当。现在老人虽然脱离了危险，但很多程序还需要对接补办，医院还联系了负责城市流浪人员管理的单位，请他们过来帮忙处理。

贺予他们作为见义勇为的热心群众，暂时也走不了。

"那位姓白的小姐就是你相亲的对象？"

垫付了费用，贺予和谢清呈走到医院后花园透透气，贺予这样问道。

"嗯。她人呢？"

"和谢雪在地下车库休息，太晚了，两个人都有点困，谢雪不放心，让我上来看看你。"贺予道，"你怎么和这样一个女孩子相亲？"

谢清呈板着脸："随便吃个饭而已。"

"那你不如直接拒绝媒人，我看你也没什么诚意。而且她和谢雪差不多大吧？您都中年了，也不太合适。"

谢清呈这会儿放松些了，他嫌贺予烦，什么叫三十二岁就中年了？要不是今天贺予帮了忙，他肯定要说小鬼你管太多。但现在这样，他刚把人家当完司机又当提款机，也实在骂不出太狠的。于是谢清呈满是血丝的眼睛觑过去，硬生生把"中年人"受了，冷冷道："受教了，我也确实不想再和三十岁以下的小毛孩多啰唆。"

"……"

小毛孩和中年人针锋相对，互相都讨不到言语上的便宜，谢清呈干脆把脸扭开。

市立医院后花园的紫藤花架走廊很长，谢清呈手插在兜里，沉着面庞不吭声地往前走。这条路十年前他常经过，那时候花园还没有完全修好，不像现在这样一步一景，道路两旁甚至会有无证摊贩趁着城管没来，在这里售卖煎饼馃子、粥面饭团。

后来他从市院辞了职，再后来那些年，他就再也没有走过这条紫藤花路。

大约是故地重游，有些触景生情，谢清呈静默了好一会儿，突然开口说了句："喂，小鬼。"

"嗯？"

"你们现在这些小年轻，是不是都很喜欢当网络红人？"

"我没兴趣。不过赚的钱多，确实有不少人想当。那个白晶是个主播？"

"你怎么知道？"

贺予笑笑："看出来了。"

他又问："那个老伯发病和她有关是吗？"

夜风吹过，藤萝沙沙作响。

谢清呈说："他错把人家当作自己女儿，白晶就追着他直播，那病人一直在躲镜头，求着她别拍了，但她听不见，她只看得见自己直播间里进来了多少人，想要关注。"

顿了顿，谢清呈冷道：

"那算是什么东西。"

贺予叹了口气："谢清呈，你觉得无所谓的，在有些人眼里就是改天换命的筹码。你看他们追名逐利的样子很奇怪，他们同样不明白你为什么会这样想。人和人是同一物种，但又是隔阂最大的物种，常常无法彼此相信，更别提相互理解。有时候两个人互相看着，就等同于看另一物种。"

贺予说到这里，手机忽然响了。是司机打来的，原来是贺予车开得太嚣张，简直街头一霸，巡逻交警气疯了，追到了医院来。

司机："咱们请医生给做个解释吧……这是特殊情况。"

贺予："没事，把本拿给他扣分罚款，不用浪费这个时间。"

他挂了电话。

谢清呈："你有钱烧得慌？"

"对我而言时间就是金钱，我不喜欢把时间浪费在没必要的地方，比如和公职人员解释。没准还要找记者来写个催人泪下的采访。"

贺予杏眼垂下，黑漆漆的眼底显得很冷漠，甚至有些不易觉察的病态，但嘴角又是挂着笑的："那我还不如多和您聊聊天，反正他们干的事儿您也能干，是吧？比如查我驾照。"

"……"

见对方脸色难看，贺予嘴角的调侃慢慢地就化到了眼睛里，他手插在裤子口袋里，目光往前，没再瞧着谢清呈的脸，而是随意落到前面某个地方。然后他身子前倾，保持着略微欠身的动作，眼望着远处，声音低低贴在男人耳边："哥，我车技怎么样？"

"……"

谢清呈脸色更难看了。

怎么还在计较谢清呈问他驾照的事儿！这人心眼得有多小？

他沉着脸冷笑两声："有空再多练练。小伙子别那么毛躁，毕业就可以当个司机了。"

然后他再也不想和贺予废话，寒着脸拂开垂落在眼前的藤萝，管自走在了前面。

贺予还没挤对完他，但也可能是调侃出趣味来了，不依不饶地在那边阴阳怪气："谢总，那我给您当司机，您给我配什么车？月薪多少？"

谢清呈没回头，声音传过来："一辆五菱宏光，再给你配点药，爱干干，不干滚。"

贺予插着兜看着他的背影，球鞋在地上踢了一下，眼神病态，轻声低骂："配点药？……真有你的谢清呈，我可欠你的。"

08 | 还把我当用人使唤

"这个老人叫庄志强，确实是个'钉子户'。"

半个小时后，民政局下属救助站的工作人员来了，和医护以及谢清呈一行人一面道谢，一面解释。

谢雪和硬要挤顺风车的白晶也从地下车库上来，坐在医务室的沙发上，听着具体的情况。

"庄志强老人……唉，他的情况有些特殊，是我们救助站一直没解决的问题。"工作人员搓着手，呷了口护士用一次性纸杯泡的茶，咂了咂嘴叹息道，"大概是三年前吧，他就来沪州了，说要找女儿，但我们查了他的户口，他就是个独居老人，家在陕州的窑洞里，那地方穷得连鸟都待不住，他根本就没什么邻居，打个水都要走二里地，我们的人还专程去访问过他们村的人，都说老人家很孤僻，对他的情况全部不了解。"

"那也不是你们推卸责任的理由，这种危险分子，你们不该把他抓起来吗？他影响市容市貌，而且还可能会攻击人哟！"白晶忍不住嚷起来。

"小姑娘，是这样的。"工作人员面露难色，"我们不能抓流浪人员，他们也是社会公民，我们只能安排住处，送医救治……"

白晶愤恨地说："我不管，精神病人就应该全都被强制性拘禁，这些不正常的人，难道不该被隔离起来？"

贺予原本对这女人也没什么好恶，他这人道德底线比较低，也可以说对各种人的宽容尺度比较高，谢清呈和他讲的那些事，在他看来也没什么好置喙的。每个人有每个人的活法，每个人有每个人的选择。

但白晶这几句关于精神病的嚷嚷，那可就真是在他的雷区蹦迪了。

贺予的嘴角忽然就带起了一丝似有若无的冷笑，低着头，一句话也不说。

救助站工作人员擦了擦热出来的汗，说道："小姑娘，你先不要激动，我向你保证，因为现在看来，庄志强老人的病情确实是有加重的可能，不排除会丧失部分民事能力，所以等他这边情况好一些了，我们会带他去合作的精神病院监护和治疗……"

谢清呈忽然问："哪家精神病院？"

"按现在的这个情况，估计是去成康吧。虽然设施管理上是落后了些，但是宛平那边和我们合作的收容量已经满额了，也是没办法。"

白晶听了，总算满意了，嘀咕道："这还差不多……"

这边正说着话，急诊科的医生来了。

医生和他们说了庄志强抢救的情况，因为施救及时，已经摆脱了生命危险。如果想进去看一下的话，可以进一个人去看看。

"最好是女孩子，病人意识还是不清楚，一直想找他女儿。"

谢雪起身："我去吧。"

她跟着医生走了。

贺予原本懒洋洋地靠在会客室沙发上，手肘往后撑在沙发靠背处，低着头神情淡漠地听他们说话。这会儿见她走了，把长腿一收，也准备跟着起身。

谢清呈带着很明显的审视和戒备："你站住。"

"怎么了？"

"你成天跟着我妹妹干什么？"

男生坐回了沙发，安静了片刻，看似在温雅礼貌地商量，其实杏眼里全是讽刺和调侃："那您看，我成天跟着您怎么样？"

"……"

贺予温沉道："这儿有您和您的相亲对象，我坐着多不好。给您留个地，省得碍事。"

白晶立刻不负所望，嚷道："我和他没戏！"

贺予轻笑了一下，没去看白晶，他侧过头，用只有谢清呈能听见的声音说："谢医生，您看您是不是年纪大了，魅力不够用了，那么一个小女孩都搞不定。"

"……"

谢清呈冷着脸，嘴唇微动："你赶紧滚。"

贺予笑笑，忽然起身抬手，朝他身后撑过去，谢清呈吓了一跳，不知道这不按常理出牌的斯文败类要做什么，只在贺予倾身压过来的时候闻到了男生身上的青春气息，没碰到都能感受到胸膛的热度。

这种属于年轻男性的压迫感让同样身为男人的谢清呈非常不适应，他这人很爷们，立刻就产生了雄性领地被入侵的烦躁感。

谢清呈刚要推开他，这个入侵他安全距离的男学生已经自己站直了身子，手里是一大袋子从他身后茶台上拿来的咖啡。

——刚刚贺予点的外卖，还没分掉。

"哥，我拿个饮料而已。"

贺予看着男人难看的脸色，嘴角的戏谑更明显了，他把纸袋里的咖啡分了，递给了救助站的人、医生和护士，又让人给谢雪那边也拿了，连白晶也有一杯。

但——

"啧，您看，真不好意思，忘了您的。"

顿了顿，他把自己那杯冰咖递给谢清呈："要不您喝我这杯？"

但他明显没什么诚意，吸管都已经戳进去了，就这样拿在手里，径直递到谢清呈唇边。

他原以为谢清呈会拒绝的。

没想到谢清呈被他惹来了火气，阴沉沉地抬眼，然后就那样坐在沙发上，以一种贺予意料之外的、被小兔崽子伺候的姿势坐着，那色泽浅淡的嘴唇微微张开，然后他抬眼盯着贺予，慢慢噙住了贺予杵在他唇边的那根吸管。

嘴唇含上，然后他就这样盯着贺予，狠狠地、毫不客气地吸了一口。

谢清呈喉结滚动，充满挑衅意味地咽了下去。

"放边上吧。"然后他松了口，嘴唇湿润，眼神尽是锋芒，"算你孝敬。"

"……"

贺予看着他低头张嘴含住吸管的动作，总觉得心里一阵烦热，好像是被恼的，觉得这人真是说不出地欠折腾，贺予本来是想看他尴尬狼狈，或者恼羞成怒。

可是他居然给了贺予一个处变不惊、居高临下的姿态。

贺予有一瞬间真起了种冲动，恨不得把冰咖泼他那张冰块"爹脸"上，然后再看他满脸淌水、衣衫湿透的难堪样子。

但他最后只是笑了笑，把冰咖啡轻轻搁在了茶几上，低头的一瞬他轻声对谢清呈说："好啊，既然是您要的，那就一滴都别浪费了，好好喝完，喝干净了，不够就叫我，我再给您送来。"

"这哪儿好意思，一晚上又是当司机又是送存折，现在还是外卖小哥。"谢清呈冷笑，拿了那杯咖啡，细长的手指抚过凝着冰珠子的杯身，"忙你的去吧。"

说完向他晃了晃杯子。

贺予黑着脸走了。

周围一圈人看他们这么唇枪舌剑，也看出他俩不太对付，多少有些尴尬，但谢清呈没当回事。

他起身直接在众人的注目下把咖啡扔垃圾桶里了，小男生大晚上才点咖啡，他这岁数了这么折腾还要不要睡觉？

谢清呈重新坐下来，一脸冷静地看向救助站的工作人员："不好意思，客户的孩子不懂事，让您见笑了。"

"没……没事。"

干笑两声。

谢清呈："说到哪儿了？哦，对了……你们确定庄志强没有女儿吗？"

工作人员回神："对呀，没有，庄志强老人连亲人都没有。我们是要帮助流浪人员与其亲属或所在单位联系的，但是这个老人没有可联系的对象。"

谢清呈沉默了。

以他的经验，他觉得庄志强的反应并不像是平白无故的癔症，"女儿"一定是他的心结所在。

"闺女……"病床上，插着氧气管的老头子在昏睡中依然喃喃絮叨着那个或许是他臆想中的人，"了不得的女娃，老汉看你打小长大，看你背着小书包读书，看你考上了大学，去了大城市……"

他停了好一会儿，一滴混浊的泪从皱纹纵横的眼皮子里头渗了出来。

老头子的梦呓带上了委屈和哽咽："你怎么就……不能再回来看看你老汉呢……"

谢雪心肠软，在旁边听得直掉泪，经过护士的准许后，主动拉住庄志强的手，在他病床旁边道："老伯，你不要哭啦。我……我在的。我在陪你哦。你要赶紧好起来……"

她和病人接触的时间不能太长，宽慰了神志模糊的老头子一会儿，医生就和她说差不多了，该出去了。

谢雪消杀完毕走出急诊抢救室，从包里掏纸巾想擦擦眼泪，但是发现纸巾已经用完了。

这时一只漂亮的手递给了她一块男士手帕。

谢雪抬起有些红肿的眼睛，对上贺予温柔微笑的脸。

贺予在谢清呈面前一脸败类畜生样，在谢雪面前却还挺人模狗样，递去的手帕都特别精致考究，雪白的绢布，一点多余的折痕都没有。

"擦擦吧。"

"谢……谢谢你。"

"没事。"

他早知道谢雪是这个反应。

谢雪生下来不久后，父母就都去世了，祖父辈也早已不在，她从小就很羡慕别人能大声地喊着爸爸妈妈爷爷奶奶，那是她在每年清明时节，站在谢清呈撑开的黑伞下，捧着一束温柔的白菊，才能小声对着冰冷湿润的石碑唤出的几句话。

所以她最看不得父辈祖父辈年纪的人没有子女陪伴。

"医生，"她擦了泪，又和急诊科的大夫说，"等老爷爷转去精神病院的时候，你们和我说一声好吗？我陪他一起。"

贺予微微皱起眉："你去那种地方干什么？"

"没关系，刚好学校还要让我去和几家监狱以及精神病院谈一谈带学生探访的事。说要给编导班的学生多一些特殊的社会阅历。但我都还没来得及去谈呢。"谢雪抽了抽鼻子，"都是顺便的。"

她都把话说到这份上了，贺予也不好再说什么，只得走到旁边抱起那只流浪的小黄狗。

小奶狗被贺予掐着肉嘟嘟的腋下举到面前，黄白交错的腿虚空蹬了两下。狗子的黑豆鼻对上他的杏眼，狗有些发愣。

贺予温和地问："我给你办个狗证，你暂时住我家里，等你主人好了，我再把你送回去。"

小狗颤颤地发抖："呜……"

动物常有这种被称为第六感的能力，它们能分辨出一个人微笑之下的压迫力和病态，于是小狗又害怕又想要讨好他，伸出软软的舌尖紧张地舔了贺予一下。

贺予笑了，指节抚摸过狗脑袋，由着狗舔着他的指尖，眼神幽微："乖。你比那人识趣。"

09 | 我不理他了，我要向她表白

终于把这个意外的插曲处理好，一行人又累又饿，贺予就问他们要不要去吃消夜。对于这个提议，第一个举手欢呼积极赞成的人，是和他们无甚干系的白晶。

"好的呀好的呀，去吃粥好伐啦（好不好）？外滩那边有家酒店，做的鱼翅海胆粥那是一绝，去吃那家怎么样？"

贺予转头看谢雪。

谢雪擦了擦眼泪，有些不高兴地瞅了白晶一眼："我想吃烧烤，吃垃圾街。"

"那就吃垃圾街。"

白晶："啊……这也太……好吧……"

谢雪在场，贺予多少顾及谢清呈的面子，也问了他一句："你呢？"

"我就不去了。我带这狗去打针，做个领养检查。你要养的话，回头给你送去。"

说着谢清呈看了眼乖乖坐在他脚边的小黄。

小黄倒是很喜欢谢清呈，绕着他欢快地打转，摇着毛茸茸的黄尾巴："汪！"

半个小时后。

沪州夜市摊。

"老板，要五十串掌中宝、五十串羊肉串、十串烤年糕、十串烤香菇、一打烤生蚝，再拿五瓶啤酒哦。"谢雪一到烧烤店门口，就熟门熟路地招呼道。

"这种地方会不会很脏啊……我从来都不吃的。"白晶伸出两根手指，恨不得用指甲尖来翻弄油腻腻的菜单。

谢雪没好气地翻了个白眼："不是你硬要上车、硬要跟来的吗？"

"哎哟，小妹妹，你这么凶干什么啦。我也饿了呀。"白晶一面说着，一面就往离贺予最近的那张座位上老大不客气地摆好了她尊贵的臀部，"就是麻烦你点清淡点的，太晚了，我怕会长胖。"

谢雪瞪她，凶神恶煞地一拍桌，拔高嗓门："老板，再切十个油爆兔头！"

白晶："你——！"

贺予淡淡地说："那你来二十个吧，我也想吃。"

白晶："……"

烤串这活儿说简单也简单，说难也很难，同样是烤掌中宝，换作伙计烤的就缺了灵魂。而老板胳膊一颠，竹签一震，烤至金黄吱吱冒油的软骨就滴落了多余的脂肪，酥油跌在木炭中发生了奇妙的化学反应，油脂的焦香和四散的星火一同蹿上来。隐匿在青烟中的老板就像一位深藏不露的绝世高手，鼻翼微动，只一闻就能从烟气中捕捞到微妙的美味因子，知道这个时候该离火了。

于是装盘上桌，趁热呈上，一把烤串的火候个个掌握得恰到好处，这些慰藉人心的串烧好像都成了美食界的东家之子，嫩一成则嫌生，老一成则嫌柴，焦酥得宜，咬一口脂香能在口中像雪花般吱呀化掉。

谢雪算这家店的熟客，点了一桌子烤串，几乎要把铺着轻薄塑料桌布的小桌压垮。她在对这一桌美味风卷残云，白晶却还端着，尽心竭力地表演了一场川剧里的精髓——变脸。

"小贺总不是沪州人哦？"白晶眨着做了半永久卷睫毛，抹着珠光唇彩的嘴咧得老大,"听口音不像的。"

贺予笑着问:"白小姐,您查户口吗?"

"哎呀,没有啦没有啦。"白晶忙摆摆手,尴尬地捋了捋头发,"那个,我之前在燕市读过研究生,燕市经济大商管系的。听你普通话挺标准的,我就在想,会不会是北方人。"

"那您是个高才生。"贺予很斯文地笑了笑,在烤盘里翻拣出一只瞪着眼睛死不瞑目的兔子的脑袋。

白晶没听出来,继续絮叨:"是啊,所以我在专柜工作主要也是为了积累经验,以后要晋升管理的啦。在一线可以长见识,我服务过挺多明星和老板的,前几天还见到了一个演员,就是最近那个黄金档电视——"

贺予咔嚓一声,森森白牙将烤串咬了个粉碎。

白晶噎住了,好像没说完的话都被贺予隔着空气咬碎在她的喉管间,她瞬间感觉脖子有点疼。

贺予微笑,白晶这会儿才发现他有虎牙,但生得不算太明显,要斜嘴笑的时候,才会从他的薄唇下面隐约露出来一点儿。贺予慢条斯理地吃着:"白小姐边吃边说,你既然是和我们一起来的,也不要饿到,你不喜欢兔头吗?"

白晶慌忙摆手:"我……我平时饭量可小了,只喝几口可乐就饱了,不用不用……"

"是吗?"贺予把碎裂的骨头往盘中一扔,笑了笑,"那真是太遗憾了。"

酒过三巡,白晶虽在言行上收敛了些,但最后实在忍不住诱惑,想去加贺予微信。见状,谢雪终于忍不住了,这女的是和她大哥相亲的,加贺予微信干什么?也太不尊重人了吧!

因此她怒气冲冲地说道:"不好意思啊,他微信不能给你。"

"为什么啊?你是他女朋友吗?"

"我——我不是!"谢雪怒道,开始瞎编,"但贺予有女朋友了,大美女,性格特狠,很会吃醋,比他大好几岁,管他很严,不听话会扇他巴掌,出门也要我看着他老不老实呢。是不是啊贺予?"

谁料贺予淡道:"你说的那是军统特务。"

谢雪气得在桌子下面踩他。

贺予:"我没有这种女朋友,我也不喜欢很会吃醋性格特狠的大美女。"

谢雪踩得更重了,结果发现自己的脚有点疼,低头一看,绝了,她踩的是桌底架。

贺予笑了笑，不动声色地把靠在桌底架旁边的长腿收回了，将撒了花椒粉的烤串递到谢雪盘子里，然后转过脸对充满期待的白晶道："不过呢，小姐，我确实有喜欢的人了。所以不随意加女孩子的微信，请你见谅。"

白晶顿时难掩失落："咱们做个普通朋友也不行吗？"

贺予这回连敷衍的笑都没有了，平易近人的青春气似乎在一瞬间从他身上消失殆尽，他静静地看了对方一眼。

"谢谢。但我觉得我们不是一个世界的。"

说完这句话，等于无形中拆去了对方的台阶，气氛一时僵硬得厉害。

贺予抽了张纸巾，一根手指一根手指地把拿过签子留下的油渍擦拭干净，然后将纸巾一扔，冷淡地乜过那位面色精彩的女士，平静道："我去洗个手。"

这世上不是每个人都社交白目听不懂人话的，白晶准确接收到了这位帅哥对她不屑一顾的冷硬态度，而餐桌上姓谢的那女的显然经历过之前的事情，也不想和她多费口舌。她自觉尴尬，终于找了个托词说是临时有事，灰溜溜地离开了饭桌。

过了一会儿，贺予回来了，见她已经走了，扬了扬眉，连问都没多问一句，一脸无事发生的样子在谢雪身边坐下。

谢雪连翻几个白眼，又骂了白晶几句，然后才吱吱嘎嘎地咬了两串掌中宝，扭头对贺予道："你刚刚说你有喜欢的人？真的假的？谁呀？"

"我逗你玩的。"

谢雪拍了拍胸，又小口抿了啤酒："哦，那你可吓死我了……"

贺予手上的动作微微顿了一下，望向胸无城府的女孩侧脸。

"你看着我干吗？"

"我有喜欢的人你害怕吗？"

"那当然。"

"为什么？"

"因为我还是光棍啊，你脱单了，我不就不能经常来找你玩儿了。"

什么破理由。

谢雪："你笑什么？"

贺予抬起手，拇指轻轻擦拭去她唇角无意沾上的胡椒粉，展开眉目，当作无事发生道："你怎么吃个烤串还能蹭嘴上。"

其实他想和她告白很久了，从回国起就一直有这个打算。

只是贺予这人讲究，他觉得告白这事儿吧，应该是郑重其事的，而不是头脑发热心血上涌，然后不假思索地，在闹哄哄的街头就这样道出自己隐藏了那么多年的心事。

这样想着，他岔开话题："你以后别让你哥和这种年轻姑娘相亲了，他都老大不小了，本来性格就古板，同辈的阿姨们都受不了他，何况这种女孩。她和你哥的代沟得有多深。"

"你干吗说我哥坏话啊？他对你又不差！"

贺予："我说的是实话。"

"我呸！"

贺予翻了个白眼，无法理解谢雪的"兄控"："真的，你把滤镜摘了仔细看看，你哥都大龄二婚男士了，找个贤惠点的性格好的就差不多了，这么年轻的真的不适合他。"

"你就省省吧，我哥那么帅那么好，他凭什么将就？"

"他帅，成天就趾高气扬斜眼看人，又没人欠他。"说到这里，贺予眼前就仿佛浮现了谢清呈那张神色淡漠的脸，想到他微微松口、倾身、齿间咬住吸管的样子。

那架势，就好像哪个总裁在理所当然地被助理服务一样，明明连钱都没有。怎么就能那么气定神闲、挑衅讽刺！

贺予想着就又有点来火，不知杵到"谢总"嘴边的得换成什么才能让他的镇定扫拂干净，令他眼神迷茫，面容被狼狈与屈辱所侵袭。

不过，谢清呈那张脸上真的会露出那种脆弱的神色吗……

贺予从未见过，想了一下，居然也想象不到。

"你在思考什么呢？"

贺予心不在焉地道："想你哥。"

"啊？"

"我在想你哥有没有失态无措被人比下去的时候。"

"哦，那你死了这条心吧，从我记事起我就没见他那样过。我大哥特别厉害，可冷静可强悍了，你别看他现在成天西装西裤拿本书，他像你这么大的时候是我们那片最会干架的。有一次一群流氓欺负我，他一个人抡着根钢管就把他们十多个混混给收拾了拎去派出所……后来那群小流氓见到他就差拿地毯给他铺着走道儿了，全部点头哈腰管他叫哥，只有一个人除外……不过那是个别现象，不能作数。"

贺予看着她眼里泛着的光，更不舒服了，笑笑："你怎么还是和小时候一样，一提起他就面露崇拜，总觉得你哥是你的救世主。"

"他就是啊！你根本不知道他一个人又当爹又当妈还当哥地把我养大有多不容易……"

"那你也很听话，很给他省事。"

"哎，我不行，我连他十分之一的能耐都没有。"谢雪一边吃串一边摇头，"哎，我不行我不行。"

两人说着话，贺予在闹嚷的酒肆烟火中看着她自惭形秽的样子，觉得她有些好笑，眼神渐渐温柔起来。他想，这么好的一个女孩，不会只有他一个人喜欢。

他确实不能再等了。

当天夜里，贺予没有回寝室，时间太晚了，他不愿意吵到室友们，于是在把谢雪送回教工宿舍后，他让司机把自己丢到一家常去的酒店，洗了个澡就在蓬松的鹅绒枕头间躺下。

"我到了，你……"

手指飞快地摁过手机屏幕，但思绪在打到一半时就触了礁。

贺予最后叹了口气，把对话框里的内容删除，凝视了微信聊天界面上那个梦游熊的头像半晌，只发了最简单的两个字。

"晚安。"

刚要关机，就听丁零一声，贺予以为是谢雪的回复，立刻拿起来看。

但消息居然是"救世主"发来的，原来是一条转账信息。

"刚才在医院网银设了限，现在我弄好了，钱还你。"

贺予原本就特别讨厌谢清呈这样，加上不是谢雪的回复，更加冷淡。

"我救个人而已，为什么要你付钱？"

谢清呈也特别讨厌贺予这德行，又懒得和他吵，干脆说："那算服务费。"

"什么？"

"你给我开车的服务费，我就算现场找个代驾也找不到像你这样年轻力壮会飙车的司机。"

"……"

他真能耐。

这世上有几个人真的敢把他当司机还给他打服务费？

而且这怎么听起来和"嫖资"一样！

贺予眼神阴沉，正准备再回，忽然不小心退了一下，看到了谢雪的聊天界面。

他又想起了谢雪提到谢清呈时亮闪闪的眼睛，还有那句："你根本不知道他一个人又当爹又当妈还当哥地把我养大有多不容易……"

"……"

算了，他好歹是她的大哥。

贺予于是回复："不客气，谢哥，以后您有需要随时叫我，包您坐得舒服，回回满意。"

"先给我看看你在国外的车险理赔单再说吧。"

贺予的脸又黑了：我就不该给他一点好脸色！

这时手机又振了一下。

这次不是谢清呈，是谢雪。

谢雪回他："晚安！今天谢谢你了。"

她从沪大的教工宿舍浴室出来，擦着湿漉漉的头发，打着哈欠，刚摸出手机就看到贺予给她发来的晚安消息，不由得笑了，回了他这条消息。

然后她坐到桌前打开手账本，虽说这年头几乎没什么人会用纸笔记录自己的日常生活，但总有几朵奇葩有这份怀旧的心，愿意与锈涩的墨水、修尖的钢笔、米黄的纸页一起徜徉在昨日里。

把写字台上的灯调亮，谢雪开始写自己的睡前小记：

"今天我哥又去相亲，但是那个女孩子我不喜欢，我觉得……"

洋洋洒洒写了五百多字，可能是提及了谢清呈的感情状况，不免也想到了自己至今单身。

谢雪叹了口气，望了望窗外路灯闪烁的幽静的夜。

她和她哥不一样，她哥是对爱情和婚姻已经很失望的人，活得太清醒，桃花眼乜过来，看谁都显得有些不耐烦。

但她是有喜欢的对象的。

眼前隐约浮现那个人的身影，从小到大，时常瞧见他在自己面前晃荡，那么近又那么远。

虽然她清楚他们并不是一个世界的人，圈层差距悬殊。何况他还比她年纪小……

但是如今他俩都在沪大了，她也看得出来，对他有意的姑娘一茬一茬比秋天的麦浪更热烈。

如果自己不告诉他，时间也就不多了，就这样擦肩而过的话，她以后或许会后悔吧……最终落得和她哥一样的下场——和没有太多的感情的人计较着生活的琐碎，说着言不由衷的誓约，走进婚姻的坟茔，然后某天再从坟茔里诈尸还魂，重新孤身一人，为了不让长辈伤心，还要不停地相亲。

她有时候真的不忍心看她大哥这样，她感觉谢清呈很多时候是在为别人活着的。说什么不在乎旁人的目光，可是对亲眷最在意的也是他。

谢清呈过得太紧绷了。

她也不是没有劝过他，但是每次话在唇齿间尚有半截未出口，大哥就横她一眼，不是让她好好学习管好自己，就是训她说大人的事儿你少管，你一个小姑娘懂什么。

其实最不懂感情的人反而是他自己。他活了小半辈子，却只得到过一段非常失败的婚姻。

"我想试试和喜欢的人告白，从小哥哥就要我勇敢点，我觉得在这件事上也一样。不管成不成功，总是努力过了。以后想起来，我也不会后悔。"

谢雪写完最后一句话，合上了手账本。

她不知道的是，在几公里之外的酒店套房内，贺予也有了和她相似的想法……

10 | 告白那天出了事

几天后，贺予订了一家云端餐厅，约谢雪周末晚上见面，打算在那里和谢雪正式表明心意。

谢雪接了他的电话不明所以，一听到有的吃，哗的一下高兴得不得了："好呀！我去呀！我肯定去！"

"那20号晚上6点，不见不散。"

"哎？20号晚上？"

"怎么了？"

谢雪有些为难："20号晚上我可能得稍微迟到一点，因为沪一急诊科刚打给我电话，说20号晚上救助站的人就去接庄老伯去成康精神病院了。我也和成康打了招呼，想和他们的负责人谈一下带学生去探访的事……"

贺予叹了口气："那我改个时间吧。"

"可这家餐厅好难订的，我上次打电话去，对方说要提前至少三个月。"

贺予笑了："没事，你想什么时候去都成。这家餐厅有我家的出资。"

谢雪："……"

"还是不要啦，挺麻烦人家餐厅经理的，而且我也不喜欢这样。"谢雪说，

"那还就20号吧，我尽量把事情快点办完，如果有任何变化，我也会提前在微信上和你说的。"

贺予以手抵额，笑得更明显了："好，都依你。"

谢雪高高兴兴挂了电话。有好吃的啦！

转眼到了20号。

谢雪因为要替学校谈项目，为了显得正式点，她穿了一身沪大教职工的经典款小西装，和救助站的人一起陪同庄志强老伯去了成康病院。

和"宛平600"不一样，成康是一家私营性质的老旧的精神病医院，他们一下车，就闻到一股熏人的臭味，原来是护工正满脸不情愿地在指挥着清运车把那些被病人屎尿污染的床单被褥拉走。旁边还有两个负责给运输车加油的人在吵架，为了汽油有没有缺斤少两争论得脸红脖子粗。

庄老伯有些怕，往后缩了缩，拉住谢雪的手："闺女，这……"

"没事，老伯，只在这里住一阵子，回头就接您去别的地方，好不好？"

庄老伯这才慢吞吞地跟在谢雪后面进去了。

精神病院的接待处倒是布置得还算温馨，虽然设施都挺旧的，但好歹屋里的味道清爽，配色也很舒缓人心。

"救助站的小张是吧？来办理庄志强老人的暂时监护服务的吗？"

"是的。"

"领导和我说过了，您这边请。"

庄志强的病症相对较轻，被安排在一楼，谢雪在工作人员的陪同下看了房间环境，放了些心。庄老伯进去之后，一个年纪和谢雪差不多大的护工就笑眯眯地在陪他说话了，他又把对方当作了他闺女，喋喋不休的。

"那就麻烦你们了。"救助站工作人员随着住院负责人回到办公室，签订了一系列协议。

但和谢雪谈合作的，不是下面这批招待员，而是要到楼上去。招待员本来要陪她一起的，可惜走不开，于是指点了谢雪，让她去三楼24小时值班办公室直接找梁主任。

成康精神病院的第三层是重症区，谢雪坐着电梯一上去，就本能地感到一阵寒意——这里整个气氛都和下面不一样了。

铁窗，牢门，仿佛监狱，充斥在整个楼道里的尖叫和幽哭，又让整个环境恐怖得犹如鬼片里的情景。

走道内的光线虽然很亮，常年开着白炽灯，但那灯光在这种氛围下显出一种不正常的死白色。

"要死啦！要死啦！哈哈哈哈哈哈——"

"你们有病！你们才有病！"

"我不是人，我是鬼，不对，我不是鬼，我是人！……我到底是谁？我是人还是鬼？"

每间病房都是被厚重的铁门封死的，而每扇铁门上都有一面A4大小的钢化防爆玻璃，透过玻璃可以看到里面的景象。

谢雪战战兢兢地往里走了一会儿，终于有些克制不住好奇，停在其中一间较为安静的病房门口，踮起脚透过窗户往里面看。

一个女人坐在房间里傻笑，整个病房包满了防止病人自杀或自我伤害的软体，没有桌子，没有椅子，连床也是特殊的那种无棱角床铺，垂着黑漆漆的拘束带。

那疯女人就在那里摸着拘束带，亲昵地贴着拘束带，把它往自己丰腴的胸口里塞，一边塞，一边吃吃地笑："让你和那个贱女人出轨，你看，你现在啊……已经被我剁成一条一条的了……除了我，还有谁愿意这么摸着你抱着你呢？老公……"

谢雪又往下一间移去。

下一间是空的，可能病人被带去治疗了。

再下一间是个背影佝偻的男人，面对着墙壁坐在角落里，正拿东西往墙上糊，身影看上去非常安静祥和。然而谢雪定睛一看，发现他往墙上抹的，居然是他自己的粪便！

再往下的一间则是个青年，估计是自残得太厉害，被整个束缚在特制的床上，不知已经束缚了多久，还在不知疲倦地仰头大笑，边笑边哭："凭什么捆我？我想死！我想死还不行吗！你们不让我死，我出来就要杀了你们……我出来就要你们全部死光！放我出去！放我走！！"

谢雪越看心里越发毛，越发毛又看得越入神。

眼睛在玻璃窗上移动，移到下一个——

"啊！！"

冷不防对上里面一只紧贴着玻璃窗的眼，谢雪吓了一大跳，尖叫出声，退到走道的另一边，紧贴着另一边的房门，大口大口喘着粗气。

病房里贴着玻璃窗看她的那个男人长了一双斗鸡眼，眼睛大得恐怖，充血，瞧她被自己吓到了，在里面哈哈哈哈地大笑出声，乐不可支，一只酒糟鼻紧紧贴着玻璃，油垢蹭得窗面一片模糊……

谢雪心跳怦怦，好不容易缓过来一点，忽然觉得脚踝一阵冰凉。

她低头一看——

"啊啊啊啊！！"

这次她叫得比之前还要响！

是手！！

铁门除了上面的窥探玻璃，下面原来还有一块送饭的活页板！

一只苍白的小手从门的活页板里伸出来，死死抓住了她贴着门的脚踝！

谢雪差点精神崩溃了，一下子跳起来，又哭又叫，还直跺脚，小手收回去了，但里面的病人退回了屋子中央，站在一个透过窗玻璃外面的人正好能看见他的位置，那是个小男孩，有白化病，整个人像是被漂白过似的，连眼珠子几乎都是透明的，定定地看着她，咧嘴露出白森森的牙。

"姐姐……嘻嘻嘻……"

成康的隔音不好，这样一闹，整个走道的病人都觉察了，全都拥到窗玻璃前挤着看谢雪，发出各种各样的怪叫，病人和病人对话呼应，还有好几只手从活页板下面伸出来，海草似的飘摆抓着。

"有女人来看我们了！"

"什么人？医生？"

"什么医生！探监的！"

"是个女鬼！"

"抓住她的脚！"

他们当然抓不到谢雪，但笑得特别放肆，谢雪有一瞬间简直觉得自己闯进了夜枭成精的丛林，到处都是魑魅魍魉之声。

谢雪再也受不住了，正准备往回逃，不管楼下的招待员要忙多久，她等对方忙完再一起上来！

然而就在这时，她的肩膀被人拍了一下。

"救命啊！啊啊啊啊！！"事不过三，谢雪的心理防线彻底崩溃了。

"嘘。"

谢雪脸都被冷汗所浸湿，惊恐万状地回过头来，却对上一张非常漂亮的脸。

是一个美妇。

那妇人穿着一身很有年代感的复古款红裙子，红色高跟鞋。她年纪有点大了，五十来岁的样子，但依然可以看出来年轻时惊人的姣美，哪怕现在像失水变质的蛇果一样干瘪下去，也依然可以看出些当年娇艳欲滴的媚态。

她胸前挂着一块名牌：梁季成。

谢雪骤然松了口气，漏气的皮球似的，都快虚脱了："梁……梁主任……"

梁季成笑笑，但不知为什么，面部有些僵硬，好像无法完全调动自己的肌肉组织，只能将那笑容流于表面。

她轻声对谢雪说："在这里你千万别叫，你越是叫，这些病人受的刺激越大，就越要吓唬你。来，和我去办公室吧。"

5点半。

贺予忽然收到了谢雪的消息："我应该不会迟到。"

他回她："你那边谈得都还顺利吗？"

"很顺利，对方答应了我们可以让一部分学生来探访，但是要求多了点，我还在和她磨呢。"

过了一会儿："对了，今天负责接待我的这个梁主任好漂亮，大美女一个，特别有气质。你没跟着一起来真是可惜了。"

贺予懒得理她了，把手机一扔，起身从衣柜里拿衣服，准备出门去酒店等她。

到达酒店的时候还早，经理恭恭敬敬地将他引至预约的天台位置。虽然有包厢，但贺予选择了露台，可以俯瞰整个沪州的风景，而且晚风吹得很惬意，天边的红霞艳丽而庄严。他觉得谢雪会更喜欢这里。

6点05分。

谢雪还没来。

贺予给她发了个消息问她到哪儿了，是不是堵车。消息才刚发完，就听到不远处侍应生的声音："各位女士先生，请小心台阶。"

他抬眼一看——外面乌泱泱地来了一大群人，好像是某个商务会谈或者某公司的高层聚会。

贺予觉得有点吵，正想着要不还是换个位置，目光瞥过，却扫见其中一个神色淡漠的男人。

贺予愣了一下："谢清呈？"

谢清呈所在的医学院有个重要活动，几个月前学校就把地点安排在了这家酒店，现在活动已经结束了，是衔接着的晚餐时间。

贺予怎么也没想到自己点子能有这么背，在这种地方约个会，还能遇到谢清呈。

有这种"封建大当家"在，他还怎么和谢雪表白？！谢清呈没准会把他从顶层扔到下面的江水里去！

谢清呈也看到他了，和同事说了几句，走过来与贺予打了声招呼："等人？"

"是。"

谢清呈一个好事的同事走过来，见到贺予："哟，好帅的小伙子，谢教授，你亲戚？"

"客户的儿子。"

"哦……小伙子和女朋友约会啊？"这世上总有烦人的自来熟，问着毫无边界感的问题。

贺予好涵养，笑笑："我在等谢教授妹妹。"

同事更鸡血了，扭头朝谢清呈眨眼："你妹夫好帅。"

贺予看谢清呈脸色就知道，他今天要是敢和谢雪表白，谢清呈就敢把他桌子砸了和他现场打起来。

要不然还是算了，改天吧，今天和谢雪吃个饭就好。

"您误会了，是普通朋友。"他这样想着，主动微笑着道。

谢清呈还是皱眉："你约她有什么事？"

"回国之后还没好好请她一次。"

谢清呈刚想再说什么，他们那桌已经在招呼他们两人入座了，同事拉了他走，他没办法，警告意味十足地看了贺予一眼，也就回到了自己那桌去。

6点15分。

医学院教授那一桌都开始上菜了，谢雪还是没来。

不但没来，连十分钟前贺予发她的消息，也还没回。贺予又发了一条消息问她，还是不见反应。

贺予略感不对劲，干脆给谢雪打了个微信语音。

没接。

再拨电话。

先是嘟嘟嘟的等待音，等了好久之后，还是没有动静。

他再打过去——

真不对了。

"您好，您拨打的用户已关机，请稍后再拨。"

谢雪忽然从不接到关机了！

这下贺予确定出了问题，立刻起身，径直出了云端餐厅。经理见他这样形色匆忙眼神幽冷，吓了一跳，有点惊慌地说："小贺总，是哪里没服务好吗？"

"不是。"贺予按着电梯键，眼神越来越凌厉，"你让大堂给我叫辆车，要快。"

"哦哦哦，好好好。"

贺予这时候就来火了，一栋破楼修那么高干什么？上下楼还要换个中转电梯！

"丁零！"

被唾弃的电梯总算抵达了本楼层，机械暗灰色的门打开了，贺予进去刚要关门，砰的一下，一只手抵在了电梯门上，把电梯门又打开了。

贺予阴狠地抬头，要看是哪个不长眼的耽误他时间，然后就看到那是一只戴着腕表，秀长漂亮的手，顺着手臂看过去，他对上的是谢清呈神色冷峻的脸。

"出什么事了？"

四十分钟后，一路不知闯了多少红灯分数早被扣完的酒店保姆车停在了成康精神病院外。

贺予和谢清呈一起进了精神病院。

这时候天色已暗，成康精神病院的大厅内亮着灯，一层的几个轻症病人正在护工的陪同下做复检活动。

"你们找谁？"

接待处的护士见贺予和谢清呈面色不善地推门进来，愣了一下，起身问道。

谢清呈："下午有个女孩，是沪大的老师，来找你们梁主任谈项目。我是她哥，她人呢？"

"那应该在三楼吧。"护士打量着谢清呈，忽然就红着脸笑了，"帅哥这是不放心妹妹啊？"

她甜蜜蜜地打趣道："你不用这么紧张的，我们这里是正规医院，不会出什么问题，可能他们谈得久了点吧，而且我们梁主任都五十多岁了，老婆孩子都有，才不会——"

"你说什么？！"

贺予蓦地打断了她的话。

"你说梁主任有老婆孩子？"

"是……是啊。"

他的脸色一下子就变了。

原本还只是不安的猜测，现在贺予完全确定，出问题了。

手机里还有谢雪发他的最后一条消息，她那时候和他说——

"今天负责接待我的这个梁主任好漂亮，大美女一个，特别有气质……"
——梁主任不可能是个女的！
贺予立刻向楼上奔去！

此时此刻。
成康精神病院的值班办公室内，回荡着悠悠的歌声："丢呀、丢呀，丢手绢，轻轻地放在小朋友的后面，大家不要告诉他……"
"梁季成"就这样漫不经心地哼着这首歌，手里拿着一把手术刀，正一下一下地往地上砍着。
风扇在她头顶嗡嗡地转，将光影切割得混乱不堪，但仍是照亮了她面前的东西——
那是一具死去不久的尸体。
鲜血已经染红了沪大教师的工作制服……沪大教师工作服……
是谢雪！！！

11 | 他成了人质

办公室大门紧闭反锁，由于是专门设计过的防盗防爆门，谢清呈和贺予一下撞不开，楼下的接待员觉得不对，也拿着钥匙匆忙赶了上来。
"里面有声音。"贺予说。
谢清呈猛击着门，贺予认识他以来，从来没有见过他脸色这么可怕，整个人都像是疯了，失了魂：“谢雪！谢雪！你在吗？里面的人听到回话！谢雪！！"
没有人回应他。
有的只是那个温柔的女人的声音，诡谲地在其中盘桓："丢呀丢呀丢手绢……"
"钥……钥匙……钥匙！！"接待员冲上来把钥匙递给他。
谢清呈接过了，手颤抖得厉害，对了两次才对准了锁眼，咔嗒转了几圈之后锁解开了，他砰的一下撞开了门，扑面而来的是一股浓重的血腥味，谢雪血肉模糊的尸体瞬间映入谢清呈的眼帘！！

谢清呈一下子就不行了，眼前骤黑，犹如当头闷棍，天都像塌了下来砸在了他的四肢百骸，他高大的身子瞬间往前一倾，要不是及时扶住了门框，他可能就这样跪下去。
风扇还在屋内晃悠悠地转。

谢清呈不晕血，但是这一刻，他整个人都好像要被这些浓艳的血色给溺死了，他在看到了谢雪的尸体之后就什么都再看不真切，魂魄在崩溃未至时就已抽离，他开始失去意识，听觉、视觉、触觉……什么都很模糊。

背后好像有人在尖叫，似乎是那个陪同他们上来的接待员，但是他也不确定，他好像什么也听不清了。

只有嗅觉忽然可怕地灵敏。

血腥味争先恐后地往他的感官里涌，要把他的肺都扯烂撕碎。

他踉跄着走进去，生死和危险对他而言都不算什么了，哪怕现在里面的凶手能冲上来直接把他给杀了也无所谓。

那是他妹妹！！

他不知道是谁在喃喃："谢雪……谢雪……"

声音颤抖得可怖。

但，又好像是从他自己破碎沙哑的喉管里漏出来的嗡鸣。

"谢雪！！"

"别过去！！"

忽然有个人猛地抓住了他的手，用力将他拽回来："别过去！谢清呈！！"

他眼睛一眨也不眨，也不去挣脱那个人，他只管自己往前，力道大得惊人，他已经麻木了，他在这世上只有那么几个在乎的人……

在这一刻他眼前好像忽然下起了铺天盖地的雨，雨是腥的，他在雨水中枯站着，那是他第一次见到死亡——

他父母倒在血泊里，尸体是撞碎的，他双目空洞地看着……

"谢清呈！不是谢雪！你醒醒！你看清楚！！"

这句话像是击碎恐怖魔镜的咒，蓦地狠撞在他心口，将他的意识从巨大的恐惧中拖拽回来。

他慢慢扭头，桃花眸中视线聚焦，定在和他说这句话的人脸上。

是……贺予。

贺予在和他说这句话。

是假的。

不是真的。

没有死……

他蓦地回神，猛回头定睛一看——

刺目的还是那件属于谢雪的制服，但是仔细再看，那具血肉模糊的尸体身高体形和谢雪并不一样，谢雪的沪大教师制服是被勉强套在尸体上的，胸膛的部位连扣子都无法扣住……那是一具男尸！

谢清呈脚下一软，离体的魂像瞬间被强硬地塞回他的血肉，力道之粗暴，几乎让他承受不住。

他闭上眼睛缓了一会儿，才让自己从刚才那种灭顶的惊怖觳觫中泅渡上岸，但他已经浑身湿透，身上眉间都是冷汗。

正常人是无法在这么短的时间看出这具血肉模糊的尸体身份的。

光是血腥味就已经让人失去意识，无法保持头脑清醒了。

但贺予是精神病里的孤例，是被称为"精神埃博拉"疾病的患者。并且他是得过"精神埃博拉"的人当中，对血腥接受度最高的 4 号病例。

他不怕血，疯起来甚至嗜血。

所以他才能在这么短时间内判断出死者的身份。

他寒声问里面的"梁季成"："那个女孩呢？"

"梁季成"抬起头来——

她果然和谢雪最后一条信息里形容的一样，是一个极度美艳的妇人，甚至战胜了时光，岁月并没有在她脸上留下太过残忍的印记，她远比同龄女人漂亮妖冶得多。

谢清呈和贺予身后，那个已经吓得瘫软在地，并且已经吓尿了的招待员在看清"梁季成"的脸时，发出了一声扭曲的尖叫，或者说是哀号。

"是她！是她！！"

这时候保安闻讯也陆续冲上来了，见到眼前的景象全部被吓得灵魂出窍，只有少数几个人破了嗓音喊出一句——

"江兰佩！！"

"她怎么出来了？！"

江兰佩是成康精神病院的"长老"了。在这种医院里，包括普通医院的殡仪馆，都有一个不成文的规矩——太久没有人来认领的"无主"病人或尸体，都被称为"长老"。

江兰佩在这里快二十年。

没人来看望她。

甚至连她最早是怎么来的，都因为个人档案遗失，不为人知。

成康精神病院的人只知道她是个惹不起的疯子，因为她疯得最不明显，别人蓬头垢面，语焉不详，她却每天把自己梳洗得光鲜亮丽，和她说话，她也往往对答如流。

但是医院里的人都知道，她说的话虽然逻辑上没问题，可内容全是虚构的，说白了，就是很像正常话的疯话。

"不要和她多交流，护理完了就马上走，这疯女人很会蛊惑人心。"

这个规矩，从病院的大老板梁仲康立下来开始，到后来梁仲康死了，弟弟梁季成与其他合伙人接管医院，都没有变过。

倒在地上的男人，是真正的梁季成。

江兰佩阴恻恻地看着外面越来越多的人，开口道："不许报警。"

"赶紧报——"

"我看谁敢报！"

江兰佩唰地举起手术刀，指着眼前的一个个人，眼睛里闪动着疯狂的光。

"我在这儿待了快二十年，我受够了！我现在要出去，我要回家去！孩子们还在等我！"

"你……你哪儿有孩子啊江兰佩！"保安队队长算是个胆子大的，猫着腰上前，颇为紧张地冲江兰佩喊，"你没有孩子啊！你就一个人！我们照顾了你二十年——"

"放屁！你们照顾我二十年？你们那能叫照顾？放我走！我现在就要走！闪开！都给我闪开！否则……否则你们永远也别想知道还有一个女孩在哪里！！"

贺予和谢清呈听到这句话面色都很难看。

谢清呈："她人呢？"

"你当我傻！我为什么要告诉你！我告诉你了他们就可以把我抓走！"

谢清呈铁青着脸，忽然想到什么，上前一步。

江兰佩往后退两步，刀尖唰地指向他的胸膛，那锋利的手术刀还在往下淌血："你干什么？说了别靠近！"

"你抓她是为了让她当人质，是吗？"

"……"

谢清呈抬起手，盯着她的眼睛，蓦地，握住了那柄血淋淋的尖刃。江兰佩尖叫着要把刀刃从他手里抽出来，谢清呈的手掌心瞬间就被割破了，血不住地往下流。

"你干什么——你不要她的命了？你——"

刀刃被谢清呈带着，抵在了自己胸口。

周围所有人都色变。

谢清呈眼也不眨地说："我来。"

江兰佩僵住了。

谢清呈慢慢地松开自己攥着刀刃的手，一字一顿："我来代替她。你立刻把她的位置告诉他们，让人把她带到我面前！我就在这儿等着，她要是有什么三长两短，我不管你是真疯还是假傻，我要了你的命！"

江兰佩考虑了一会儿，但她脑子也是有些乱的，考虑不过来。

谢清呈的眼神太骇人了，这么一个分尸杀人魔，居然被他压得有些透不过气，她干脆也不再多想，一把将他拽过来，刀刃就抵在谢清呈的脖颈动脉处。

贺予："谢清呈！"

"那小姑娘在B3009，我的房间。"

"早看过了！别上她当！"一个保安大叫道，"江兰佩！你房间根本没人！！"

江兰佩冷笑两声："床挪开，底下有块木板松动，撬开来，是一间非常小的暗室。你们最好一起过去，除了那小姑娘，还有别的惊喜等着你们。"

几个保安面面相觑，有三个准备去了。

江兰佩忽然道："等一下……你们所有人，都把手机拿出来，丢在地上。"

"……"

所有人只能照做，一部部手机被扔在了地上，留下通信工具后，因本层楼其他房间没有安装电话，而上下楼通道又完全可以被看见，所以三个保镖被允许到不远处的B3009找人，其他人则继续留在这里。

不过一会儿，去了的保安跑回来了。

那三个人不知在暗室里瞧见了什么，果然脸色都灰得像是搅拌不均的半干水泥。他们拿床单充当临时担架，把昏迷的谢雪抬过来。

谢清呈一看谢雪就受不了了。

心脏受不了。

他一方面总算彻底松了口气，谢雪确实没事，估计只是被灌了些药，昏过去了。另一方面他又很崩溃，因为谢雪的衣服被脱了，现在是夏秋之季，天气很热，学校制服脱了之后，她身上就只剩下了单薄的白色蕾丝内衣。

谢清呈看了一眼就把目光移开了，整个人都气得发抖。

他抬手——

江兰佩："你干什么？不许动！"

"这是我妹妹！"谢清呈松了自己的衬衫，在江兰佩颤抖的、狠抵着他的刀刃下，把衣服丢给了贺予。

他双眼通红地命令贺予："给她披上！"

贺予不用谢清呈说，已经接过衣服给谢雪穿好遮住了。他把她抱起来，她整个人软软地靠在他怀里，他转头问谢清呈："你怎么办？"

　　"什么怎么办！"谢清呈厉声道，"还有什么办法？遇到你就倒霉，当初的辛格瑞拉你怎么就没翻一翻，把里面的毒药当糖吃了毒死你就干净了！"

　　贺予一下子眯起眼睛。

　　他知道谢清呈这句看似在埋怨他的话是什么意思了。

　　但他知道，江兰佩可不知道。

　　江兰佩道："你们都跟我上楼顶。"

　　"上了楼顶，我就放了他。"

　　杀人犯要逃跑，抓了人质怎么说也该是"给我叫辆车，不许报警，我开出去就会放人"。这江兰佩果然是个看似正常的神经病，她居然不往下走，要往天台走。

　　天台能有直升机？

　　但她既然这样命令了，其他人也只能照做。

　　江兰佩说："走！你们先走！走在前面！到楼顶去！快走！"

　　她催促着他们一个个往上走，等所有人出去了，才架着谢清呈，小心翼翼地往上挪。

　　成康精神病院地处荒僻之地，离城区较远，天台灯光稀疏，夜风很大，吹得人身上冷汗干透，直起鸡皮疙瘩。

　　江兰佩命令所有人都在离她有一段距离的地方坐下，自己退到水塔旁边，手术刀仍然抵着谢清呈的脖颈。

　　谢清呈说："目的？"

　　"我说了我的目的就是逃走！"

　　"那不是你的目的。"

　　江兰佩："你知道什么？天上的人会来接我……"刀刃紧紧地压着谢清呈的皮肤，已经有血淌了出来。

　　她踮起脚，轻声对谢清呈耳语："到时候你们都得死。"

　　谢清呈在谢雪安全之后，整个人就完全冷静了下来，他头脑很清醒，自己的命在他眼里确实不算什么。

　　他对江兰佩冷冷道："既然是这样，不如你现在就杀了我？反正按你说的，最后都得死。"

　　"你——！"

"不敢杀吗？"

"……"

"你在等什么？天上的人？天上哪儿有人？雾霾那么重，星星都没有。"

江兰佩幽幽地说："反正你们等着，就是了。"

她说着，这会儿大概也觉得体力跟不上了，她毕竟是个五十岁左右的女性，一直踮着脚绷着身子胁迫谢清呈，还要分出精力来提防其他人，有些受不了。于是她用余光在水塔周围扫了一圈，找到一根别人施工检修时用的麻绳，她一边用脚把麻绳钩过来，一边还是用刀刃紧抵着谢清呈的咽喉。

然后她开始绑他，结结实实地把他捆在了水塔上，打了好几个结。

谢清呈冷笑："业务挺熟练。这二十年在疯人院就净练这个了？"

女人似乎被他触了痛处，啪的一记响亮的耳光抽在他脸上，她啐道："闭嘴。"

她把他捆结实了，往后退开几步，总算松了口气。

她眼中闪动着仇恨的光："你们这些男人都是畜生东西。"

他们身后，那几个保安忍不住窃窃私语，没去救谢雪的问三个去救了谢雪的："江兰佩房间真的有密室？"

那三个保安的面色可比其他人难看太多了，有两个完全回不过神来，盯着江兰佩的眼神里充满了恐惧。

只有一个勉强还能接话："有。"

"里面是什么？"

——里面是什么？

那三个保安齐刷刷打了个寒战。

他们还没有来得及说话，江兰佩听见了，她慢慢回过头来，手中握着那把尖刀。

她笑笑："是什么？"

笑容里的仇恨逐渐像烈火烧上来，烟熏火燎的气息仿佛在这一刻实化——

"里面是什么呢？哈哈……哈哈哈哈……是爱！是特别特别亲密的疼爱……对不对？"江兰佩扭曲着脸，她确实是个疯子。

三个保安中那个唯一还能说话的以手抱头，他年纪挺大了，有女儿，因此很痛苦地开口："梁季成奸污她。"

"已经十多年了……每晚上都这样做，不管她身体怎么样……每晚梁季成都在那暗室里留张照片，进去之后，四面八方，全部都是……"

"哪止呢？"江兰佩轻悠悠地笑，"看到角落里那具骷髅了吧？"

"……"

"那是梁季成带来的'小点心'。"她用说悄悄话的姿态对他们说,但声音放得很响,嘶哑得像是乌鸦在嘲哳哀叫,"他在外面吃,怕掉点心屑,怕香味把猫惹来!他就带到疯人院,我的房间从一开始就有暗室,只有他和他哥知道,他们吃那个点心……小姑娘受不了屈辱,撞墙死了!"

她每多说一句,听者脸上的骇然就多一分。

只有贺予的脸始终是平静的。

而谢清呈是恨怒更多。

"点心自己撞死了,不能被倒在垃圾桶里,难处理,就一直丢在暗室,拿硫酸浸,肉很快就没了,骨头也不剩太多……但他们还留了点,给我看,吓我。让我别寻死,死了也是同样的下场。"江兰佩回忆这些事情时,脑子因为受到的刺激太厉害,又有些浑噩,讲话开始断续,但脸上的疯狂一点没少。

"我装作很怕,每天都迎合他们……后来他死了……就只有一个弟弟……呸!那个弟弟比他还恶心,彻头彻尾的色痞……"

"你为什么不告诉我们!你为什么不让我们报警啊!!"小护士听不下去了,满眼是泪,"你报警我们可以帮你!"

"我的话有谁会信!我是个疯子!疯子!他们让你们别和我说话!离我越远越好!你们就天天给我吃药!吃药!敷衍我!有谁听过我说话吗?有谁信过我吗?!"江兰佩怒喝道,"我是精神病人!所以我在你们眼里就是洪水猛兽!不需要认真聆听,不需要真心关切,我敢告诉你们什么?我告诉了你们,梁季成回头就能杀了我!"

B3009像是一个生锈的熔炉,里面浮沉着近二十年的欲望与罪恶。

因为有病,在正常人眼里总有一个先入为主的判断,疯女人和疯人院的主任,谁都只会相信后者。慢慢地,女人床下的暗室,就成了一个青天白日照不到的蜘蛛巢穴,女人的血肉在蛛网上腐烂。

"我恶心你们。

"我恨你们所有人!!"

江兰佩说到这里,眼里的光变得更恐怖了,声音慢慢地轻下去,抱着头。

"没人可以帮我……我早就……我早就不记得自己是谁,不记得自己从哪儿来了……我只能……我只能回天上去。"

她猛抬头看着他们。

"你们都得陪我。"

话音落，她忽然发觉其中一个保安看她的眼神很古怪，似乎透露着某种不该有的紧张，她愣了一秒，忽然反应过来，倏地回过头去——

与此同时，她感到一阵劲风袭面！她勉强避开了，但随即被对方的长腿狠狠踹着压倒在天台粗硬的水泥地面，她难以置信地盯着阴云夜幕背景下，那个赤裸着上身、肩膀劲瘦、神情凌厉的男人。

"那个结，你……你怎么可能……"

"忘了告诉你。"谢清呈冰冷道，"我父母都是警察。你这个结，我从小玩到大。"

12 ｜凶手化作火光

江兰佩被摁在地上，双眸充血，呼哧气喘，嘴角却挤出一丝癫狂的笑："哈哈哈哈……警察……有什么用！这些年有哪怕一个警察发现我被困在这个鬼地方吗？没有！"

她神志浑噩，捕捉到一个关键词就会钻到里面去半天出不来。骂骂咧咧间，她散乱的头发被风吹到了嘴里，她把发丝啐出来，眼神更为凶恶——"现在怎么样？你要杀了我是不是？你要杀了我掩盖你们的失职是不是？"

她说着，脸上浮现出冷漠的笑，受制于人，眼神竟还是嘲讽的。

"我就知道，你们这些男人都是这样，废物！什么用也没有，就会把你们的无能宣泄在女人身上！我被人当了二十年的牲口……你知道我靠什么记的时间吗？我靠那个死东西挂在墙上的照片！我每天看着那些恶心的东西，最早一张我才二十九岁！二十九！！"

"我今年五十啦……咦？或许是五十二？五十一？又或者五十不到？"她又迷迷瞪瞪，丹唇上浸着的笑瑰艳得像是一盏兑在酒里的鹤顶红，"算了，这不重要……重要的是我出来了。"

"你知道我是怎么出来的吗？

"我花了那么多年，我哄他，我捧他，我是个疯子痴女，他看不上我却要搞我，在我面前耀武扬威，找回他那些可怜的男性自尊……哈哈哈哈……我捧得他昏了头，这些年他对我越来越没戒备，有一次他脱裤子时居然把我房门的钥匙都落在了暗室里。"

她仿佛说悄悄话，又按捺不住得意地大笑起来："但我没拿。"

"我那天晚上把那个钥匙交给他，问他这是什么。他看到钥匙就变了脸色，可又见我是傻的,就放了心。他确定我是真的病得太厉害……连钥匙都不认识了,哈哈!"她的眼神忽然变得很尖锐,嗓音也是,"哪个人能过这样的日子二十年不发疯!

"他就拿那个钥匙调侃我,好像觉得我是个得了逃生门窍也不知道用的死狗!他不知道他眼神里那种得意我全看见了,我恶心得想吐!但我能装啊——谁说神经病不会伪装?我装得太好,完完全全地骗过了他,后来他越来越放松,越来越无所谓,只要他把钥匙落下,我就偷偷出去……我把整个疯人院的砖都摸遍了!但我不走!我要让这些男人都下地狱!

"终于我把一切都策划好了,就在昨天……我趁着他又把钥匙落下,拿着它,等到夜里,我出去……悄悄地偷来了一把刀。"

她手里还紧紧攥着那把刀子,血色已经在银亮的刀刃上干涸了,凝固成一种丑陋的熟褐色。

谢清呈知道自己只要稍一松手,这个女人就会重新暴起,把刀子往他胸口刺进去。

她脸上的兽性和攻击性太强了。

看天看地,都是憎恨的。

二十年让她从一个单纯的病人,变成了一头磨牙吮血的困兽。

"我把刀子藏在床下面,他又来了,用他那油腻腻的嘴往我身上蹭,我迎合他,手往褥子下面伸,然后……"

她瞳孔里好像喷溅出当时仇杀梁季成时的鲜血,还有惨叫。

"后来,我把他拖去办公室……但是我听到门外有动静,从门缝里看到是个陌生的女孩子,似乎在找什么东西。我当然不会让她破坏我的计划!我等了这么多年!所以我把尸体藏进柜子里,别上他的名牌,我走出去……去和你妹妹说话……"

她扭曲着脸,像是在和谢清呈叙述,又像是自言自语。

"这女孩长得好看,竟然还有点像当时被带回来的那个撞墙死了的小点心。我猜……嘻嘻,是小点心转世啦……就算不是也没关系,其实我也不太记得那个女孩子长什么样了,不过就是和她差不多的岁数,我觉得这真是宿命,我把她骗去办公室,趁着她不注意,给她喝了迷药……我当然知道哪个是迷药,看不起精神病人是你们这些正常人最可笑的地方,我太认得那种特制的迷药了,我不听话的时候姓梁的就给我整杯地往下灌!

"她昏过去了,我把她拖到暗室去,我想等我报了仇,她的亲人来找她的时候……一定……一定会把这儿翻个底朝天！不像我……不像我……我……"

她说到这里，眼神又黯淡下去，神情竟似有些孤寂。

谢清呈锋利的目光盯着她："所以你原本是希望事情结束之后，有人在找她的时候也找到那间暗室？"

女人没有回答，僵硬扭曲地笑了一下："现在都已经不重要了。

"我把你妹妹关到暗室去之后，又把梁季成从衣柜里拖了出来——我要在那里，在那个，我第一次见到他的地方，和他同归于尽！就我和他，像我们第一次见面时那样……没有别人！叫天不应叫地不灵，我要亲自，要一点点地报复回来……"

她一顿，盯着谢清呈的眼神里多了些刻骨的仇恨。

"可你们来了。

"你们打扰我，让我不能在那个地方给他最后的报复！

"你们打扰我……你是警察是不是？你竟然向着恶人，你杀了我吧。你杀了我，我迟早也会向你索命！"

仇恨、决绝、狰狞、疯笑。

几乎都要从她那张面孔穿出来，变成长长的獠牙，刺穿眼前这个男人。

但谢清呈盯着她，一字一顿地说："我不是警察，我也没打算杀你。"

女人一抖，意料之外的。她龇着牙，突着眼："那你想干什么？"

"他想带你去报警。"贺予把谢雪交给旁边一个护士姑娘安顿，走到谢清呈旁边，夜色里很难瞧清他的表情。

"让你把这一切都告诉警方。"

"我不去！"江兰佩歇斯底里地吼叫起来，"我不去！没人会信我！我不去！骗子……你们全是骗子！"

但贺予慢慢走近她。

谢清呈回头，厉声道："你过来干什么？！"

贺予说："谢清呈，你不理解她。

"你和她谈了那么久，除了被她骂，她理你没有？"

男生走到他们身边，拉开谢清呈，把江兰佩扶起来，江兰佩在那一瞬间爆发出了惊人的力道，猛地拿刀要捅向贺予！

但贺予不错眼珠地和她说了一句话，她的手瞬间僵住了。

他说："江兰佩，我也是个精神病人。"

少年与她的眼睛只有一拳不到的距离，杏眼盯着疯女人的眼。

他的声音很轻，除了最近的谢清呈之外，谁也听不到，他慢慢地把手抬起来，一边盯着江兰佩的眼，一边缓缓地、不动声色地攥住那把冰冷的刃。

　　只要这时候江兰佩回神抽刀，他一定会受伤，但贺予看上去太平淡了，他浑身紧绷但面色瞧上去一点波澜也没有，就像在和一个普普通通的女人、母亲、正常人对话。

　　"你知道吗，我也是个精神病人。"

　　刀，被悄然无声地换到他手里。

　　江兰佩直到失去利刃才猛地意识到危险，她面色惨白地盯住贺予："你——"

　　但他没有任何要伤害她的意思。

　　他屈起指节，缓缓将女人散乱的额发掠开，捋到耳后，他盯着她的眼："我是孤例症，你看我的眼睛，你是个疯子，你看不看得出同类？"

　　江兰佩还是满脸戒备，但她确实在盯着贺予仔细地看，甚至，是在闻。

　　贺予没有任何表情地、非常平静地由着她像动物一样，以最原始的方式在他身上确认，或许每一类人都有他们自己确认安全的办法，或许疯子的兽性和第六感就是比普通人要强。

　　江兰佩最后低声地问："你是？"

　　"我是。"

　　"谁害了你？"

　　"天生的。"

　　贺予淡淡道："我连复仇的目标都没有。"

　　江兰佩："……"

　　"不过，我虽然是个病人，但是我说的每一句话，他们都会相信。"

　　"为什么？"

　　贺予笑了，云翳散开，惨白的月色下，他的眼底好像被镀上了一层霜雪似的亮银，露出来的侧牙显得很森冷，很锋利。

　　他贴过去，如同在和病友分享什么战胜病魔的妙法，温柔地低声耳语："因为，我和你一样，会装。

　　"你装愚钝，我装正常人。"

　　他眸着眸底那池冰冷的霜，微笑："装了十九年，没几个人发现我有病。我们都需要点保护色，是不是？"

　　江兰佩神情有一瞬恍惚，但她很快又清醒过来。

　　"不……我已经杀人了，我的伪装结束了——"

"你信不过他们，或许能信我。我先告诉你一个秘密。"

江兰佩睁大眼睛听着。

贺予抬起一根手指，轻轻贴在唇上："很快，警察就要来了。"

江兰佩瞳孔猛地一缩："这算什么？他们报了警？他们还是报了警！他们狡诈——"

"是我报的。"贺予神情很冷静。

"你为什么要……我们是一样的……你为什么要站在他们那边，你应该……你应该……"女人语无伦次起来。

"我是站在你这边的。"贺予说。

"但你不想要梁季成死了之后依旧身败名裂吗？二十年时间，你就这样白白让他死了，死了还成了个受害者，没准还能被当作个优秀企业家追思，墓碑前摆满鲜花，一个个不明所以的病患家属前来哀悼他，而你成了个杀人犯，臭名昭著，报纸头版印着你最丑的一张照片，所有人都在说你是个不知恩图报的畜生，你受的罪没人知道，死了之后还要低他一等被人唾骂——你算一算，值不值得？"

"……"

"把一切都告诉警察，你未必就是死路一条。梁季成死后人算完了，你可以让他的人和他的名死两次。"贺予侧着头，轻声地在她耳边说，仿佛是一种蛊惑，"多划算的事情。你为什么不这样去做？"

江兰佩一瞬间似乎被他说得有些心动。

也就是在这时，警笛的声音像遥远的潮水，从四面八方向这所耸立在黑夜里的精神病院奔袭而来。

"下车！"

"都下车！！"

江兰佩目光一动，挣扎着起身，那些保安见此情景纷纷露出了要制住她的打算，但贺予很温柔地把她扶了起来。

"我陪你去看。

"你去看一看，前面那个……或许还有光亮的出路。"

江兰佩如同被蛊惑，颤抖着往前走，走到天台的扶栏边，猛地用手攥住冰冷生锈的铁栏杆，抻长脖子往下张望。

她模糊的视野里映出了闪着红蓝灯光的警车，亮作一片，乍一眼看去，竟是她多年以来在"囹圄"之中从未见过的景象。

好像她承受的所有冤屈、耻辱、苦难，都能被照亮，那个昏幽二十载的暗室，也能被这光明曝于青天白日之下。

　　她看着看着，情绪忽然激动起来，眼泪夺眶而出。

　　她慢慢地回过头，夜风里，她红色的长裙——那件梁季成为了满足自己的癖好，假借关爱无主病人的名义，替她买来给她穿上，却又常常邪恶地从她身上扒下的裙子，在夜色里吹得哗哗作响。

　　"好亮啊。"她轻声地喃喃道，"就像天亮了。

　　"谢谢你。

　　"但是……"

　　和她丹唇中漏出的最后几个音节重叠在一起的，是楼下警察们的扩音机呼声——

　　"所有被困人员请冷静！所有被困人员请冷静！不要搭乘电梯！尽可能寻找身边的水源！湿布浸润！掩住口鼻！压低身体！消防同志已经赶到！如有可能，请用身边任何明显物品作为救援标记！马上将对你们进行救援！！"

　　江兰佩的眼神黯淡下来："已经来不及了。

　　"二十年，足够让我恨上所有人。

　　"在你们闯进办公室的时候，我的计划就走到了最后一步。

　　"小伙子，我不能再回头了。"

　　好像在印证她的话，忽然——

　　"轰！！"

　　一声惊天动地的爆破声响！！

　　天台上困住的工作人员惊慌失措地涌到边沿去看——精神病院的布草房附近位置，一扇紧闭着的门窗终于被里头汹涌的火舌气浪猛烈炸开！

　　江兰佩在火光中慢慢道："成康精神病院有很多见不得人的东西，梁季成在病院里设置了很多个暗室，里面囤着汽油，还有燃烧装置……他不敢在任何人面前说，只敢在我这个傻子面前显摆，说他只要按下他办公室的那个隐藏按钮，十分钟内就会烧起来……

　　"他做贼心虚，这鬼地方烟雾报警系统和监控系统早坏了，他在我床上做那种事情的时候还在和人打电话谈论这件事。全给我听了个清楚。这些年我对成康比任何人都要熟悉。

　　"我本来没打算要到这一步的，但你们偏偏要在这个时候赶过来……我不愿意落到警察手里，在等你们去暗室救人的时候我已经按下了那个按钮。"

谢清呈:"你——"

"对,我把你们带上来,就是想要拖延时间,火势蔓延开来,谁也走不了,大家一起死了,死了就不会有这么多痛苦……现在再要回头,"江兰佩凄楚一笑,两个字落地可闻,"晚了。

"太晚了……

"我晚了,你们也晚了……"

"不晚啊!!"

疾风中是一个陌生的粗嘎嗓音在大喊,江兰佩蓦地回头,发现是特训消防员在最短的时间内从未燃烧的墙体部分借着保护绳索攀爬上来。

那消防员是个穿着防护服的熊一般的汉子,估计也没听清他们前面在说什么,爬上来就听到这个被困的阿姨在这边"晚了晚了"的。

这不怀疑他业务能力吗?

"小狗熊"不干了,大声嚷嚷着:"不晚啊!我很快了啊!快点都过来!赶紧趁现在下去!这火马上就烧到北边来了!快点快点!女人和小孩先走!!"

"我!我先!!"

小护士吓傻了,看到消防员和看到天神下凡一样,哭着跑过去,陆续有几个消防员都通过绳梯爬上来了,赶在火势失控蔓延前将他们带走。

谢雪和其他女性工作人员是第一批被带下去的,消防员冲着江兰佩喊:"姐!你过来啊!你一个人站这么远干什么!我们带你下去!我们会保护好你的,别怕!带你回家了!快啊!!"

江兰佩浑身猛地一颤,像是被电流击中了一般,她站在高高的水塔之下,大风吹着她一身血色长裙。

可,家在哪里呢?

她又是谁呢?

她得救了,能去哪里?她疯了那么久,早就不记得外面的世界了,她的世界是一方幽室,数千照片,满腔仇恨,无限凄凉。

她是要和这一切,一起下地狱的。

她就是在等火烧上来,等着火蔓延开,把一切黑暗都带到天上去,化作长夜结束后的第一缕晨曦。

"姐——快过来——"

底下的窗户被气流爆破之后,火势再也不是无声无息地蔓延了,它成了火龙,愤怒嘶吼着大吐黑烟,火光映亮了这一片黑暗的天穹。

江兰佩颤抖着往前走了一步。

然后，她停下了。

仰头看着身后的水塔，那储备水塔很少启用，里面的水不多——不，那不是水。

她的嘴角掠开凄冷的笑。

那是她无数次趁着梁季成不知情，偷了钥匙悄悄溜出来，从储备点弄来的汽油，而她的裙衫胸襟处，藏了最后一样可以让她去"天上"的东西。

"贺予，过来！！"

谢清呈陡地反应过来，一把拽过贺予的手臂，往反方向狂奔。

也就是在他们往回奔的同时，江兰佩微笑着，从胸口处取出了一个钢制打火机，噗地点燃，向那个不断在往下滴着汽油的水塔掷去——

"咣！！"

火光轰然卷起，瞬间将江兰佩整个身影席卷裹挟！！

谢清呈带着贺予扑倒在地上，身后是滚滚热浪，消防员目瞪口呆，眼睁睁看着那个女人张开双臂，昂着头，以一种期盼着天神的救赎，想要往天空飞去的姿态，被烈火卷入其中。

谢清呈和贺予回头："……"

星火四溅！浓烈焦臭的大火猛吐出骇然黑烟！一股张牙舞爪的盘扭黑烟烟柱形成了，那浓烟仿佛夹杂着女人凄厉的哀号，腐烂的人生，那烈火在癫狂蹈舞，裂天碎地，暴怒的火与烟齐齐朝着被烈火硬生生撕开的黑夜上空，沉重击撂，扯裂穹苍，排山倒海，汹涌而去——

"二十年了，我谁也不再信任。

"我没有退路了。

"天上的人会来接我，我要到天上去。"

永不回头。

13 | 我们劫后余生

谢清呈是最后一个跟着消防员从绳梯下去的。

他下去的时候，火势已经开始朝他们这个方向逼近了，滚滚浓烟熏得人几乎睁不开眼。好不容易脚着了地，救援人员就奔过来检查他的伤势。

谢清呈在人群之中看到了谢雪，几个医护正围着她，他连忙过去："她怎么样？"

"您是……"

"我是她哥哥。"

"哦哦哦，您放心，她没事的，生命体征很平稳，药效过了就能醒来了。"

谢清呈这才松了口气。他看完谢雪之后，面向还深陷在火海中的成康病院。

谢清呈仰头望着火焰熊熊的天台，一时间百感交集。目之所及，还没有被救出的病人在窗台上惊慌失措地尖叫，用手拍打着被铁栏封死的窗户。

"救命啊！"

"救救我们！火！火烧过来啦！！"

"我还不想死……救我！求你们救救我！！"

那些栏杆原本是为了防止病人跳窗逃离设置的，现在却成了紧急救援的最大绊脚石，原本可以搭绳梯迅速从窗口救援的办法被切断，唯一的路是冒着生命危险冲进去挨个房间开锁救人。

离布草间最近的那个病房，有个老人一直在哭喊，可他喊的是他的父母，老头子痴呆了，又常常发疯，子女嫌弃，将他送到了这里。

或许他心里也模糊地知道，没有了他这个"拖油瓶"，他们才会开心。

他认为只有已经作古的父母是深爱着他的，他在濒死前哀哭号啕得像个孩子，不住地喊着爸爸妈妈……

消防员试图强行破窗，但是已经来不及了，老人的房间离着火点太近，他就在众人眼睁睁的注视之下，被大火吞噬……

没有人知道他在最后一刻，究竟是一个因为生病被遗弃了的老人，还是一个思念着父母的孩子。

消防员嘴唇颤抖，回头朝人群中大吼："钥匙呢？你们逃出来的时候有谁带了钥匙吗？"

"没……没有……谁还记得……"

"挂在三楼主任办公室呢！"

又是一声震耳欲聋的爆炸，窗玻璃和碎屑木渣一起弹出来。

被救出的一个护工站起来道："同志，你们不要再进去了！太危险了！！"

"是啊……来不及的……根本救不出来……"

甚至还有人轻声说："那些都是重病的……楼层越高病得越重，救他们出来也没什么用了……"

周围乱作一团。

谢清呈忽然看到混乱处，有一个孤独的身影站着，仰头看了一会儿燃烧的大楼，继而从无人注意的树丛深处向北门绕去。

谢清呈吃了一惊——

贺予？！

"不好意思，借个面罩。"

谢清呈说着，判断了一下火情，抓了两个防护面罩就跟着贺予的方向奔去。

"哎！同志！"救护员猛地回神，是帅哥也不能这么任性啊！她大喊，"你干什么！不要再进火场！！"

但谢清呈根本不理她，猎豹似的紧盯着贺予的背影又追了上去。

他怎么也没想到这人会再次返回火场里——他要去干什么？

贺予并没有往消防员聚集的北门走，他抓了一架还未来得及撤下的绳梯，直接上了才刚刚脱身的天台。谢清呈跟在他后面上去，其他人再想跟已经来不及了，火舌已经烧了过去，将底下半截软绳瞬间烧成了灰。

贺予一个翻身越过了天台栏杆，他看了一眼水塔下面，那里只剩一团焦黑，是江兰佩的尸身。

他砰地打开了门，看了火势，然后往主任办公室跑。

谢清呈觉得他就是个疯子，当然他本来就是个疯子。谢清呈在贺予打开防火铁门时一把抓住了他的胳膊，非常严厉地训斥他："干什么你！不要命了？赶紧跟我走北门下去！！现在这边火还不大，还来得及。"

贺予盯着他的脸看，好像不认识他一样："你上来干什么？"

谢清呈懒得和他废话，眼神锋利："你跟我下去！"

"不行。这一次不一样。这一次我要救人。"

"你——"

"他们是我的同类，只有我能救他们，只有我来得及让他们都出去——你听到下面那些人怎么说的。那个老人就在他们眼前被活活烧死，还有更多的人等着送命，可是他们说，算了吧。"

贺予的眼神几乎有些可怖。

他轻轻地继续说："精神病人不值得救，遇到这样的事，都被放弃——都该死。"

他盯着谢清呈的眼，嘴角慢慢绽开一缕刺骨的冷笑："你也是这样想的吗，谢医生？"

"那是因为真的来不及了……你理智点！你不可能把一扇一扇门打开。"谢清呈的声音都是哑的，"没有时间了。"

贺予没有再说话了，他力气很大，一下子挣开了谢清呈的手，往办公室的方向跑去。

很幸运，办公室那一片区域和火势最大的区域隔了很大一片洗手间，当时建筑商偷工减料用的全是瓷砖，连个木框子都懒得嵌，现在这一片区域却成了火焰蔓延最慢的地方。

贺予在屋子里找到了一大串丁零当啷的钥匙板，就往火还没烧到的三楼部分病房去了。

"救命……"

"救救我们！！"

"我还不想死……我还不想死啊！！"

"呜呜呜，是魔鬼的火烧过来了吗？是魔鬼的火！！"

走道里的灯早已熄灭了，走道两边尽是哭声，但更多的房间里，连哭声也不会再有了……

钥匙板上对着门号，贺予拿着最近的一串就开门。

谢清呈追过来的时候他已经把第一扇门打开了，里面跑出一个披头散发的女人，啊啊啊乱叫着，谢清呈一看心就冷了——这根本不受控制。

普通人在这样的情况下都会失去理智，何况这些病人？

女人尖叫着，没头没脑地就要往火烧过来的方向跑。谢清呈正要阻止，却见贺予伸手将她拽了回来——

"别往那方向！"

"她不会听你的——"

"火！有火啊！啊啊啊！！"

乱作一团时，谢清呈忽见得寒光一闪！

竟是贺予握着一把刚才从办公室一并带出来的刀，在掌心抹过。

血一下子就从创口渗了出来，谢清呈一时还不知他为什么这样做，但脑海中似乎有个久远的数据记忆，已经在蠢蠢欲动，他还未将之读取，本能已经让他汗毛倒竖了。

下一秒，他就睁大眼睛，看到贺予把钥匙板上的一串钥匙的环解下来，并在上面也染上了自己的血，他轻声地，却不容置疑地对那个疯女人道："拿着这串钥匙去开门，开一扇门，就分给里面的人别的钥匙，命令他们去开更多的门。要快。你们速度越快，能救出来的病人就越多。快去。"

恐怖的事情发生了，那个之前还歇斯底里的女人，在这一刻像是忽然被打了镇静剂，在闻到贺予的血腥味的瞬间，眼神就变得非常冷静——

好像贺予的血，通过嗅觉，激起了她的某种反射反应，让她也随着他的情绪被摆布。

女人接过钥匙串，立刻向其他铁门奔去。

整个命令过程非常短暂，谢清呈却看得遍体生寒，连指尖都冷了——

4号病例贺予，他成年后的病症异能是……

数据测算档案里，一直被标注存疑的血蛊。

"精神埃博拉"缺乏临床数据，只能通过前面三例病案，以及一系列数字模拟，进行病情的推测。而可以确定的是，罹患这种精神病的人，除了每个病人都会有的基础特征外，还各自带有一种病症异能。

简单地说，就是疾病在个体里变异了，每个人的基因不同，会让这种病变异分化的方向也不同，这种变异往往随着患者的年纪一起发展，在成年后完全显露，并且趋于稳定。

1号病例，当时产生的病症异能是——闻嗅。

疾病改变了她的嗅觉神经，她的鼻子变得异常灵敏。一般而言，狗的嗅觉神经所占面积是人类的四倍，1号在病症变异后，嗅觉达到了普通人的八倍以上，空气里任何一点微小的气息都在刺激着她的嗅神经，将她折磨得越发精神失常。

2号、3号，都在他们死亡前表现出了独特的病症异能。

而4号贺予，在谢清呈离职之前，还没有显现出任何病情异化的征兆。

谢清呈原本以为，或许"精神埃博拉"的个体变异不是绝对的，贺予也许是个例外。

却没想到，他是数据模拟推算中，算出来的那个最可怕的变异——

血蛊。

所谓血蛊，就是贺予的血在一定条件下，对精神病人这种特定人群，有诱导麻痹的作用。就好像血清素一样，能够使病人的情绪立刻镇定下来，同时又像毒品，刺激着患者大脑里的奖励机制，让患者产生一种"只要听他的话，就能得到更多"的错觉，从而引发了病人被贺予的语言控制，仿佛中蛊一样的效应。

当时实验室推算出来的只是一种猜测，数据模拟出血蛊这个变异方向时，有些研究员甚至是不相信的。

可现在——

门，被病人们一扇接一扇地打开了。

速度快得惊人，开了一扇救出一个，就多一个帮着开门的人，钥匙很快就被分光，那些疯狂的病人在血蛊的刺激下，简直就成了一个个训练有素的士兵。

贺予神情冷峻地穿行其中，像是控制着那些病人的精神领袖，他走到走廊的尽头，那里是唯一可以逃生的北口，消防员的声音已经在楼道口响起了，他们很快就要上到三楼来。

但与此同时，楼道尾端的火焰已经卷近，咆哮火龙般嘶吼着向他们奔来，裹挟着滚滚呛人的浓烟，像要以令人窒息的毒气和毁天灭地的高热将他们扑杀在这条森然的甬道里。

这里没有水，无法打湿布匹遮住口鼻，只能加快速度。

贺予站在防火门前，微微侧过脸，向所有病人下了指令："尽量俯身，往我这个方向，下去找消防员。快。"

病人如同被输入了指令的机器人，一拥往前，以惊人的速度和秩序，向安全通道奔去，科幻片里被操控的丧尸也不过如此……

当最后一个病人跑下去，火势已经很近了，烟气浓度越来越高，几乎到了要趴在地上才能呼吸的地步。贺予看着走近他，神色相当难看的谢清呈，什么话也没说，只是侧过身子让谢清呈也进来。

砰的一声重响，安全通道阻火门在他们身后关上，暂时隔绝了越逼越近的火龙。

冰冷的杏眼在黑暗中注视着震愕的桃花眼："谢清呈，你别告诉任何人。"

谢清呈面色青得厉害，但他最后一言不发地把手中的一个防毒面罩递给了贺予。

"拿着。走了。"

火舌猛地撞上了消防门，贺予和谢清呈跟着那些被救出的病人一同往下奔去……

"哥！哥！！"

谢清呈和贺予在消防员的接应下，最后两个跑出来时，迎接他们的是两声几乎破音的号叫，谢清呈一摘面罩，就看到已经苏醒了的谢雪满面是泪地朝他冲了过来，跑得连消防员给她找来的鞋都掉了。

"哥！啊啊啊啊……大哥！大哥！你是不是要吓死我？你是不是要吓死我！我以为连你也不要我了！连你也要抛下我了！哥！呜呜呜呜呜……"

她一下子扑进谢清呈怀里，把谢清呈抱得那样紧，几乎要将他的腰都勒断，周围的爆炸声和惨叫声还在继续，有的人是真的救不出来了……她害怕得那样厉害，好像浑身的血都被抽尽了，只有一张薄薄的画皮还留在人间，只有在紧紧拥抱住她哥哥高大的身躯时，她上气不接下气地边哭边闻着谢清呈身上的味道，好像才重新有了心跳，血液被灌回到她身体里。

泪珠一串一串往下淌，污脏了她花猫似的脸，她张着嘴毫无形象可言地大哭着，嘴里发出含糊不清的嚷叫："你不能和爸爸妈妈一样不要我！你不能和爸爸妈妈一样不要我啊大哥！我好害怕……我真的好害怕……你抱抱我，你抱抱我！！"

"没事了。没事了。"

谢清呈很少会有接受这样浓烈感情的时候，他是个很有家庭意识的人，可是他对家人的爱往往是内敛的，甚至是以指责的形式表露的。

但这一刻他也有些受不了，他抱着浑身发颤披了件长外套的妹妹，低头亲了亲她乱蓬蓬的鸟窝头，眼圈也有些泛红。

"没事了，谢雪。"

谢雪在谢清呈怀里号啕了好一会儿，又看见了贺予。

她刚刚平复一些的心情又崩溃了，哭着扑到了贺予怀里——不，准确地说，她应该是把贺予拽过来，把他和她大哥一起环住，于是贺予就被迫和谢清呈也紧靠在了一起。

贺予那张斯文英俊的脸上露出些尴尬的神情，他还从来没和一个男人抱那么紧过，尤其那男的还是谢清呈，感觉很不自在——看谢清呈的表情，好像也是这个意思。

但两个人都碍于谢雪的面子和情绪没有动，由着她强硬地让三个人环抱着，在一片混乱中圈出属于他们的团聚。

"救命啊！救命！同志！这里有人！我在这里！！"

成康精神病院的电梯门口，有个头发花白的男人在惊慌失措地大叫着，他属于成康最老的一批领导之一，前阵子和梁季成去打马球跌断了腿，现在只能坐轮椅出行。今天要不是单位临时有点工作需要他处理，他也不会回来。

男人在轮椅上打着战，裤裆已经全湿了，尿顺着裤管往下流，他第一次体会到不能自理的病痛有多可怕，烈火正在朝他的方向逼近，他哪怕知道不能坐电梯，甚至电梯都已经坏了，还在不由自主地疯狂地按着那个键钮。

"快！快…来人，救命……我有钱……谁救救我……我有很多钱！"

因为紧张，他脸颊的肌肉在剧烈抽搐着。

忽然——

仿佛是上天听到了他的祈求，一个戴着防毒面罩，消防员模样的人从乌漆漆的安全通道跑了上来，看到了瘫在轮椅上的他。

男人如见天神："同志！救我！快救我！！"

他的鼻翼激动地忽闪，苍白的鼻肉上挂满了细密的汗珠子，瞳孔兴奋地收缩，映出对方拎着消防设备向自己走近的身影。

然后，他愣住了，眼仁猛地收缩！

那个穿着消防服的人，隔着面罩闪过一丝森幽冷笑，紧接着把手里的设备打开……那不是灭火装置！那是……

汽油！！！

"你……你是——"

"成康这烂摊子是兜不住了，我是他们派来'打扫卫生'的。"面罩下传来沉闷的男声，"你那些钱，留着到下面去慢慢花吧。"

"不！！"

轰隆！！

汽油和打火机一齐扔在了男人极度恐慌完全扭曲了的脸上，那张脸最后像是蒙克的《呐喊》里歪斜的面孔，整个被火光卷扭吞没……

14 | 谈起往事和秘密

"谢清呈，你刚才为什么跟我进火场去？"

好不容易安抚了谢雪，让她乖乖坐回凳子上和其他被救援人员一起休息，贺予和谢清呈又接受了消防大队长严肃的批评，批评结束后两人走到一边，贺予用余光看了眼正在点烟抽的谢清呈——他觉得他看不透谢清呈之前的举动，于是就这样问道。

"你去的那半边还没有到特别危险的地步。"谢清呈抽了口烟，这回才是彻底放松些了。

"说说你的情况吧。"谢清呈望着前方，"什么时候开始的？"

他问的是血蛊。

贺予："你走之后不久。我去私立病院复查的时候遇到一个精神病人，碰巧发现的。我用我的血做饵，他们就会听我的话——你知道这种情况？"

"知道。"谢清呈轻轻咳嗽，尽量说得轻描淡写，"血蛊，是'精神埃博拉'的一个变异分支……你这种情况没有和其他人说过吧？"

贺予笑了笑，眼神有点阴："只有你知道。"

"……"

"我要是哪天想灭口了，把你弄了就好了。"

谢清呈白了他一眼："你试试。"

"这事儿你别再和其他人说了。医生也别说。"

"我没那么傻，谢清呈。"贺予淡淡的，他也真是个贵公子，都经历了这么多了，还是人群中最衣冠楚楚的那一个，看样子斯文英俊得不得了，旁边好几个被救出来的人都在偷瞄他。

"'精神埃博拉'已经是孤例症了，再有这种让精神病人对我唯命是从的能力，我以后别想安生。"

"但是谢清呈，你要记得——"

他忽地凑过去，杏眼漠然打量着谢清呈的脸，缓缓移动着："你这双眼睛，是目睹这一切的唯一眼睛。"

他离得很近，睫毛都像要碰到谢清呈的眼睫，那声音低缓地抵入谢清呈耳中，在乱象中，只让他一个人听见。

像是呢喃，又像是威胁。

"你的这张嘴，是唯一会泄露真相的嘴。"

他的目光又落到了谢清呈的嘴唇上，来回逡摸着。他的目光很轻，里面藏着的威慑却很重。而谢清呈身上现在披了件衣服，是消防员给被救援人员准备的。

贺予在他面前站着，一面盯着他的脸，一面抬手将谢清呈的衣领整了整——这种整衣服的方式在外人看来是他客气，但只有谢清呈和贺予彼此心里明白，贺予给他整衣服时用的力气很大，领口被不动声色地扯紧了，依旧是一种警告和胁迫。

他整完就特别温柔、特别斯文地笑了一下："所以，这个秘密——"

"您可守好了，守住了。"

谢清呈森冷地说："你在威胁我？"

"我哪儿敢？是提醒而已。"贺予的手从谢清呈领口滑下来，叹息道，"我也只是想要过普通日子。"

谢清呈真是懒得和这神经病废话。

贺予这是何必。

他如果真的会把贺予的病情说出去，根本就不会提醒贺予别再向任何人暴露病情。

但是贺予不是这么想的，贺予对谢清呈没有那么信任。

谢清呈这张嘴在他看来，成了一个他很想堵住的威胁，最好和被绑缚的人质一样封住嘴巴，让他连话也说不了。谢清呈看着他："你说你只想过普通人的日子，又为什么要冒险进火场用血蛊抢时间救那些病人？"

"因为想和是从来不一样。"贺予说，"我想当个正常人。但我始终是个精神病人。

"我进去救人，是因为第一，火势还没有蔓延到那一边，我知道来得及；第二，你记得我和你说过，人和人永远无法理解，也无法共通吧？就像是两个截然不同的物种。我觉得比起你们，那些人更像是我的同类。我唯一和他们不同的，只是伪装得比较好而已。"

贺予淡漠道："如果连我都觉得他们的命可有可无了，那还有谁会把他们也当作一个个活生生的人来看待？"

就像一个社会，一个团体，一个组织。无论怎样的人，都是需要同类的。

因为绝对的孤独，会把人逼疯。

贺予就是这样一个太过孤独的人，没人能理解他的病痛，别人都只能听他的形容，流于表面地知道他的痛苦，那三个与他完全同病的人都已经死了。

他只能去相似的人群里，试图找到一点点和世界连接的浮桥。

但这样的贺予同时也很危险，他可以蛊惑那些同类的心，他的血液就是对精神病人的嘉奖，他的言语就是那些人不可违抗的命令。

如果他愿意，他是可以利用这一点去犯罪的。

——也难怪他不愿意让别人知道。

更难怪他想堵唯一知情人谢清呈的嘴。

谢清呈："同类对你而言就那么重要，重要到连命都可以不顾？"

贺予冷淡道："医生，你不会懂我们。你在光明处，黑夜你是看不到的。"

谢清呈叹了口气，也不想再和他继续这个话题了。

"最后一个问题：既然你有血蛊，为什么之前在对付江兰佩的时候不用？"

"因为不稳。"贺予说，"我的血也有可能会让病人疯得更厉害，那种情况下我赌不起。不像你——"

他说到这里，忽然顿了一下。

"你也真是，人都在对方手里了，还和我说辛格瑞拉的事情，你这样豪赌，就不怕我反应不过来？"

"我这样赌，是觉得你挺聪明的。"谢清呈淡道，"而且我上次去你寝室换衣服，你想和我说的不就是辛格瑞拉吗？"

贺予安静了一会儿，终于低头轻笑，谢清呈也抬手抵了一下额头，两人之间直到此时，才终于有了些劫后余生的轻松与缓和——

是，他们俩都还记得那件事，没想到成了及时报警救命的暗语。

那是贺予八九岁的时候。

谢清呈当时觉得贺予除了基本的医疗项目之外，也需要多出去散散心。很多医生会认为，对于精神病人的治疗，大多需要依靠药物，但是谢清呈是另一学派观念的，他认为精神状态是人对于所处环境的一种反应，不应该把精神病人当作病案个体和社会割裂开来，药物无法在精神疾病的斗争中起到决定作用，一个病人能不能走出来的关键，在于重新建立他与社会、与家庭之间的桥梁纽带。

于是，他把这个意见和吕芝书说了。

吕女士在打着商务电话的百忙之余，抬起眼不好意思地对谢清呈笑笑："我没时间，谢医生，你带他去吧。"

谢清呈压着火："他是你的孩子。"

吕女士谈生意谈出惯性了，头也不抬："我给你加钱。"

"……"

然后吕芝书就拿着手机高谈阔论地走了，她好像首先是一个商人，然后才是一位母亲。胖胖的贵妇人自始至终都在电话里笑眯眯地叫着"张总""李总"，视线从未落到谢清呈身上哪怕一次过。

更别提站在谢清呈身后的贺予了。

谢清呈回身低头，却见贺予对于母亲的举动并没有在意，他好像已经很习惯这样的亲子关系了，正坐在沙发上眼也不抬地给自己剥一个金灿灿的大橘子。

那橘子比他的手还大，剥到一半，贺予没有握住，橘子落到地上，咕噜噜地滚去了茶几底下。他跳下沙发，想伸手去捡，视野里却映入一个鲜艳欲滴的"平安果"。

"掉在地上的还吃？"谢清呈叹了口气，也不知道自己为什么会心软，他把"平安果"递给了贺予，拾起了落了灰的橘子。

"明天我带你去游乐园。"

于是第二天谢清呈就带了妹妹和贺予两个人一同去了游乐园。谢雪性格好，爱笑，会照顾弟弟，贺予整个人的状态似乎好了不少。

但是回来的时候，天忽然下起了大雨。

好不容易打到车，三个人都已淋得够呛，而贺家别墅在远郊，距离有些远，谢清呈就把俩孩子先带去了医学院宿舍。

谢清呈的大学宿舍也和现在贺予的学校一样，四人一间。

他带着俩落汤鸡回来的时候，室友们都忙着在实验室搞项目，寝室里空无一人。

"哥哥！你养的仙人掌开花了！"谢雪一进屋就熟门熟路地扑到谢清呈的书桌上，粲笑着拨弄起了蛋壳盆栽里簇着一圈鹅黄色小花的仙人球，"哇……好漂亮呀。"

她显然已经不止一次来她哥的宿舍串门了。

谢清呈给两人各泡了一杯热姜茶，不由分说地塞到俩孩子手里。

"趁热喝完。"

谢雪喜欢辛辣的食物，捧着姜茶就咕咚咕咚地喝了起来，一杯热姜茶很快就见了底，贺予却不行——吃不得刺激性太强的东西，低着头捧着杯子半天也喝不进两口。

谢清呈去浴室洗手了，贺予正不知该怎么处理这一杯热辣冲鼻的东西，旁边谢雪却一声满足的喟叹："好好喝哦。"

"……"贺予侧过脸，不动声色地打量着她。

感受到了他的视线，谢雪也扭头，冲他嘿嘿地笑了，眼睛直往他杯子里瞟："如果你不喜欢的话……"

"不，我很喜欢。"贺予淡淡道。

"怎么可能？你看你这么久了才喝这么一点点！"

贺予笑了一下："就是因为喜欢，所以才舍不得喝。"

"哦……"谢雪好像被说服了，有些遗憾地点了点头，正准备把目光转过去。

贺予直到这时候才把自己早就想拱手送人的马克杯递给她："给你。"

"哎，你……你不是喜欢吗？"

"你想喝我让给你。"

小傻子的眼睛一下睁大了，感激地接过热姜茶。

贺予不忘淡定地叮嘱她："喝快点，不能被你哥哥发现我把我这杯让给你了。不然他又会训你。"

"嗯嗯嗯。"被卖了还在替人数钱的谢雪感激涕零，咕咚咕咚以极快的速度一口气把热茶喝了个见底，还差点被呛住，"喀喀喀……"

贺予微笑着拍了拍她的背。

"我最喜欢喝姜茶了。"谢雪缓过劲儿来，眼睛温润，捧着尚有余温、水汽氤氲的马克杯，悄声对贺予道，"小时候下雪天，我们住在小巷子里，没有取暖的东西，我哥就给我泡这个……"明明是那么艰难辛酸的经历，她说的时候，瞳中却是闪着光芒的。

好像在回忆什么无比有趣的往事一样。

谢清呈洗完手回来了，他看了并排坐在自己宿舍床沿的两个小孩儿一眼："你们俩喝完了？"

两个孩子对视一眼，交换了秘密，贺予很淡定，谢雪有些慌张，飞快地点了点头，只是她在点头时，因为喝得太撑，忍不住微张小口，小声地打了嗝。

谢清呈没有再管他们，回身去衣橱里找换洗衣物。小姑娘学散打的地方就在医学院附近，每次上完课都是一身热汗，谢清呈特意给她备了几件干爽的衣服，方便她过来换，这时候倒也派上了用场。

"要贝拉还是要辛格瑞拉？"当大哥的在衣柜里翻找着，从他那薄薄的嘴唇里说出来的却是两个柔软的童话公主的名字。

小女孩很高兴："要贝拉！"

谢清呈递给她一套淡黄色的公主裙。谢雪欢呼一声，捧着裙子噔噔噔跑去洗手间换衣服了。

谢雪走了，贺予还湿漉漉地在床沿坐着。

谢清呈在衣橱里又继续找了一会儿，最后叹了口气，回过神来，干了一件非常不是人的事情——

"你穿这套吧。"

贺予接过衣服，展开来一看，淡定道："谢医生，您弄错了。"

"没弄错。"

贺予僵了一下，慢慢抬起头，眼睛微眯着，神情逐渐浮现了无法掩藏的阴冷。

"您递给我的是裙子。"

面对贺予压抑着的怒火，谢清呈不知是故意的，还是无意的，居然笑了一下，只是他那张凝霜含雪的脸庞哪怕是笑着的，都让人分不清是冷笑还是真的笑。

"你没的挑。我就只有这一件是适合你尺码的。"

贺予："我想我可以穿您的衬衫。"

谢清呈抱臂，往高低床的梯子上一靠，自上而下睥睨着他："小鬼，我的衬衫你穿大了。"

"……"

"不穿？不穿你就只好裸着出去了。"

"……"

外面雨声不歇，成了当年这段对话淅淅沥沥的背景音乐……

成康精神病院的火势慢慢地得到了控制，消防员相继进入，警察也忙着做调查。谢清呈和贺予对视一眼，在彼此眼中都看到了往事的倒影。

贺予说："你当时还和我说，我不亏，公主裙口袋里有一颗糖，建议我翻一翻口袋，算是给我的精神补偿费。但我说你给的那是毒药，我才不吃。现在想想，你那时候真的很缺德。"

谢清呈："不记得了。"

说着就要走。

"骗鬼呢你。"贺予一抬手将他的去路拦了，手撑在谢清呈身后的大树上，眯起眼睛，"不记得了？不记得，你被江兰佩抓住的时候，怎么会为了提醒我翻一翻你衣服口袋里的手机，就和我说辛格瑞拉里的糖果？"

谢清呈一点也不心虚，面色冷淡："巧合。"

贺予就来火了。

他觉得自己当时把谢清呈带回宿舍还给他一件T恤穿真是便宜他了！

"不记得了是吧？"

他低头和谢清呈说。

"那您以后可得小心点，别再把自己给弄得那么狼狈……"贺予的眼神慢慢溜过谢清呈的眉眼，他轻声道，"不然下次我给您穿的，可能就不是旧T恤了。"

谢清呈面对他的威胁，反应是抬手拍了拍贺予的脸："放心小鬼，你没机会了，全身湿了我也可以裸着出去。"

"什么裸着？"一个警察走过来了，一看是刚才闯火场的俩神经病，立刻道，"不可以再裸着进去了！多危险啊！不是，我的意思是，不裸着也不能进去……"

贺予温柔一笑，眸眼温良："是啊，我正说他呢。多危险啊，是不是谢哥？"

"你说他干什么？不是你先跑进去你哥他才跟进去的吗？"小警察瞪他们，"哎，算了。你俩伤口都处理好了吧？处理好了跟我们回一趟派出所，今晚有的忙了。"

因为案件影响大，牵扯人员多，大家都要被依次仔细问询，做好笔录。

警车分批把相关人员带回派出所，因为人实在太多了，忙不过来，所里给他们收拾了几间休息室，让没有轮到的人在休息室里先度过这个混乱的夜晚。

谢雪也跟在谢清呈他们后面来了。

她是个女孩，就和一个女护士被安排在了一间，贺予和谢清呈被安排在了她们隔壁。

谢雪进去小憩前，人已经缓过来不少了，她因为全程昏迷，见到的恐怖场景不多，所以没受大的刺激，反而安慰起了那个惊魂未定的护士姐姐。

"没关系的，大难不死，必有后福，我们先休息，轮到我们会有警察来叫的。"

"我睡不着，呜呜呜呜呜……"

"你睡不着我给你唱歌吧，丢呀丢呀丢手绢……"

"啊啊啊啊！不要唱这种阴间歌呀！！"

谢雪不明所以："我也不知道为什么脑袋里就冒出这首歌了，感觉昏迷时一直有人在我旁边唱……那我换一首吧，蓝蓝的天空银河里，有只小白船……"

护士抱头。

谢雪显得很沮丧："脑子昏了，对不起对不起，我还是给你讲个笑话吧。"

谢清呈和贺予被安排在了一间休息室。

"你们两位睡这里，条件不是很好，将就一下。需要什么东西随时找我们。轮到你们会有人来叫。"小警察匆匆交代完事情就走了，还有一堆证人要安排呢。

谢清呈就和贺予一起推门进了屋。结果一看屋内布局，两人全都僵住了——这还真是个临时收拾出来的休息室……

一间房内，就一张沙发床。

怎么睡？？

15 ｜我们住一间房

两人站在这狭小的休息室里，休息室是刚腾出来的，没有什么别的东西，就这么一张旧沙发床，一张放衣服的椅子，陈设简直和该被取缔的洗头房似的，看上去非常诡异。

贺予："……"

谢清呈："……"

贺予把手机随手一丢，回头对谢清呈道："要不你休息吧，你年纪大了。"

谢清呈沉着脸："我有到需要被让座让床的地步吗？"

贺予累了这么久，也不想花精力在和谢清呈掰扯上："算了，这沙发床也不小，我睡觉不扰人，你介意吗？"

话说到这儿就算是小伙子风度翩翩让步了。

贺予没和人在一张床上睡过，床对他而言，也就是个休息的地方，但谢清呈不一样，结过婚的男人对于和别人同睡一张床，总有些奇怪的感觉。

因此谢清呈微微皱了皱眉："我不困，我坐着就好。"

但他脸色有些苍白，尽管一直强撑着，眉眼之间也还是流露出了一丝掩藏不了的倦怠。

贺予说："我又不会吃了你，你怕什么？怕我半夜发疯把你给杀了？"

谢清呈："你鬼扯些什么。"

这精神病少男心思还挺敏感。

谢清呈也真的困了，一天这么折腾下来，哪怕是禽兽力气都该用完了，他是没力气再和贺予多折腾，叹了口气："那就睡吧。"

他说完就倒头在沙发床上躺下了，侧着身睡着，面对着墙。过了一会儿，他感到床的另一边微微下陷，然后他听到了贺予在他身后不远处躺下的声音。

谢清呈还是有些不自在，他很不喜欢卧榻之侧睡着旁人。尤其贺予年纪轻，体温高，哪怕两个距离不近，在这狭小的空间里，谢清呈还是能清晰地感觉到他的热度和气息，周围一安静下来，就连贺予轻微的呼吸声都能听见。

谢清呈放松不了。

他从来都是个当家人、保护者的姿态，很小的时候谢雪睡他旁边，后来是李若秋，他勉强能放入自己领地的，是那种需要依靠他的女性。

但十八九岁的男孩子，气场是不一样的，谢清呈很不适应，贺予给他的侵略感太重了，他不习惯。

于是他又闭着眼皱着眉，往床沿挪了挪。

再挪一挪。

再……

"您再挪下去，就该睡地上了。"忽然一个凉凉的声音在他身后响起。

贺予忽然起身，没等谢清呈反应过来，就直接扑了过去。

谢清呈蓦地睁开桃花眼："你干什么？"

贺予误会了谢清呈远离他的意思，还以为谢清呈是嫌他有病，因此他起了点恶意，在他耳边轻声道："犯病了，想做恶事。你要不要现在就逃啊？"

贺予犯病根本不是这个样子，谢清呈知道他是心里不舒服，故意在贬损自己，因此语气非常冷硬："离我远点。"

"我拿手机。"贺予一动不动。

谢清呈不管他是不是真的拿手机，都受不了这个被打破的安全距离，贺予离他实在是太近了。

谢清呈侧过脸忍了片刻，觉得太不舒服，他一下子起身，迅速攥住贺予的手腕，力道极大地反制住对方，算是给这小鬼一个教训："你给我下去。"

贺予轻声道："你抓我这么紧干什么，不是怕我吗？"

"我怕你干什么？我教你老实点。"

"……"

贺予就不说话了。

过了一会儿，他轻轻叹了口气："哥，您弄得我很疼，知道吗？"

在意识到谢清呈只是反感有人离他过近，而不是想远离精神病人之后，贺予就没再反抗了，由着谢清呈紧紧握着他的手压制他，由着他的身影倒映在自己的眼眸中。

他的语气和眼神都很淡，淡得甚至有些病态。

"好好好。我老实。要不劳驾您把手机递给我吧。"

谢清呈对于被压迫非常不爽，但是换作他俯视同样身为男性的年轻人，又没那么不舒服了，归根结底他就是太爷们了，不喜欢任何在同性面前被压制的感觉。

因此他也懒得再和贺予废话，起身去旁边找了一下，果然找到了贺予的手机。估计是刚才没意放的。

他把手机递给了贺予。

"谢谢。"贺予接过了，仰头滑开屏幕，漫不经心地，"谢医生，我们俩都是男的，你这么紧张干什么，没和男人睡过一张床？"

谢清呈声色非常冰冷："我习惯了一个人。"

贺予笑笑，还在看手机，长睫毛随着他的呼吸微颤，在屏幕光照下像是镀了一层霜："那你以前和嫂子也分开睡？"

语气挺讽刺的。

谢清呈知道他今天看着那些精神病人，有种兔死狐悲的感觉，别看他神情淡淡的，其实心情很不好。

但他心情再不好，自己也没什么责任和义务成为他发泄不爽的垃圾桶。

再说谢清呈的心情又能好到哪里去？

谢清呈看着他的眼神更冰凉了，近乎是一种训斥："睡了，别再吵我。"

翻了个身又躺了回去。

但说是要睡，其实谢清呈还是很难入眠，贺予就简单多了，他年纪轻，根本没打算真的休息，只是躺着舒服罢了。他静静盯着谢清呈看了一会儿，觉得这人怎么就这么爹味儿，训他和训儿子似的。

有机会真得找条婚纱强迫他穿上看看，要是他穿了，那估计一辈子都别想在贺予面前抬起头来。

贺予这样想着，左右无聊，就又打开手机购物网站，输入"婚纱"两个字。

跳出来的款式都很正常，非常漂亮，非常庄重，好像达不到最佳效果。

贺予思忖了片刻，抬眼看了看谢清呈的背影，又垂眸补充了一个关键词。

"羞辱。"

这回页面可太精彩了。

什么吊带蕾丝，半透纱裙，种类繁多，款式齐全，贺予刷着刷着，眉毛都微微挑了起来。

挺有意思啊，人类的想象力在寻欢作乐上真是无边无际。

他每看到一款感兴趣的，就拿着手机，对着谢清呈的背影虚比着看一看，想象了一下谢清呈哪天犯到他手里，被他捆着换上这些衣服的样子，一点也不困了。

他小时候挺怕谢清呈，但是雄性在成长过程中往往是这样的：幼年时横在他们面前越巍峨越具有压迫性的山岳，长大之后他们就越想要颠覆，只要颠覆了那些冰山雪原，把位置倒过来，少年们就会感到自己是真的成熟了，掌握了渴望许久的主动权。

所以贺予才会觉得顶撞谢清呈是一件让他能获得极致快感的事情。

可能是刷得入了神，贺予一不留心，手滑点进了个直播页面，手机居然还忘了关静音。

于是，这个不足十平方米的逼仄休息室内，就传来了主播哆哆的声音："这款婚纱真的超美的，新婚之夜穿上，老公肯定……嘻嘻嘻……"

贺予："……"

谢清呈："……"

他希望谢清呈睡着了。

但很遗憾，谢清呈转过了身来，用一种非常冷冽的眼神看着他，那眼神和从前一模一样，刀刃似的，好像要把贺予的心都剖开。

"你在干什么？"

事已至此，贺予也不想隐瞒什么，微微一笑，挺绅士的："刷购物网站。"

"买婚纱？"

"不买不能看吗？"

谢清呈也是看他烦得不得了，因此冷笑："看什么婚纱，给谁穿？"

贺予眼波流动，无声地琢磨了一下，心想，如果他说，给你穿，谢清呈会不会直接把他打了？

在派出所打人不是什么好事。

于是贺予风度翩翩地说："这好像和您也没太大关系。"

谢清呈面色凝霜，冷道："把手机关了。别再看这些有的没的。年纪这么小，对象都没有，刷这种东西。"

他语气有些冷淡，眉眼里又染着些嫌憎，贺予多少被他弄得不太舒服。

他凭什么管贺予这么多呢？

他们俩又算什么关系？

贺予忽然很想惹他一下。

所以贺予看着他那双桃花眼，安静了片刻，慢慢地、颇为讽刺地笑了笑，那笑容意味深长："您不用替我着急，谢哥，我很快就会有对象的。"

顿了顿，他又道——

"到时候还要向您取取经，您是长辈，是过来人，结过婚，还离过婚，经验丰富，知道怎么对女孩子好。回头我向谢教授讨教，教授记得多给我些指导。"

说到这里，眼中光芒一闪，笑容里痞气和恶意更重了。

"不过有一点我很好奇。您说您和李嫂结婚也那么久了，她怎么就没孩子？"

谢清呈脸色阴沉："……"

这白天在所有人面前都装得斯文精致有涵养的男生，在此刻就和回了洞穴脱了人类衣冠的恶畜似的，杏眼慵懒地往下一瞥，声音带着点调侃的笑："您该不会是不行吧？"

几秒沉默后，回应他的是谢清呈拽着他的衣领就把他狠狠摔在了地上，连同他的枕头、被子全部扔了下去，活活把贺予埋了。

贺予虽然想惹他，但没想到惹得他反应这么大。

谢清呈是真的火了。

他是对性不热衷，有些冷淡，然而这兔崽子在那边鬼扯什么东西？

"贺予。"

谢清呈盯着他，眼里嗓音里都是冰碴。

"你幼不幼稚？"说完他起身整了整衣服就走了，休息室的门在他身后被砰地用力甩上。

谢清呈到派出所门廊外抽了支烟。

他最恨别人在他面前提起李若秋的事情，但贺予专刺他痛处。

他现在往廊门柱子上一靠，衣衫散乱，头发也是乱的，一丝不苟严谨冷峻的样子被剥落了，青霭再一熏，眉间藏着些烦闷，眼里拉着些血丝，干燥的嘴唇咬着烟滤纸，眼神空荡荡的，流露出平日难见的颓美气质。

路过的警察都忍不住看过来，过了一会儿有个年轻男警官飞快地跑过来，给他递了罐冰啤："同志，心情不好啊？理解，今晚这事儿吧——哎？谢哥？怎么是你？"

谢清呈回过神来，把目光落在那个男警官身上。

"陈慢。"

陈慢是谢清呈的熟人。

陈慢的原名其实叫陈衍，因为他做什么都有点快，他家里人实在是希望他能稍微慢下来点，于是就给他起了个诨名叫陈慢，渐渐地，大家也都更喜欢叫他陈慢，而不是身份证上的名字陈衍了。

谢清呈和陈慢认识，是因为他哥。陈慢他哥也是个警察，还是谢清呈爸爸的徒弟，但后来牺牲了。陈慢高考就填报了和他哥一样的专业，正从基层慢慢做起。

"谢哥，你怎么也扯进这案子里去了？"陈慢一见是他，快节奏的动作也慢了下来，在他身边站着，把啤酒打开了，递给他。

"说来话长。"谢清呈叹了口气，接过了冰啤，朝陈慢略微一倾算是谢过，然后就又心烦地靠在了柱子上，望着夜色。

陈慢见他没打算解释，陪他站了一会儿，说："谢哥，你冷不冷啊？我衣服要不给你……"

"没事，不冷，大热天冷什么？"

"按节气都已经入秋啦……"

谢清呈正烦着呢，觉得这孩子絮絮叨叨的，话真多，就说："你走吧，我没什么心情。谢谢你的啤酒。"

"真没事儿啊？"

"真没事。"

陈慢这才一步三回头地走了。

"等等。"谢清呈忽然又叫住他,"回来。"

陈慢又飞快地回来了。

谢清呈一把扯住他的警服,他俩也算是很熟的关系了,从很早就有往来,谢清呈没和他客气,伸手就往他警服里摸了包烟出来。

陈慢虽然不抽烟,但是整个派出所不抽烟的是少数。

谢清呈顺走了他的烟,然后才把他制服整好了,拍了拍他的肩:"走吧。"

"哦。那你少抽点啊哥。你现在这烟抽得太狠了。"

谢清呈又不理他了。

没一会儿,他身后又传来脚步声。

谢清呈特不耐烦:"你晚上不干活?"

"我干什么活?"

"……"

谢清呈回过头,原来不是陈慢去而复返,是贺予走了出来。

谢清呈一看是他,眼神更冷了,二话不说就把视线转开了。

贺予在他旁边沉默地站了一会儿,很勉强地开口:"谢医生,对不起。"

"你和嫂子的事情我很抱歉……"

谢清呈一直压着的火在这时候终于迸出来了,贺予实在太不懂事,惹他太多。他因为性子冷静,一直都算是忍着。

但这个道歉就像一种讽刺,更触怒他。如果贺予不这样彬彬有礼地和他说话,他倒还受得了,他一听到贺予这人模狗样的抱歉就动怒,因为这意味着贺予其实没有太大诚意,只是跟他爹妈一样,仿佛生意人为了和气走个过场,连道歉模板都一样。

他所有的烦闷都在这时涌上心头,哗的一下就把陈慢刚塞给他的啤酒全泼贺予脸上了。

"你抱歉什么?"

冰冷刺骨的啤酒往下淌,却不比谢清呈的语气更冷。

"我没听出你有抱歉的意思。你那一套伪装在别人面前可以,在我面前什么用都没有。你什么样子我没看过?"

贺予没吭声,他长这么大第一次有人敢用酒水泼他,他甚至都没反应过来。

"还有。"谢清呈狠狠道,"别再说嫂子,我和她已经离婚了,哪怕没离婚,我也不是你亲哥，她也不是你嫂子。今晚我看着你很烦，别让我再见到你！"

贺予安静了片刻，一字一顿道："那你想要我怎么样？把说出来的话咽下去？"

水珠流到他的黑眉之间，贺予当真有病，这会儿，他居然还能慢慢地绽开笑容，只是那笑容温柔得有些可怖："还是要我跪下来和你说对不起才有诚意？"

"你什么都不用做。"

说着，谢清呈就把空了的啤酒易拉罐给生生捏瘪了，盯着贺予的眼睛，把易拉罐丢到了垃圾桶里。

"贺予，你只要记着，我虽然感情生活很失败，但也轮不到你嘲笑我，因为你这样虚伪又变态地对别人，同样也不会有任何一个人能真心去喜欢你——你刚才不是说你很快就要去告白吗？你去试试。"

"……"

"我不管你喜欢的是谁，她要能跟你一个月以上，我跟你姓。"

16 | 却一直吵到离别

贺予和谢清呈在整个调查过程中，都没有再理会过对方。

调查结束后，谢清呈径自带着谢雪打车回家了，谢雪想等贺予一起，但谢清呈没允许，一句话不说揿着谢雪的脑袋就把她塞进了出租车里。

贺予就那么安静地背着手靠在柱子上望着，也不吭声，也不勉强，像一只知道了自己被遗弃却不能跟上来的狗，弄得谢雪心里很不舒服。

"贺予……哥，我们要不等等他……"

"进去。"

"可是……"

"进去！"

谢雪："那贺予，你回家和我讲一声哦。"

谢清呈："说完没有？走了。"

谢雪还想再讲些什么，贺予安静地站着摇了摇头，示意她不要再说了。

等谢雪在车内坐好，他只是向她挥了挥手，然后就目送着他们的车开远……

谢雪往椅背上一靠，忍不住叹气："哥，你们俩又怎么啦？"

谢清呈坐在副驾驶座上懒得搭理她，把从陈慢那里顺来的烟拆了，刚想点上，想到谢雪坐在后座，作罢了，他就这么干咬着烟，一只手肘搭着敞开的车窗，神情木然地望着窗外一闪而过的都市夜景。

谢雪小声道："贺予他是不是不小心说错了什么，惹你生气啦……"

"……"

"哥，你也别太怪他，他这个人虽然有时候是阴晴不定了些，但本质还是挺好的，我都听说了，这次事情要是没有他，没有你们俩一起及时发现我出了事赶过来，情况可能更糟糕，他……"

"他什么他？"谢清呈终于开口了，他把烟夹在指间，语气特别沉冷，"你离他远一点，整天和他混在一起干什么？"

谢雪也有点委屈了："可是他挺好的，对我也好，对你也恭敬……"

谢清呈脸色铁青，话都说不出来。

他恭敬？

他恭敬个鬼！

全都是在人前装模作样装的，他还不能把贺予的病告诉谢雪，谢雪只看到贺予平时对他温良恭谦的翩翩君子模样，他背后在贺予那边受的气，说出来连亲妹妹都不会信，他只能这样受着。

"哥……"

"你闭嘴吧！"

谢雪只好闭嘴了。

家人之间就是这样，劫后余生的那一刻，想的是这辈子绝对不吵架了，一定要好好过日子，好好讲话温和沟通。

结果等劫后余生的"温情 buff"一过，还是该"爹"的"爹"，该训的训，照样和以前一样骂骂咧咧，半点区别也没有。

真是个限时"温情 buff"。

谢雪委屈，但没办法。谁让他是她哥呢？

唉，算了算了，她不宠他还有谁宠他？她就只好惯着他这家长脾气呗……

她这样想着，在后座抱着手臂，有些无奈地撇撇嘴。

也不知道贺予这么优秀这么儒雅道德品质这么好的一个男生，他哥为什么老让她离远点离远点，而且好像对他时不时意见还挺大的，真是莫名其妙……

"哦……"过了一会儿，谢雪说，"对了……"

谢清呈懒得理她，谢雪也知道她哥的意思是，你有话就往下讲。

于是她小心翼翼道："刚才我在休息的时候，他……打电话过来了……问我出了什么事，我……"

谢清呈没问"他"是谁，仿佛兄妹俩都默认"他"就是"他"。

"你怎么回他的？"谢清呈问。

"我还能说什么呀？我就说没事。没有和他多聊。"

谢雪顿了一下："哥，你心情好点了吗？"

"你觉得他会让我心情好吗？"

谢雪没办法，只得凑过去，从后座把头往前探，小猫似的扒着椅背边沿，试图以"卖萌"引起她哥的注意："那你看看我吧，你看我好好的，你心情好吗？"

谢清呈："以后不要再一个人去这些危险的地方。"

语气总算是稍微缓和了一点。

谢雪忙说："好啦，知道啦……"

车子绝尘而去。

第二天，成康精神病院的消息登上了报纸头条。

虽然当时被逼上天台的那些人都向警方提供了一系列证词，证明江兰佩发病杀人纵火一案的背后，还隐藏着这个女人被拘禁了近二十年，生不如死的往事，但很可惜，梁季成已经死了，梁伯康死得比他弟弟还早，其余可能知道案件细节的高层，也都已经不在了，有几个正是死在了这场大火中。

江兰佩点燃的复仇之火，仿佛长了眼睛，吞噬了所有曾经沾染上这份罪恶的人。

她的照片果然如贺予所言，被选了最丑的一张，登在了新闻版面。但哪怕是那样一张照片，她依然让人惊艳，死去的女人直直地从报纸上望出来，眼神里带着几分强悍，又染着一丝迷茫……

记者在她的照片下面写道："江兰佩也许并不是她的真名，由于纸质档案保管不善，她的个人信息缺失，警方正在努力通过她的遗骸进行基因比对，但因跨时太远，也未必能有确定的结果。广大市民如有线索，可联系有关部门，电话……"

别墅内，贺予合上了报纸。

精神病院，精神病人，这一阵被推上了舆论风口，不管是肥腻大叔，还是黄毛丫头，论起来都头头是道，俨然一个个社会学医学专家。

在大多数人眼里，精神病人会被习以为常地归类为"他们"，与之相对的，当然是"我们"。"他们"再可怜，都是成不了"我们"的。

但是精神病是怎么产生的呢？

贺予想到了以前谢清呈和他说过的一番话。

"绝大部分精神病，都是正常人类对所处不正常的环境做出的反馈。强迫症、抑郁症、躁郁症……患者的生活圈中，一定有一样或者多样不正常的氛围对他们进行着挤压。比如校园霸凌、网络暴力，比如对女性残忍的性侵害，比如不平等的社会关系，这些不正常的氛围，这些对'他们'造成重大心理打击的罪魁祸首，很讽刺，几乎全部来源于家庭、职场、社会，来源于'我们'。

"要修复一个精神病人的情绪，我认为不到迫不得已，就不应该是把他关起来，而是应该让他走出去，像个正常人一样，重新成为'我们'。

"笼子是留给犯人的，不该留给已经遭受了太多痛苦的病人。"

贺予不喜欢谢清呈，但他认同谢清呈说过的这些话。

谢清呈能在他身边留这么久，也正是因为这样的理念让贺予觉得，他好歹把自己当成了一个活生生的人。

所以像昨天那样的事情发生之后，他意识到自己没有把握住尺度，确实冒犯了谢清呈，那他至少会愿意出去和谢清呈道个歉。

可谁知谢清呈看惯了他的伪装，就觉得他道歉也是假的，泼了他一头一脸的啤酒。

贺予想到这里情绪就变得很阴暗，他闭了闭眼，竭力把那种冰珠子顺着脸颊淌下来的耻辱感撇到脑后。

算了……不要再想了。

至少谢清呈只是骂他泼他，没有像那些人一样把精神病人当动物一样看待。

如果自己当初进了像成康这样的医院，病情可能早比现在更严重。

江兰佩在里面二十年，她的病情究竟是减轻了还是加重了？她或许本不会走上这条路的。

"小贺先生，您吩咐的事情已经办妥了。"

老赵敲了敲他的房间门，在得到允许后进来向他汇报了一些情况。小黄狗怯怯地跟在他身后，谨慎地摇着尾巴。

"我已经和救助站的人打过招呼，也和贺总说了您的意思，庄志强被暂时安顿到了我们的疗养中心，不会送去宛平了。"

贺予说："好，辛苦了。"

庄志强也是福大命大，住的楼层低，第一时间就被消防员抢救了出来，他好歹和他们也有缘分，经过这件事，贺予没打算对之束手不管。

再说谢雪也一定在意他。

成康火灾里受到牵连的人都有了一个礼拜左右的长假，以此来调节身心。

生活还要往前看，既然从炼狱火海出来了，那就要高高兴兴地、平平静静地过下去。

贺予心想，谢清呈不是说没人愿意和他在一起吗，不是说如果有谁能和他在一起一个月以上，谢清呈就跟他姓吗——

好。那他偏要和谢雪在一起。

他要和谢清呈最亲密的人在一起，要把谢清呈的妹妹从谢清呈身边夺走——到了那个时候，谢清呈怕是得改叫贺清呈了，也不知道那男人会是怎样的心境。

想到这里，贺予有些轻微的愉悦感。

——那张不可一世、严肃冷峻的脸庞……会不会流露出他从未见过的神情？

于是贺予在休息了一个礼拜后，很快地回到了大学校园内。

他准备好了打谢清呈的脸，向谢清呈最珍爱的妹妹告白。

在一座别墅的露台上。

户外灯不亮，昏沉沉的，旁边环绕着几只逐光的飞虫，光线湿润得像发了一层白毛汗，虚笼着一张背对着露台大门的软椅。

软椅上坐了一个人。

看不到背影，推门进来的手下，只能看见那个人的半截手肘，斜搭着椅靠。

"是吗？出现了那些精神病人在极短的时间内成功逃脱的情况吗？"

"是的，段老板。"

"有意思……"椅子上的那个被称为段老板的人发出了轻轻的笑声，"互帮互助？成康是个精神病院，不是教小朋友们讲文明懂礼貌的托儿所吧。这事真是反常。"

手下头上冒着冷汗："段老板，成康的监控原本就是坏的，而且发生大火之后，没有坏的那些也全部被破坏掉了。我们想调取当时的记录，但实在是……"

"我就没指望能从梁季成那个废物那里调出什么有用的记录。"

段老板停了一下。

"公安局那边，给出什么消息没有？"

"那边倒是有，有几个精神病人说，当时好像有病友给了他们钥匙，让他们互相帮着开门，但是更多的信息，也从他们嘴里套不出来了。"

段老板轻轻地冷笑："给他们钥匙，让他们开门，他们就会听吗？"

"……"

"那可是在火海，生死关头。"

手下一个激灵："段老板，难道说——"

软椅上的男人没再答话，昏暗的灯光照亮了他随意搁在面前涂写的纸。

上面写着两个字，但又被圈起来，打了个问号。

那两个字是：血蛊。

17 ｜我和他被关一起了

经过成康精神病院一案，谢雪成了学校的传奇老师。

她重回讲台之后，没有一个学生迟到早退不说，每节课还都爆满，其他班的学生没事也来蹭课，甚至连表演班的大四班草都晃晃悠悠来望了她两眼。同学们全都想看看这个传说中从变态杀人狂手底下逃脱的大锦鲤。

还有更离谱的传说，说把谢雪的照片打印出来挂宿舍门上，全宿舍都不会挂科。

但谢雪不知情，她自信地认为，她的编导课行情之所以空前火爆，那一定是因为自己上课太有趣了。

"哎呀，我真是教导有方的园丁奇才啊。"谢雪美滋滋地对给她送来学生作业的贺予说，"哎对了，贺予，你身体好些了吗？学校要给你颁奖呢，虽然你闯火场这种莽撞的行为不值得效仿，但校长说你心地善良、勇气可嘉……"

贺予笑笑："好多了。那个奖主要也是颁给我爸妈看的。"

贺继威和吕芝书知道了这件事，听说儿子没大碍，居然也没回来。尤其是吕芝书，她这人经常笑面待客，玩笑话也说得一茬接一茬的，不熟悉她的人都会觉得她很风趣，很注重家庭和生活。

然而像谢雪、谢清呈这种和她认识久了的人都清楚，她的幽默是假的，和蔼也是装的，对于她而言，外面的生意比起只是受了些刺激的长子而言，自然是生意重要。

但同时她又给校方打电话，让董事会给学校施压，说要好好宽慰贺予。

其实贺予一点也不在意那些冰冷的褒奖。

谢雪有些语塞，她觉得贺予挺可怜的，也不想继续谈论贺家的事了，忙找了另外一个轻松点的话题："呃，那个，说起来，周五学校有游园活动，你之前受了那么大折腾，刚好借着这个机会散散心，和同学们一起高兴高兴，要不要来参加？"

"不了，我周五有点事。"

"这样啊……"谢雪面露遗憾的神色,"好可惜,我本来还想着让你陪陪我的。"

贺予原本漫不经心的目光落到了她脸上:"你要去?"

"我必须去啊。"谢雪从办公桌后面摸出一只硕大的毛绒狐狸头,然后又捞呀捞,捞出了一截雪白尾巴,"你瞧瞧。"

"这是什么?"

"九尾狐人偶套头。学校安排的,每个专业的老师都要派一个去扮接引玩偶,我运气好差,不但被抓了壮丁,而且抽签还抽到了最无聊的一场活动。"

"别的人如果太傻,通常运气都会不错,你怎么智商低了运气也是E!"贺予叹了口气,还是问,"被发配去了哪儿?"

"中心湖改建的梦幻岛。"谢雪垮着脸,也懒得计较贺予挖苦她了。

"那地方说是梦幻岛,其实就是学生们挂了几串灯,打了星空投影的小废岛啦,和平时没有什么大区别。而且距离又远……唉,今年本来都要取消的,结果校长认为这是传统项目,就还是留下来了……"

她丧气地把狐狸套偶尾巴一扔,摊在座位上。

贺予接过她丢在桌上的雪白毛绒尾巴,若有所思地瞧了片刻,虽没再说话,心里却有了个主意。

转眼到了周五。

烘焙教室里传来烤糕点甜蜜的奶香味。

贺予打开烤箱,把做好的蛋糕用洁白的油纸铺垫,装入盒中。然后替阿姨仔细收拾好了自己借用的烘焙教室,走了出去。

游园会正在热闹地进行着。

说自己没空来玩儿的贺予提着谢雪最喜欢的鲜奶油柸果慕斯,单手插着兜,慢慢悠悠地在校园里踱了一圈。

他玩了一轮迷宫环游,套了一只小狗布偶,白色的萨摩耶玩偶像是微笑天使,被他抱在臂弯里,巧克力豆似的滚圆眼睛乌溜溜望着他。

"快看!"

旁边小女生们握着小拳掩在嘴边,偶有几句对话飘入他耳中。

"是贺予学长!那个在火场里把老师救出来的学长……他真人比照片帅……"

"啥学长啊,你个傻丫头片子。他是学弟!编导1001班的!"

"哎?学弟好高……看起来一米八几,不,感觉都快到一米九了……"

"我有个朋友是他们班的,那个女生说贺予家特别有钱,人长得还帅,成绩也好得没话说。"

"那不是和卫冬恒学长一样？"

"得了吧，卫冬恒那个毫无'男德'的男人，心比天高，人比花娇，你还管他叫学长啊？叫学姐算了。仗着自己家豪气，娇贵得和什么似的，上周表演五班的班花去和他表白，你知道他说什么？"

"什么？"

"——就你？也不照照镜子，要我送你一套护肤品吗？"

"……"

"但是贺予不一样，他特别温柔，超有礼貌，都不会和人大声说话，哎，这次他还冒着生命危险救了谢老师，哪里找这么好的男孩子去啊？"

贺予听她们这样议论自己，朝她们笑了笑，女生们啊啊小声叫着"他听到了"，害羞地呼啦一下散远了。

贺予温柔儒雅地收敛了笑容，目光幽沉——

真应该让谢清呈听一听。

他怎么会没人喜欢？

不过，他对这些学妹学姐并没有任何的兴趣，只有那个人……

是他唯一想要的。

正在这时，兜里的手机振了两下，贺予拿出来一看："贺老板，你真的要我把索桥砍断？"

信息是大二户外运动社的学长发来的。

梦幻岛在沪州大学的花园湖中央，岛心设有他们户外运动社的露营地，平时营地都是这位学长在管理。

贺予回复："索桥年久失修，留着挺危险，砍了方便校长重新搭。"

学长："可是校长开学时刚找工人维护过，梦幻岛划给了我们社团管理，这么短时间内坏了的话，是要我们户外运动社赔钱的，虽然只是一座小浮桥，但是修起来也要3000多元……"

发送完这条消息后，学长的手机忽然发出一声哗啦的碎银响声。

"支付宝到账——5000元。"

贺总的消息接踵而至："麻烦学长您砍彻底点。"

穷苦学长："……"

资本家的沟通方式好简单干脆。

按照游园会图纸上写的攻略，"九尾狐"会在鸭子船渡口等学生，陪着想搭船的学生一起前往梦幻岛。

贺予往枯枝败叶堆积的湖岸走去，果然瞧见穿着九尾狐套偶服的谢雪在等前来搭船的学生。

白狐静静地坐在船上，九条尾巴的其中一条还垂到了湖面，随着轻舟的晃动，一轮一轮荡开涟漪。

他向白狐走近，碎叶在脚下发出微弱的吱呀声，九尾狐人偶在走神没听见，直到他站在了岸边——

"谢雪。"

九尾狐愣了一下，才从鸭子船上回过头来。

贺予笑了："没想到我会来？"

他又看了看四周："你这被发配得确实太偏远了，我要是不来，这地方也没谁会来打卡，你就得干巴巴坐一整天。"

九尾狐沉默地看着他，似乎并不是那么认同他说的话。

"你觉得还有谁会来慰问你？你哥吗？"

"……"

贺予温声道："你哥都快更年期了，又得被逼着大龄相亲，成天给小姑娘气得要喝太太口服液镇静，估计没什么工夫顾到你。"

九尾狐："……"

贺予轻巧地上了船："走吧，我陪你，去梦幻岛。"

虽然是中心湖，但校园内的湖泊也大不到哪儿去，鸭子船划了两分钟不到，两人就抵达了"土坷垃"梦幻岛。

岛上果然一派凄凉荒败的景象，只象征性地挂着几串灯，露营地随意散落着一些帐篷搭建器材，上面积了一层厚灰——这个季节蚊子太多，开学一个月，户外运动社还没组织过一次活动。

贺予道："照顾你生意，哪里盖章？"

"……"九尾狐动了一下脑袋，给他示意了个方向。

贺予看着对方这一身行头又觉得好笑："这么热的天，你一直穿着不闷吗？要不我替你拿下来？"

见他对自己伸手，九尾狐冷冷后退一步。

"不要？"

点头。

"啊，成，那你戴着吧，热坏了别找我哭。"

九尾狐漠然垂下雪爪垫，做了个双手抱臂的动作。

贺予望着她："别说，还挺可爱的。保持着不要动，一会儿哥哥给你在服务表上打满分啊。"

"……"

"接着带路吧。"

盖章的地方在梦幻岛中心，那里摆着一张简易小课桌椅。九尾狐沉默地靠在树上，头转向远方。

贺予盖完章回头，觉得好笑，又觉得谢雪戴着这头套是挺沉的，而且以他喜欢欺负人的性格，谢雪越不想他摘头套，他越是想把它弄下来。

于是他见九尾狐把脸转向别的地方，忽然心生一念，悄无声息地走过去，靠近了，猛地抬手一摘——

笑道："谢雪——"

怎么回事？！

被忽然摘了头套顶着一头乱发回过头来的，哪里是谢雪，分明是目光阴鸷的谢清呈！！

贺予："……"

谢清呈："……"

谢教授的嘴唇张了又闭，闭了又张，紧抿半响，最后抬手粗暴地把自己额前凌乱的碎发抓上去，眼神刺刀般扎向贺予，淡薄的嘴唇下隐约可见雪白齿尖。

他森森然道："你有什么毛病？"

贺予看到是谢清呈，脸色就阴沉了："不是，你为什么要钻到这个破布偶里面还不告诉我？"

谢清呈把头套往贺予怀里一扔，皱着眉从这破布偶里面出来。真是难得，精英谢教授向来一丝不苟、一尘不染，想不到也会有让贺予瞧见他头发乱糟糟地从玩偶里爬出来的狼狈模样这一天。

"告诉你干什么？一路上说那么多废话，盖完章你就可以滚了。"

贺予不甘心地盯着他："谢雪呢？"

"她嫌热，让我来替她……谁一天到晚忙着相亲还要喝太太口服液？"

"……"

贺予对上谢清呈手术刀般锋利的目光，想起自己刚才说的话，笑笑："您别介意，无心之言。"

这是两人从派出所分别后第一次见面，最初的惊悚过后，气氛就有些尴尬。

尤其是谢清呈，他那天泼完贺予后觉得其实也没必要，他一贯是个很冷静的人，那天实在是因为情绪压力太大，贺予又刺他太准，他才失态和贺予吵起来，否则以他的性格，真的不至于和一个比自己小了十三岁的男孩子计较。

这时候贺予又和他道歉了，谢清呈捋着乱发的手停下来，语气稍微缓和，打破这诡谲的气氛："算了。你今天不是没空吗？"

"嗯。你怎么知道？"

"谢雪说她问过你。她本来是打算让你替她的，结果你说你今天有事没空，她就没好意思再开口。"

"……"

贺予沉默了好一会儿，没回答谢清呈，只把头套和萨摩耶玩偶都放在了一边，以手抚额站着消化了一会儿，然后背过身去，提着装有杧果慕斯的袋子往回走。

"我今天出门就该看一眼皇历。"

然而，当贺予抱着一丝侥幸心理回到梦幻岛渡口时，瞧见的却只有已经停泊在对岸耀武扬威的鸭子船，小船来回晃荡，金黄色的喙在水波的扭曲光照下仿佛拉扯出嘲讽的弧度。

他这才想起自己为了把谢雪困在岛上独处表白，让学长在自己登岛之后把所有交通都切断了。

什么叫搬起石头砸自己的脚？

贺予眉尖微微抽搐。

"怎么了？"

身后脚步响起，不用回头，岛上第二个带毛喘气的灵长类动物只有谢清呈。原来他计划的是孤男寡女共处一岛，正好告白。现在倒好，孤男寡男共处一岛，还是和他最讨厌的男人。

谢清呈脱了玩偶服，整个身材就显得颀长，气质陡然变了。他走到贺予身边时，贺予仿佛又闻到了那种似有若无的冰冷药味和消毒水味。

贺予闻到这味道就受不了，定了定神，收了那不切实际的犯罪欲，把头重新转了回去：

"船不知道为什么到对岸去了。"

"可能是操控室在遥控。"谢清呈手插在裤兜里，面无表情地思考了一会儿，"没关系，还有一座浮桥，你跟我过去。"

五分钟后。

谢清呈沉默地看着大半截桥身都已经沉在了湖里的简陋索桥，露出了难以言喻的复杂神情。

"索桥也断了。"

"啊，真不幸。估计有人整蛊。"贺予面上装作镇定和冷静，内心却很阴沉——没错，惊不惊喜？意不意外？再过一会儿你还会发现手机还没信号呢。

他原本是打算和谢雪在这小岛上待到半夜，为此他还特意设法搞来了一台监考同款信号屏蔽机。

不，应该说比监考同款还厉害，因为那台机器的程序是他改过的。

贺予在这方面手段很硬，他无聊时为了分散自己的注意力，就去集中专注度研究计算机系统入侵，以及信息干扰。

程序入侵需要争分夺秒地和对方的防火墙比能力，对他转移痛苦遏制病情恶化很有效，练了这么多年，副作用是让他不小心混成了一个非常可怕的顶级黑客。

当然，他是不会和学长说那台信号屏蔽器是他自己设置的。他只让学长开启设备在对岸守着，以此保证谢雪叫天天不应，叫地地不灵。只要来个人想去梦幻岛，就说这个活动太无聊，已经临时关闭。

本来他认为，这是天衣无缝的独处告白计划。

为此他还特意叮嘱学长："记得等在岸边，到晚上十二点之后，再把船划过来。"

"好的，贺老板。"

"不管中途我们怎么对外求助，你都不要理我们。我想在她面前演得像一些，不然她容易起疑心。"

"没有问题，贺老板。"

贺老板现在看着谢清呈清瘦高挺的背影，有些轻微的头疼：怎么没有问题？这问题也太大了……

"等一下，对岸有个人。"谢清呈沿着土坷垃梦幻岛走了半圈，发现了守在对岸的学长，"我叫他。"

"你叫他没用。"贺予叹了口气，抱着最后一线希望，"还是我来。"

谢清呈："怎么我没用？"

"孝敬您，我尊老爱幼总行了吧。"

贺予现在烦得不得了，懒得和谢清呈废话，自管自地和对面的"僚机"打起了招呼。

十五分钟后……

口干舌燥的贺大公子往树干上一靠。

谢清呈淡道:"孝敬完了,还有力气吗?"

刚成年的男生自尊心特别强,最听不得别人说自己不行,但贺予又实在无法解释,干脆靠着树转到了另一面,都不想看到谢清呈,拽了一把及膝的狗尾巴草不耐烦地拍打着周围的蚊虫。

贺予站了一会儿,越想越烦躁,把折了的草一扔,转身往树林里走。

谢清呈:"你去哪里?"

男孩子嗓子都喊哑了:"我去营地喝口水。"

走远了一段距离后,贺予拿出另一台设置过不受屏蔽的手机,铁青着脸给学长发了条消息:"出了点差错,麻烦你让我们离开。"

学长很快就回消息了,不忘拍马屁:"贺总不错啊,演得很像!连这条信息都是装的吧?"

又过几秒。

"贺总,我记着呢,你之前告诉过我,让我不管你说什么都不能放你们回来。我做事,你放心,12点后再来接你们,如果有其他人接近梦幻岛,我也会把他们赶回去的,别紧张,好好享受二人世界吧。"

贺予:"……"

要他在这孤岛上享受什么?享受谢医生他老人家的一对一心理辅导吗?

18 | 想起他离职的那一天

横竖是走不了了,两人最终都认了命,返回了营地。

四目相对,只能闲聊。

由此可见亚当和夏娃也不一定真的是爱对方,可能是因为实在没别的人选了,他们总不能老是和树上的蛇说话。

谢清呈:"小鬼。"

除了谢清呈之外,没有其他人叫过贺予"小鬼"。

而且使用这个称呼,多少意味着谢清呈此时是打算和贺予好好沟通的。

贺予侧过头:"嗯?"

"你手上的伤好了?"

"痊愈了。"贺予笑了笑,"谢医生关心我手上的伤干什么?您那天在派出所不是恨不得再给我一刀？"

"你知道我是真的不愿意再听人提起过去的事情。"

"那你知不知道我那天是真的想和你说对不起？"

"……"谢清呈抬起眼来。

贺予依旧带着笑，却目光冷淡地看着他："我说话就是这样的，谢清呈。那天我没有缺乏歉意，更不是你说的什么资本家发言。我从小到大都是你们在要求我要控制好情绪。你是不是辞职太久了，忘了自己以前亲口对我说过的话？"

几许沉默。

然后谢清呈说："我确实辞职很久了。"

"四年了。"

谢清呈："一直都还没好好问问你。现在，病怎么样了？"

"好多了。"

说完，贺予又笑了一下："您不用担心，不管我是怎么看待您个人的，我都很认同您的医疗理念，您对我的教诲，我时时刻刻都记在心里。"

谢清呈看着眼前面色冷淡的青年："那很好。你的病需要自救。无论换哪个医生，最重要的都是你自己的心态。"

贺予平静了一会儿，低头笑了："您听听，这话怎么听着就这么耳熟呢？"

"啊。"他顿了顿，眼底泛着冷，"想起来了。这话您曾经对我说过的。我还记着呢，谢医生。"

"就是您走的那天吧……"

就是在谢清呈离职的那一天。

在那一天前，贺予和谢雪一起在图书馆看完书，天下雨了，贺予撑着伞送谢雪回家。

"谢谢你哦，陪我走了这么多路。"

"没关系。"

"要不要进屋坐一会儿，虽然我家挺小的……"

"不会打扰吗？"

"怎么会？我还怕你不习惯呢。"谢雪笑着，拉着贺予的手就往回家的那条巷子里走。

谢清呈不在家，但是李若秋在。

那个女人坐在书桌前，正在和人发信息，脸上带着些克制不住的笑意，连小妹进屋了都没有抬眼，只随意地说了声："谢雪回来啦。"

贺予和李若秋见面不多，进了屋，很客气地说了句："李嫂，打扰了。"

李若秋听到他的声音，吓了一跳，抬起头来："啊，贵客贵客，快坐吧。"

她匆匆地起身，要去给他们泡茶。

贺予笑了笑："嫂子，不用忙了，我就送谢雪回家，很快就走。"

"这怎么能行呢？你坐，我去给你们俩拿点心。"

她扭身去了。

谢雪悄声道："嫂子人挺好的，热情，你拒绝她，她反而要生气。"

李若秋确实是个性格很强的女性，从和她短暂的几次接触中，贺予就能感觉得出来。更何况寻常女人哪有想和谢清呈这种爹系冷漠男结婚的？

他坐下来。沪州巷子里的老房子很逼仄，是个通间，用帘子隔开。读初中的男孩子已经发育长高，该懂的不该懂的，全都已了解。

这是他第一次进入谢清呈的私人领地，他瞥过了屋内陈设，在纱帘半掩的那张双人床上停了片刻，有种微妙的感觉。

贺予守礼节地把视线移开了。

"茶来了，来，还有点心，不知道你吃不吃得习惯。"李若秋笑着操持着家里的事务，端来了一壶热茶和糕点，托盘里还有一碟切好的水果，"尝尝吧，点心是我自己烤的。"

"嫂子，您真是客气了。"

李若秋掩嘴就笑，一双巧目轮流打量着贺予和谢雪。

虽然这两个孩子差了些岁数，但是男孩子到了青春期长得很快，贺予今天又没有穿校服，就一件黑色秋款高领衫，牛仔裤，戴着棒球帽，接近一米八的个子让他看起来并不那么像个初中生。

他坐在比他大了几岁的谢雪旁边，身高和模样居然都很般配。

屋子里安静了一会儿。

谢雪："……"

贺予："……"

李若秋："……"

过了几秒钟，李若秋扑哧一笑，没忍住，摆了摆手："你们聊、你们聊，我上黎姨家坐会儿去。"

"哎，"谢雪道，"嫂子——"

李若秋已经婷婷袅袅地走了。

她临走前那种"姨母笑",傻瓜都知道她往什么地方想了,谢雪登时就有些尴尬,小脸以肉眼可见的速度泛红。

"那个,不好意思啊贺予,我嫂子她这人喜欢看偶像剧,她看着看着吧,看到什么都容易多想。"

"没事。"贺予垂眸喝了口温热的茶,他觉得李若秋的误会让他挺受用的,笑道,"我不在意。"

他原本就挺喜欢谢雪的,李若秋误会了根本不算什么。

"对了,明天你哥不值班,但是他要去我家处理点事情,你要不要跟他一起去?等他事情处理完了,我带你去吃烧烤。"

谢雪一听有的吃,兴高采烈地就答应了。

然而,那天晚上,贺予回家的时候,发现客厅的灯亮着,推门进去,吕芝书就在屋里坐着看报纸。

贺予有些意外。

吕芝书和贺继威通常都是不在家的。贺家两套常住的别墅,一套在沪州,一套在燕州。在燕州的是主宅,贺予只在五岁前住过,后来就被带到了南方。他弟弟不一样,弟弟要读书,又习惯了和当地那群狐朋狗友斗鸡斗狗,看到自己那位十项全能的哥哥就心塞,因此几乎只待在主宅。

兄弟二人隔江而住,父母得了空,自然都更愿意陪他那位天真可爱的宝贝弟弟,除非有什么事,不然很少有来陪他的时候。

"您怎么回来了?"

"刚出完差。"吕芝书放下报纸,对长子说,"坐吧,有一件事情要告诉你。"

读初三的男孩子放下了书包,脱了鞋走进来,母亲需要仰视着他。

贺予垂睫:"您说吧。"

吕芝书给自己倒了杯红酒,喝了一口,才道:"明天是谢医生来替你看病的最后一天。这之后,他就不再是我们家的私人医生了。"

贺予没料到是这样一件事,愣住了。

过了好久,他才听到自己似乎冷静地说:"怎么这么突然?"

"嗯。没有提早告诉你,怕你知道了纠结。"

"为什么?"

吕芝书没有正面回答他的这个问题,而是道:"财务已经在结账,明天他把事情和我交接好,也会和你打招呼。不过这之后——"

她又喝了口酒:"你就不要再多和他们家的人来往了。"

"……"

"你明白我的意思吗？我们并不是同一个阶层的人，我下午派老赵去接你，他和我说你去了陌雨巷谢医生家里做客，和他妹妹在一起。"吕芝书叹了口气，"说实话，你挺让我失望的。孟母三迁，择邻而居，当父母的都希望儿子周围是一些令人满意的同伴。"

她打量着男孩子已经颀长高大的身材，目光上移，又落在贺予已显英气的面庞上。

"尤其是女伴。"

客厅里沉寂了许久。

然后贺予问："这是谢医生的意思？"

"离职是他的意思，让你离他们家远点是我的意思。"吕芝书坦荡荡地承认了，堆起笑容，走到贺予面前，抬手仰头，将他的额发往后捋了捋。

"但我觉得，我的意思也是谢医生的意思，他也不会希望结束一段工作之后，还和别人有着不必要的关联。他这个人特别清醒，这是我和你爸爸都很欣赏并且信任他的原因之一。"

"……"

"不信你明天可以自己问问他。"

第二天，谢清呈来了。

在所有的手续都交接完毕后，谢清呈给他做了最后一次病情监测，然后谢清呈对躺在治疗椅上的男孩子淡淡地开口："你妈妈应该和你说过了。"

贺予："……"

"从明天起，我就不在你家了。

"以后如果有什么不舒服，不要像以前一样选择自我伤害的方式转移注意力。还有，无论换成哪个医生来替你看病，你要记得，最重要的始终都是你自己的心态。"

年轻的医生说这些话的时候，果然没有带上任何私人情绪——

吕芝书是对的，在谢清呈心里，他和贺予的边界，一直是很清楚的。他们两家根本不是一个世界的人，贺予是贺家大少爷，是贺继威的儿子。

而他只是他们家请来的一个医生。

对于贺予而言，如果一直依靠一个医生来疏导精神上的困境，并不是什么好事。

谢清呈很冷静，他很清楚这一点。

他可以给病人照顾、支持，给予强大的精神鼓励，但该告别的时候，他不会有任何留恋。他处理医患关系一直都是这样干脆和干净，所以他最后只是说了一句："好了小鬼，那么祝你早日恢复健康。"

青春期刚至的男孩子压着心里的火，望着他："你就没有别的话要和我说了吗？"

"……"

等了一会儿，不见谢清呈有反应。

贺予说："好。你没有，我有。"

"……"

"谢清呈，过去这些年，我经历过很多医生，他们让我吃药，给我打针，以看待一个独立患者的眼神看待我。只有你不一样。

"我确实是不喜欢你，但我把你的话完完全全都听了进去。

"因为只有你，会把我当成是一个应该融入社会的人。你和我说打针吃药不是最重要的，去和他人建立联系，去建立强大的内心，才是我能撑下去的唯一出路。"

贺予停了一下："谢医生，虽然我和你不算太亲近，但是我……"

"……"

"我……"

贺予说到这里，半天都说不下去了，一双杏眼紧紧盯着谢清呈的脸。

"我以为你不仅仅把我当一个病人看，你也把我当作一个有感情的正常人看待。"

"我确实把你当作一个有感情的正常人看待。"

"那你就这样突然走掉吗？"初中男生体态已经长开了，带着些怒意时，他的气场其实很可怕，已经有了压迫感，"正常人之间的关系就是这样的吗？"

谢清呈安静了片刻："贺予，我知道你觉得这件事很突然，本来我确实应该提前告知你，但是我和你父母都沟通过，尤其是和你的父亲，他算是我的旧识，也是我的雇主，我在不违背原则的情况下，必须先尊重他的意愿……"

"那我的意愿呢？"

谢清呈说："我只是个医生而已。"

"我也是你的雇主吧。"贺予盯着他，"你就不问问我的意见？"

谢清呈叹了口气："控制住自己的情绪，小伙子。我没有不尊重你的意思，但你还是个学生，雇我的价钱也不是你出得起的。"

贺予也不知道是怎么想的，他那时候已经很沉稳了，在成人的应酬之中，甚至也能够进退得当，不失仪态。

可他一想到谢清呈和谢雪都要走了，他忽然又变得很无助，竟然脱口而出："我有很多零花钱，可以——"

"留着买蛋糕吃吧。"

"……"

谢清呈很理性地和他说："我不是一块蛋糕，你父亲不给你买，你就能自己想办法花钱得到。我来给你看病，很大一部分是因为他的人情。我不可能违背他的意愿，你明白吗？"

"他为什么一定要你走？"

"他没有要我走。"谢清呈说，"是我自己要走的。你刚才不是问我，这样的离开是不是人和人之间一种正常的关系终结吗。"

谢清呈看着贺予的眼睛。

"是的。

"尽管你在我眼里也是个有感情的正常人，但我和你建立的是医生与病人的关系，人与人的关系都是阶段性的，哪怕你最亲近的父母都不可能陪同你走完一生。"

谢清呈顿了一下："现在我和你的医患关系已经到了要结束的时候，那我就应该走了。这是正常人和正常人之间，一种很正常的关系终结。"

"……"

"我和你父亲最初约定的时间，也就是这七年。"

谢清呈说到这里，重新望向贺予的眼睛："你的病，在这个阶段已经不适合有人再继续这样陪着你了。你迟早都要靠你自己，来走出你内心的阴影。你明白吗？"

"所以你和我母亲一样，都认为，今天过后，我们之间、我和谢雪之间，就不用再有不必要的联系了，是吗？"

"你有需要我们帮助的时候，可以随时联系。"谢清呈顿了一下，"其他时候，确实没有太大的必要。"

"……"

"还有，你母亲把你和谢雪经常单独出去玩的事情告诉我了。"谢清呈说，"我作为她的家长，也确实觉得这样不太合适。"

他说到这里，打量了一下读初中的男生，得体而冷静地说："我知道你们年龄差距很大，你对她也只是有一份依赖，并没有别的意思。但时间久了，难免会有些不好听的说法，对你对她，都不是什么好事。"

贺予没纠正他那太过古板太过天真的想法，只说："所以你认同我母亲的做法？"

"我认同。"

贺予盯着他看，看了很久，然后他靠回了椅背上，支着颐，轻轻地笑了，那笑容像是云翳遮日，把他好不容易裸露出来的一寸心房给遮掩得严严实实。

贺予笑着说："医生，你真的……冷静得让人觉得，你没有病，但比我还没有心。"

"好。既然您都已经把话说到了这个份上，那么您走吧。"

"我会好好记着您说过的话，很冷静地自救，很冷静地活下去，也祝您今后仕途坦荡，一路顺风。"

贺予话锋一转："但是——"

"谢雪虽然是你妹妹，她也有她的自由，不管你们说什么，我还是会去找她。"

谢清呈皱起眉头，目光变得很严厉："她是个女孩子，你也已经十四岁了，要有点距离感。为什么非要跟着她？"

"因为她不像你。"

光影在地上切割成一道线，他们分别在光与暗之中，像是被一折两半的碎片。贺予说："她是我和世界连接的，唯一的桥梁。"

谢清呈沉默片刻："那你应该另找一座的。"

时间到了，他还有一些事情要办，无法和贺予再多说什么，就走了。

那一天，贺予坐在椅子上，一动未动。

从黄昏，到深夜。

贺予想，谢清呈其实是个很有手段的人。

谢清呈讲话总是很有道理，是谢清呈和他说，希望他把自己当作一个正常人；是谢清呈和他说，人可以靠自己走出内心的阴影。

谢清呈甚至还让他产生一种错觉，贺予觉得他哪怕离谢雪很近，谢清呈作为兄长，也是能接纳他的。

但是这一天，他从谢清呈的选择中知道，自己到底是想多了。

雇佣关系实在是人际关系中最清白简单的一种，无论持续十年还是二十年，当这段关系结束，就可以钱货两讫，没有半点人情纠葛，谁也不欠着谁。

一个私人医生，拿钱办事，无利走人。

和以前那些医生相比，谢清呈并没有任何地方是特殊的。谢清呈甚至比其他那些将他视作异类的医生更残忍，因为谢清呈骗他最久，从他的热血与痛苦里，拿走的利益最多。是谢清呈让他误以为自己建立的关系可以是永固的，是谢清呈让他误以为他对谢雪的喜爱是能够被家长接受的。

但他都错了。

贺予想着这段旧事，看着谢清呈的脸。

这么多年过去了，谢清呈还是当年的谢家长兄，到底一点也没有改变。

他依旧不愿意谢雪与他单独相处，依旧以一个很霸道专横的保护者的姿态挡在他妹妹身前——就连劝诫贺予想开点的话，都一模一样。

谢清呈或许是个很好的医生，有值得他称道的医疗理念，有公正的思想，有对患者的责任心。

但很可惜，他没有心。

"还在想以前的事？"

谢清呈的声音将他从回忆里唤回来。

贺予回过神，说："您提到了，我也就想了。仔细想一想，您也确实不太可能记得我以前说话是什么态度。"

贺予最后笑了："毕竟我们也就是一段已经结束了的医患关系，我说得对吗？"

谢清呈还未答话，但就在这时，天空忽然亮起了一道光，紧接着砰的一声，夜空中烟花盛放。

一年一度的游园会，在临近结束时，总以这过于灿烂的花火作为压轴。

数声震响，万花齐放。

谢清呈说："对。"

在这光辉璀璨中，忽然响起了闷雷轰隆——阵雨。烟火生来炽烈而温柔，到底比不过闪电悍横又冰冷，很快就偃旗息鼓败下阵来。远处学生们嬉笑着纷纷逃进教学楼或宿舍里避雨，黄豆大的雨点噼里啪啦落在热闹的尘俗间。

贺予依旧维持着那虚薄的微笑，在暗下来的天色中，说："那一起躲个雨吧谢医生。我想按您这么清醒的思路分析一下，除了医患关系外，现在您还是我老师的哥哥，您要是被淋湿了，我在她面前也交代不过去。"

贺予顿了一下，依然有些讽刺："已结束医患关系的两个人，一起躲雨属于正常行为，没有逾矩和失态，对吧？"

谢清呈知道他心里其实还是抵触自己。

但谢清呈也没更多耐心和宽容心去哄他了，冷道："对。"

贺予笑笑："前面有个山洞，您先请吧。"

这边贺予和谢清呈在岛上找地方避雨呢，那边学长还在兢兢业业地拿钱办事，守着入口，不让参加游园活动的其他人接近。

学长寻思着这个点，大家也应该玩得差不多了，不太可能有谁这么无聊，还大老远跑到梦幻岛上盖章，所以心态放松了许多。

"哎呀，这个雨真大啊。"他感慨地坐在鸭子船上，很是三八地往岛上望，希望能看到些什么。

但距离太远了，他之前只隐约瞧见贺予和一个身材修长的人在一起，他近视眼，看不太清，就觉得那美女挺高的，估计都快一米八了，也不知道是不是踩了个高跟鞋。

学长觉得小贺总的口味真是独特，喜欢这么高的高妹。

唉……有钱人的人生真让人羡慕。

他想着想着，都有些心痒起来了，挺想知道现在下雨了，岛上那两人是怎么相处的，他俩上去都没带伞，梦幻岛上就只有一个山洞，平时很少有学生去，又是学校监控的盲区。他估摸着，以贺予这种长相这种家世，而且还花了那么大心思追那个一米八的美女，现在肯定已经成功了。

要不要发个短信向他兜售点别的服务啊？

学长想着，摸出了手机，编辑消息，打算发给贺予那个没被屏蔽的手机号，去薅他的羊毛——

"贺老板，岛上山洞里有个药箱，里面东西备得很全，您如果有啥需要，就去盒子里找找，您懂的哟！嘿嘿！用了记得给我发个红包……"

19 | 总算不吵了

消息刚编辑完，发送出去，背后突然传来一个人的声音。

"小同学。"

黑市学长做贼心虚，差点一个侧翻栽进水里。

对方身手非常利落，一下子就把船稳住了，笑道："小同学，吓到你了？"

"啊，没……没有。"

学长抬头看去，站在他面前的是一个胡子拉碴的男人，年纪总有个三四十了，穿了个汗背衫，人字拖，看起来邋遢得要命，也不知道是做什么的，但眼里透着一股精光。

  人字拖笑问他："你这个船，用不用啊？"

  "哦，船啊。"学长信口胡扯，"船，坏了。"

  "坏了？"

  "对啊，船底有漏洞，开不了，只能停浅水区。"

  人字拖："这么巧？你们通往这个岛的索桥，好像也坏了。"

  "是啊。"学长理直气壮地，"我砍——咯，估计给人砍坏的吧。你谁啊？"

  人字拖笑得龇一口牙："我学校的电力检修工。这不接了通知，去岛上看看。你看，工具箱都提来了。"

  学长一听是学校的工人，有些心虚了，轻咳了几声，左顾右盼，然后凑过去："大哥，我和你说实话吧，今天岛上有学生告白，整个都包下来了，你想想，咱们能干那种坏人姻缘，被驴子踢的狗事吗？不能吧。"

  人字拖恍然大悟，眼睛亮亮的，也很八卦："哦，包岛告白啊。这么浪漫，你们年轻人真会玩啊。"

  "那可不？"学长一拍大腿，两指一并，搓了搓指腹，"主要是，有钱。"

  人字拖笑吟吟的，居然也很善解人意。

  "那行吧，那你这船什么时候能开啊？"

  "估计得后半夜了吧，主要我就怕他们小情侣，刚告白比较激动，想一起多待会儿，迟一点也是有可能的。"学长见大叔是个好说话的，也跟着八卦起来。

  男人嘛，凑在一起谈论这种事情的时候，难免有些眼泛贼光。

  学长贱兮兮地说："要不叔叔你明早再来吧，明早他们肯定走了。其中一个是学霸，绝对不可能翘课的。"

  人字拖嘎嘎大笑："哈哈，真是的，这美人都拖不住学霸上课的脚步哇。"

  "那可不是吗？不然怎么是学霸呢！"

  大叔又和学长侃了两句，拎着工具箱就走了。

  走到无人处，他停下来，从工具箱里掏出手机，那是最老款的砖头机，市面上早就绝迹了："喂，郑队，宽限几个小时吧，今晚岛上上不去了……问题？没问题，就俩学生在那儿包岛告白呢。嗯，行、行，我知道，明天一早我就上去看。"

  他无奈地叹了口气："你说咱们这个线人，也太谨慎了，消息都不愿意发，每次要给咱们情报，一定要写在这种学生留言簿上。还说什么这样最不引人注意……唉……得了，我回局里去了，你说我来拿个情报还要被小屁孩喂一嘴狗粮，我这警察当得容易吗？我……"

人字拖碎碎念地走了。

梦幻岛岩洞内。

洞穴不大，里头又黑，若非一场暴雨骤降，谢清呈觉得正常情况下不太会有人愿意来此一游，然而当他猫着腰进到洞内时，才发现自己想错了。

借着手机的幽光，可以看见假山岩洞里丢着几样常见的户外活动装备：风灯，油布，牛筋折叠小椅，狼眼手电，甚至还有一套野外小炊具。

"秘密乌托邦。"

"什么？"谢清呈回过头。

贺予把手机电筒往岩壁上一照："这上面写着。"

谢清呈这才发现湿润的假山墙壁上有着古往今来历代豪侠留下的墨宝——全是意外闯入这片秘境的学生的涂鸦。

而最大的几个题字，就是"秘密乌托邦"。

谢清呈对这些涂鸦没兴趣，扫了两眼，就坐到了岩洞口去看雨。

但贺予是个读编导的，出现在他面前的文字，他往往都愿意仔细读一读。

"大佛陀昔救众生，诞登彼岸，何不度我脱离书海？"

"周先生一生吾爱，奈何相识时他已为人夫，求而不得，思之如狂，狂不能言，唯有长守。"

贺予提灯照壁，边看边念，摇摇头："好文艺，都这么苦情。"

又照另一边。

那一边倒是好，内容五花八门，他又念："高等数学早日滚出大学课程。"

"快毕业了，希望我能成为大导演。加油。"

"此处避雨相……"

贺予忽然声音就轻了，没念下去。

谢清呈反而好奇："相什么？"

"没什么。"

谢清呈不信，回过头一看，顿觉语塞——

"此处避雨相爱，感恩天赐良缘。"

下面还留了那二位野鸳鸯的名字，被一个硕大的爱心圈在一起。

此情此景，不免尴尬，难怪贺予没念下去，谢清呈漠然道："几年不见，你是得了阅读障碍症，看东西一定要读出来才行？"

"你不觉得很有意思？这些人都不知道现在去了哪里，可能早忘了自己还在这里刻过这样的内容。"贺予抬手摩挲过一段斑驳的字迹，"也许有的人都已经尘归尘土归土了也不一定，但这些字还留着。"

谢清呈冷道："那你要不要也写下自己的墨宝，以供后世瞻仰？"

他本来只是一句嘲讽，没想到贺予还真的低头挑了块薄薄的石片，在墙上寻了个空位，若有所思道："有道理，你说我写什么呢？"

贺予说完，还瞥了眼谢清呈，目光里又带着些无法掩饰的嫌弃。是啊……此处避雨相爱，感恩天赐良缘，多少耳熟能详古典浪漫的故事都是这样开始的，白蛇向轻舟里的许汉文笑着借一把伞，贝尼尼在雨幕里为尼可莱塔铺一整道可以步下长阶的红毯。

如果在这里的是谢雪，也许这个晚上会令人愉快很多，也许他们还可以效法前人，在那两个因雨结缘的学长学姐的笔迹下，刻一句"我们也是"。

可惜现在困在岛上的是谢清呈。

两个大男人困在一起本就很无聊，何况他们的关系还不是特别好。

谢清呈觉察到他目光不善，于是报之以更不善的眼神："你看我干什么？"

"对不起，我没别人可以看。"贺予抛了两下石块，随意划拉了几个字：梦想成真。

石头粉末簌簌落下。

贺予写完了，把石头一扔，回过身来："医生，您要不要也幼稚一次？"

谢清呈眼神微闪，最终又把目光移到了外头的瓢泼大雨上，如雾般朦胧的暖色灯光中，他的侧影薄得像一张风吹即逝的浣花纸。

"不用了。我的是白日梦。"

"哦。"贺予随意道，"那您说说，是怎样的白日梦？——我可以问吗？没冒犯您吧？"

外头风急雨骤，谢清呈很久都没有说话，就在贺予以为他懒得和自己多言的时候，谢清呈望着岩洞外汇聚成流的雨水，挺平静地说了句："我以前不想当医生。"

"你现在也不是医生。"

"我最早的时候没想过要学医。"

贺予这回有点意外了，杏眼抬起来："那你想学什么？"

谢清呈起身回到岩洞里，盯着贺予划下的"梦想成真"四个字，然后道："太久了，我记不清了。"

他这谎言说得毫无诚意，十分敷衍，甚至连眸底的怅然都懒于打扫，贺予几乎怀疑他是在借机羞辱自己的智商。

谢清呈转过脸，似乎不想再进行这个话题，问贺予："有吃的吗？"

这会儿确实也是饭点了，贺予带到岛上来的食物只有一块杧果慕斯，那是他原本为谢雪做的。

不过现在好像也只能贡献成他们俩的口粮了。

贺予反正对谢清呈没什么兴趣，既然谢清呈不想提起自己从前的人生规划，那他也无意追问。

他把蛋糕拿出来，递了一块给谢清呈。谢清呈大概是饿得厉害，看也没看，接过就很快地吃了起来。

"有纸巾吗？"谢清呈爱干净整洁，吃完了，还问贺秘书要纸巾。

贺秘书看了眼周围，见牛津帆布桌上有个药箱，这种箱子里也许会有纸巾一类的东西，于是走过去找了找。

灯太暗了，他找到一包看上去大小差不多的，就丢给了谢清呈。

谢清呈接过刚要打开，突然觉得包装盒触感不太对，这种小包餐巾一般都是塑料包装，这怎么是个纸的？

再定睛一看——

谢清呈："……"

"怎么了？"

谢清呈冷漠地将这骚粉色包装、画着颤动爱心的长方形小盒给贺予扔了回去。

"你长没长眼睛？"

贺予一看，安静了几秒，默默地又把这该死的盒子放回了药箱里。

真绝了。

不过两人脸皮在这方面都有点厚，贺予对事物的接受度普遍比较高，无非闹个乌龙而已，也没什么大不了的。

而谢清呈呢，他性格沉稳冷静，不容易有太大的情绪起伏，而且他本来就是已婚离异男士，虽然他对这种事情不是很感兴趣，但看到成人用品也不会大惊小怪。

谢清呈只是皱了一下眉头："你们现在这些学生，怎么这么乱。"

"还好吧。"贺予淡道，"更乱的您还没见识过。"

说着，他又留意到医药箱旁边放着的一个本子——

乌托邦留言簿。

这种本子通常就是树洞本，留言的人会隔空接龙前面的内容，尽管前面的人未必还能看到，但后面再来的人可以继续加入，连着看起来也很有意思。

当然了，这种本子最后大多会沦为恋爱交友本，内容估计挺精彩的。

贺予念头一转，拿起那本子，对谢清呈道："谢医生要不要见识一下？这个本子里应该有很多内容，能让您更理解现在的年轻人。"

左右无事，两人也就一起看了起来。

果不其然，这本子上密密麻麻充满了各种各样的笔迹，内容主要是写爱情宣言、交友启事、秘密告白之类的。

翻着翻着，忽然，贺予"嗯"了一声。

"谢清呈，这里有人提到了你。"

20 | 可我却被他抓包

谢清呈本来看得没那么仔细，听贺予这样说，重新看了一遍。发现在 A4 大小的纸页最角落，有个框，框上写着"绝顶美色交流群"，而自己的名字就很高频率地出现在这个框里。

"……"谢清呈有种不好的预感。

果然，两人一起阅读着上面的文字，真可怕，全是一群丧心病狂的花痴。

那群小花痴在那儿巴拉巴拉地讨论周围几个高校哪儿有帅哥，第一个提到谢清呈名字的是个圆珠笔写的，字迹褪色，有点年头了，写字的人说隔壁医学院新来了个教授，叫谢清呈，特别帅，气场很强，又冷，很想管他叫老公，然后在谢清呈的名字后面狂写了二十来遍"老公"。

下面就有人嘲笑他。

但是不久之后就有新的留言加入，"画风"更加不对："楼上的学长们都不要笑了，如果有机会再看到这个留言簿的话，你们亲自去医科大瞧瞧，真帅得让人睡不着觉，他腿好长，肩宽腰瘦，整个人挺拔得杆标枪似的，西装一穿领带一打真是要我命，我遇见他之后连续三天晚上做梦都是他……"

后面就更夸张失控。

"好想被哥哥疼。"

"听说谢教授离婚了，没准咱们有戏啊。"

"天哪天哪，真的吗？和他共度一夜我可以单身一辈子！谢清呈，我的绝世帅老公，呜呜呜呜，帅到我公鸡打鸣！"

贺予看完这段之后沉默了很久，实在忍不住了——

这话写的，他要是再因为赌气不调侃谢清呈，那就真成傻瓜了，这可是现成的大笑话啊！

于是贺予扑哧笑了："谢医生，没想到，你是这些人的梦中情人啊，这些人都想跟你共度良宵。你要不就牺牲一下自己，翻个牌子吧。"

谢清呈脸色非常难看，抬手就要翻页。

贺予按住书："我还没看完。"

"翻了。"

"再等等。"

"翻。"

贺予带着嘲笑："就一会儿。"

谢清呈觉得自己丢了颜面，把书页用力翻了，贺予笑得特别缺德，又往下看，想看看后面还有没有谢清呈专场。

但他翻了没几页，就笑不出来了。

因为贺予看到了自己的名字。

还是在同样的"绝顶美色交流群"里，谢清呈显然也注意到了，两人又凑一起看了下去——

"怎么前面都是在喊老公的，这里是找老婆交流群。麻烦推荐一下学校里的漂亮人物。"

一些乱七八糟的名字之后。

贺予的名字居然出现了。

"贺予呀。她看起来和谁都客气，其实贵气得要命，和谁都有很强的距离感。而且她长得特别秀气斯文，虽然个子很高，但皮肤比其他女生都白，我看过她打球，力量感非常好，处起来一点儿都不用担心她娇气……"

"楼上疯了？那是男的！贺家少爷！"

"幻灭了，真的吗？我高度近视……"

"我劝你们赶紧把这些话涂改掉，知不知道贺予不但打球很厉害，打人也很厉害……他清秀是清秀，可学校泳池里你们没看到他脱了衣服之后的游泳运动员似的身材吗……他一拳下去你可能会死。"

"啊啊啊，好不甘心！怎么会是个男的！我不信！我还是想要他……"

谢清呈看完了，对脸色铁青的贺予说："精彩。你以后晚上出门带个防狼手电吧，实在不行害怕了打我电话也可以，看在我们以前认识，我还能送送你。"

Volume 01：当年之人

贺予："翻页。"

谢清呈抬手，堪堪按住了本子，淡漠道："我还没看够。"

"……"

贺予阴郁了好一会儿，最后他似乎不想把精力浪费在和谢清呈掰扯上了。他把留言本子的那两页直接扯下来，拿打火机点了。

点完之后他还拿了张纸巾，面无表情地把他触碰过书页的手指擦拭干净。

贺予在那儿贵少冷脸，谢清呈也不再和他说话了，一个人继续随手翻了翻那个本子。

岩洞里很久都没人声，外面是哗哗的大雨。

夏日的雨来得急去得也快，等手机上的时间显示为8点时，这场滂沱暴雨已化为淅淅沥沥的小雨了。谢清呈抬起秀长冷白的手，正准备合上留言簿，然而就在本子将合的一瞬间，谢清呈忽然觉得有什么不太对，目光立刻移回了刚才无意瞥过的一角。

"……"

谢清呈的手顿住了，他调亮了风灯，神情专注而严肃，把目光锁向了那个角落……

几秒钟之后，贺予听见背后传来谢清呈沉冷到有些异样的声音。

"贺予，你过来看看这个。"

那是在非常不起眼的角落里，夹着的一行字。

"WZL将在最近遇害。"

这行字是钢笔写的，字迹歪扭，像是左手写成，但令人移不开眼的是，在这行话的最后，那个人还留下了她的名字。

那是一个怎么也没让人想到的名字——

江兰佩。

外面闷雷轰鸣，洞内落针可闻。

"……"

"江兰佩不是在精神病院关了二十年吗？"贺予先打破了沉寂，轻声道。

谢清呈皱眉沉思："虽然她后来拿到了钥匙，有很多次自由出入的机会……"

"但那恐怕仅限于成康精神病院内。"贺予接着他的话道，"你觉得她能神不知鬼不觉地出去再进来，还跑到沪大的梦幻岛山洞里，在这样一个不起眼的树洞本上留这样一句话？"

答案当然是不可能的。

"而且看这个字迹很新，像是最近几天才留下的。"谢清呈借着探照灯的光仔细观察着本子上的红字，"这个 WZL 又是谁……"

两人对着这破破烂烂的笔记本思虑了良久。

贺予忽然道："我想起来，这几天在校园内听到过一个传说。"

"什么？"

"有学生觉得，江兰佩这个人虽然恐怖，但是很惨，很具有传奇特色，而且她死的时候，身上穿着的是厉鬼最喜欢的红裙子。那些学生就杜撰了一种说法，说如果对谁怀恨在心，就可以把设想对方的死法，把死亡方式写在纸上，然后用红笔落下江兰佩的名字，江兰佩的鬼魂就会替你手刃仇人。"

贺予停了一下，继续道："但那仇人必须是男人，女性不行。"

"为什么？"

"因为报纸上刊登了江兰佩的经历，杜撰出这个谣言的学生认为，江兰佩的恨意是只针对男性的。"

贺予又看了看本子上的字。

"你说会不会是最近有人来过这座岛上，在翻阅这本本子的时候，看到了前人的留言，然后想起了江兰佩鬼魂行凶的传说，刚好那个人和之前写留言的人一样，都厌恶这个叫 WZL 的男人，所以心念一动，把本子上单纯的情绪发泄，变成了一种正式的诅咒？"

谢清呈摇了摇头，拿出手机随意拍了张照，算是存了个档，然后说："回头我把这本子带去公安局，我总觉得江兰佩这个人，和你们沪大是脱不了关系的。"

贺予眼中光线微动，他轻轻地说："我也这么认为。"

"哦？"

贺予说："学校制服。"

谢清呈叹了口气，目光凝沉："原来你和我想的一样。我估计警察也有差不多的想法，我这几天在你们学校里见到了便衣，有几个是和我父母共事过的老刑警，好像在查一些事情。"

江兰佩杀害梁季成的那一天，有一个细节是看似不起眼，但很蹊跷的。

——江兰佩为什么要大费周章地把谢雪身上的沪大校工制服给脱了，穿到已经死亡的梁季成尸体上？

"每一个精神病人的举动，通常都不是毫无缘由的，尤其这种针对性特别强的异常活动。"谢清呈说，"江兰佩的案子依我看，迟早会查到你们学校的某些人头上。"

贺予抬起手，笑笑："某些人肯定不是我。"

"……"

"她关进去那年我可能都还没出生。"

谢清呈显得有些头疼，他说："这也不是你和我要管的事了，出去之后把本子交给警察，由着他们去查吧。"

贺予"嗯"了一声，说到了成康精神病院，他忽然说："对了。"

"什么？"

"我这几天一直在想，如果我们那天赶过去的时候，谢雪真的已经遇害了，我们现在会怎么样？"

谢清呈将黑眼珠漠然转向他："你就不能想点好的？"

"我比任何人都盼着她好。"

谢清呈有些烦心，没听出贺予的言下之意，他只是烦躁地随意敷衍了一句："我也是。"

"但她如果真的有事——"

"那我只要没死，也会和现在一样生活。"

——他不是没有经历过类似的事情。

那一次，甚至没有转机，没有挽回。

他看着父母冰冷的尸体就这样横在瓢泼大雨里，身后是黄白相间的警戒线被拉起，穿透耳膜的是姗姗来迟的刺耳警笛声。一辆货车的车头在剧烈地燃烧着，冲天的火光中，他看到母亲残破的尸体就在自己鞋尖前。

他那时候以为自己无法活下去了。

但是，十九年已过去。

贺予不知道他在想什么，听他这么说，很久都没再接话，他用莫测的眼神望着谢清呈的脸，然他很轻很冷地笑了："谢清呈，你真不愧是谢清呈，无时无刻不活得那么冷静，失态对你而言只是一分钟的事情。"

谢清呈说："人不能一辈子活在悲伤里。发生了的悲剧，哪怕当下根本无法接受，最后也会被慢慢消化。与其沉溺在痛苦中站不起来，不如别浪费这个时间，调整好自己，去做该做的事情，别让更多的悲剧发生。"

"啊，"贺予轻轻地说，"好一个人间大清醒。"

说着他就不想再和谢清呈共处一洞，这时候外头的雨也不再那么大了，他独自走了出去。

贺予散了会儿心，直到 12 点整，他发现对岸开始有了动静。

原来是兢兢业业拿钱办事的学长已经完成了任务，掐着点把鸭子船划了回来。

他一见贺予，就很兴奋，站在摇晃的船上拼命挥手："怎么样！我很守时吧！贺老板告白成功了吗？"

说完急不可待地往贺予身后张望。

"哎，老板娘呢？"

告白什么？

岛上就一个"人间大清醒"，让他和谁告白？

贺予对船上那傻瓜报之以微笑："这好像不是学长应该多问的事情。"

"瞧你，还害羞，哈哈哈，我懂，我懂。"对方朝贺予充满暧昧意味地挤眉弄眼一番，然后伸出手机支付宝二维码。

"尾款。"

贺予翻了个无声无息的白眼，拿出自己至今零格信号的手机，寒着脸划拉一下："请你先把屏蔽器给解开。"

学长解开了屏蔽，又很兴奋地道："我发你的信息你看见了吗？在另一个手机上。"

"什么信息？"

贺予拿出另一台手机一看。

"贺老板，岛上山洞里有个药箱，里面东西备得很全，您如果有啥需要，就去盒子里找找，您懂的哟！嘿嘿！用了记得给我发个红包……"

贺予微微一笑："以后别把那种东西放在急救箱里了，多缺德，学长你说是吧？"

"啊？"学长终于看出他不爽了，"啊……"

他不由得对那个还未露面的一米八美人敬佩不已。

他本来以为美人没有跟着贺予过来，是因为害羞呢。

看来是贺大少爷没得手啊！我的天，好一个冷美人啊！

啧啧啧，只不过贺少真的好惨，怎么就看上这么个难搞的对象。啧啧啧，钱打水漂……钱打水漂……

学长不吱声了，收完款，也识趣，打电话让另外一个朋友再从仓库里弄了条皮划艇来，两个人先走了，把鸭子船留在岸边给贺予用。

贺予处理完了作案现场，正准备回山洞里叫谢清呈出来，可一回头，他愣住了。

那个男人已经站在月色林间，手插在裤袋里，背靠着其中一棵柏木，正没有任何表情地看着他，也不知在树荫处冷漠地听了多久。

贺予："……"

谢清呈点了根烟，神情寡淡，和审犯人似的："我给你一个机会解释。"

他慢慢地把淡青色的烟圈吐出来："说吧。"

21 | 她则被我抓了包

与此同时。

沪州大学的风雨体育馆内，支着几排学生临时搭建的摊子，热闹非凡。

此处原本是游园会来的人最少的地方之一，但因为外面下雨，户外项目无法进行，大量参加活动的学生就都聚在了这里。

"这里有表白邮筒哟。"

"原来是在这里啊，我找了好久，总算找到了。"

一群女学生笑嘻嘻地围着一个胶囊邮筒，争先恐后地在表白信信封上写上收件人的名字，投入其中。

这是特意为害羞的"社死星人"准备的邮筒，避免了当面给人送情书的尴尬，沪大的每一届游园会都会出现，非常受学生们的欢迎。

谢雪坐在角落里，一边喝着热牛奶，一边写完了一封信，她把信用洁白的信封装好，仔细打量一番，然后一笔一画地在信封上写上了那个她暗恋的男孩子的名字。

女孩脸上露出了满意的笑容，起身走到胶囊邮筒边，正准备把告白信投进去，忽然一滴血珠落了下来，滴在了信封上。

谢雪一愣。

"哎，小姐姐，你流鼻血了……"旁边的人看到了，立刻从包里翻出纸巾，"来，快擦擦吧。"

谢雪忙仰起头，拿纸巾捂住了鼻子："谢……谢谢。"

怎么这么倒霉，忽然就流鼻血了？

她已经很久没流过鼻血了，仔细想起来，那都还是小时候的事情。

"您的这封信……要不我给您换个封吧……"

"啊，没事、没事没事！我乱写的！写着玩的！不重要！不重要！"谢雪生怕别人看到信封上的名字然后笑话她，为了赶紧蒙混过去，她手忙脚乱地就把沾着血的信封投进筒里,然后头也不回捂着鼻子夺路而逃了。

告白邮筒边的学生这才反应过来:"哎?刚刚那个好像是谢老师……"

谢雪跑出一段距离,想给她哥打个电话,问问突然流鼻血了是什么情况。

然而打了半天都是:"您好,您所拨打的用户已关机,请稍后再拨。"

谢雪:"……"

哎……难道她哥已经回宿舍睡了?

谢雪万万没想到,自己大哥根本还没睡,甚至因为代替自己去当九尾狐人偶,被贺予困在了岛上长达好几个小时。

而贺予的这种行为,最终被她大哥逮了个正着。

现在,这二位爷站在水岸边,彼此均把手插在裤兜里,脸上眼里都挺冷的,就互相那么对望着。

谢清呈在等贺予的交代。

"良辰美景水中月。"贺予最后悠悠地说,"今晚的月色很美。你明白什么意思吗?"

"说人话。"

"我也觉得你好看,想和你约会。"

"你要点脸。"谢清呈掸了烟灰,"我没在和你开玩笑。"

贺予慢慢地就不笑了,大抵也是知道这样哄不过去,于是终于敛去了轻佻的假面,眼神变得幽暗起来:"既然你都听到了,那我还有什么好解释的?"

碰上谢清呈冷锐的眼神,他停了一下,叹了口气,还是简单捋了一遍。

"好。我有个喜欢的人,我原本是打算和她告白的,但她没来。这样说您理解了吗?"

谢清呈隐约觉得有什么地方不对,但一时又觉不出来。

他的注意力被贺予有个喜欢的女孩给引过去了。

"你们学校的?"

"是。"

"谁?"

贺予笑了:"这和您有什么关系吗?"

谢清呈直起长腿,慢慢走到贺予面前,他站的地方地势高,因此尽管身高上不如贺予,此时此刻,他还是居高临下地俯视着贺予,桃花眼里仿佛镀着一层月光。

"贺予,你知不知道你有什么疾病?"

贺予淡道:"精神埃博拉。"

"那你没痊愈没控制住，你找什么对象？"

贺予静默须臾。

他仿佛早就预料到谢清呈会是这样的反应。

他回过眸来，轻轻地说："不是你曾经说过的吗？我应该重新建立与人、与社会之间的桥梁。你鼓励我去和别人相处，去找友情、亲情，去寻找爱。而且你之前不还说我连个对象都没有，永远只是个小鬼。"

"我那是气话。"谢清呈眼神锋利如刀，"你那么聪明，你听得出来什么是真什么是假。"

"承蒙您看得起了。"贺予说，"我只有十九岁，没您想得那么通透。"

谢清呈神情严肃："你长点心贺予，你知不知道有多少人因为失恋郁郁寡欢？正常人都能被爱情逼疯，弄得死去活来，你需要的是平稳冷静的心态，等所有指标正常之后你爱找谁找谁，和我一点关系也没有，我问都懒得问一句。"

贺予想到了谢雪的笑靥。

挺有意思的，谢清呈还不知道他喜欢的人是谢雪，他不知道都已经是这样的反应，要是他知道了今天打算困在岛上的是他的亲妹妹，可能已经一个巴掌直接狠狠扇在自己脸上了。

谢清呈："你这些年，有没有做到能完全控制住自己的情绪？如果没做到，你有什么资格去谈喜欢？"

贺予深色的眸望着谢清呈的眼："我既然做出这个决定，就是我觉得我能控制好自己。"

"你实在太自负了。"

"自负？"贺予重复，轻轻地问，"谢医生，十九年来我有没有伤害过任何人？"

"……"

"我只是喜欢一个人而已。"

"……"

"我就不能有这样的权利，是吗？"

谢清呈："你根本不知道得这种病之后的表现，而且你还是血蛊变异患者，你——"

"谢教授，"贺予平静地打断了谢清呈的话，"您已经不是我的私人医生了，我知道您中年寂寞，孤枕难眠，喜欢管些年轻人的闲事也是正常，但是我想我的这件事，和您实在没有太大关系。"

谢清呈被他这种语气冲撞得也有点来火："你以为我愿意管你吗？我是看在

你父亲的面子上,何况你的病我替你看了七年,养了七年的狗关照一下也是无可厚非,何况是人。"

贺予低头笑了,舌尖舔过齿面:"啊,真是可惜了,我不是您养的一条狗。"

"……"

"夜深了,我不想在这儿继续喂蚊子,您上不上船?"贺予放了系舟的铁索,带着些讽刺对谢清呈道,"坐了这么久,腰不疼吗?需要我下来搀您扶您吗?"

两人结果又是不欢而散。

谢清呈回宿舍之后冲了个澡,想了想,虽然有些迟了,但还是给贺继威打了个电话。

"是谢医生啊。好久不联系,好久不联系。"贺继威对谢清呈倒是挺客气的,"我正想着要不要打给你呢,真是好巧。"

"贺总也有事找我?"谢清呈略感意外。

"是啊,我想问问你成康精神病院的事。"

"……"谢清呈明白了。

贺继威重重叹气:"我这几天大致了解了些情况,贺予那孩子太不让人省心了。我听说他出事时是和你在一起的。"

"是。"

"派出所的人告诉我,说那天你一直在照看他,真是谢谢你了。"

看来贺予没有和贺继威说过完整的情况。

谢清呈不喜欢莫名其妙被谢,于是就把成康事件的经过大致和贺继威说了一遍,当然并没有提到血蛊的事情。贺继威听完沉默半晌:"原来是这样。这小子。唉……"

谢清呈略微斟酌,说道:"贺总,您以前对我很不错,所以哪怕我不再受聘于贺家,看到贺予,也还是会留意他的状况。我想问的是,贺予这些年,病情还好吗?"

"好了很多,托你的福,你当初不是说他到了那个阶段就该自己独立了吗?我一开始还挺担心的,没想到他控制得挺好,就偶尔不舒服了要打针吃个药,其他什么状况也没有。"

"那他药物依赖严重吗?"

"这……"贺继威有些犹豫了,苦笑,"你也知道,我和他妈妈工作都很忙,他吃药的事情我们也实在没法太关注……听管家说,还行吧,没有特别厉害。怎么了?是他有什么异常表现吗?"

"不是。"谢清呈迟疑了片刻,没打算把贺予打算谈恋爱的事和贺继威说,"也没什么。我就是问问而已。"

贺继威道:"你要是愿意,随时都可以回来,像你这样的医生,对于贺予而言是最合适的,找不到第二个。"

"贺总,您说笑了。"谢清呈道,"我离开医疗系统太久,连行医执照都已经到期了。"

"你当初来的时候也只是个学生……唉,算了……既然你不愿意,那我就不提了。不过谢医生,你和贺予现在离得近,有空的时候,能不能麻烦你稍微替我看着些贺予?他看似成熟,其实年纪还小,很多时候会意气用事,做些莽撞冲动的事情,我和他妈妈实在顾不上他,有时候确实也挺担心的。"

贺继威说到这里,又道:"但谢医生要是没时间,那也不必勉强……"

"没事,举手之劳而已。他毕竟是我照看过很久的病人。"谢清呈道,"还是贺总的公子。这都是应该的。"

两人寒暄几句,就各自收了线。

谢清呈靠在椅背上,抬手按了按自己的太阳穴——贺予对他而言是个特殊的病人,其中纠缠了一些很复杂的人际关系。

但是贺予毕竟也大了,连贺继威的话都未必会听,有些事情,实在是他无法控制住的。

他也只能暂时观察着了。

谢清呈头疼地起身吹干了头发,换了件干净衣服,虽然贺予确实不适合谈恋爱……但他要告白,人家那个倒霉姑娘也未必会答应。

先等等看吧。

想到这里,谢清呈拿起了从"秘密乌托邦"带回来的留言簿,推门下楼,打了一辆出租,往派出所驶去。

"今年的告白胶囊也太重了……"

"到底有多少情书啊?"

"大家都那么害羞,不肯当面说的吗?哎……"

结束了游园活动,几个负责清场的学生搬运着活动器材,其中就有那只庞大的告白邮筒。

"哎!你别踩我脚……哎哟!!"

手忙脚乱间,其中一个学生踉跄栽倒在了地上,告白邮筒也随之落地,劣质的塑料挡板摔开了，里面的信封哗地撒在塑胶走道上，夜风一吹，散落的信纸也长了腿儿似的往四面八方跑。

学生大惊失色："不好！"

这可都是少男少女们的告白信啊，都还没送到当事人手里呢，怎么能弄丢？学生赶紧拍拍身上的泥，赶猪崽子似的去追。

但被风吹开的信实在太多了，他俩实在捡不过来，只好扯着嗓子喊路过的同学们帮忙，学生们也都很热心，三张五张地帮忙把告白信从各个角落围追堵截回来。

贺予路过的时候，正好就看见这样一番景象。

作为人前的温良恭谦贵公子，十佳楷模，他当然帮着学姐学兄们一起去拾那些"落跑情书"。

"谢谢啊，谢谢！"

学姐忙得头也不抬，连连鞠躬。

旁边的姐妹掐了她一下，小声道："是贺予！"

"啊！"学姐尖叫起来，仰头一看，果然是贺予，顿时心跳一百二，磕磕巴巴道，"学……学弟好……"

贺予笑了一下，把信递给她，又继续去帮忙拾了。

有一封信卡在了篮球场边的树丛旁，贺予走过去，把那洁白的信封捡起来，掸了掸灰，却愣了一下——

那信封上有血迹。

血迹遮掩下，依旧可以看到一行娟秀的字。

"卫冬恒收。"

卫冬恒是艺术院表演系大四一班的班草，也是贺予的老熟人。

他俩各方面条件都很相似，连生日都是同月同日。然而这二位养成的结果却截然不同——小贺总是出了名的知书达理，而小卫总是出了名的"骄奢淫逸"。

卫家有头有脸有身份有教养，居然蹦出了卫冬恒这么个败家子。

卫冬恒从小到大，飙车、逃学和小混混"炸街"，给卫家捅了数不清的娄子，如果不是因为他们家大业大，可能早就被这位爷给捅成马蜂窝了。

整个沪州大学都知道卫冬恒狂到天上，学校提供给表演系学生试镜的机会，卫冬恒都不要，他读表演系是因为这是沪州大学艺术院分数线最低的一个专业，他是进来混文凭的。

贺予不甚在意地想——

也不知道哪个眼瞎了的女生会写情书给他。

正准备把信封带回去,贺予顿了一下,忽然又觉得哪里不对。

他重新看向信封……

卫冬恒收……卫冬恒收……

然后他愣住了。

字迹。

这个字……他不会认错的。

他像是被无形的闷棍狠抽了一下——

这是谢雪的字!

"怎么了?哟,有信撒了?"这时候一群男生打完了篮球,擦着汗从球场里出来,其中一个人随意一瞄,就看到了贺予手里的那一封。

男生顿时笑了,回头:"卫少,今年你又大丰收啊!"

球场里出来了一个男生,个子和贺予差不多,眉眼猖狂,有一头漂过的银色头发,打着五个耳洞,一脸的轻狂不羁地痞流氓相。

正是卫冬恒本人。

卫冬恒和贺予的目光对上了。

卫冬恒先点了点头:"贺少。"

贺予也和他点了一下头,眼前却一直晃着"卫冬恒收"四个字,都是他熟悉的笔迹。

卫冬恒本来是对这种情书没有任何兴趣的,但因为信拿在了贺予手里,他看了一眼,结果这一眼,就看到了信封上的血迹。

卫冬恒一皱眉:"恐吓信?"

贺予非常冷漠,甚至连嘴唇动的幅度都很轻微:"好像是,不如我替你扔了吧。"

"情书我没什么兴趣,都是要进垃圾桶的,相信贺少很能理解我的这种行为。不过,恐吓信我倒是第一次收,要回去好好看看了。"卫冬恒朝贺予笑了笑,从贺予手中把信拿走,"谢了。"

贺予习惯性地淡道:"客气。"

卫冬恒走了之后,贺予过了好一会儿才恢复了清晰的意识。

他仍然不敢相信自己看到的,真的是谢雪写给卫冬恒的告白信,回头正好看到那两个负责胶囊信箱管理的女孩正满眼兴奋地望着他,于是贺予走了回去。

"请问那封有血迹的信……"

"哦，那是'大锦鲤'谢老师写的。"

"对呀，就是她，可能秋季干燥，她写了一半流鼻血了，还是我递给她的纸巾。"

"好。"过了片刻，贺予轻轻说了声，"谢谢你们。"

当天晚上，贺予回到寝室，洗漱后沉默地往床上一躺，一夜无眠。

谢雪一直以来也认识卫冬恒。

小时候卫冬恒来他们家玩，谢雪也在，每次都和自己一起组队针对卫冬恒。他那时候以为，谢雪是讨厌这个眼比天高的男孩的。

可当时他们谁也没有意识到，若是没有十分在意，又哪里来的格外针对？

念高中的时候，谢雪和卫冬恒同一所学校。

谢雪读高二，卫冬恒读高一。

谢雪读高三，卫冬恒读高一。

后来谢雪毕业了，卫冬恒还在读高一。

这货愣是用留级三年成了校内奇谈，还美其名曰自己蝉联三届高一"级草"，觉得自己很牛。他从来不守规矩，谢雪在学校的时候，门口执勤，卫冬恒就一脸漠然地从她身边走过，在午休时要违规出校门吃烧烤。她怒气冲冲地劝阻他，却得到他的无视，还有跟在他后面的一帮社会流氓的嘲笑。

"卫哥，这是咱们小嫂子吗？她管你管得好严，说你敢出去就要扣你分哟！好怕啊，哈哈哈哈。"

"嫂子，你个子好矮，胸也好平。"

"卫哥！小姑娘真的在本子上记你违纪啦！你怎么都不哄哄她？"

那群小流氓吹口哨的吹口哨，起哄的起哄，戴着值周袖章的谢雪被气得眼泪都在眼眶里打转，冲着卫冬恒单手钩着书包扬长而去的背影跺着脚怒喝道："卫冬恒！你这个浑蛋！你宇宙第一讨厌！！"

可说卫冬恒是宇宙第一讨厌的她，又为什么要在大学毕业之后来沪州大学艺术院当老师呢？

她是科班出身，成绩优异，明明可以去试一试工资更高专业更强的燕州戏剧大学。可那时候她在微信里和贺予说自己没有自信，还是应聘难度稍低的沪州大学吧。

贺予当时也不是没有怀疑过。

谢雪一直是个很勇敢的人，比她还勇气可嘉的，除了谢清呈，他没有见过第二个，这样的人怎么会连去尝试应聘的自信都没有。

现在他才终于明白，原来是谢雪追着已经考入沪州大学的卫冬恒跑。

而他浑然不知，辞了国外高等院校的 offer（录取通知），跟着她跑。

——很可笑。

贺予一直躺在自己床上。

他就这样安静而麻木地想了整个夜晚，直到破晓。

"贺予，早上有课，你起了吗？一起去吃早饭吧。"室友在帘子外催促他。

贺予应了，起身。

但是坐起来的一瞬间，胸口忽然缩起一阵绞痛，然后猛地散向四肢百骸。

他抬手抚了一下自己的微凉的额头，拿了床头的药片，低声道："我有点不舒服，你们先走吧。"

贺予不舒服，谢清呈这一晚也没好到哪里去。

他到派出所的时候，人就已经有些不太对劲了。

不知道是在岛上着了凉还是怎么回事，谢清呈觉得头一直发晕，伴随着轻微的耳鸣。

他把那本写有蹊跷留言的本子交给了值班民警，又将事情始末和对方说了一遍，就往回走。

可才走到台阶处，忽然脚下一软。

"谢哥？"

他勉强回过头，发现是正在帮同事搬资料的陈慢。

"谢哥。"陈慢迅速跑过去，谢清呈突然晕得厉害，被他一把扶住了腰，这才站稳。

陈慢紧张地上下查看他："你怎么了？"

"不知道，头忽然有点晕……"

"你脸也很红啊，我看看……哎呀，怎么这么烫！"陈慢手忙脚乱地把他架起来，扭头和同事喊了一嗓子，"那个，小周，我东西你先帮我处理一下，我带人去趟医务室啊！"

22 | 我害他发烧了

派出所的医务室缺乏诊断设备，也就处理外伤的比较多，谢清呈最终还是被陈慢带去了医院。

病案本 | File No. 001

陈慢忙着在夜间急诊挂号，拿药，等血检报告，谢清呈就靠在医院冰凉的铁制椅子上，闭目养神。

过了一会儿，陈慢从窗口回来了，手里拿了张刚打印出来的检测报告单。

那报告单上写着一行让陈慢怀疑自己眼睛瞎了的字——杧果过敏。

"同志，你这么大的人了，应该知道自己的过敏原是什么吧？"夜间急诊科的医生推了推眼镜，对谢清呈说，"这也太不注意了，看看这指标，多吓人啊。"

一边说着，一边笔走龙蛇，鬼画符般开了一堆药。

"我们一般都给这种反应严重的病人打抗过敏针，不过你这种程度要连打三天。如果工作忙的话，最近还有一种盐水，今天夜里挂完就行了，你们看看要哪种。"

谢清呈不喜欢抗过敏针，更不想连着三天跑医院。

"挂水吧。"他说。

两人就去输液室了。

谢清呈药物不耐受，吊针如果打快，他会犯晕，还会想吐，所以等护士走了之后，他自己就把点滴调慢了。

陈慢忙来忙去，飞速地把所有手续都弄好，然后在谢清呈旁边坐下来。

他盯着谢清呈闭着眼睛的侧脸看了一会儿，轻声道："哥，你不是从来不吃杧果的吗？"

谢清呈觉得晦气得不得了："我倒霉眼瞎不行吗？"

陈慢无辜被骂，也习惯了。他哥是谢清呈父亲的徒弟，他从小也没少和谢清呈接触，知道这位大哥的性子，大哥丢人的时候你最好装作没看见，要是敢啰唆，那结果就和现在的自己一样，肯定得挨一顿批。

陈慢叹了口气："你坐着，我给你去倒点热水。"

他很快去而复返，拿了一只纸杯，热腾腾地递到谢清呈微凉的指尖边上："哥，喝一点吧。"

谢清呈这才睁开眼睛，接过来，喝了几口。

"到底谁骗你吃的杧果啊？"陈慢看着他虚弱的样子，轻声道，"也太缺德了。"

谢清呈喝完了水，语气总算稍微缓了下来："讨债的……"

可不是讨债的吗？

他想。

每次遇到贺予都没什么好事。

他当然知道自己杧果过敏，而且反应很严重，除了皮肤会泛红发烫之外，人还会发高烧。这种水果是他从七八岁开始就知道回避的"生化武器",就连馋杧果馋到流口水的妹妹,也只能迁就他,为了他的生命安全,绝对不会把任何杧果口味的东西带入家门。

时间久了,他已经忘记了杧果是什么味道,和贺予在梦幻岛的时候天色又晚了,看不清蛋糕坯子里的水果夹心,竟然把杧果慕斯当黄桃蛋糕吃了下去。

谢清呈叹了口气:"我睡一会儿,你急着回去吗?"

"哦。"陈慢忙道,"不急,我不急。我陪着你。"

谢清呈实在太累又太不舒服,垂了睫毛就靠在椅上睡着了。

输液室空调开得有些低,再加上病人在输液时本来就容易畏冷,陈慢见谢清呈睡梦中微微皱了皱眉,似乎是觉得体感温度不合适,于是起身脱了制服,把藏蓝色的外套盖在了谢清呈身上。

感觉到了暖和,谢清呈的眉头慢慢展开了,陈慢专注地看着他英气硬朗的面庞,丝毫没有感觉到时间过得缓慢……

"换瓶了吧。"

不知过了多久,有个急诊护士来了。

护士是换班护士,替了之前那一个,结果走过来一看到谢清呈,愣了一下——

她是谢清呈在沪一医院的老同事,但是关系不怎么好。她见挂水的人是他,脸就有些沉,目光也在谢清呈和陈慢之间来回打转,还在谢清呈披着的警服上停了几秒。

陈慢不明所以,很客气:"麻烦你了。"

护士冷笑了一下,拖腔拖调道:"不客气。这你什么人啊?"

"我……"陈慢的脸不自觉地红了一下,"我朋友。"

"哦,朋友。"护士笑笑,"警官同志真辛苦,半夜把朋友送来,还贴心守着。"

陈慢觉得她说话阴阳怪气的,但也没往心里去,护士换完瓶就扭腰走了,一路上还掏出手机啪啪啪地往同事群里发了些消息。

谢清呈输上液的时候已经是后半夜了,三大瓶以最缓慢的速度挂完,醒来时已经是早晨。

他是过敏体质,不易好,反应又剧烈,这会儿拔了针还是很难受,陈慢就对他说:"哥,衣服你先披着,别着凉。"

谢清呈没什么力气,应了一声,披着陈慢的制服就往外走。

医院大厅里此刻已人头攒动,沪一医院本就是人最多的地方。陈慢拿了病历去把口服药给取了,让谢清呈在人少一点的地方等。

谢清呈闭目靠在墙边，过了一会儿，他感到脚步声靠近——

有人在他面前停了下来。

谢清呈以为是陈慢，睁开眼："都好了？"

说着，他也没看来人，直起了身子："今天辛苦你了，走吧。"

"谢清呈。"

声音入耳，谢清呈蓦地抬头。

对上的是一张轮廓分明、英俊斯文的脸。

站在他面前的竟然是把他弄成这样的罪魁祸首——贺予。

贺予盯着他："你怎么在这里？"

谢清呈脸色顿时变得很难看。

更何况他们昨晚在岛上又是吵架吵崩的，谢清呈和贺予重逢之后，好像每一次见面都会发生口角。归根结底是贺予长大了，翅膀硬了，不再像小时候一样觉得谢清呈可怕，对谢清呈敬畏有加，他已经学会了换各种角度顶撞这个男人，好让这个男人不舒服，而他自己爽到。

谢清呈并不想让一个年轻人看他笑话，眉眼逐渐变得冷锐，腰背挺得很直，没有任何病态的样子："没什么。有点事要处理一下。"

他打量着贺予："你又来医院干什么？"

说着，目光下垂，落到了贺予拿着的医院药品袋上。

贺予把袋子不动声色地往后挪了挪，淡淡道："室友生病，我开车方便，替他来拿点药。"

"……"

"……"

四目相对，两人均隐藏着真实的自己。

过了一会儿，贺予说："你肩上的衣服……"

谢清呈这才意识到自己还披着陈慢的制服，雪白西装衬衫外，警察制服往肩上一搭，确实很打眼，难怪贺予能在往来的人群中立刻瞧见自己。

"朋友的。"

"你在等他？"

谢清呈敷衍地点了一下头。

贺予此刻心情也很不好，谢雪的情书给他的刺激太大，平时服用的药压不住，他是来开新药的。其实他刚才看到谢清呈，都不太想理。只是想起谢清呈是谢雪的哥哥，医院撞见了，总该问两句。

这时候他也不想和谢清呈再多说什么了，更懒得去见谢清呈的朋友。

他说："那我先走了。我还有点事。"

贺予就走了。

谢清呈看着他的背影微微皱眉，他知道贺予的病症加重时，有些药只有三甲医院能配到，会不会是……

"谢哥，"这时候，陈慢回来了，打断了谢清呈的思绪，"药开好了，我送你回去。"

他注意到谢清呈的目光，也顺着看过去，但贺予正好消失在了涌动的人潮中。

陈慢问："怎么了？"

"没什么。"谢清呈说。

不然他还能说什么？

碰到了罪魁祸首？

谢清呈说："走吧。"

"哦哦，好，哥，你小心点台阶。"

半个小时后，陈慢开车将他载回了沪医科单人教工宿舍，陈慢把制服外套往门口衣架上一挂，然后就去厨房冲了药剂，递给谢清呈，看他慢慢喝下去。

"哥，"陈慢想了想，"你刚才在医院是不是遇到熟人了？"

"……"

"还有啊，昨晚有个护士来给你换药，态度也怪怪的。"

谢清呈这次搭理他了："那护士是不是长脸形，嘴唇下面有颗痣，三四十岁？"

"对。"

"那是以前跟着一个老医生的周护士。"谢清呈说，"没什么，她和我是不太对付。"

谢清呈吃了药，又觉得累，在沙发上躺下了。

他想想还觉得挺烦的，不管是沪一医院的老同事还是贺予，都让他挺烦的。谢清呈烦的时候就喜欢抽烟，尤其昨晚在输液室，他熬了一整晚都没有碰打火机，这会儿就把胳膊从眼前移开了，对坐在他旁边的陈慢说："来根烟。"

陈慢大惊失色："你不能抽烟！你这个指标——你自己看——"

"看什么？我是医生你是医生？烟。"

"没有，不给！"

"到底是没有还是不给？"

"不……没——"陈慢结巴了。

谢清呈一把扯过他的衣襟,精准地从警服衣兜里搜出了一包烟,翻了个白眼就拆开抽了支咬在了嘴里。

陈慢:"……"

谢清呈:"火。"

陈慢重重叹了口气,实在没办法:"谢哥,你这样真的不好,要是叔叔阿姨知道了……"

他也是不小心提到谢清呈的父母,结果谢清呈脸色难看,陈慢也就不敢再说什么了,小声念了一句:"对不起。"

然后就把打火机不甘心地递给了谢清呈,眼睁睁看他慢性自杀。

谢清呈抽了几口烟,苍白秀长的手垂在沙发边,仰头眼神放空,望着天花板。

然后他和陈慢说:"忙了一晚上了,耽误你事,谢谢了。你先回去吧。"

"这怎么叫耽误……"

但谢清呈不能再指着陈慢忙里忙外了,他坚持道:"你回去休息吧。"

陈慢没办法,想了想:"哥,我担心你,我感觉你这杧果过敏肯定是被哪个缺德的坑的,谁要招你你跟我说啊,我能收拾他——"

"你能什么?"谢清呈终于转动眼珠,看着旁边少年稚气未脱的脸,用力抬手把他帽子给往下一扯,遮住他半只眼睛,"看把你能的,你能什么?我告诉你,回去老老实实当你的民警,别没事逞能。你哥已经走了,你们家就你一个儿子了,你给你家长省点心。"

"我知道了……"

陈慢默默低下头。

谢清呈又脱力般往软垫上一靠,整个人很颓然:"回去吧。"

陈慢只得走了。

这孩子人是好孩子,但就是太莽撞,凡事都急吼吼的。谢清呈知道他当警察是为了什么,他哥当年死在了扫黑行动中,他想给他哥报仇。但傻小子太笨,能力总不够,最后只给分到了派出所,没有进他哥当年在的刑侦大队,他心里头其实一直不甘心,谢清呈都看得出来。

但谢清呈觉得这样再好不过。

他哥从前就是跟自己父母太紧,一步步越卷越深的,他心里本来就对陈慢家里有亏欠感。

现在陈慢当个基层小民警,每天抓抓贼,给老大爷找找狗,再好不过了,最好一辈子都别再往上升。

这一觉睡得昏昏沉沉，直到第二天早上，谢清呈才被手机铃声吵醒。

"喂。"

电话是谢雪打来的，小姑娘在宿舍里边打电话边洗漱呢："喂，哥啊……哎？你嗓子怎么了？"

"没事，吃饭时没注意，吃了个杧果。"

谢雪："什么？你过敏，你还——"

"我都说了是没注意。你有什么事？"

"哦，没事没事。"谢雪说，"就是和你打声招呼，我们今天下课之后有秋游活动，要去南市。"

谢清呈咳嗽几声，只觉得身如火烧，烫得厉害，说道："那你去吧，路上注意安全，不可以和任何人单独去偏僻的地方，我和你说过，成康精神病院的事是你运气，万一……"

"好啦，我知道啦。你放心！哥，你也要注意身体呀。"

兄妹俩又说了几句，谢雪怕打扰谢清呈休息，就挂了电话。

结束通话后，她琢磨了一番，又给贺予打了个语音——

谢清呈又睡过去了。

他这人很会照顾别人，但不太会照顾自己，陈慢带他回来之后，他除了吃了两颗药，就抽了几支烟，到现在连饭都没吃过。他病得难受，懒得生火，反正不管怎样先睡着。

这一次不知睡了多久，模糊中，谢清呈隐约听到门锁咔嗒的声响，意识像游放空中的风筝，被扯着线从睡梦中拽回来一些。

他没有睁开眼，但他知道有人进来了。

他恍惚间以为是谢雪，只有谢雪有他宿舍的钥匙。

她不是要出去秋游了吗？高校这种活动新老师不太方便缺席，她怎么跑来了……

谢清呈这样想着，还是翻了个身，不愿意被妹妹吵闹，并且下意识地想要卷被子，可惜卷了半天却发现自己卷了个空，才意识到自己回来之后就一直躺在沙发上，连衬衫袖扣都没有松开。

正烦躁地皱了皱眉，身上忽然就一热。

进他屋的人走过来，看了他一会儿，在他身上盖了张空调薄毛毯。

谢清呈想睁眼，却实在困得厉害，簌簌微动的睫毛里只隐约映出了一个高大挺拔的男生的侧影，然后就又合上了沉重的眼皮。

再醒过来的时候已经是傍晚了，宿舍的地板被人勤快地拖过，门窗也被打开了透气，带着些微潮湿的微风吹拂着窗帘，雪白薄纱在夕阳余晖中来回摆动。

谢清呈微微眯了眯眼睛，一条胳膊从被自己捂热的空调毯子底下伸出来，手背遮在眼前。

房间里有另一个男性说话的声音，似乎在打电话："嗯……好。那我过几天就去……没关系，你们要的时间不长，我也想积累些专业外的经验，不算麻烦。

"放心吧冯姐，假已经请好了，知道你们困难，不会有什么意外。

"嗯，好，那我挂了。"

病恹恹的谢清呈终于意识到这个声音是贺予的。

谢清呈猛地坐起身，一个激灵扭头望向声音传来的方向——

贺予正好打完电话，从厨房里面走出来。他手里端着个木托盘，走到他身边，托盘在茶几上放下。

盘中一只美浓烧大碗，里面是满满一碗鸡肉粥，鸡汤应该熬了很久，呈现出诱人的奶白色。粳米在高汤中炖煮入味，每一颗米都裹满吸收了味醇色白的高汤，雪白的鸡肉浮沉其中，粥上还撒了一点香脆的白芝麻。

"你醒了？既然醒了，就趁热喝了吧，我照着网上菜谱做的。"

停了几秒，他又道：

"我看到你桌上的化验单和药单了。"

"……"

"你昨晚急症去挂水了，是不是？"

谢清呈以手抚额缓了一会儿，从沙发上坐起来。

等确定自己喉咙不会再像破风箱那样凄惨了，他才重新开了口："你怎么会来这里？"

贺予的状态似乎不太对，太冷静了，冷静里又带着些说不出来的阴郁。

谢清呈尽管身在病中，还是隐约觉察出了他的反常。他顺着贺予的手看上去，发现这青年的胳膊上缠绕着一圈绷带，再往上，那双始终低垂的杏眼似乎还带着些红。

谢清呈又想起他在医院里开的药。

但他还没问什么，贺予却俯身，低头看着躺坐在沙发上的男人，开口了："谢清呈，你杧果过敏这么严重，为什么要在医院和我说没事？"

"谢雪告诉你的？"

"对。她让我来看你，说你不舒服，和她说话时嗓子都是哑的。"

"……"

男生逼视着他："是我给你吃的。是我把你弄成了这样，你为什么要瞒着我？为什么不去找我？为什么在医院你也不肯和我说实话？"

"没什么必要，你不是故意的，不知道我枙果过敏。"谢清呈语气很平冷，"我找别人就可以了。"

这句话却并没有让贺予满意，相反地，贺予盯着谢清呈的眼睛更多了些危险："我觉得我也没有恶劣到这个地步，把人弄成这样了会甩手不负责。"

"……"

"所以在你们心里，我到底是个什么模样？"

"……"

你们？

谢清呈皱着眉——除了他，还有谁？

但贺予似乎情绪不佳，谢清呈也没有再多问。

贺予安静了一会儿，大概是觉得自己有些失态，慢慢地直起了身子，说了句："算了。"

他起身给谢清呈倒了杯水，又把谢清呈的化验单收拾了，看着上面过敏反应的可怕数值，叹了口气。

"没别的事我就先回去了。"

谢清呈出于给他治病七年的本能，喊住了他："贺予。"

"怎么？"

谢清呈微微皱眉："你是不是遇到什么事了？"

"没有。"

"那你手腕上的纱布是怎么回事？还有你今天去医院开的药——"

贺予一边披上校服外套，一边头也不回地说："药的事情已经和你说过了，是给同学开的。手腕上是你灶台太乱了，我收拾东西时被烫的。"

胳膊一伸，那纱布就隐没在了宽大的高校制服袖子底下。

贺予又静默了一会儿，然后好像也实在不知道该说什么了，停顿片刻道："我还有晚自习，先走了。你记得给谢雪打个电话，告诉她我来过了。"

谢清呈应了，但看着他，还是觉得隐隐地不对劲。

谢清呈想了想，问："谢雪都去秋游了，你怎么没去？"

青年低头弯腰系鞋带的动作顿了一下，从谢清呈这个角度并不能完全看清他的脸，只能瞧见半张隐没在阴影中的下颌，线条凌厉。

"太无聊了，很多都是表演系的人，我和他们没有共同话题，不想参加。"

用力系上鞋带，不等谢清呈再问，贺予已推门而出。

23 | 我们卷入的杀人案还未结束

几天后。

谢清呈的病痊愈了。

这一日他和谢雪两个人在沪大食堂吃饭，谢清呈看到碗里的鸡汤粥，忽然想起来自己已经有很多天没见过贺予了，而且朋友圈也刷不到任何属于那个人的消息。

他皱了下眉头，想起了那天贺予的不寻常。

谢清呈是个极度理性的人，但他不是个完全无情的人，更何况他还答应过贺继威替他看着点贺予。

于是等谢雪端了餐盘过来在他对面坐下，他就问了她贺予最近的情况。

谁知面对哥哥的询问，谢雪倏地睁大双眼："啊？你不知道？他请假去杭市拍戏了，没和你说吗？"

谢清呈手里的筷子顿了一下："他读的不是编导吗？"

"哎，时间很短，演小配角救个场，是在校门口买早饭的时候被人看上的。他自己也有点兴趣，而且说白了就他那个长相，以后台前还是幕后真说不好。他又是个很有上进心的人，有机会积累经验的事，他不会错过的。"

"怎么这么突然？"

"还不是因为那个剧组原定男五号临时出了状况。本来选的演员确实是表演班的，结果那孩子进组之前在校门口骑自行车和出租撞了，脸上破了一大口子，缝了好几针。剧组赶着紧地要找人顶上，就找到了贺予……"

听她这样说，谢清呈模糊想起来了贺予那天在他家里打的那通电话，好像就是在谈这件事。

谢雪絮絮叨叨："可是有一点我觉得挺奇怪的，这剧本我看过，特别烂的小网剧，以他的审美应该是瞧不上眼的，但他突然就答应了。尽管时间是不久啦，他那个角色只要去个十天左右就好了，可也不知道他在想什么……和我请假的时候情绪也不怎么样，我和他讲话，他都爱搭不理的。"

谢清呈听着，神情渐渐有些严肃。

他回忆起那一天贺予手腕上敷衍缠就的绷带，医院的药袋……

"贺予他最近有没有遇到什么坏事？"

"没有啊！"秋游之后，谢雪的状态不知为何好了很多，居然还有点桃花盛开的滋润感，她咬着冰激凌勺，过了一会儿才犹豫了一下，迟疑起来，"我也不太了解……应该没有吧……"

谢清呈又若有所思地看着眼睛亮晶晶仿佛心情很不错的谢雪。

他感觉她这两天特别开心，自打旅游回来，她就经常拿着手机啪啪啪回一堆消息，半天都不抬头，也不知道在和谁聊天。

朋友圈也是，她以前发的都是类似"××路新开一家××餐厅，有没有小伙伴一起去拔草"，这两天居然莫名其妙地文艺起来了，要么发些谢清呈皱着眉也看不懂的青春文学摘抄，要么就是些奇怪照片，比如一片湖水两片树叶，昨天深夜还发了个映在墙上的影子，灯光模糊，谁的影子根本看不清楚，可能是她自己的，配文是："嘿嘿，小白毛。"

谢清呈当时还回她："小白毛是谁？"

谢雪过了好久才答："一只可爱的小狗狗。"

谢清呈："不要在朋友圈发这种没意义的东西。赶紧睡觉。"

谢雪回了他一个吐舌头的笑脸，过了一会儿谢清呈发现她把头像也改了，改成了一只看着另一个方向的天鹅。

想起这些细节，谢清呈问："那你呢？你最近有没有遇到什么好事？"

谢雪的脸一红，扭过头，继续咬勺子，把秋游时发生的一个秘密，小心翼翼藏在心底："也……也没有啦。"

谢清呈双手抱臂，一言不发地看着她的肢体动作，害羞的表情细节，目光逐渐变得深邃锐利起来。

"对了，哥。"谢雪在谢清呈的盯视下显得有些心虚，她试着错开话题，"我在秋游时给你和贺予都带了些特色点心，你周末有事吗？"

"没有，怎么了？"

"我……呃，刚好学校里有个会议走不开，点心又容易坏，你要是没课，就替我去一趟杭市探一下贺予的班，顺便把东西给他吧。"

谢清呈皱了皱眉，虽然他觉得谢雪好像有什么情况在瞒着他，但他也没再追问什么。

"行。"他答应了，反正他也很不放心贺予的病情，可以顺便去剧组，看一下对方的精神状况。

这天傍晚。
成康精神病院的废墟外。
黄白相间的警戒线拉着，风一吹，警示带簌簌颤动，后面的焦黑土地也扬起了碎屑尘埃。最近赶来这里的市民很多，有的是来鲜花哀悼，有的则纯粹是猎奇心理，来瞧个热闹。
在摩肩接踵的人群中，有个不抢眼的男人，戴着角质边框眼镜。男人挤在人群中央，盯着成康病院的一片焦土，微凸的眼珠子里流露出一种迟疑又惊恐的矛盾神色。
"是啊，都死了啊，没有一个高层活着。"
"莫非真是江兰佩的冤魂索命？"
"那女人死的时候穿了一条红裙子呢，听说这种鬼是最厉害的了，难怪那火像长了眼睛一样，把和梁季成合作的那些人都烧死了……"
"哎哟，蛤都蛤色勒（吓都吓死了）！"
眼镜男听着周围人群的议论，颤抖得越发厉害，这么热的天，他硬生生出了一大身汗，背都快浸湿了。
他咽了咽口水，转身回去——
他要回家。
他父母分居已经很久了，他跟着父亲住，也是组织里的人。但在他父母共有的财产里，在他小时候住过的老宅子里，有一个保险柜，柜子中有一沓尘封的资料，边角都已经被虫蛀掉。
那是江兰佩真正的档案。
他父亲曾经和他说过，一旦自己出事，就把这沓资料交给警察，然后去自首，哪怕进监狱也没关系，至少能捡回一条命。
他胆小，跟着父亲也只算是接触了点组织上的皮毛，那天警察来他家调查，他什么也没敢说，六神无主间还吓吐了，但是现在他回过神来了……他看着报纸上的死亡名单，知道这件事绝没有那么简单。
他不想死……他不想被索命，他害怕极了，迫切地希望把保险柜里的东西拿出来，然后跑到派出所去——
曾经他害怕警笛，噩梦里只要有警车的鸣笛声，就怕得惊坐而起，抖如筛糠。但是现在他终于后知后觉地发现，只有警察才能够救他。

他这样想着，在进入那片二十年前还算高端小区的别墅群后，就开始发足狂奔，他怕极了，害怕"那些人"追上他，又害怕江兰佩的鬼魂追上他。

红艳艳的火舌，红艳艳的鬼裙。

"啊……啊！！"

他越想越怕，跑着跑着，忍不住叫出声，尿都进了出来，眼镜在油腻腻的鼻子上挂不住。

他夺路奔进老别墅的花园里，一下子闯进门内——

他太害怕了，甚至都没有意识到，这座已经荒废了十多年的老宅子，为什么会门没锁，只虚掩着大门……

眼镜男头脑已乱成一锅粥，呼哧气喘地往地下室奔去，朽坏的地板像是一具具成康精神病院死去的病人尸骸，在他脚下发出沉重的叹息，他精神都快崩溃了，嘴唇哆嗦得不受控制。

救命……

救命……

砰的一声，地下室的门也被他撞开了，他急忙往保险柜冲去。

他记得密码呢，他父亲虽然猥琐好色，年轻时常被他那好强的母亲所看不起，后来两人离了婚，但那密码居然还是他母亲的生日。

想起来，他母亲年轻时也爱烫卷发穿红裙，那时候流行港风，很多漂亮女性都爱照着画报里的港星打扮。最时尚的就是那大波浪大红衣。

眼镜男的手指颤抖着旋转旋钮，一下，两下……

"咔嗒。"

保险柜的门开了。

他把手往里一伸——

几秒过后，他整个人就像过了电一样，剧烈地抖动了一下，近乎抽搐。

没了！！

那一沓资料！！没了！！！

不可能……怎么可能……

万念俱灰惊恐交加间，他忽然感到有什么温热的东西，滴答一声，落在了他的眉心之间。

他全身的骨头都像要四散逃跑了，却还被皮囊困围着，只能绝望地待在他的身体内。

滴答。

又一声。

又是一滴热乎乎的东西，这次落在了他的嘴唇上。

腥的。

眼镜男眼珠暴突，剧烈地喘着气，慢慢地，五官扭曲地，抬起脸来——

他看到了一个女人。

一个死在楼梯上的女人，手里握着一把枪，血流了一地，眼珠子正朝着他的方向定定看着。

女人看上去是自杀的，但是眼镜男知道绝不是。

因为那是他的——

"妈……"眼镜男失声喊道，不知道是极度的恐惧还是极度的悲伤，"妈！妈！啊！啊啊啊！"

他母亲是不住在这里的啊……他母亲已经十多年没有回到过这里了……

难道她也知道这一沓档案？她也想取得这一沓档案，来保全她的儿子吗？

眼镜男崩溃了，一下子扑到地上，眼泪鼻涕汗水血，糊满了脸庞，口中发出野兽般的号啕，到最后已不知道是在喊什么。

然后，他听到身后传来脚步声，来自高跟鞋。

"嗒、嗒、嗒。"

穿着特制的、最高科技的反侦查鞋套，眼镜男还没来得及回头，就感到脑后抵上了一样硬邦邦的东西。

有个女人的声音在他背后轻轻地笑唱："丢呀、丢呀，丢手绢，轻轻地放在小朋友的后面，大家不要告诉他……"

泛黄的档案袋，被那个人从他身后，递到了他眼前。

微热的呼吸就在眼镜男的耳鬓边，来人柔声道："你是在找这个吗？"

"你……"

眼镜男没敢回头，牙齿咯咯地直打战。

"你妈妈也是。"

"……"

"你老子是一只胆小怕事的仓鼠，对老板太不忠心，还在家里藏着这种东西。"那个女人在他耳边呵气如兰，"太不应该了……他以为老板不知道吗？"

"你，你到底是……谁……"

女人笑了："不忠心的人，还想知道什么答案？"

"……"

"地狱里去问吧。"

这是眼镜男听到的最后一句话。

几秒钟之后。

"砰!"

一声枪响震落了地下室的灰尘。

女人冷漠地处理好现场,然后低下头,独自看了一会儿江兰佩的档案,接着头也不回地走出了这栋荒废的老楼……

24 | 他进错宾馆房间

"昨日夜里,城郊金玉兰花园居民听到两声枪响,居民报警后,警方赶到现场,在一栋荒废的老宅里发现了一男一女两具尸体。女性死者易某婷,五十二岁,男性死者梁某勇,二十六岁。两人系母子关系,分别为成康精神病院院长梁季成的妻子、儿子。"

"警方在老宅内发现死者遗书,两人均与成康案有关,疑似畏罪自杀……"

周末的黄昏,谢清呈坐在高铁上,看到了这条推送消息。

他微微皱着眉,点了进去。

报道不长,这种事情往往都是这样,事情越严肃,字数越少。

梁季成有妻子和儿子……

他想起来了,那天在成康精神病院,接待他们的小护士确实说过,梁季成有妻子有孩子,正是这句话让贺予立刻反应过来谢雪遇到的"梁季成"是假的。

那两个人都自杀了吗……

谢清呈略微觉得这件事有哪里不太对,但他毕竟不是警察,再加上报道的内容实在太少了,甚至连张打马赛克的图片都没有,想深思也没线索。

他于是关了手机,轻轻地叹了口气,眼前好像又晃起了那一日成康精神病院天台上的火光。

江兰佩在歇斯底里地大笑,她说二十年没有一个人找到她想起她。

她要化作厉鬼,让整个成康也变为地狱。

这算不算一种冥冥中的因果轮回?

"您好,您所搭乘的 G12×××× 次班车,还有十分钟抵达杭市站,请您带好随身物品,准备下车。感谢您的乘坐。列车前方到站,杭市站。"

高铁组的广播声把谢清呈从沉思中拉回来。

他和邻座说了一声"不好意思"，就在小姑娘红着脸的避让中拿着礼盒去了过道，等候下车。成康案毕竟已经过去了，他就没有再去多想梁季成妻儿的事情。

贺予接的戏是小成本网剧。

编剧是新人，导演是新人，演员是新人……因为投资太少，所以人都是新的，道具都是旧的。

新人也有新人的好，大家都没有经验，脸上还没酒桌烟气中熏出来的油，鞋底还没脂粉名利里沾染过的泥，大多数人的一颗心都只被薄薄的胸腔所包裹，互相拿出来看看，不说多真，但至少不完全是假的。据谢雪说，整体气氛还算不错。

坐的士到达剧组的时候，正是吃饭前的最后一场戏。

谢清呈来之前，谢雪是和在剧组的工作人员打过招呼的，他到了，也就自然而然地被带去导演的监视器旁坐着，等人，顺便看看戏。

贺予正在拍摄。

老实说，谢清呈来之前并不知道贺予到底是进了个什么组。看了半天大概知道这就是个狗血烂俗至极的青春校园言情故事。

贺予在剧里是一个默默喜欢了女主很多年的男炮灰，是个富商，确实和他本人的气质很符合，而这场戏正好拍到资本家告白被女主拒绝，然后独自离开。

这戏要在暴雨里拍，毕竟"五毛"投资的剧，群演连导演的大姨妈祖奶奶都给拉上了，人工降雨自然能省则省。抠门制片人遇到老天爷赐的豪雨，便开始丧心病狂地拉着演员反复折腾。

贺予于是就在大雨里重复着这场高感情爆发的戏——

虽然不是相关专业出身，也是第一次表演，但贺予把这段感情控制得很得体。

倒不像是在演戏，而是私人感情的肆意宣泄。

谢清呈觉得很意外，其实不只他意外，在临时搭出来的雨棚子里，监视器前的所有人都意外。

"哇，这位小帅哥他真的不是学表演的吗……"工作人员把剧本卷成小话筒，超低声地问。

一整条拍完的时候，天色已经完全暗了。

穷剧组在旁边搭了个专供演员休息换衣的简易棚，贺予拍完就进去了，半天没有动静。谢清呈给他发了消息，又过了十来分钟，才有小助理撩开帘子出来，撑着把黑色碳素柄的大伞跑到谢清呈等着的棚子里，请他进去。

棚子很窄小，只一张白色塑料户外桌，几把椅子。

谢清呈进去的时候，贺予正坐在其中一把椅子上擦头发。听到动静，他掀起睫帘看了谢清呈一眼。

这一眼有点出乎谢清呈的意料。

他以为贺予状态会很不好，刚才那样歇斯底里的重感情戏，连棚子里旁观的工作人员多少都会受到影响，默默掉几滴泪，没想到下了戏的贺予却神情淡漠，还酷酷地戴着蓝牙耳机在听音乐，修匀的左手搁在桌上，指尖散漫地叩击桌面打着节拍，整个就没事人一个。

他看起来甚至比之前在医院遇见时，还要精神正常。

"谢雪和我说了您会来。"贺予摘了一边的耳机，随手往桌上一扔。

他甚至朝谢清呈笑了一下："过敏好了？"

谢清呈的心略微松了些："不好我就该死了。"

谢清呈目光瞥过贺予的手机屏幕："在看什么？"

"新闻。"贺予说，"成康精神病院的后续。梁季成老婆儿子昨晚死了，报道说疑似自杀。你也看到了吧？"

谢清呈应了一声。

贺予微笑："这种人也有老婆儿子……也有人喜欢过他。"

谢清呈没听出他言语间的阴郁，把谢雪托自己带来的特产礼盒甩在贺予怀里。

"谢雪给你的。"

贺予捧着这份沉重，安静了片刻，说："谢谢。"

谢清呈心安理得地受了，在棚子里站了会儿，问道："不说梁季成了，说说你。你怎么突然想演戏？"

"我想多一些尝试。正好遇到机会，这个角色我也喜欢。"

谢清呈点了点头，拉过一张椅子落了座，信手点了根烟。

但火还未点上，就听得贺予说："能别抽吗？"

"……"

从小就见父母的宾客吞云吐雾，贺予对抽烟有着说不出的抵触。

谢清呈于是把烟放回了盒子里，但牙齿下意识地咬了一下唇，这是个很上瘾的动作。贺予看着他："你以前不吸烟。"

"嗯。"

"什么时候开始的？"

谢清呈好像在沉默，又好像在思考，最后抬起眼，淡淡道："忘了。"

男人顿了顿，似乎不想继续这个话题，所以隔着塑料简易桌看向对面的男生："你演得确实不错。我以为你入了戏。"

贺予舌尖抵了一下齿背，然后浅笑起来，他是经常笑的，无论心情好与坏，阴或晴，笑容对他而言并不是情绪的表达，而是几乎凝铸成了一种他在社交时习惯性佩戴的假面，是随意喷洒的迷幻剂，极具蛊惑性，让人窥不见他的真心。

"没，我哪有这么傻？演别人编出来的东西，谁会当真？"

"那你怎么演的？"

"就和说谎一样。我这些年来不都在伪装吗？"贺予眼睛盯着谢清呈，那声音轻得只有对方才能勉强听到，"我有病，但我装成一个正常人。"

"……"

贺予说完，身子往后一靠，懒洋洋地把玩着桌上的那只耳机。

耳机被他当陀螺似的在桌上转。

谢清呈道："我以为你遇到了什么事，跑出来演戏是为了发泄情绪。"

贺予仰头，向谢清呈望去："我演得有那么好？"

"还行。手腕上的烫伤怎么样了？"

贺予下意识地摸了一下自己的手腕，但很快又松开了。

他坦然地、随意地、几乎是毫不在意地亮给谢清呈看。

"没事，但是拍戏需要，不能有那么多疤，做了些处理。"

妆造给他做的处理就是在他手上绘了些精致的文身，图案的庄严和文身的狠戾混淆纠缠，倒也符合角色内敛阴冷的脾性。

贺予问："好看吗？"

"很难看。搭配你这身校服更难看。"

"高中时期没有文身，一会儿换装的时候会重新化，想办法盖住。"贺予说，"你等会儿还留着看戏吗？估计要拍到挺晚的。"

"不看了，你穿校服的样子我看了快十年，眼睛都起茧子。"

不过虽说不看，谢清呈还是问了句："你晚上演的是什么？"

"一场考试的戏。"贺予说着，有些嘲弄地笑笑，"确实没什么好看的。你帮我把这些东西拎去宾馆吧，我把我的房卡给你……你今天是住剧组宾馆吗？不住就算了，我下了戏自己带回去。"

谢清呈看了眼谢雪之前发给他的安排信息。

"我住8062。"

"那就在我隔壁。"

谢清呈应了，确认过贺予没发病，也就接过了贺予递给他的房卡，起身准备回去休息了，毕竟明天还要早起赶班车回去上课。

谢清呈刷卡进入贺予房间时并没有发现什么异样。

那房间符合一个大学在读男生的气质，床上扔着几件没洗的衣服，角落里有一只篮球，几双运动鞋，桌上摆着两本书。

谢清呈把点心盒子放在了贺予书桌旁，然后就回到隔壁自己的房间，洗了个澡。等他披着酒店雪白宽松的浴袍，一边擦着头发，一边走到写字台边时，手机忽然响了。

电话是陈慢打来的。

"谢哥，我来你宿舍找你，你今天怎么不在？"

"我在杭市。"

陈慢愣了一下："你身体才刚好，你去杭市干什么？"

"看一个病人。"

"什么病人啊……你不是很久都不当医生了吗？"

谢清呈点了根烟，现在总算是可以抽了："一个小鬼，和你差不多大……比你还小点。"

电话那头陈慢不知为何顿了好几秒，然后很唐突地问了句："男的女的？哥，你怎么还特意跑过去？"

谢清呈觉得他莫名其妙，但还是说："男的，他爸和我有点关系，他的病之前又都是我在看的。不然我也懒得管。你问这么多干什么？"

陈慢的语气又莫名轻快了起来，他笑着："我也就随便问问。"

"你去我学校找我什么事？"

"哦，我妈做了些秃黄油，我想着给你送过去，拌面吃特别香。"

"你放谢雪那儿吧。"

陈慢大惊："不可以！她那么能吃，什么都不会剩给你的，算了算了，等你回来再说吧。"

"那也行。"

"哥，你声音听起来挺累的，你好好休息，那，我就不打扰你了……"

谢清呈懒懒地说："嗯。"

他也没和陈慢客气，挂了电话。

陈慢这孩子以前还没这么黏谢清呈，他亲哥走了之后，他又消沉了很长一段时间，那阵子谢清呈经常去看他。后来陈慢恢复过来了，也就时不时地往谢清呈家里跑，跑到最后谢清呈都嫌他烦了，他才稍微消停些。

不过陈慢说得对，他奔波了一天，是真的有些累，于是就这样披着睡袍在床上闭着眼睛休息了一会儿。

这一合眼，就睡过头了，醒来时他看了眼桌上的电子钟，晚上 11 点 10 分。

这个点贺予应该已经回来有一阵子了，只是自己刚才睡得太沉，没有注意到任何外面的声音。

没办法，他明早就要走了，贺予开戏又很早，也不知道能不能碰上面，于是谢清呈想了想，拿起桌上那张薄薄的卡片，去了隔壁贺予的房间，好歹先把卡还给他。

敲了几遍门，却没动静。

谢清呈想起傍晚时贺予在暴雨里来来回回地重复拍摄，估计这男孩子是累得睡着了。他垂下了手，俯身打算把房卡通过门缝推进去，然后发个信息给贺予，等他第二天醒来就会看到。

但指尖还未将房卡推进去，谢清呈就忽然发现——

贺予房间的灯是亮着的。

光线不是很明朗，只开了一盏落地灯，不过透过门下面的缝隙还是能很清楚地确认里面的光亮。

谢清呈心里没来由地打了个突，他起身敲门的声音不由得响了些："贺予，你在里面吗？我来还你房卡。"

没应声。

谢清呈拿出手机拨了贺予的电话，没过一会儿，一门之隔的贺予手机铃声响了。

对贺予病情很不放心的谢清呈最后敲了两下门，然后朝着紧闭的灰褐色房门提高声音道："贺予，你再不出声，我就刷卡进去了。"

"……"

"你听到了没？"

还是没有回应。

谢清呈把半旧的卡片贴上感应条，嘀的一声轻响，门开了。

屋内拉着厚重的窗帘，房间里有浓重的酒味。

谢清呈顿时有种不好的预感。

他的目光在卧室里扫了一圈,然后在角落里,他看到了那个把自己缩成一团的男孩子。

最坏的猜测在这时成了真,谢清呈气不打一处来:"你!"

男孩子像一条笼子里的小龙,动了一下,没太大反应。

谢清呈终于看到了他伪装之下的真相——他的直觉并没有错,贺予不是无缘无故替人救场,跑来剧组消磨时光,他是真的状态不对,需要发泄情绪。

其实贺予从知道谢雪喜欢卫冬恒之后,就发了病,但不算最严重的情况,还能克制。

他觉察到自己不对劲后,就立刻去医院开了药,后来又到剧组排遣。可每日白天他在人前还能装一装淡定,一到了晚上独处,就克制不住了,为了不让病情恶化,他就把带来的药都乱七八糟吃了下去,心里还是有些堵,又喝了酒。所以谢清呈进屋之后,看到的就是满地散乱的酒瓶,还有药盒。

贺予在滥服药剂。

谢清呈辞职之前就特意和贺继威说过严格控制药物的重要性,如果这些药也失效了,贺予病情再恶化,就只能被送到精神病院进行物理控制。

他甚至都没有说"治疗"。

就和在成康精神病院看到的那些人一样——物理控制起不到痊愈的作用,只是避免让他堕为恶兽,给他戴上镣铐嘴套,让他不能伤害他人。

贺予将会是彻头彻尾的疯子。

医生看不得病人作践自己,谢清呈朝贺予走过去,语气里多少带上了些怒意:"贺予。"

"……"

"贺予。"

"……"

"贺予!"

男生终于动了一下,那双漂亮的杏眼在浓密纤长的睫毛下转动,慢慢地移到了落地灯光晕里,那个还披着浴袍的谢清呈身上。

"是你。"

然后没等谢清呈回应,他就把头靠在床头柜上,轻轻地说:"啧,我的天……你进来干什么啊?"

"……"

"我就是工作太累了,喝了点酒,没什么事,你走吧。"

酒精让他控制住了嗜血的暴力因子，却让他头脑昏沉，一向聪明的青年在这会儿编不出任何像样的谎话，事实上，他也太累了，也不想再编。

"走吧，不要多管闲事。"

回应他的是手腕上的疼痛，还有属于男性的牵扯力量，他没回过神就被整个人拽了起来，丢到沙发椅上，浑浑噩噩视野模糊间，贺予只看到了谢清呈那张熟悉的严峻的脸——

一双桃花眼。

贺予像被刺了一下，蓦地把脸转开去，目光直直地侧过去盯着墙角一个毫不相干无辜入局的装饰画。酒店俗套的凡·高《星空》，扭曲的夜，混乱的星。

他鼻音沉重，声音竭力沉稳，但已经响了起来："谢清呈，我说了我没事，你还在这里干什么？醉酒你也管？"

谢清呈说："你以为我愿意管你？你看看你现在这样像什么话。"

"……"

贺予懒得理他，抬手遮住了自己的眼睑。

也就是这个时候，谢清呈借着昏暗的落地灯光看清楚了他的手腕——

描摹涂绘上去的文身已经洗去，化妆师用以遮盖的粉底也不复存在，裸露在青年手腕上的，是一道深刻的、落下不久的刀疤。

谢清呈的心一下子沉了。

"你又割腕！"

"管得着吗你！又不是割你的腕！"

谢清呈真想不管他了。

但想到"精神埃博拉"，想到贺继威从前和他说的话，谢清呈还是咬牙道："好。我不和你吵。我不和你吵行了吗？"

说着他就走到了贺予的书桌前，那上面有个盒子，是药盒。

"赶紧给我把这些吃了。"

从书桌旁边回来，谢清呈端了一大杯热水，拿了两颗他重新选过的，带镇静作用的药片。他递给又坐在地上双手抱膝的贺予。

贺予把脸偏了偏。

"你要自己吃还是我给你硬灌进去？"

"……"

"吃了。吃完我就不管你了。"

实在不想再在他面前狼狈，何况贺予喝多了酒，多少有些头脑昏沉。他最后还是恹恹地抬起眼，从谢清呈手里接过了药片，捧着水杯送服下去。

贺予站起来："吃完了，你可以走了吗？"

谢清呈不是一言既出驷马难追的君子，他抓过贺予的手腕："坐下。"

贺予冷着脸要把手抽回来。

谢清呈："给我坐好了。"

"不是说我吃完药你就不管我了？"贺予把头往墙上后仰着一靠，喉结上下攒动。

谢清呈没回他。

贺予闭上眼睛："你让我就这样自己安静待着，行不行？"

青年的长睫毛簌簌颤动着，喉结上下滚动。

"别烦我了。"

他似乎真的是颓丧了，濒死的鱼在还有求生欲时会翻腾蹦跶，而他现在像是听天由命，就等着最后一口氧气从胸腔里漏走。

谢清呈攥着他的手腕，垂着桃花眼看着他，很严厉："你遇到了什么事？"

"……"

谢清呈："你是个精神病人，这没有什么好羞耻的，错的是病不是你。七年了贺予，我以为你不会再讳疾忌医。你就这样轻贱你自己？"

"……"贺予的手腕还被抓着，就这样仰着头皱着眉，他觉得自己的心在酒精和药物的催化下越跳越局促，快得几乎令他心慌。

谢清呈的手扣着他，就像在号他的脉。

要和从前无数次一样，把他竭力隐藏的心思和病灶都看透都刺穿。

贺予隐约意识到再这样下去不行，他本能地开始挣扎，手腕要从谢清呈的掌心中抽出来，两人拉扯得厉害了。贺予的醉意愈深，他最后往身后墙上一靠，仰起头，喘了口气，胸膛一起一伏着。

"谢清呈，你不放手是吧？"

男孩把头一偏，再转过来时眼眶都是血红的，一半因为醉，一半因为恨，他冷笑："是，我是不开心，我是不高兴，我是控制不了自己，一切都像你说的那样，你全预测对了，满意了？要来看笑话，看着了？"

谢清呈沉着脸："你以为你的笑话有多好看？我替你爸看着你，是怕你出事。"

"你怕我出事？"贺予几乎是讽刺的，红着眼眸，"我们的医患关系已经结束了，你替他看什么？他付你钱了吗，你替他看！"

贺予说完这句话，狠狠将自己的手一抽，这次终于从微微出神的谢清呈掌心中把手腕抽了出来。

谢清呈严厉地训斥:"说什么东西!他是你爸!像不像话你!"

"你这么听我爸的话,干什么都冲着他的面子,那你找他去,让他给你工资再说,我反正是雇不起你。"贺予醉得有点厉害,精神又很压抑,冷笑着,盯着谢清呈,"你一定要管,我也不付钱,谢医生,你愿不愿意?"

"……"

谢清呈看着贺予的眼睛。

湿润的,空洞的,自嘲的,嘲他的……哪怕那样浓密的睫毛遮着,哪怕周遭的光线昏暗如是,那双眼睛还是能传递出芜杂的情绪。贺予仰着脖颈,侧着面颊,眼尾似乎停泊着泪,又似乎什么也没有。

他就这样斜靠着,睨着他,问他。

"这样没意思吧,啊,谢清呈?不愿意吧?"

"多管闲事又有什么意思呢?"

"割个手腕又不会死,你让我心安理得地发泄发泄行不行?我已经尽力了,我没杀人没放火我就自残还不行吗?我抑郁我碍着你们什么事儿了?是不是都想逼死我啊!够了吗!"

贺予的脑子是越来越混沌了,意识以肉眼可见的速度在流逝着,他平时对谢清呈话不算太多,醉意上来了才会变得暴躁多言。

谢清呈就这样低头看着他,听他说了好一会儿,然后——

他忽然抬手,盖住了贺予的眼睛。

目光被遮挡,贺予愣了愣,一把握住谢清呈的手腕——他用的力道并不轻,但他的声音很轻,轻得近乎耳语。

"谢清呈,"他被谢清呈蒙着眼,手掌下露出来的嘴唇一启一合,"你想干什么?"

25 | 我认错了人

按照正常逻辑,作为一个医生,一个长辈,这时候都应该给予对方适当的安慰。

但是谢清呈没有。

他低下头,蒙着贺予的眼睛,由着贺予的大手紧紧箍着他的手臂。

谢清呈说:"我告诉你贺予。我对你没有太多耐心。你这样乱服药物,自残自伤，我和你好好说话已经耗尽了我所有的忍耐，你不要不识好歹，还用这种讨人厌的目光看着我。闭上眼睛冷静一会儿，别去想这些有的没的。"

"……"

谢清呈的力道很大，压制着他。谢清呈说的话并不安慰人，可是好像有一种强大的力量通过他的手，抵入贺予的心。

贺予慢慢地不动了，他的头脑还是很眩晕，他就这样坐着，维持着这个被蒙眼的姿势。

过了一会儿，他眨了一下眼。睫毛在谢清呈手掌心里动了一下。

谢清呈感到他略微平静了些，正要放松一点，忽然注意到贺予除了手腕有伤，脸颊上竟也有细小的瘀血。

谢清呈简直无语："脸上怎么回事？……你拍戏还自残到脸上去？"

"我走戏的时候在乱石坡上磕的。"

"你觉得我还会信你？"

贺予："不信算了。你出去。"

贺予催他，因为烦躁，意识变得越来越混沌。

青年露在谢清呈手掌之下的薄唇启合，几乎是费力地维持着清醒："出去啊。"

谢清呈是真的看他这样光火："我最后和你说一遍，贺予。

"哪怕你认为我可能是不了解你，不能与你感同身受，但是我告诉你，有病就要治，这不丢人。你觉得哪里不舒服可以叫人帮你镇痛，你心里透不过气就要按时吃药，觉得药苦你可以吱声，可以吃糖，讨一点甜的没人会怪你。你没有必要强撑，更不应该自我伤害。"

"……"

"你才十九岁，贺予。说难听点你连法定结婚年龄都没到，也就是个孩子。你可以喊疼，可以讨要糖果，没有一个医护人员会笑话病人怕苦怕疼。

"成康精神病院那么大的危险都过去了，死里逃生你应该高兴才是，有什么事儿值得你那么不开心？"

贺予没说话，靠在墙上，胸腔沉缓地起伏。

谢清呈就这样看着他，看着他的呼吸慢慢缓下来，看着他的鼻息由重转浅。贺予的眼睛被他遮住了，他看不见那双杏眸此刻的神情，但是他觉得贺予似乎比刚才挣扎得少了。

谢清呈迟疑片刻，抬起另一只手，撩起青年散落在额前汗湿的碎发。

贺予往后轻轻缩了一下。

掌心传来清晰的触感。

谢清呈怔住了——他感觉到自己的手心湿润了。

他不能确定，也不敢确定，因为他几乎没见过贺予真的掉泪，最多也就红一圈眼眶，一时间他的手竟然不敢松开，他甚至在想，是不是自己感知错了？

可是他并不知道的是，他的这一席话，让本就越醉越深的贺予跌入了梦醒难分的汪洋里。

贺予想起了谢雪。

类似的话，谢雪也对他说过。

在他小时候，她歪着头问对自己看似客客气气实则爱搭不理的那个男孩子：
"弟弟，你不开心吗？"
"……"

"听说我哥哥和你爸爸认识，他是来你家帮你爸爸工作的，我们俩以后也会常常见面呢。"

小女孩说着，拉住他的手："我告诉你哦，如果你不高兴，可以问我哥哥讨巧克力吃，除非你有蛀牙不能多吃甜点，不然他不会笑话你的，也不会拒绝你。我就经常这样问他要巧克力吃，你看！我今天早上还讨了一颗呢！"

说着从小花裙子的衣兜里掏啊掏，果然掏出一颗牛奶巧克力，她笑得咧开嘴，把甜软的巧克力塞到他冰凉的掌心里。

"送给你吧，虽然你有大房子，但是你没有我哥哥给的巧克力呀。"
"……"

"我叫谢雪，你叫贺予对不对？你吃了我的巧克力，就是我的朋友啦。"
"……"

"以后要高高兴兴的哦，不开心的话，就来找我玩，我最会逗人开心了。我可以陪你一整天……"

孩子真是最容易满足的，对于他们而言，整整一天就已足够，是非常长久的时间，几乎等同于成年人口中的一辈子。

所以，孩子们会把整整一天说得郑重其事，而成年人，则会把一生一世说得淡写轻描。

醉醺醺之间，贺予恍惚以为今天还是十年前的那一个午后。

他和谢雪都还有很漫长很漫长的一天。

贺予叹了口气，过了一会儿，他忽然收紧了力道，握着谢清呈桡骨分明的手腕，一寸一寸，不容置疑地将谢清呈遮着他双眸的手拉下来。

暖光灯洒进青年昏沉黯淡的眼睛里，那一瞬间，或许是因为由暗到明的不适应，贺予的目光显得有些涣散。

他忽然就有些分不清在自己面前的人究竟是谁了。

他安静了好一会儿。

而谢清呈在这样近的距离下，清晰地看到了那双杏眼中自己的倒影。

"这些话……"最后贺予低声说。

他盯着谢清呈，但视野已有些蒙眬，对不准焦距。

"你以前也和我这样说过。"

谢清呈皱起眉，隐约觉得不太对劲，青年温热的、带着酒气的呼吸喷向他的每一个毛孔。

但他不知道贺予脑中回想起的是与谢雪的初见，他也不知道贺予已经几乎神志不清，搞不清楚人。他只觉得贺予这句话没头没脑，莫名其妙。

"我现在想知道，如果我很不高兴，你又能陪我多久。"

"……"

"多久？"

谢清呈回过神来："你在胡说些什么东西……"

"我在问你话。"

"……"

"回答我。"

贺予这时候的语气已经有些不善，太过于强势了，看着他的眼神是从未有过的那种狼一般的目光。这种眼神是他从来没有在谢清呈面前暴露过的。

谢清呈本能地觉得脖颈发寒，他那么强悍的人，甚至都已感到了不适。

"你醉了。贺予，你先起来。"

那酒的后劲大，贺予意识越来越乱了。他"嗯"了一声，却没松手，支着脸望着他的眼睛，目光逐渐蒙眬："你骗我，你也当我傻。"

"……"

在这种目光的注视下，谢清呈越来越觉得紧绷，血肉深处的原始基因开始拉响警笛，感到危险。

他发现他和贺予沟通不了了。

贺予现在的半发病状态，使得他就像一座孤岛，整个人是封闭的，只说自己想说的事，而拒绝别人去刺探他的内心。

同时，谢清呈也意识到这里不是贺家，没有拘束带，也没有特制的镇静剂。

他其实根本不应该和这样的贺予独处。

现在贺予药也吃了,那药效用大,过一会儿他就该睡了,有事还是等明早这人清醒点了再说比较稳妥。

谢清呈于是想起身:"算了,那今晚你先自己休息——"

但是很可惜,他这明白劲儿,终究还是来得迟了点,他的手被贺予紧紧抓着,半寸不曾松开。

贺予一直盯着他的眼睛。

而谢清呈的眼睛是他和妹妹谢雪最像的地方。

一模一样的桃花眼,只是气质不同,谢雪的桃花眼很温暖,无时无刻不在释放着她对生活的好奇与热切,而谢清呈的桃花眼很冷,明明是人世间最该含情的眼形,却硬生生被他的气场斫出锋利冷锐的模样。

如果换作平时,贺予是绝不可能弄混的。

然而现在他心境低落,醉着酒,宾馆的灯开得也不明亮,惺忪迷离,不过就是渴睡人的一双眼。

贺予看着看着,终于彻底辨不真切了。

"好。你一定要走,是吗?"

"你干什么?"

青年不答,又问:"我问你,你要走是不是?"

谢清呈用力挣开他的手:"你到底要干什么?"

贺予低头嗤笑,他原本长得很周正斯文,可一旦不控制自己的时候,他骨子里的那种病态和邪气就会恣意妄为地散发出来。

谢清呈看着他唇角的那缕薄笑,忽觉不寒而栗。

他倏地起身,准备起身离开,可腿才来得及迈出一步,手腕就再一次被青年啪地握住了。

紧接着,谢清呈在还没回过神来的时候,就被一股属于年轻男性的强势力量拽近身前,贺予起了身,一手攥着谢清呈的腕,一手箍着他的腰,近乎莽撞地将他抵在了附近的茶吧长桌上!

谢清呈的后脑勺砰地重重磕在了坚硬的茶几上,他闷哼一声,眼前眩晕:"贺予——!"

不怪他无法反应,这过程太狠戾,袭击又来得太快,好像巢穴里的恶龙蜷着沉睡不管入侵者的叨扰,却在某一刻忽然耗尽了耐心,于是巨龙张开可怖嶙峋的庞硕之翼,森然有力的龙爪狠狠划过洞壁,在乱石堕雨中将闯入它领地的祭品猛地推上石床。

下一秒就要撕咬血脉，埋齿于颈。

其实以谢清呈的力道，这会儿要挣脱也不是不可能。遗憾的是，谢清呈第一反应就以为贺予嗜血暴躁的病症又要发作了，想不到任何躲避的地方，所以他错过了最后的逃脱时间。

落地灯的线板被两人踉跄冲撞的步伐牵扯到，灯砰地摔在了厚地毯上，暗去了。而同时谢清呈和贺予也被绊倒。

黑夜中，只有一点借着窗外城市灯光才能瞧见的轮廓，贺予的视线将之细细描摹，落在那双再熟稔不过的桃花眼上。

夜色里，醉意中，很多东西都被模糊化了，贺予低头俯视那双近在咫尺的眼睛，心里的裂缝开始剧烈地生长。

他低下头，那么久以来压抑的不甘、痛苦、空洞和暗恋，都在这一刻石破天惊地顶开沉积岩，化作伤心，化作了颤抖的眼睫，化作了死死扣着谢清呈臂腕的手，化作泫然坠落的一滴热泪。

那滴热泪落在了哪里，贺予不知道。

但是谢清呈的挣扎顿住了。

他感到有什么温热的东西落在了自己胸膛。

"贺予，你……"

"我不允许你走……"贺予的眼神是那么可怖，可是那可怖里又透着那样让人无法捉摸的可怜，他犹如攥住浮木，如奄奄一息的人攥住一线生机。此时此刻的他是那么的危险、彷徨、挫败、痴狂、绝望，可他竟似要用他的危险、彷徨、挫败、痴狂、绝望——要用这些黑暗来挽留住眼前的人。

因为他除了黑暗，其实什么都没有。

"我不允许！"

谢清呈本能地挣扎，却被贺予死死摁住。

年轻人的情绪太直白了，是克制不住的，是猛烈如同剧毒的，好像你要是不给他解药，他就会无助到死。可你要是没来得及抽身，他的热血甚至会肆无忌惮到将你的骨熔化。

贺予手上的力量在逐渐增大，近乎失控，这样的他，旁人几乎见所未见。

谢清呈才觉得自己简直是疯了，这是真的还是噩梦？直到贺予又一滴泪落下，这次是落在了他脸颊，顺着他的面庞淌到了鬓发内，谢清呈才倏地从这惊骇中彻底震醒，猛地反抗起来。偏生贺予把他当成了谢雪的替身，哪里愿意放开他，扼着他突突直跳的颈，稍稍分开些，就又纠缠过去，死死压制，不让他，不让自己身边这最后的温暖离开。

"贺予……贺予！你看清楚……是我……"被置于这样的危险境地，谢清呈头皮都快麻了，他虽然开始反抗，并且也是身高一米八的成年男性，但贺予比他年轻，也比他更高，别看这兔崽子唇红齿白挺漂亮的，可他锻炼得很好，脱了衣服可见腹肌，力量爆发起来其实很恐怖。

贺予似乎完全听不进谢清呈在说什么了，只能感觉这个人要走，要把自己丢下。他不知怎样才能留住这个人，他觉得若是连这个人也走了，哪怕只是一分钟，一秒钟，他都会坠入万丈深渊，他的心都会被孤独勒绞成碎片。

"我不许你走……不许你走！"

"放开！！"

贺予的手在发颤，但那发颤的手又堪称暴力地在扯着谢清呈的头发，逼他不许逃脱，谢清呈被他扯得疼得要命，眼眶都红了，但绝望中的男生根本不放过他，甚至在感觉到他的狠力挣扎确实不好对付之后，就干脆把手从他的头发上移下来，又从谢清呈的颈脖子后面狠狠扼住。

谢清呈抬脚猛踹，贺予生生受了，却借着这力道，一下子把之前死都不肯折服的男人用力按下去！

"你！"

谢清呈只觉得天旋地转，整个人重重地摔倒在了贺予的床上，那床上甚至还丢着几件贺予这几天在剧组换下来的高中制服，没洗，有少年的汗味，枕头旁还有几本贺予看了一半的教参，这种学生气息十足的床铺让谢清呈愈感羞辱，他怎能这样受制于一个男孩？而贺予是真的分不清人了，盯着他，等着他的力量在自己手下一点点地流失。

十几秒钟后，谢清呈的脸都涨红了，而贺予的眼神有一瞬非常恐怖，好像要把谢清呈的那双桃花眼挖出来似的。

但那一瞬过去之后，他忽然又变得特别无助和茫然，他愣了一下，慢慢松开手……

不对。

他……他在干什么……

贺予盯着自己还在发颤的一只手。

他在干什么？

空气重新灌入谢清呈的肺部，谢清呈大口大口地呼吸，剧烈地咳嗽起来：

"喀喀喀！"

"对不起……"贺予似乎稍微清醒了些，他眼神混乱，喃喃着对他说，其实是对"她"说，"对不起……我没想……我没想伤害你……我只是……"

他不知道该说什么，低下头，慢慢地闭上眼睛："我没想伤害你……"

谢清呈一口气终于能透上来，血全往脸上涌。他简直气得浑身颤抖，脑血管都快迸裂了，他冲贺予破口大骂："你疯了？喝这么多，你脑子是不清醒了，你给我醒过来！"

可就在这时候，贺予的第三滴泪落下了。

正落在他的眼前。

谢清呈没来得及开口再骂，就听到了贺予轻声的叹息，他眼神模糊，望着谢清呈的脸庞："谢……"他顿了一下，后面的声音轻了些。

所以谢清呈只听到了一个"谢"，却没有听到他后面说的"雪"字。

"……"

贺予垂下头，用颤抖的手重新贴上谢清呈的脖颈，谢清呈条件反射地猛颤了一下，但这一次，这只手似乎被夺去了所有的力量，只剩下一点点脆弱的生命。贺予求助一般，又似祈求宽宥一般，轻轻地贴上谢清呈被他掐出的指痕。

他眼神迷蒙，半响之后，这男孩带着些哽咽，带着委屈、自嘲，带着不甘与不安，低声呢喃："你知道吗……

"我喜欢你……

"我是真的喜欢你……"

26 | 酒醒以后

青年垂着头，嘴里喃喃着，额前碎发垂落，眼神破碎而混乱。

谢清呈整个人都愣住了。

如果说他刚刚只是愤怒和意外，这一刻他则震惊得像是被雷劈了一样。

谁喜欢谁？

他不知道那男生望着他，目光穿过他，望向了那个与他相似的女孩。

"我真的很喜欢你……"

"……"

"你听话，不要和他在一起……"

"……"

这句话一出口，谢清呈才慢慢地在震愕间回过神来，最终咬牙道："去你的！"

贺予这是喝多了，他认错了人！

他把视线从贺予脸上移开，只觉得之前所有疑惑不解的事情都在瞬间串联成珠——贺予接的戏，他的忽然发病，他之前在梦幻岛上说想和一个女孩子告白，颠来倒去的醉酒之言……一切都成醍醐灌顶。

他全明白了。

贺予这是和那个倒霉女孩告白被拒了……

谢清呈忍不住抬头抚了一下前额。因为之前那一番男性之间打架般激烈的厮搏，他的额前已经全部是汗了。他一面烦躁地把散乱汗湿的额发抓上去，一面胸膛剧烈起伏呼吸。

被贺予掐过的脖子还在隐隐作痛，但疼不过他的头，他觉得今天这都是什么乌七八糟见了鬼的事儿，又不由得替那位素未谋面的姑娘感到庆幸——

这罪幸好是没遭在人家女孩子身上。

还有贺予。

"精神埃博拉"患者本来就需要冷静、克制，减少情绪波动，越理性越好，爱情这种事情太磨人，能少碰就少碰。但谢清呈感觉贺予现在像是得了"谢清呈PTSD（创伤后应激障碍）"，什么人的话都愿意倾听，就是不愿意听他的，不遵医嘱。

果然闹成了现在这个局面。

也幸好只闹到了这个局面，还能收场。

谢清呈捋清状况后，沉郁着脸，手抵在贺予的心口："你给我清醒点。"

贺予的眼神从刚才起就已经很涣散。

他服下去的药发挥了作用，安眠效果渐渐地上来了，他还盯着谢清呈看，但手上的力道渐渐弱了下去。人也不再那么疯，呼吸逐渐地趋于稳定。

他眼神里甚至有了片刻的清明闪烁，但意识只聚片刻，很快又散了开来……

谢清呈趁着这个机会狠力将他挣脱，抓着浴袍从床上起身，手腕都一阵一阵地抽疼。

贺予终于静下来了，又或者说药物总算麻痹了他的暴力因子，所以他被谢清呈狠狠地推开后没有再做什么。

他空洞地睁着眼睛，半晌，轻声说："你知道吗……我找不到桥了……"

"什么？"

"找不到……我走不出去……"

"我……我怎么也走不出去……"

这几句轻声的喃喃，不是和谢清呈说的，不是和任何人说的，他说这些话的时候神情很空洞，他好像已经不知道自己身在何处了，仿佛是对着一片黑暗发出的呓语。

贺予慢慢地合上了眼睛，睫毛轻轻颤抖。

谢清呈没反应过来贺予在说什么桥，他今晚快被折磨疯了，忍着怒气和不适，面容紧绷，把人丢到床上，扔了床被子给他，然后转身就去了洗手间刷牙洗脸。

自来水从龙头里哗哗地流淌出来，洗了半天，掬起一捧水浇在脸上，撑着流理台，总算缓过神志，抬起眼来看着镜子里自己还淌着水珠的脸庞。

年轻人的感情就是一本烂账，随便翻一翻都会鸡毛乱飞，如果不是犯到他头上，他根本连看都懒得看这账本一眼。

真是活见鬼。

替贺继威看孩子看到这份上，贺继威是该给他钱，不给钱说不过去。他回头就应该找贺继威要去。

谢清呈沉着脸缓了好一会儿，抬手按着隐隐作痛的太阳穴，然后把水龙头拧上了，走出去坐在床边的沙发椅上发呆。

他出去的时候，贺予已经药效上来睡着了，躺在床上抱着被子的样子很乖，就和他平时那三好学生十佳楷模的样子没区别，完全不是刚才那副模样。

谢清呈看得阴沉，拧开宾馆赠送的矿泉水想喝一口消消火，但嘴唇一碰到瓶口就猛一阵抽疼。他咝地抽了口冷气，抬手一摸，发现自己的嘴唇竟在之前的缠斗中不知怎么弄破了，还淌了点血——谢清呈脸都黑了。

他重重放下矿泉水瓶，也不管贺予喜不喜欢，点了根烟开始在房间里抽，让躺着睡觉的小畜生吸够了二手烟，他才把烟屁股摁灭。

算了。

算了吧！

最后他想，就今晚这事儿，他还能怎么样？

虽然这事儿是够乌龙的，他也被贺予惊得厉害，但归根结底，贺予是个病人，这也不过是个误会，而他也没有受什么重伤。

谢清呈是个很理性的人，他不会在一个愚蠢的误会上浪费太多感情。

理性地考虑一下，现在更重要的，其实是贺予目前的状况。

他这回算是亲身经历了一次贺予现阶段的发病了，很神经，而且只是半发病，还是控制住的情况。

那要是完全犯病呢？那还得了？

贺予的情况或许没有表面看起来的那么乐观。

谢清呈闭了闭眼睛，他早料到了如果贺予恋爱，病情肯定会出现一定程度的波动。

那天他在岛上阻止贺予去告白，不仅仅是为那个姑娘考虑，也确实是把贺予考虑了进去，可是贺予不听。

贺予和他说："十九年了，我没有伤害过任何人，我只是喜欢一个人，可我不能有这样的权利，是吗？"

他那时候看着贺予的眼睛，忽然就什么话也说不出来。

贺予这个孩子他是从小看到大的，病得太深。心理和生理双重深渊，他在里面徘徊了快二十年，却找不到一个出口。这种病人心里的戾气很重，精神疾病发作的时候甚至会变得极端暴力和嗜血。

然而贺予却都选择了内耗。

他一直待在自己的恶龙巢穴，嘶吼哀号也好，以头抢壁也罢，他从没有出去伤及无辜，只在暗无天日中独自承受这些折磨。

所以，那个他所不知的女孩，是贺予追寻的一束光吗？

谢清呈回想着刚才贺予落下的泪，想起男孩子哽咽着说很喜欢她，不由得回过头，再次看向已经在床上沉睡过去的青年。

所以，他才会离开学校，才会无法承受，才会触发了心里的沉疴吗？

谢清呈叹了口气，在"这畜生真可恶"的心情之中，多少生出了些"这畜生真可怜"的感慨。

但谢清呈也确实是受的刺激太大，又没深思，只把贺予刚刚说的那个"谢"当作是贺予半清醒半糊涂之间看到他念出的名字，没往谢雪那个方向去思考。

在谢清呈的概念里，贺予和谢雪虽然是同龄一代，但毕竟还有五年的差距在这里，差了五年在他眼里就不太可能有什么男女之情了，所以他从未怀疑过贺予对谢雪有什么非分之想。

更何况，贺予才几岁？十九，都不是二打头的，搁古代都没弱冠，就一未成年。

说句实话，在刻板主义的谢清呈看来，十九岁男生恋爱都算是早恋了。毛都没长齐书都没读完就想着恋爱，心都还没定呢，谈着能长久吗？万一谈出意外了，他能领女孩去民政局领个证盖个章吗？靠他自己一个人，他能养一家三口外带四位老人吗？没有父母资助，他可以给孩子赚足奶粉钱让妻子怀孕期间不用担心生计吗？

废物，都不能。

那就还是个少年，不是男人。

谢清呈当然不会把这种人和自己未来妹夫画上等号。

这时床上的男生似乎因什么而感到不高兴，在梦里皱了一下清秀的眉头。谢清呈不想再看他，更不想看这一屋子狼藉，他起身，推门走了出去。

贺予醒来时已经是第二天清晨了。

他迷迷糊糊地睁开双眼，抬手掠过散乱的额发，捂上微凉的前额。

宿醉后人的记忆就像已经砸碎的瓷片，再要修补拼接起来，难免会被碎瓷的棱角划得疼痛。

贺予忍过颅内上发条似的抽痛，昨夜发生的事情被逐渐还原出一个大致的轮廓，他想起了混乱之中自己认错了人，做的那些事，还有最后说的那些胡话，顿时整个人一僵。

作为从小到大兼收并蓄的学生楷模，贺予有着学霸的典型特质：他对各种事物的接受能力很高，反应速度也快。但这件事实在是超出他的能力范围了，他坐在床上发愣，脸色苍白。

这时，房门口传来嘀的刷卡声，大门猛地拉开，贺予眼睁睁地看着昨晚被自己认错的对象沉着面庞从外面走进来。

谢清呈一夜没睡，回自己房间出了好几个小时的神，这会儿已经很冷静了。贺予睡醒前他刚好洗漱完毕，进来就瞧见这神经病已经醒了，正顶着一头乱发，睁着杏眼望着他。

看上去居然还有点无辜茫然，再加上那张唇红齿白漂漂亮亮的学霸脸，好像他才是受害者一样。

谢清呈直接抄起沙发椅上贺予的T恤，甩在了他的脸上，盖住了那道令他烦躁的目光。

谢清呈冷声道："起来。"

禽兽学霸拉下白T恤，有些艰难地开口："谢清呈，昨天晚上，我们……我和你……我是不是……"

谢清呈森森然道："是。"

贺予的脸色更难看了些。

谢清呈："但这种破事就别再多说了。"

"……"

贺予又是一愣，没想到这位哥一开口就是一副冷漠态度，如果不是他确定自己的记忆没有错误，他几乎都要怀疑昨晚不是自己占了上风，而是谢清呈占了上风。

谢清呈往电视柜上一靠，双手交叠，神色冷淡且严肃地看着对方："把你衣服穿端正，我有话要和你谈。"

贺予昨晚毕竟太过分了，换平时他肯定已经顶撞过去了，但今天实在有些尴尬，也有些缓不过来，谢清呈怎么说，他就照着怎么做了。

"你去和你喜欢的那个女孩子告白了是吗？"

"没有。"

"你还打算瞒我？你昨晚自己说了什么你不记得？"

贺予模糊还记得些，但他这会儿头脑都不太清醒了，好一会儿才道："我那是认错了人。我没和那个女孩告白，我只是知道她有喜欢的人了……算了，我和你解释这么多干什么，你要笑就笑吧。"

他抬眸："我知道你心里很高兴，一切都按照你所说的发展了，没人喜欢我，我也没有控制好我自己，你说的一切都应验了，你高兴了？"

谢清呈盯着他："我高兴你没有疯得更彻底。"

顿了顿，见贺予满脸的戒备，贺予似乎以为他应该说的是——这位病人我思考了一晚上，给你整了两套治疗方案，你看你是想化学阉割还是物理阉割，二选一，不要客气。

谢清呈叹了口气，他实在不想在这问题上纠缠不休，挺幼稚的，而且浪费时间，于是直接道："算了。贺予。

"这事就这么算了。"

贺予看着他，学霸都是习惯抢答，所以贺予问："但是？"

"但是——"谢教授严厉地扫过他的面容，对他的抢答很不满意，接着道，"我想了一下，昨天晚上发生的事情，让我觉得你现在的状况非常差。实话和你说，你爸爸之前和我通过电话，确实是他请我平时替他多看着你一点。你这种发病之后滥服药物，甚至还企图向所有人隐瞒的行为，很不应该，所以……"

贺予的爹——谢总开始训话。

贺予还是有些没缓过来，脑袋里嗡嗡的，整个人都心不在焉，爹说了什么，他只听了个开头就没有往耳朵里去了，还能是说什么，肯定是饶不了他。

幸好他记得昨天自己至少没有把谢雪的名字说出来，不然事情恐怕更难收场……

"差不多，就是这样。"

不知什么时候，"爹"已经训完了，做了个总结。

"你听进去了吗？"

贺予抬起头，迎上谢清呈那直掉冰碴子的目光。

谢清呈也是讲口渴了，抄起旁边的矿泉水瓶拧开盖子，喝了昨晚没喝的水，冷淡道："要是你愿意，这事儿就算过去了。"

他前面讲的内容，贺予其实都没怎么听，隐隐作痛的宿醉脑袋只接收到"这事儿就算过去了"这句话，但作为一个习惯了优秀的学生，他本能地就点了一下头。

谢清呈自上而下睥睨着他，看不出任何表情："那好，等你杀青回去，你就去医科大找我。"

"……"

贺予这才缓过神来，意识到自己刚才好像在神游中答应了他某个要求，于是终于彻底清醒，沙哑着嗓子问："等等。对不起，你说什么？"

谢清呈的脸色一下子沉了下去，语气十分生硬："你还有什么条件要和我谈吗？"

贺予心想，什么条件？

他连谢清呈刚刚上嘴唇碰下嘴唇轻描淡写地讲了什么都没听进去……

真要命，他到底答应了谢清呈什么？

而另一边，谢清呈觉得自己对贺予实在算是宽容的。

他甚至都没有和贺予计较昨晚发生的破事。当然，主要原因也是他实在不想再提。贺予现在这个病情，他没看到也就算了，看到了也不能不管，且不说贺继威的面子，就算是个普通病人在他面前这样，他也不可能袖手旁观。

虽然他不可能像过去那样亲力亲为地治疗，但控制一下贺予的情绪，给点指引去疏导，还是没有问题的。

何况在这过程中，他还可以顺便支使贺予给自己当一当苦力——贺予这个劳动力在他听话的时候还是很好使的，聪明伶俐，耐磨耐用。自己要是能和以前一样拿着用用，也算扯平了。

一石二鸟的事情。

见贺予走神，谢清呈不耐烦地简单重复了一遍："杀青之后，你去医科大学，按我的要求去磨炼磨炼自己，给我做做事，分散分散注意力，别整天萎靡不振地东想西想。你既然有喜欢的人，那就该及时去调整心态，早一些学着把情绪控制住。你不会吃亏。"

贺予沉默片刻道："她现在有喜欢的人，不是我。"

谢清呈叹了口气："你喜欢的女孩年纪不大吧？"

"不大。"

"以后的事情说不准。更何况，哪怕她之后仍然不喜欢你，你也可能会有重新看上的姑娘，到那时候你如果能管控住自己的病情，也是好的。"

贺予又沉默了一会儿，忽然道："你怎么不问问我喜欢的人是谁？"

"这和我有什么关系？"

贺予低头，眼眸里有些微嘲讽，半晌说："对，是没关系。"

他想到了自己在派出所时与谢清呈的对话。

那时候谢清呈说，绝不可能有人能够喜欢他这样的人，他一定会失败。

他觉得自己被狠狠地掴了一巴掌，他那时候想着，要是自己和谢雪在一起了，他一定要看谢清呈失态，要看谢清呈崩溃，可是现在，一切都反着来了。

反而是谢清呈看到了他狼狈不堪的模样。

如果这时候再退却，那就真的在他面前尽失了颜面……

贺予闭了闭眼，笑了："其实说到底，你是特意来看我洋相的是吗？"

"你要这么认为，那也可以啊。"

"……"

对上那个男人淡漠而带着挑衅的眼神，贺予心中又慢慢布上了阴沉。

他是真的很讨厌谢清呈的这种神态，从小到大他看了无数次，每次都能真切地感受到谢清呈的冷漠，还有那种令人望之生厌的强势感。

他沉郁了好一会儿，最后抬头望向谢清呈："你要我帮你做事分散注意力，要做什么？"

"还没想好。"谢清呈很随意地，"不过，你以前跟过我，你知道我这个人，为了让你多吃点苦，折腾是不会少的。"

"您这是打算整我吗？"

谢清呈顿了一下，略微扬起眉尾："你怕了？"

贺予不想输了颜面之后还要失去自尊："您说笑，我没有什么是怕的。"

谢清呈听了他的回答，低头摸出一根烟来，咬在唇齿间，含混不清地说："但愿你是认真的，不要来了三天，就哭着说要放弃。打火机在床头，给我递一下。"

贺予没理他，自管自地下床去洗手间刷牙漱口。

进盥洗室前，他还回头瞥了谢清呈一眼。他这回倒是很清醒了，很正人君子了，好像昨晚发疯的不是他自己："吸二手烟不能算在您给我的磨炼里，这和慢性杀人没有区别。您要抽，请外面抽去。"

说着贺予关上盥洗室的门，洗漱去了。

盥洗室里。

贺予掬一捧水浸上脸庞，然后握上龙头。

青年的手背筋脉微突，用力将龙头拧紧，水流声蓦然停止，他直起身子，看着镜子里的人。

什么磨炼他？谢清呈不就是想接着看他笑话，折腾他，利用他吗？

他这次，真是不慎栽在谢清呈身上了。

27 | 他去见了陈慢

谢清呈这种钢铁直男可能实在没有想到自己有一天会被人在心里骂成这样，更何况那个人前一天晚上还把他当作暗恋的女孩子。

从这件事上可以看出，现在有些小男生，仗着自己帅气，仗着自己成绩好，仗着自己这岁数搁几百年前就一未成年，真的很会无理取闹。

无理取闹的学霸借着演戏缓冲了一下自己失恋的伤心，但这个戏算救场，角色戏份不多，而且剧集本身也很短，所以没过多久他就杀青返回学校了。

回去前他给谢清呈发了条消息，然后拖着行李箱离开了酒店。

也就是贺予返校的这天，陈慢一早上约了谢清呈一起去墓园。

小警察刚刚独立破了自己手上第一起案子，觉得很值得纪念，想去和他哥叙叙。

"是跨省的呢。"陈慢提着果篮纸钱，来到他哥的墓碑前。他在墓地里行走也是急吼吼的，差点被旁边的灌木绊一跤。

"跨省自行车团伙盗窃案。"谢清呈说。

陈慢的脸就红了："自……自行车也是车，那也是人民的财产……"

谢清呈没理他，从他手里接过果篮，将贡品摆上，纸化了，空气在火焰的热度里产生了一种扭曲感，他看着墓碑上那个非常年轻的警官的照片，还有那一行描着金粉的字。

陈黎生之墓。

陈黎生的生命定格在了二十岁出头的年纪，谢清呈对他的印象已经很模糊了，就记得他和陈慢不一样，是个很严肃很稳重的青年，带着还很小的陈慢来他们家做客时，总是一口一个"麻烦了""不好意思"。

他被杀害前，留给同事的最后一条信息，也是："今天有点事，可能会迟到，不好意思。"

谢清呈看着黑沉沉的墓碑，说："你弟弟也是个能独立办案的警察了。"

陈慢着急地补了一句："以后会更厉害的，我想转刑警大队去呢。"

谢清呈摇摇头："你智商不够。"

"……"

"你家的智慧基因全点你哥头上去了。"

陈慢知道谢清呈不希望他往上走，站得越高，上头的风越大，稍有不慎被吹下来，就是一个粉身碎骨。因此谢清呈才总是这样和他说话。

陈慢不生气，嘀嘀咕咕地又和他哥说了几句悄悄话，然后点了根烟放在他哥的供品台前。

"哥，有一天我会破掉你没有完成的案子的。"他闭上眼睛，双手合十道。

"……"

谢清呈知道陈慢是在说自己父母被杀的那起案件。

那个案子，明眼人都看得出绝不是正常的车祸，警队的人也都心知肚明。可是又有什么办法？制造车祸的凶手没有留下任何作案痕迹，三证都指向一场大车失控的事故，最终只能那样结案。

要说得罪的人，他父母曾经都身处高位，牵扯的大案要案不胜枚举，想要报复的黑恶势力、涉毒组织……太多值得怀疑的对象了，在线索中断的情况下，根本就无从查起。

谢清呈自己也不是没有为他父母的死因追查尽力过，但最终还是放弃了。

太清醒的人，哪怕泪未干，心已死，也都要挣扎着去看向那条通往未来的路。

谢清呈已经上完了香，见陈慢还要一会儿时间，自己就四处去走走，他父母的墓不在这个陵园，这里的墓地很贵，有些带纪念堂的墓地价格都超过二线城市一套房的房价了，每年的管理费也高。

他走着走着，来到一座雕塑面前。

雕塑葬是仿照外国的一种丧葬形式，墓碑上往往用等人高的大理石研刻出死者的模样。这座矗立在静谧墓园里的雕像，刻的是个穿着白大褂的医生，他坐在一把椅子上，戴着厚厚的眼镜，低头看着手里的书卷。

雕像下面写着：

秦慈岩（1957—2017）
他最后未能医治的是人心。

谢清呈认识秦慈岩。他俩……曾经是同事。

秦慈岩是沪医科的著名校友，是神经外科领域的泰山北斗。数十年前，秦慈岩毕业于沪医科，后出国深造，学成归国。他曾在母校任教，也曾带领团队钻研学术，半世艰苦，一生美誉，明明已经功成名就，大可以一盏台灯一杯温茶，清闲度日，安享晚年，然而秦老先生选择了留在一线。

外科医生，不动刀只动笔，那是不行的。

所以在六十岁从燕州退休之后，秦教授回到了家乡，被返聘于沪州市第一人民医院。

也就是谢清呈待过的那一家医院。

然而，就在四年前的一个黄昏，六十岁的秦慈岩在办公室里收拾公文包准备回家给老伴过生日，忽然来了个胡子拉碴的年轻男子，提着一篮子水果和一面锦旗在门口张望。这男子自称是一位病人的家属，大老远赶过来，就是想当面谢谢秦主任对他母亲的救命之恩。

秦慈岩有不少这样的病人，见男子浑身冒汗，脸色苍白，想必是赶了很久的路，于是就请男子进了办公室，给他泡了杯茶。

但谁也没想到的是，就在老医生埋头倒水煮茶时，这个形容猥琐的年轻男子悄悄地起身，从水果篮底部抽出一把寒光闪闪的尖刀，在秦慈岩笑着泡好茶转过头的一瞬间——面目骤变，目眦尽裂，他大喝一声，暴起杀之。

这就是四年前举国震惊的易北海杀医案。

后从警方调取的监控录像上来看，罪犯易北海将秦慈岩老医生按在墙壁上，连捅数刀，鲜血喷满了那间并不算太宽敞的办公室，桌上的手写病档，全部洒上了令人毛骨悚然的殷红。

易北海在闻声赶来的人们到场时已浑身是血，简直辨不清是人是鬼，他当着众人的面，在惊呼声中将这位把一生都奉献给了医疗事业的老人从打开的窗户扔了下去。

可是，是怎样的血海深仇呢？

竟能让一个年轻的家属，对一个两鬓花斑的老医生，做出这样灭绝人性的事情。

警方调查后公布的真相，让舆情滚油似的翻沸——

原来，易北海的母亲是个脑胶质瘤患者，肿瘤为恶性，并且生长的位置非常刁钻，连看了好多医院，都没有医生敢动这台手术。

这个单身母亲怕极了看病烧钱，不想医治，想等死，但她那饭来张口衣来伸手的儿子都已经三十岁了，还整日游手好闲，不找工作，她又怕自己一蹬腿去了，这儿子再也没人照顾，于是又不敢死。

拖拖拉拉，断断续续，病情越来越严重。最后她听说沪州第一人民医院的神经外科很有名，并且医生们医德都不错，有些菩萨心肠的看着病人可怜，还会想办法为贫困的病人筹措资金，或减免医疗费用，而且手术能力也是一等一的好。

母亲怀着一腔希望，背着一麻袋家乡的土特产，坐着绿皮车来到了这个陌生的城市。

但来了之后，楼宇千层，阡陌万道，母亲迷迷瞪瞪，什么电子支付生活方式也不会，连找个医院都花了很久。最后医院是找到了，号也不会挂，她又胆怯，在人来人往的医院大厅站了整整一天。

到了下班的时候，总算有医生注意到了这位迟迟没有离去的、浑身散发着鱼腥味的女人。

医生问明她的来意后，要了她的资料，给她留了个电话，说会帮她想想办法。

这位母亲厚厚的一沓病历副本，就这样被递到了第一医院的神外科室内。当时那些医生讨论了什么，商量了什么，公众都不得而知了。总而言之，母亲确实如愿以偿得到了医疗费用减免，顺利排上了手术，满怀感激地等待着生命的曙光降临。

而自始至终，她那远在家乡的、好赌成性的儿子，都没有赶过来陪母亲哪怕一天。

手术费虽减免，但在沪州这寸土寸金的繁华都市住着，对她而言，开销依然是很大的。女人节衣缩食，住在散发着一股子黄梅天潮湿臭味的小旅馆，睡八人房，一个高庄馒头掰三份，泡着爱心摊位接来的热水喝。

到了月底，女人的老破手机响了。打电话的是她儿子，内容自然是雷打不动——来问母亲要钱的。

"妈在沪州看病，到处都是要用钱的地方，这个月实在没有剩下来的……"

"什么？"电话那头的年轻男子勃然大怒，嗓门几乎要穿透这老病女人的耳膜，"没钱了？那我这个月怎么办？谁来养我？我不管！你得给我想办法！我饭都没的吃了！"

　　女人佝偻下身子，攥着掉漆的手机，期期艾艾地，倒好像是她做错了什么："真的没钱了，刚来这儿的时候，路都不熟，花钱坐过几次公交，现在都记住啦，都可以步行去，还有看病的钱，现在也省下来了……我再省省，下个月一定有……你别急……"

　　"谁让你去沪州看病的？"男子依旧火冒三丈地嚷道，"都和你说了！那地方就是骗骗那些有钱多得没处花的傻子的！你去凑什么热闹？县城里还不够你瞧的吗？看你一天到晚能吃能喝的，能是什么大病！浪费钱！"

　　女人听着，大颗大颗的泪从蛛网似的眼尾褶子里滚下来，滴到小旅馆油腻腻的水泥地上。

　　儿子还在发火："你怎么就那么急着要把钱都给那些医生送去啊……那些医生都是要赚你钞票的你知不知道？天天就发人命财，盼着你这种傻子生病，好去排着队地给他们送钱！不然他们医院怎么开下去？现在好了，钱都给他们骗光了，弄得你连你孩子都养不起，呸！"

　　易北海咒骂着撂了电话，不想和女人再啰唆半句，气哼哼地披上衣服，从床底下翻出压着的最后50元，往村口的地下赌坊走去。

　　女人伤心欲绝，一度都不想再治了，还是市医院的医生劝慰她，又和他进行了沟通。

　　易北海终于不耐烦地表示，要开刀就开刀吧，反正别从他这里拿钱就好，他也不想花这时间和精力赶来沪州，电话里确认手术风险，留个录音，到时候风险书让他妈自己签字就行。

　　尽管程序上不那么正规，院内颇有异议，但念着秦慈岩的威信，一切还是进行下去了。住院，调理，术前沟通……一切都在有条不紊地进行。

　　终于到了开刀的日子。

　　医生再一次和那个孤独的女人确认手术风险，告知她肿瘤位置生得十分凶险，如果不做手术存活期预计只剩三个月，但做手术要面临的风险也是巨大的，手术如果失败，可能会有抢救不过来的风险。

　　"那……那我想再打个电话，好不好？"

　　女人躺在病床上有些胆怯地问道。

　　手机递过去了，女人哆嗦地按了一串号码，想要在进生死门之前和儿子再说两句话。

但是嘟嘟嘟的漫长等待音过后，答复她的，只是和昨日一模一样冰冷的机械音。

易北海嗜赌，一赌起来昏天黑地，是断不会有时间去接老母亲的电话的。

女人缓慢地把手机从耳边放下，眼睛湿漉漉的，抽着鼻子笑了笑："谢谢医生了。那个……"

"什么？"

女人踟蹰着，看得出她很纠结，似乎是赧于出口。

负责术前准备工作的小医生温柔道："阿姨，您想说什么都可以说，没事的。"

女人就有些畏惧似的，问了句："痛不痛啊？"

"嗯？"

"手术啊，痛不痛啊？"女人问这句话时，脸也腆红了，薄薄血色从蜡黄色的皮肤底下挣扎着探出来。

"哦。"小医生反应过来，笑着宽慰她，"不疼的，阿姨，会有麻醉，就是能让你暂时昏睡过去的药，一点痛苦都没有，等你一觉醒来，什么都过去了。"

女人听着小医生温柔的描述，眼里竟多少溢出了一些类似"憧憬"的情绪。

一点痛苦也没有啊……

她被推入手术间时，望着医院走廊上方洁白的天花板，还有簇拥着她全副武装的护士与医生，她仍然想着最后听到的这句话，枯朽的唇角隐约勾出了一点点卑弱的笑痕。

给她主刀的医生是秦慈岩。秦慈岩年事已高，那一天他已经上了三台大手术，自己身体也有些不舒服，但这台手术确实太难，他必须亲自操刀。

时间一分一秒地过去，绿色的防护衣下，老医生的汗一点一点地渗出来。

"镊子。"

"纱棉。"

"再递两块纱棉。"

从容不迫，不疾不徐。

但浑身肌肉是绷紧的，关键时候总是眼睛一眨也不眨。

最先发现异样的是二助，二助在拿手术盘的时候发现了老师的身子微微打摆。

医生是医生，但医生有的时候，同样也是病人。

在二助紧张地望着秦慈岩的时候，秦慈岩也意识到自己不行了。他慢慢地把手上不能暂停的动作一丝不苟地做完，然后以尽量不引起人恐慌的镇定声音说："我看不清东西了，一阵一阵地眩晕。"

他说着退了两步，想再讲些什么，但眼前一黑，他往后倒了下去……

这是秦慈岩第一次出现这样的情况。他血脂高，颈侧有严重血栓，因此常犯头疼恶心，却从没有到眩晕昏迷的地步。

医院里类似意外很少发生，但并非没有先例。规培时医生们也早就被清楚地教过在这样的突发情况下，手术当怎样由剩余的医生来通力完成。只是女人的肿瘤位置实在太险恶，哪怕后来的医生们倾尽全力，手术还是以失败告终。

母亲不在了。

儿子倒是忽然变得十分孝顺，他不得不孝顺，他每月都眼巴巴地盼着当妈的那一点微薄的补助，更何况她死了，他的保姆、厨师、用人……一下子全部消失了。易北海如坠地狱，怎么也不能接受。

思前想后，自然是医生们的不对。

他们一定是贪他母亲口袋里的最后一点儿钱，所以才忽悠她住院开刀。

补助？减免？

天上哪里会掉这样的馅饼？他们一定是嫌在她身上赚的钱不够多，想着这一把老骨头还能拿来做免费的医学试验，所以骗他那可怜的、孤苦伶仃漂泊在异乡求医的老母亲来做他们刀下的冤死鬼。

易北海越想越确信，他躺在床上，外头是漆黑的长夜，小村庄夜枭怪叫如笑，在他脑内不断盘旋成仇恨的旋涡，将他整个人裹挟进去。

第二日，一穷二白、家徒四壁、无钱再赌、四处欠债的易北海摸出了家里生锈的一把杀猪刀，在磨刀石上抢亮了，包进厚厚的脏垫布里。

然后，他去村口的小店威胁店主给了他店里所有的现金，踏上了前往沪州的路……

几天后，易北海杀医事件犹如一声巨雷，炸痛了人们的心脏。

媒体上，平台上，充满了对事件的震惊，对罪犯的愤怒，对秦慈岩的缅怀。

但渐渐地，一些滑蛇毒蝎也借着乱象出洞了。

"秦慈岩是否真的像他表现得那样医者仁心，悲天悯人？"

"易北海母亲之死确实存疑。"

"易北海是值得同情的，他和母亲生活得一直很穷困，吃了上顿没下顿，这样的小孩心理扭曲也是正常的啊……"

诸如此类哗众取宠的文章和论点开始被一些高关注的自媒体轮转。不少人为博眼球，从秦慈岩的学术论文质疑秦慈岩的人品，还认为他既然年纪大了就该退休，没必要留在工作岗位上放不下权力，最后害人害己。

更有甚者，开始想方设法对秦慈岩以及其家人进行所谓的深扒。一会儿说秦慈岩女儿怎么嫁了个外国人去了国外定居，外国人有什么好的？这简直是拿着祖国的钱供了个卖国贼嘛。

一会儿说秦慈岩妻子年纪比他小了十多岁，她为什么要和他结婚呢？那一定是因为想要他的钱，没准都不是正房，大家伙儿再用力扒一扒，说不准还能扒出是小三上位。

受害医生的私事居然成了这些人的迷药，让他们闻不见医院里还未散去的血腥，肆意沉沦进了一场剥食隐私嚼吞人心的狂欢中。

还有某个大博主，不知从哪个犄角旮旯里，找出了十多年前秦慈岩前往抗灾一线救治伤员的新闻纪录片，大博主深谙如何兴风作浪而不受惩罚，他什么也不说，偏偏只截取了秦慈岩一行人在救护车上因为太累太渴，旁边的小医生心疼老师，开了一瓶葡萄糖递给秦慈岩喝的那段画面。

评论区："我没有不尊敬秦老先生的意思，但是有一说一，在灾区这种物资都很紧张吧？给病人抢救肯定都不够用，他这一口下去就喝这么多……有没有考虑过那些躺在病床上奄奄一息的灾民？"

"他喝葡萄糖给钱了吗……"

"专家们权力都很大的，你看他想给人家免手术费就免手术费，怎么可能喝葡萄糖给钱啊？我认识沪一医院的内部人员，他们说专家都黑得很，一场手术下来红包不少于五位数，如果你看到他们减免了病人费用，其实就是有的时候他们要拿病人去做一些风险试验的，不然怎么锻炼医术？"

最让人感到震惊和心寒的，还是对易北海行为的判定。

调查通报，易北海竟然是个间歇性精神病人。

根据《中华人民共和国刑法》第十八条：精神病人在不能辨认或者不能控制自己行为的时候造成危害结果，经法定程序鉴定确认的，不负刑事责任……

虽然后来各种证据显示，易北海在谋杀秦慈岩时，精神状态完全是正常的，没有任何不能自控的状况，易北海依然被宣判处以死刑，但在这过程中，各方的拉扯，社会上一些令人不解的舆论，还是让很多医护人员感到无比愤慨和伤心。

这些事情，直到现在，都还有人念念不忘地在评论……

谢清呈想着当年的事，面无表情地看了一会儿，走上前——

"谢清呈？"

背后忽然传来几个人的脚步声，还有一个女人惊诧的声音。

"你……怎么会在这里？"

28 | 我也见了陈慢

谢清呈回头，真是巧了，今天陵园大酬宾吗，怎么一个两个都赶在今天来扫墓？

站在他面前的是他以前在沪医科的几位同事。

说是同事，其实也不能算，他们是秦慈岩的学生，大多属于神经外科，和谢清呈不是一个科室的。

谢清呈说："很久不见了。"

那几个医生中，就有之前夜间急诊给谢清呈换盐水瓶的周护士。

周护士果然和谢清呈很不对付，她脾性又比较急躁，是个直肠子，瞪了他一会儿，还是忍不住道："谢清呈，你什么意思？你……你来秦老师墓前干什么？"

"……"

"你赶紧走吧，秦老师不应该是给你这种人祭拜的。"

谢清呈："我没打算祭拜。我只是不慎路过。"

"你——"

听这人这样说话，旁边几个医生也忍不住了。

有医生冷笑："谢教授在沪医科日子过得好吧？"

"好日子过到有时间来墓地闲逛了，当老师就是要比当医生悠闲。"

谢清呈淡漠地看着他们："怎么了各位，我做的事情是有罪还是有错？你们要当秦慈岩，那自己当就是了，何必希望人人都走他那条路？"

"谢清呈！"周护士听到他这么说，更加语塞，一张马脸拉得老长，"你还要不要脸！"

谢清呈道："我觉悟低，我要命。"

"你走，你赶紧走！"

"就是！别让我们再在这里看到你！"

医生们情绪控制不住，几乎就要在陵园内动起手来，吵闹的声音太响，把墓地管理员给惹来了。

穿着灰衣服的管理员忙不迭拉架："干什么呀、干什么呀，庄严肃穆！轻声低语！"

他说着，指了指远处的标牌。

然后他又语重心长道："你们这样子，会惊扰长眠者的呀，有什么怨有什么仇，那你们外面解决去，出了墓园，你们爱怎么吵怎么吵，别在里面这样大声嚷嚷！"

周护士大白眼珠子都快翻出来了："出了墓园谁还愿意再见到他？见了他这张脸我都窝火……"

谢清呈冷道："看见你们这些蠢人的脸，我也觉得晦气。"

"谢清呈，你——"

"谢哥！"这会儿，陈慢祭拜完了他哥，听到这边的喧哗，赶了过来，"发生什么了？"

他穿着一身警察制服，周围的人下意识安静。

周护士则一下子眯起了眼睛，她认出他来了。

又是那天夜里守在谢清呈身边的那个年轻警察……

陈慢："怎么了？"

"没什么。"谢清呈桃花眼一一扫过这些医生的脸，然后对陈慢道，"走吧。"

"哦……"陈慢估计他们之间是起了什么矛盾，但是谢清呈可能不想啰唆，于是道，"谢哥，你小心，这儿刚下过雨，地上好滑。"

两人正准备走，周护士想起之前在沪一医院发生的一些事情，又看着谢清呈现在衣冠楚楚的背影，一股强烈的厌憎感在她胸腔里激荡，她也不知怎么想的，看着陈慢和谢清呈关系亲密，朝着谢清呈就啐出几句："谢清呈，之前医院里有过一些你的恶心传闻，我还替你说过话。现在看来，谢教授很有本事啊，连警察都和你走这么近。这下你可非常安全了，再也不用担心会——"

"你鬼扯些什么！"

这回是陈慢怒了，他没等对方把话说完，就要冲上去和周护士争论。

谢清呈一把拉住陈慢："你让她说。"

"可是她这样骂你——"

"走了陈慢，你还穿着制服，清醒点。"谢清呈冷冷地警告他，陈慢被提醒后稍微理智些了，胸口起伏着，咬牙狠瞪了那些人一眼，最后跟着谢清呈离开了墓园。

两人在回去的车上，陈慢还气得要命，一直骂骂咧咧。

"怎么可以这么侮辱人……"

"谢哥，你当初的选择没有错……"

"凭什么这样绑架你,凭什么这样说你……"

谢清呈倒是挺淡定的,对方的话他好像根本没有往心里去,刚才什么事情也没发生,什么人也没遇上。

陈慢:"哥,你怎么一点也不生气啊!"

"我为什么要生气?"

"他们……他们那样说你——"

"他们是秦慈岩的关门弟子,周护士更是秦慈岩招进医院来的,看我不顺眼很正常。"谢清呈说着,拿出一个上午都没怎么看的手机,解锁了屏幕。

因为要去陵园,他给自己的手机设置了静音模式,这会儿才看到贺予给他发了条消息。

贺予:"我今天返校了。我们的约定什么时候开始?"

谢清呈皱了皱眉,不由得叹了口气把手机又锁屏了,懒得回贺予。

"我睡一会儿。"他和陈慢说,"下午还有课。"

陈慢还在絮絮叨叨,不期然听到谢清呈这样说,他就住口了。

"哦……那哥你睡吧,到了我叫你。"

谢清呈就睡了。

破碎的光影透过树梢落在车窗上,又映在谢清呈轮廓分明的脸庞,线条修长的脖颈,略显苍白的皮肤,最终深藏在了周整妥帖的衬衫下……

这个男人浑身都散发着冷静、冷淡又强悍的气质。

不知为什么,陈慢想到刚才在陵园里,周护士朝他们说的粗话,他的心就颤了一下,愤怒里又带上了些非常微妙的感受……

沪大。

初秋的校园已经没了太过聒噪的蝉鸣,但是枯叶似乎看不惯人世间的宁静,纷纷坠落枝头,学生们走过,踩得咯吱作响,喧闹于是就这样顺理成章地从树梢到了地面。

贺予拖着拉杆箱回来的时候,好巧不巧地,在校门口遇见了仰着头靠在小卖部门口站着的谢雪。

"你怎么了?"

他本来想绕过去当没看见,但又觉得没有必要,自己也没有和她告白过,而且卫冬恒也未必会接受她的喜爱,他俩至少还能先保持朋友关系。

谢雪拿纸巾捂着鼻子,瓮声瓮气地说:"不知道啊,秋燥吧,又流鼻血了,哎……你回来啦！怎么都没和我提前说？"

"这有什么好提前说的？倒是你，总是流鼻血要去看，自己请个假，我陪你一起去医院。"

"没关系没关系，不至于那么大惊小怪。"

贺予："什么大惊小怪？以前我生病的时候你也说要陪我去医院，算我有良心回报你不行吗？"

谢雪蒙蒙的，像是流鼻血流傻了："啊？隔太久了，我都不记得了……"

贺予叹了口气，抽一包纸巾递给她："习惯了，都不知道你这记性是怎么考上大学当上老师的。"

他看着谢雪换了一张干净纸巾捂住鼻子："流鼻血的事儿和你哥说过了吗？"

"我哥他忙呗，我不打扰他。"

这时候谢雪余光瞄见一个人从远处过来了，那个人还远远地朝她挥了挥手，谢雪的脸忽然诡异地红了。

她趁着贺予还没注意到来人，伸出空着的一只手推了推对方："那啥，你不是刚回校吗？赶紧收拾东西去吧。你放心！再流鼻血我就先去医务室看看，实在不行我再到医院嘛，我一会儿还有个教工会，先走了啊。"

贺予："那你走吧。"

谢雪就走了。

贺予觉得她的行为有些奇怪，但也没多想，拖着行李箱独自往寝室走去。

他现在没打算再把自己的心意告诉谢雪，经过这段时间，他意识到，自己虽然没有完全丧失理智，但他确实还是一个具有危险性的病人。

他无法肯定自己以后是否还能一直维持现在的状态。

如果他更疯了呢？

所以，或许谢清呈才是对的——

他应该先走出来，尽力达到让谢清呈能够认可的稳定状况，到那个时候，他再去和谢雪表明心意也不迟。

反正他都等了这么多年，不差这一会儿，而且贺予认为卫冬恒这种流氓不会真的和谢雪在一起。

贺予回到寝室，室友们刚好都不在，他收拾了一下行李，坐下休息的时候看到手机上有一条未读消息。

发件人是谢清呈。

谢清呈一天都没理他了，直到这会儿才终于纡尊降贵地回了他一条消息：

"晚上6点，医科大第三实验楼门口等我。"

他要兑现和谢清呈的约定，开始接受对方所谓的"磨炼"。

6点钟。

贺予准时到了医科大实验楼下。

但是他等了约莫半个钟头，谢清呈才出来。

谢教授大概是刚给学生上完专业课，穿着一身雪白干净的实验白大褂。沪州初秋的天气尚热，酷暑余韵盘踞未消，他课程结束后就把白大褂的扣子松开了，露出里面浅灰色的休闲西装和笔挺的西裤。

谢清呈拿起脖子上挂着的工作卡，"嘀"地刷卡走出大楼，一阵穿堂风将他的衣摆吹得高高扬起，他习惯性拿写字板抬手遮了一下这阵风，脚下步子却没停，就这样自实验楼高高的台阶上从容不迫地走下来。

贺予一手拉着单肩书包的背带，一手往兜里一插，冷眼看着他。

"您好没时间观念。"

"下课迟了。"谢清呈说，"等了很久？先跟我去吃饭吧。"

医科大的餐厅饭菜味道很好，比沪大要好，谢教授和贺予去了那里。

这时候饭点已经过了，只有几个现点现做的窗口还开着，偌大的饭堂里稀稀拉拉坐着几个迟来的学生。

谢清呈在其中一个窗口刷了员工卡，然后拿着一张食堂大妈潦草写了菜名的取菜纸回到了餐桌前。

没过一会儿，食堂窗口的大妈就探出脑袋，扯着嗓子大喊："19号两份麻辣干锅好了，来拿！"

谢清呈起身拿着取菜单去了。

那两份麻辣干锅，一份鲜亮红艳，放足了朝天椒和花椒的辣子鸡丁，酥脆鸡块藏在爆炒过的辣椒里，油汪汪的脆嫩葱段点缀其中，大火爆过的蒜片在堆叠成山的鸡块干椒中温柔地释放着撩动味蕾的浓香。

这份是属于谢清呈的。

另一份，虽然名字还是叫麻辣干锅，但里头无麻无辣，是一锅小排，南卤混着洋葱粉炸到外表酥脆，内里多汁，肥厚的杏鲍菇划了十字刀花，缱绻成卷，京葱葱段切得豪迈，在其中尽职尽责地勾出鲜菇和肉类的汁香，哪怕食堂的灯光并不那么亮，这锅鲜香脆烫的硬菜还是闪动着令人垂涎欲滴的柔光，更别提冲鼻而来的蒜香南卤味，直击腹胃。

谢清呈把酥炸小排那一锅推给贺予。

贺予："……"

谢清呈看了他一眼："你不喜欢？"

贺予道："我不是很喜欢油炸食品，而且我腐乳过敏。"

他笑了笑："您不会借机报复我喂您吃了杌果的事儿吧？"

"我有个熟人，年纪比你大不了几岁，每次来都喜欢吃这个。我以为你们年轻男孩子就喜欢这种东西。你过敏就别吃了，重新点一份。"

贺予不那么在意地问："哪个熟人？我认识吗？"

"你不认识，上次在医院那个，你也没见着他。"

谢清呈刚说完这句话，正准备把员工卡给他，忽然手机就响了。他看了眼屏幕，放下了筷子："说曹操曹操到，我接个电话。"

"喂，谢哥，我在你教学楼附近呢，你下课了吗？"陈慢的声音从手机里传来，贺予模糊可以听见一些，但并不是很清楚。

谢清呈看了贺予一眼："我这里有个病人。我今晚和他有些事要说，你怎么来了？"

陈慢停了几秒："我……我下班刚好路过，你早上不小心把你的笔记本落车里了，我给你带过来。你要有事就先忙。"

贺予对这个"曹操"倒是有些兴趣，他对所有能和谢清呈建立稳定关系的人都有一定兴趣。他想了想："没事，人都来了，一起吃顿饭吧，正好这份香锅我吃不了，您不是说他喜欢吗？"

"你不介意？"

"不介意。"

谢清呈就告诉了陈慢位置。

贺予重新去窗口选了一份清淡的海鲜砂锅粥，又要了几罐啤酒。

当他点完餐时，陈慢正好急吼吼地走进食堂，他提了个纸袋，里面是谢清呈的笔记本。

贺予则手插着口袋，另一只手拿着三罐啤酒，目视前方，挺淡漠地背着单肩书包从窗口走了回来。

他们在谢清呈的餐桌前相遇了，互相看了看。

两个年轻人都长得抢眼，陈慢清爽阳光，贺予漂亮优雅，是正常人一眼瞥过去目光都会停留片刻的那种长相。

对视间，微微一愣。

贺予觉得陈慢有点眼熟，陈慢似乎也这么觉得。

但他们又都想不起来是在哪里见过。

陈慢是个很和气的人，回过神来，先冲贺予笑了一下。贺予向来在人前知书达理，打个不恰当的比方，搁古代再变个性，就和大家闺秀似的，轻易不可能失礼，所以他也对着陈慢客气地笑了笑。

"你好。"

"你好，警官。"

陈慢愣了一下："你认识我？"

"谢教授提过你。"贺予心想：而且我在医院里看到过谢清呈披着你的制服。

谢清呈看他俩站得和后宫剧里贵妃见答应似的，皱了皱眉："坐吧，站着干什么？"

陈慢是个警察，很有人民公仆的谦让素质，笑道："同志，你坐吧。"

贺予是从小和父母出入商务场合惯了，很讲客套礼让，微笑："先生，你先请。"

人民警察猝不及防被叫先生，有些不适应，挠挠头，挺拘谨地坐了。

富家公子冷不丁地被叫了同志，倒是很自若，笑了笑，也跟着坐下。

他们两人都没有具体自我介绍。

现代社交场合就是这样，遇到朋友的朋友，通常不会把自己的姓名给报了，这是一种约定俗成的隔阂，也清楚彼此就是一顿饭的缘分，不会深交。报名字也就没有必要。

但这丝毫不影响两位年轻人的友好沟通。

两人毕竟年纪相仿，共同话题多，再加上贺予本身就有种"谢清呈的熟人我都想看看是什么奇葩"的心理，话题一带，两个彼此连名字都不知道的人，居然就能从游戏聊到球星，又从球星聊到赛事。

聊到后面，陈慢和贺予两个年轻帅小伙笑得都挺开心的，谢大哥和他们中间仿佛出现了一道东非大裂谷般的代沟，居然一句话也搭不上。

"哈哈哈哈，对，那个球是太厉害了。"

"封零绝杀，确实罕见。"

"另一场你看了吗？"

"我那天值班，看的回放……"

俩小年轻让中年男人烦了："你们吃不吃饭了？"

陈慢立刻反应过来，发觉自己和同龄人聊得太投机了，连忙给谢清呈递了罐啤酒："哥，你喝。"

贺予不动声色地低头，屈起手指轻抵额角，把唇角的一抹嘲笑隐匿掉。

他就是故意的。

谢清呈在医院是这个人陪的，那说明他们关系应当还不错，贺予就对这警察的性格产生了些兴趣，想看看什么人能容忍谢清呈这种"爹男"。

现在一看，确实是个心理非常阳光的傻小子。

陈慢这会儿开始怕冷落谢清呈了，不太敢和贺予聊天，总是有一搭没一搭地和谢清呈讲话。

一餐饭吃得差不多了，贺予估计接下去也没什么可聊的，于是笑道："谢教授把正事和我说一下吧，说完我就走了。"

谢清呈也不留他，给了贺予一份名单："这些是经常旷课的学生，给你一个星期，去和他们逐一沟通，看他们一个星期后情况有没有改观。"

贺予接过来一看："怎么都是女生？"

"男生那份在我这里。"

贺予仔细看着名单。

谢清呈："我这份里男生人数和你那份里女生人数是一样的，这星期我也会找他们谈话，下周大课上我会点名，如果你的数量不及我，就算你输。输了要替我干活。"

贺予："这很难成功吧，您是老师，威胁他们挂科他们不就都回来了？"

"容易做成功的，还叫什么锻炼？你干脆直接要求我喂你喝奶得了。"

贺予不想和他多啰唆了，学霸是不怕挑战的，于是他把资料随意往单肩书包里一塞："走了，一周后见分晓。"

说完他也很客气地和陈慢点了点头，笑道："您慢慢吃，以后有缘再见了。"

贺予走了之后，陈慢问谢清呈："哥，他是病人吗？看着挺开朗的。"

"他就是有点小问题，失恋了。他爸不放心，让我开导。"

陈慢顿时震惊："啊，他这么帅也能失恋啊？那女孩子眼界也太高了……"

"长得帅有什么用？"谢清呈说到失恋就想到杭市，说到杭市就想到那天的不愉快，冷着脸对陈慢说，"你看他那既不会赚钱又不能养家的样子。"

陈慢笑道："哥，我能赚钱，还会养家。"

谢清呈不在意，只当是年轻帅小伙之间莫名的攀比心："挺好，趁年轻，赶紧找个对象吧。"

陈慢："……"

谢清呈淡道:"多吃点菜。"

"好……"

29 | 他犯规

几天后,沪医科。

谢清呈办公室内。

"呜呜呜,谢教授,我错了!我真的错了!我没有心!我不是人!我辜负了您的信任,辜负了学校对我的期望,我以后再也不旷课了,呜呜呜……"

谢清呈坐在办公桌前,钢笔尖划过纸面,在名单上打了个钩,眼也不抬地对对方说:"好。回去吧。"

男生痛哭流涕地走了。

对付问题学生他有的是手段,这个临床医学专业的男孩子嚣张跋扈地进来,不就泪流满面着出去了?走之前还向谢清呈频频鞠躬,哽咽着保证自己一定洗心革面重新做人,以后再也不翘课了,翘课也不翘谢教授的课。

谢清呈合上笔记本,手指交叠于身前。

这些学习态度有问题的男生都已经和他保证了今后一定端正自己。除非贺予也能把另一张表格上的女生全部规劝上岸,否则这一局贺予真玩不过他。

他仪态笔挺地坐在办公椅里,只觉得胜券在握,于是淡淡地想了一会儿该如何调教输了的小学霸。

谢清呈漫不经心地思量了片刻,手机忽然响了。

"喂。"

"谢教授,是我。"

打电话来的是法医系大一的一个女生。

和贺予一样,这位女生也是个"学霸"。虽然她出现在了贺予的谈话名单上,不过她却是谢清呈最规矩的学生之一。

她是谢清呈特意安排进去的。

作为一个研究尸僵、巨人观比研究迪奥、香奈儿投入更多的冷酷女生,她被特许专业课不一定要来,原因无他,主要这位高冷女生自学起来比跟着班级进度快得多。

她和班里同学都不太来往,不是所有老师的话都听,但是对谢清呈很尊敬。一是因为谢清呈专业确实过硬,能激发学生的慕强心理;二则是因为她当初申请自主学习，学校并不允许，还是谢清呈替她争取来的机会，说要因材施教，所以女生对谢清呈心存感激。

"谢教授，那个叫贺予的男生来找过我了。"

"他怎么说？"

"倒也没一上来就劝我好好学习，他说他是您派来要和我谈谈心的，约我明天和他去喝杯咖啡。"

"你去，但别听他劝。"

"我知道啦，您这个忙我肯定帮到底。"女生道，"不过谢教授，他是隔壁沪大的吧，也不是我们医学院的，您怎么和他认识的？他是您亲人？"

"熟人的儿子。"谢清呈说，"他父亲以前帮过我忙，儿子遇到些问题，我帮着教一教。"

他这也是实话，如果不是因为贺继威，他也许不会管贺予这么久。

"哦。"女生不多问了，"那我知道了，我做事您放心，绝对不会让您失望。我先去看书了，挂了。"

谢清呈收了线，把手机往兜里一扔，收拾教参回了宿舍。

当然，谢清呈也知道贺予不是省油的灯，他冷眼旁观着，一周才过两天，那些心思未收的女孩就陆续回到了课堂上，人数一个一个地增多，到了周四的时候，除了女生之外的其他十一个学生都苦海无涯回头是岸，回到教室里坐着了。

女生是最后一个。

周四下午，女生抱着问题本子，过来向他求教，谢清呈解答完了之后问："贺予找过你了吗？"

"找过了。"扎着马尾、利落干练的女孩回答道，"一周找了两次，都是和我一起喝的下午茶。"

但女生说到这里，居然迟疑了一下，然后道："只不过他……他并没有和我谈什么旷课之类的事情，就真的只是请我出来走走，谈谈心。"

谢清呈微微皱眉。

都周四了，还没讲正事？

还有三天这周就翻篇了，贺予到底打了什么算盘……

出神间，女生忽然轻咳一声："谢教授。"

"嗯？"他抬起眼帘，心不在焉地，淡淡瞥了她一眼。

"我有个问题想问你。"

"你说。"谢清呈已经把解题的钢笔从桌上拿起来了。

但是女生下一句话就让他又把笔盖盖上了——

女生问了个和学习毫不相干的问题:"那个,贺予是不是沪大编导1001班的?"

只有谢清呈这种钢铁直男,才能在姑娘的话都问到这份上了,还不理解对方存着什么心思。他皱着眉头,打量着眼前抱着笔记本站着的铁娘子,她打听这干什么?

最后谢清呈只得干巴巴地点了点头:"是。怎么了?"

"没什么。"女生果断道,把笔记本一摊,成功分散了老师的注意力,"谢教授,这是我这周整理出的和您的专业有关的问题,麻烦您帮我解答。"

转眼到了周日。

女生给他来了条消息:"谢教授,您今天晚上有空吗?我想了一天,想明白了一件事,我可以找您谈一下吗?"

于是晚上6点半,谢清呈按约来到了办公室门口。

他的办公室在教学楼五楼,回廊的最尽头处,沿着长长的走道走来时,他完全没认出站在扶栏边的那位女生是谁。

他来到自己办公室门口,都开始摸钥匙准备开门了,却还自动无视了那个近在咫尺的女孩,甚至当对方开口叫了声"谢教授",他的第一反应也不是看她,而是左右看了看,试图寻找永远清汤挂面头白T恤加牛仔裤的学生。

"谢教授,我在这里。"

谢清呈回头:"……"

片刻后,他下意识地倒退一步,后脑"砰"地直接撞上了办公室的铝合金防盗门,疼得他倒抽一口冷气,捂着脑袋半眯着眼。

"教授!您没事吧?"

"我没事。"

他撞一下是没事,倒是眼前的女生看起来问题比较大。

女生和平时完全不一样。

她松开了自己一直扎着的马尾,让造型师将头发吹得蓬蓬松松,脸上化了精致的妆容,穿着一身纯白色薄纱连衣裙,纤瘦的双腿像玉斫成的,笔直往下,线条收尾在一双黑色缎面高跟鞋上。那高跟鞋有着银亮的搭扣,缀着她幼嫩的脚踝,衬着她藕粉色的趾甲。

谢清呈上下确认了好几轮,才得出鉴定结论,这确实不是赝品,真货无疑。

他忽然就觉得自己的头更疼了,隐隐约约有某种预感。

果不其然，女生下一句话就直截了当地挑明了她的来意："谢教授，那个，我来是想和您说，我今天又和贺予出去了一次，这次他和我谈了让我回教室上课的事，但是他也把你们之间的约定告诉了我。"

"……"

"谢教授，虽然我很尊敬您，但我觉得您这样乘人之危不好，实在不是为人师表的人应该做的事情。"

谢清呈原本准备拿钥匙开门的手停住了："贺予他都和你说了些什么？"

"什么都说了，他说了他和喜欢的人告白没有成功，您让他多磨炼磨炼，所以给他设置了很多难度很高的挑战。"

谢清呈一抬手，骨节分明的修长手指抓过额发，将原本梳理得一丝不苟的头发烦躁地抓乱，有几缕墨发垂下来。

他就在这散乱的墨黑后面，用一双冷锐的桃花眼瞪着她，"啧"了一声又把目光转开："事情没你想得那么简单。"

他顿了顿，又道："算了，你回去吧。"

但女生并没有走，目光炯炯有神地凝视着他："老师，您要体会一下贺予的心情，不要在这个时候为难他。我觉得这件事真的是您做得不对，希望您以后有机会，能和贺予道个歉。"

贺予这是给她下了血蛊了吧。

谢清呈的神情冷了许多，目光自碎发下刺出来："我请你回去，你听明白了吗？"

"听明白了。但是回去之前我想和教授您坦白，您和我私下里的约定，我也已经告诉贺予了。"

谢清呈："……"

"没办法，他对我真诚，我也不想骗他。您把我列在名单上是专门为了赢他这件事，我实在无法替您隐瞒。"

这小叛徒最后居然还不忘彬彬有礼地给谢清呈鞠了个躬。

"请您见谅。"

说罢，小姑娘就转身，踩着高跟鞋婷婷袅袅地走了，愣是走出了谢清呈认识她这么久以来都没有走出的猫步。

谢清呈只觉得头疼得厉害，但他实在没法和女学生计较，只得咬着牙低低地念："贺……予……"

光影晃动。

Volume 01：当年之人

面前不远处，有脚步声响起。

然后——

"谢教授找我？"

谢清呈蓦地抬起头来，头发更散乱了，目光冲着声音传来的方向移过去。

在他眼前转出来的，赫然是手插着口袋、背着单肩书包的高个子男生，那男生神情舒展，从容淡然，宽阔舒朗的前额下面，一双杏眼睥睨垂睫，嘴角噙着若有似无的微笑。

贺予居然一直都在走廊尽头处的一根哥特式大圆柱子后面藏着，女生不知道，谢清呈也不知道。

在女生替他义愤填膺打抱不平，谢清呈被她堵得一句话也说不出来的时候，贺予居然就那么双手插兜气定神闲地靠在那根该死的、三人合抱的哥特柱后面听着。

这还是人吗？

谢清呈青着脸，目光阴鸷："你——"

"哦，您可不能说我。"贺予一抬手，做了个嘘的动作，微眯着的眼睛里竟似带着旁人绝对无法觉察的痞气。

他自上而下地望着谢清呈，冷笑道："是您先找人算计我，合着伙不让我赢。我想办法这样对付您，也不算我卑鄙吧？"

谢清呈："……"

输都输了，再啰唆丢的只会是自己的脸。

谢清呈于是咬着牙根，不再多言。

好一会儿过后，谢清呈才道："你怎么骗的她？你看看她现在打扮的那鬼模样，还有没有学生该有的样子？吊带衫超短裙……"

"不好吗？"贺予绕过来，往谢清呈咫尺处一站，一手仍插兜，一手仍攥着单肩包的带扣，区别只在于离得更近了之后，他低眸垂着眼睫毛看着谢清呈的动作就更清晰。

"那您说，学生该有什么样子？"

贺予逼近他，好像要把他钉穿在门板上似的。

"文化衫，牛仔裤，高马尾，不化妆？"

"谢医生啊，"贺予叹了口气，"我其实很早就想告诉你，有病的不只是我，你也得看看。你掌控欲太强了，都什么年代了，女孩子穿个吊带裙你还觉得不知检点。"

PAGE 199

谢清呈被贺予逼得往后靠在了冰凉的门板上,这会儿回过味儿来,觉得非常不舒服。谢清呈不想和他废话了,抬手想推开贺予。

"算了。我不和你废话,你让开。"

说罢,谢清呈将人狠狠一推,而后揉了揉右腕,垂下胳膊横了他一眼,从他墙一般堵着自己的身边,脸色沉郁地走了出去。

"等一等啊,谢清呈。"

走出十几米开外,贺予却又转头,在他身后悠悠地叫住他。

谢清呈的脸色已经非常难看,但他阴郁地站了一会儿,还是铁青着脸侧过头来:"干什么?"

贺予扬了一下不知什么时候从书包里掏出来的名单:"这局你输了啊。"

这还不算,完了,他还把名单往包里一塞,然后拿出了一块粉色包装纸包着的东西。

贺予一边抬眼,有一搭没一搭地看谢清呈,一边抬手,慢条斯理地解开包装丝带,悠悠道:"教授虽然是在和我玩锻炼游戏,但您输了也该有惩罚吧。不然多没意思。"

"……"

"您说说,您作为教授,又是长辈,还是我前私人医生,却这样不守规矩,我该罚您什么好。要对您怎么样,才算给了您一点点教训?"

输了人不能输风度,愿赌服输。

谢清呈冷漠道:"你想怎么样?"

"好可惜,我呢,还没想好。"贺予温声道,"先欠着吧,等我以后想到了再一起算。"

"一起算?"

"嗯。我觉得你接下来还会输给我。"

谢清呈这回火有些压不住了:"贺予,你不要太猖狂。"

"不敢。"贺予笑了,这样说着,却很"敢"地用挑衅的眼神把谢清呈踅摸了一遍,"不过谢教授之后最好还是不要作弊了,您技巧不好,只要动一动,就很容易被我发现。"

他语气居然还是客客气气的。

嘴上说着,手上已经撕开了粉色包装纸。

那原来是一块巧克力,不过歪歪扭扭的,看上去并不是外头买的,而是某个新手笨拙的手作。

"您刚才不是问我怎么和人家沟通的吗？其实也没什么，就是之前请了两次下午茶，今天陪她去了手工巧克力课而已。她在学校里没什么朋友，别的学生都嫌她不合群，阴阳怪气，其实她挺好相处的。只是没什么人会在玩的时候主动邀请她。"

他说着，啪地咬断了巧克力块，含了一小块褐色的可可凝脂在两排雪白的齿间。

然后背着单肩包，从谢清呈身边走过。

擦肩而过时，这男生看都不看谢清呈一眼，杏眸笔直地望着前方，把巧克力咬进口中，慢悠悠地嚼了。

"好甜啊。"

他说完就走了，丢给了谢清呈一个夕阳里斯斯文文的背影。

同一时间。

暮色斜沉，沪州某别墅内。

女人的高跟鞋踩过露台的砖，红色的裙摆掠过男人的腿。

"段总。"她笑着偎在男人身边坐了，替男人点了支烟。

"梁季成家里的东西都销毁了？"

"全干净了。"

段老板笑了笑，接过她递的烟。女人撩开大波浪长发，顺势想依过去索一个吻，段老板侧过脸，避开了，在她颈脖子边闻了一下。

"你今天都是那几个人的味儿。"

"还不都是为了您？"女人懒懒地，"我陪那几个老东西都烦了，油腻腻的讨人嫌。"

"那些人是老东西，黄总就不老了？我看你挺喜欢他的。"

女人娇媚地拿指尖摆弄着头发："黄总那是人老心不老，越活越有风度。不过……"她笑笑，"我更喜欢段总您……"

段老板竖起手指，点在她的软唇上，淡淡道："你要再这样不规矩，我就得和你家黄总去说了。你猜他知道了，会不会生气？"

女人僵了一下，勉强笑道："我和你闹着玩嘛。那么严肃。"

段老板抬手摸了摸她的头发，眼神冷静："好好做你的事去，我看出了成康精神病院那个意外后，下面有好些人蠢蠢欲动，不太安分。你再陪那几只仓鼠玩一阵子，等我们这儿养的黑客从国外购置的设备来了，震慑耗子们的工作就可以开始了。"

他抬起女人的下颌，端详着她的眉目，轻声慢语道："到时候技术靠黑客，但打扫沪大的仓鼠笼子的事，还是要靠你和她。"

灯光照在女人的面庞上，那是一张娇艳欲滴的脸庞。

——竟是沪大的女老师，蒋丽萍！

"下手多狠都没事。"段老板的手指抚过她的面颊，"我知道，你这些年受了很多的委屈……做完之后，你就不用再在那群老仓鼠之中，去当个'窃听器'了……"

30 | 谁喝奶

转眼又过一周。

这周的周末，谢清呈没有住在医科大——他要回沪州市区的那个旧宅看看。

从他们兄妹读大学开始，老宅就不常住人了，再怎么说也是男女有别，那不足四十平方米的蜗居之地让谢清呈和谢雪都生活得有些尴尬。

不过因为他俩和街坊邻居关系都很好，黎阿姨更是把他们疼得像亲妈一样，所以兄妹二人隔三岔五都会回来，和黎阿姨吃顿饭，住上两天。

最近谢清呈手头事情很多，已经好久没回家了，正好这周得了空，于是打了个电话给谢雪。

"周末去黎姨家，我开车去接你。"

没承想谢雪说："我前天晚上路过那边，已经去看过她啦。"

"你怎么没告诉我？"

"我——"谢雪话头一转，"我就是没事闲逛呀。"

"从沪大到陌雨巷要换乘三趟地铁，而且那附近什么大型商场也没有，你自己闲逛到那里去？"

"是……是啊。"

"谢雪，你别和我在这里撒谎。"谢清呈语气骤冷，"你最近是不是有什么事瞒着我？"

谢雪哼哼唧唧半天编不出一句话来，最后干脆慌张地"啊"了一声。

"哥，我手机没电了。"

"谢雪！"

"真的没电了，我挂了啊。哥，你自己去吧，我周末还有点事，记得帮我向黎姨问好！拜拜！"

谢清呈还想再说什么，回应他的已经是手机一串嘟嘟的忙音。

谢清呈掐了通话，寒着脸将手机往桌上一扔，走到宿舍阳台上，心烦意乱。

谢雪不去，他还是得回去的。

不仅是要去看黎姨，还得收拾收拾屋子。虽然不常住人，但那毕竟是他和谢雪真正的家。

于是周五晚上下了课，谢清呈拾掇了些简单的私人物件，坐着地铁回到了陌雨巷。

那里是城内少数没有拆迁的破弄堂之一，还是当年做租界时造的，暗红色的砖，粉白色的边，政府每年都拨款将外表修缮得尽量漂亮，却依旧改变不了美人迟暮的天命。纵横交错的晾衣绳像脂粉盖不去的皱纹，细节处剥落的油漆是暗淡了的唇彩，这些小矮楼横亘在气派敞亮的现代建筑间，很容易令人联想到坐在年轻人中央拍照的祖奶奶，颇具时代特色。

谢清呈进了弄堂里，有些大婶爷叔正在收衣服，见了他，就和他打招呼——

"谢教授，侬回来哒（你回来啦）？"

"谢医生吃了吗？爷叔这里煮了点玉米吃不掉，一会儿给你送去啊。"

谢清呈和他们应了，然后侧身拐进那个停满了破自行车的楼口，进了自家院门。

街坊们最早都管他叫"小谢"，后来谢雪长大了，嘴远比他甜，和别人的交流也比他频繁得多，所以"小谢"这个亲昵的称呼就给了妹妹，而他多半被他们客客气气地称呼为谢教授、谢医生。

唯一不叫谢清呈职业名的长辈，是黎阿姨。

谢清呈和她家住一个门堂，他进屋把带回来的换洗衣服一放，就去敲黎阿姨家的门。

"吵吵吵，作死啊，大晚上的——"

敲了半天，黎阿姨家的小红破门没开，倒是阁楼上住着的爷叔把窗户一开，勉强歪着伸出个毛发稀疏的脑壳儿，但骂了一半，发现下面站着的人，爷叔就收敛了唾沫星子。

"哦，原来是谢医生回来啦。"

"爷叔，黎姨呢？"

"哎哎哎，她前几天见过小谢嘞，就觉得侬（你）不会跟着么快回来嘛，所以她今朝（今天）去她小姐妹那里了。"

"去她朋友那里了？"谢清呈微皱眉。

"是啊，哎哟，侬又不是不晓得侬黎姨的咯（你又不是不知道黎姨），人来疯一个，一大把年纪了还要疯疯癫癫和小姐妹搞什么旗袍秀，玩得来个开心（玩得开心）。估计这两天都不会回来的。"

谢清呈："……"

"谢医生饭吃过了没啦？"爷叔瞎唠完了，就招呼谢清呈，"没吃过么上来和爷叔一起吃。"

谢清呈和街坊向来是不客气的："吃什么？"

"吃柞果。"爷叔从窄窗里探出一只谷树皮般的老手，手里捧出一只黄澄澄的剥了皮的大柞果。

谢清呈："……"

老顽童见他神色，嘎嘎笑出声，几绺稀疏的头发在风中乱颤："瞧瞧你、瞧瞧你，一本正经，眉头紧锁，哈哈哈哈哈，发廗（可笑）。"

谢清呈："算了，您自己吃吧，我回家了。"

说罢，甩门进了自己家房间。

屋内一分两半，拿简单的蓝色帘子拉着隔开，靠着窗口能看到外面风景的是谢雪的住处，虽然空间狭小，不过窗口摆着好几盆可爱的多肉植物，还有盛开的月季花。床是她读初中时谢清呈给她换过的公主床，上头摆着五颜六色的布娃娃和抱枕，床沿一侧挨着的墙壁上还贴着已经褪色了的明星海报。

谢清呈把自己的外套往自己床上一丢，细长的手指穿进领带扣里，扯松了，透了口气。

他的床摆在靠着门的位置，也是拿纱帘隔了一下，他活得不那么讲究，一张老式木床从他爹妈那一辈用到了现在，老家具结实，三十多年兢兢业业风雨陪伴，还是很牢靠耐用。

忙了一周，谢清呈太累了，他倒了点水吃了点药，在床上躺着睡了一会儿，等醒来时，天色已经完全黑了。

黎姨不在，他也懒得坐下来好好吃一顿饭，于是摸出手机随便点了一份外卖。

点完还没把页面关掉，一条微信提示就跳出来了。

贺予："你在哪儿？"

谢清呈懒得回。

第二条消息又弹出来了："我来医科大找你，没看到你人。"

"……"

谢清呈累得不想打字，能少打就少打地回复："家。"

贺予倒是好像字多不要钱："你在家？你回家了吗？谢雪是不是也和你一起？"

一直紧绷的人，一旦回到安心的领域，彻底放松了下来，就很难立刻上紧发条。

谢清呈就是这样，他平躺在老式木床上，松着领带和衬衫最上面两粒扣子，整个人都懒懒软软的，连手指都懒得动了，直接摁着发语音，嗓音有些慵倦的沙哑："你烦不烦啊你，她没和我一起，周末了，还来找我干什么？也没奶给你喝。自己不会点外卖，还要人陪？"

他平时对贺予说话也不至于这么戗。

主要之前被贺予发现他作弊，他有些丢面子，又没想好该怎么扳回一局，因此整一周都没找过小鬼。

现在贺予主动弹他了，他也来火，想要休息，不想操心"神经病"。

"神经病"果然沉默了好一会儿。

然后来了条文字消息。

"我无聊。"

谢清呈继续毫无波澜地语音："和你同学玩儿去。"

文字消息："我想去找你。"

"你听不懂我说话，贺予？我周末，要休息，而且我在我自己家，你也就小时候来过几次，不记得路。"谢清呈烦躁地拒绝他，但可能是因为平躺在床沿，人又累，不免带上些柔软的鼻音。

贺予又是一条文字消息："您放心，我记得很清楚。"

谢清呈："……"

也是，不然怎么是"学霸"呢。

"你别来了，没工夫招待你。除非你又病了。你病了吗？"

文字消息："没病。"

"那就别来。"

贺予接着发文字消息："你上次输给我，我还没给你提要求是不是？"

谢清呈两眼无神地盯着天花板，手机屏幕的光把他的脸照得蓝幽幽的，越发死气沉沉："贺予，你到底想怎么样？"

这回对方的消息没有马上回，似乎在思量。

就在谢清呈等得失去耐心准备把手机扔到一边继续睡的时候，贺予又来一条消息，这次居然直接是语音。青年的嗓音条件很好，一池温沉，字字含蓄。

只是说的话却很恬不知耻。

"我没发病啊,但心情不好,想着在别人面前都要装,挺累的,但在你面前不用,所以我去找你散散心。"

"我是操场吗?你没事就来我这儿散心?"谢清呈对着那好听的音色发火,"贺予,你有什么心理障碍?之前躲我躲得比狗还快,结果上次让你得了些甜头,你现在还自己追过来,怎么,还上瘾了?"

贺予其实也不知道自己怎么回事。

可能之前眼睛里一直都追着谢雪,心里总有一点期待。

现在这种期待没了,他的视线也不愿再让谢雪瞧见,于是他只好选择把目光转开。

在这茫然无措中,他终于发现了谢清呈是他排遣心结的最佳对象——谢清呈很了解他,而且……

而且谢清呈的眼眸,至少是和谢雪相似的。

他看着,哪怕知道是假的,也多少有点宽慰。更何况让谢清呈输给他这种滋味真的很有趣,是他之前没有意料到,也从没想象过的。

谢清呈或许说得对,他是有点上瘾。

然而他没想到的是,他等着谢清呈对他的再一次使唤,却左等右等也没等到。一周过去,不免有些烦闷,于是今晚才纡尊降贵地给他发了这样的消息,并且在谢清呈一次又一次拒绝之后,冷着脸忍不住把文字消息改语音消息,希望对方能听出自己声音里的不悦。

"我现在就过去。"

谢清呈烦得直接把手机往墙上一扔,贺予那欠揍的语音还在逼仄的老屋内自动播放着——

"教授,您一星期没找我,不会是怕了吧?"

谢清呈叹了口气:"我怕你个鬼。"

贺予是个实干派,说来也就真的来了。谢清呈原本指着他记岔了位置找错人家,但当老破防盗门被不疾不徐地敲响时,谢清呈知道,指望贺予的智商下降,还不如指望贺予走在路上掉进施工中的窨井盖里来得实际。

"笃笃笃。"

躺在床上累到断电的谢清呈动了下手指,仍不想起身。

贺予发挥了当代大学生尊老爱幼、文明守礼的优良品质,也不催,也不走,谢清呈不起床,他就这样每隔一会儿,就不轻不重地屈起食指敲几下门。

他甚至都不急。

他不急，楼上老当益壮听力好得很的爷叔却急了，爷叔一把推开阁楼窗："敲敲敲！敲这么久不会问一句有没有人啊！咦？侬（你）个小伙子眼生，侬（你）找哪个啊？来参加社区公益，慰问孤寡老人哪？"

真丢人现眼。

躺在床上装死的孤寡老人谢清呈被迫起身，一把拉开防盗门，对楼上喊了句："没事爷叔，我熟人。"

一边攥住外面站着的青年的衣领，猛地把人从半敞的门缝里拽入屋内。

"你给我进来。"破破烂烂的防盗门砰地在两人身后合上，门上贴着的"福"字因为力道太大，还震颤着歪了几寸。

谢清呈黑着脸，把贺予摔在墙上。

"想干什么你？"

贺予靠着墙站着，身上有一种淡淡的洗衣服清香，还有年轻男孩子在太阳下晒久了，散发出的浓郁的青春气息。

这味道登堂入室，和谢清呈屋内潦倒惫冷的烟草味混合在一起。

贺予扬了扬眉，竖起手指了指楼上："别人不是都说了？我来慰问孤寡老人。"

说着绕过抵在自己身前的谢清呈，啪地把屋内的大灯打开。一连串动作行云流水，小伙子根本没有义工志愿者的含蓄，浑然不把自己当外人。

最可气的是在家里转了一圈之后，这位义工同志居然还回过头来，很有礼貌地对被他慰问的"孤寡老人"提要求。

"谢哥，我有点饿，可不可以给点吃的？"

谢清呈烦得要命，抬手把自己垂下来的额发抓上去："喝奶去吧你。"

"您有奶给我喝吗？"

谢清呈没好气地从纸箱里翻了一盒舒化奶扔给他。

贺予看了一眼："这奶不够纯粹，我从来不喝这个牌子。"

"……"

谢清呈眼神如刃，薄唇如霜："那少爷你要喝什么？要不要我找头牛给你现产点？"

31 | 他真是不要脸

不纯粹的奶被冷落了。

而谢清呈自己点的外卖就是两个包子，一个肉包，一个菜包。

贺予不喜欢吃肉包，觉得肉多太油腻，可给他菜包吧，他又觉得人家菜叶子没有认真洗干净，那姿态就和旧社会大老爷的姨太太似的。谢大哥最后一面寒着脸，一面打开冰箱，好容易从冷藏室内翻出一袋馄饨。

谢大哥问贺"姨太"："隔壁邻居包的，最后一袋，纯天然无污染，就这个了，你吃不吃？"

贺"姨太"的目光瞥过大哥的眼睛，鉴别出当家的大男人忍耐度已经到临界点了。

他毕竟是来散心的，真要把谢清呈惹烦了，对他也没什么好处。

于是贺予笑笑，那漂亮清秀的俊脸瞧上去竟然还有些内敛的意思——虽然是装的。

"那就麻烦您了。"

接下来的一幕堪称义工界的魔幻现实。

只见得被慰问的孤寡老人谢医生阴郁着脸，紧抿着薄唇，举着木柄勺在电磁炉前守着锅里的水沸腾。

而上门慰问的大学生志愿者贺予同学则很自觉地站在离谢清呈直线距离尽量远的地方。君子远庖厨，他就这么理所应当地、安静淡然地打量着这间屋子。

贺予初中的时候，跟着谢雪来过几次，当时李若秋还在呢，屋子里摆着谢清呈和她的结婚照。

现在照片已经没了。

但好像不只是李若秋的照片，有几个位置的旧照摘除痕迹明显更早，不仔细看都看不出来，贺予感觉他初中来的时候这些照片可能就已经不在了，只是当时他的注意力都在谢雪身上，没有太留心。

"你要不要醋？"谢清呈问他。

"要啊。"贺予说，"我自己加。"

屋内很安静，隔着墙，能听到陌雨巷里蜗居的邻居们细碎的动静。人在世上就像细胞在体内，运作时间错落有致，细胞们新陈代谢的周期不同，而人们活得也各有各的节奏。东家在洗碗刷筷的时候，西家灶台点火的声音才刚刚响起。

贺予靠在窗棂边，看到有一条变色龙爬过了窗台。

他伸出手，变色龙居然也不怕他，由着他摸了摸它的脑袋。

贺予这人的气场就是这样，冷血动物从来都与他很亲近，不避他，或许是把他当作了同类。

但谢雪最喜欢的就是毛茸茸的温血宠物，最怕的就是虫蛇蝎蛛。

如果谢雪看到这条变色龙，一定会大惊失色惨叫连连地把它赶走。

贺予摸着变色龙的脑袋，变色龙享受地眯起眼睛。

贺予想，或许他和谢雪有些地方确实太不一样，以至于她不喜欢他，却喜欢那个卫冬恒。

现在他站在这里，站在谢雪度过了童年与少女时期的地方，那些原本可以抚慰他心境的、属于她的生活气息，此刻都成了茂盛的荆棘。

根已深入泥土，枝丫直刺苍穹。

人心一旦长了棘草，就连天地都会跟着生疼。

贺予感到不太舒服，于是和变色龙轻声道了个别，就从谢雪的窗台边走开了。

等谢清呈把馄饨盛好，一回过头，就发现大学生义工贺予不知什么时候已经半躺在了自己床沿，并且还拿枕头盖住了脸。

谢清呈："你干什么？洗澡没有？就往我床上躺。"

贺予没说话，依旧拿枕头盖着脸，也和变色龙似的掩藏着自己。

谢清呈就说："你还不吭声？"

"……"

"再没动静我就当你被闷死了，打电话给太平间抬你。"

几秒沉默之后，大概是为了免遭进太平间的厄运，贺予总算抬手，把枕头扯下来一点点，露出半张侧脸，杏眼在枕头后面望着谢清呈，表情很嫌弃："你床上的烟草味好重。"

谢清呈把碗一放："嫌烟味重就别赖着，起来吃饭，吃完早点回去，我要休息。"

"我上次来你家里烟草味还没这么重。"

"那都多久之前了？"

也是。

贺予心想。

那个谁，李若秋在的时候，谢清呈还不抽烟。

估计嫂子不允许吧，谢清呈这人挺冷淡的，但是他又很负责，很有男子担当，妻子如果不喜欢，他肯定会想办法让着对方。

贺予躺在谢清呈的床上，看着谢清呈淡漠的侧脸，不禁想起来自己第一次到他家时，李若秋笑盈盈地去帮他准备点心茶水，他坐着等的时候，无意间就瞥见过这张纱帘半掩的大床，那时候他心里就觉得挺奇怪的，因为他不太能想象得出来谢清呈和女人相处的样子。

谢清呈那张严肃冷峻的脸，也会有情意绵绵的时候吗？

谢清呈皱眉："在想什么？"

贺予温雅地说："在想人生。"

"……"

"谢哥，你后来也没再去相亲了？"

"我没打算再婚。"

"您也才三十多……"贺予慢慢道，"您不孤独吗？"

谢清呈漠然看了他一眼："你的问诊范围真宽，太平洋医生。"

贺予笑了。

"馄饨吃不吃了？不吃我倒了。"

贺予到底也饿了，总算顺着谢清呈的意思起身，坐到小桌边。

谢清呈给他的椅子还是谢雪小时候用的，又小又矮，贺予一米八九的身高坐在那上面非常别扭。谢清呈又丢给他一瓶醋，给小朋友一个勺，最后冷冷添了句："要不要围兜？"

贺予倒也不和他计较，侧过脸微微一笑，看起来很乖，但眼里捎着的刻薄暴露了他挑衅的意味："那医生您不如直接喂我吧？"

"……"

"给。"说着他还把银勺递还给谢清呈。

谢清呈寒着脸："滚去自己吃。"

不过那馄饨确实有点烫了，贺予想要稍微凉一些，于是拿起手机管自先噼里啪啦地打了一会儿。

谢清呈脾气控制不住："你吃饭就吃饭，打什么游戏！"

贺予头也不抬，指如翻飞："这不是游戏。"

谢清呈低头看了他的屏幕，确实不是游戏，好像是一堆飞速运转的代码。

"什么东西？"

"练练手，黑客指令。"

"你们不是都用电脑吗？"

"我自己设置过，电脑上操作的我手机端也都可以。"贺予淡道。

谢清呈对这种事情没太大兴趣，也不怎么了解，但他大概知道贺予的水平，应该是很厉害的那种。不过贺予只是把进攻别人防火墙当一种需要凝神专注的游戏，没干过什么乱七八糟的事情。

"两分钟。"

贺予最后"啪"地按了一下确认键，数据定格在某一知名网站的突破界面上，他抬手看了看表。

"这次速度还行，可能是急着想吃馄饨。"他笑着把页面关了，他只想和对方防火墙玩，对里面的数据信息毫无兴趣，就像一个性格古怪的大盗只喜欢开各种高级锁，锁开了之后却懒得行窃。

谢清呈："……"

贺予放下手机，这时候馄饨的温度刚刚好，他就低下头开始慢悠悠地吃他的馄饨。

手制馄饨外面很难买到，贺予很安静地把一整碗水上漂都吃完了，还觉得意犹未尽，回头望着谢清呈。

"看我干什么？我脸上又没代码。"

"再来一碗。"

"你当开盖有奖啊，还来一碗？隔壁邻居包了送我的，你刚吃的是最后一袋，再要没了。"

"那你会做吗？"

谢清呈抽了根烟叼上："会也不煮给你。"

说着他啪地擦亮了打火机，将香烟点着。

贺予眉头皱得很深："谢清呈，你到底什么时候染的烟瘾，这么重。能不能别抽，统共这么小一屋子，被你搞得烟雾缭绕的，我气都透不过来。"

"这你家我家？"谢清呈在淡青色的烟霭间看着他，"你吃着我煮的馄饨，坐着我家的椅子，躺着我的床，盖着我的枕头，还在这里人五人六地给我提要求。气透不过来你回去，你家别墅绿化非常好，空气一定清新。门在那边。"

"……"贺予无话可说。

谢清呈弹了弹烟灰："走不走？"

"……"

"不走记得把碗洗了。你在别人家很客气，别在我这儿就一点活儿也不干。"

"……"

洗就洗。

贺予好歹是出过国的人，也不是不会洗碗。

水流声哗哗中，谢清呈倚靠在窗边。

他原本挺累的，但被贺予这么一折腾，一来二去就没了什么困倦的感觉，困意过去又抽了烟，人反而清醒起来。他打量着贺予在水池子前洗碗刷筷的样子，青年未留刘海，很清爽地露着线条秀朗的前额，这时因为低着头洗碗，额前有些许垂下的碎发。年轻人皮肤紧绷，哪怕这样略显昏沉的灯光照着，侧颜仍然好像会散发出柔光。

青春得很，清秀得很，那斯文败类的味儿只有挨得很近了才能闻到。

人又很聪明。

谢清呈一边打量着他，一边想。

这样的学生如果没有精神疾病，应该百战百胜，要什么姑娘有什么姑娘，也不知道是什么女孩子，竟看不上他。

"你家这水龙头该换了，出水也太小了。"

贺少纡尊降贵洗完了馄饨碗，关了水龙头，把洗碗时卷上的衣袖放下来，擦了擦自己湿漉漉的手。

谢清呈："我们现在回来的时候少，懒得换了。"

贺予在这方面倒也不觉得有什么，说："那下次我让老赵来找人给你换了吧。还有你这屋里的灯……"

"灯怎么你了？"谢清呈没什么好脸。

"灯也太暗了，弄得和鬼屋一样。再暗下去，房间里站着的人是谁你都看不清。"

谢清呈被他嫌弃得有些来火，哪有这样吃完饭放下碗就开始挑刺的？

他因此冷笑一声："这好像不是你的屋吧。"

"再说没长眼睛能把人弄错的是谁？是你吧，贺予。"

"……"

他这话一出，贺予就有些接不上了。

贺予声音立刻低下来："这事儿你不是说不提了吗……"

谢清呈翻了他一个白眼："你以为我愿意提？堵不上你这张嘴。"

正尴尬着，就在这时，敲门声响了。

为了摆脱这种尴尬，贺予清了下嗓子，竟然在这一瞬间被挤对出了些低三下四的味道："我去开门。"

"您好，快递，请问是谢先生家吗？"

贺予把门打开了。

一个小哥在外面擦了擦汗："那个，谢先生是吧？您今天下过一个预约单，说有东西要寄，要我上门来取件的。"

贺予回头，挺客气地说："谢先生，快递来取件。"

谢清呈想起来了，从随身带回来的东西里拿了个纸盒走过去："对，我是有个东西要寄。"

"生活用品，寄到苏市，你看一下预订单。"

"好嘞，没问题！"

快递员确认无误，正要盖上进行外包装，贺予抱臂在旁边站着，忽然觉得有什么不太对。

"等一下。"他阻止了快递员即将封箱的动作，接过纸盒，把里面装着的衣服拎出来一看。

须臾死寂。

刚才还低三下四的贺予提着衣服慢慢回过头，气场阴沉："谢清呈。"

谢清呈面色不变："怎么？"

贺予："你把我借你的 T 恤挂网上卖二手了？"

"你自己说不要了，你这衣服二手挂 5000 元都有人抢，我留着只能当抹布。"谢清呈平静地承认，"有什么问题？"

"什么有什么问题？我有精神洁癖你不知道？我用过的东西毁了都不愿意给不认识的人。"

谢清呈漠然道："你这是精神疾病并发症的一种。正好，克服一下。"

说着谢清呈把纸盒夺过来，塞到不知所措的快递小哥手里："寄掉，买家说货到付款。"

"谢清呈！"

快递员迟疑着，左右看看："那……这到底是寄，还是不寄啊？"

贺予："不寄。"

谢清呈："寄。"

快递员擦汗："要……要不二位再商量一下？"

"不用商量了。"谢清呈的专断强横又冒了出来，"我说寄就寄。"

讲完他还瞪了快递员一眼："快点，我下的单。"

谢清呈的眼刀没几个人能接住，快递员诺诺连声，飞快地打完了面单就迅速跑路了。

留下因为私人物品被卖而一脸阴云密布的贺予，还有因为赚了 5000 元而心情略好的谢清呈。

"你不是不高兴吗？走吧，我请你吃夜宵。"

贺予站了一会儿，受不了了，板着脸，一把拎起丢在床上的单肩书包，用肩膀撞开谢清呈，头也不回地推门走出去。

"您自个儿吃去吧！"他咬牙切齿道，"别眨眼就把卖我衣服赚的 5000 元吃光了。省着点！吃不够打电话给我我亲自送货上门喂您！"

恨恨丢下几句话，青年挎着书包离开了谢清呈家。

司机早在巷子外头等候了，贺予侧过长腿矮身进了车内，郁沉着脸让司机将车窗完全合上，看也不看一眼窗外的俗世热闹。

司机："您是不是身体不适？需要我送您去医院吗？"

"用不着。"贺予黑着脸往座椅上一靠，"我今天都不想再看到穿白大褂的。"

手机振了一下，穿白大褂的给他发了条消息：

"下周一来我办公室里干活。"

贺予拉着脸直接把手机关机了。

32 | 我真是很冤枉

再窝火，周一的时候，贺予还是按时背着单肩书包去了隔壁高校，敲了敲门。

最靠门口那个位置的老师："请进。"

贺予彬彬有礼："您好，我找谢教授。"

"谢清呈，你学生。"

谢清呈从办公室内间出来，令贺予多少有些意外的是，他今天居然戴了副眼镜。

谢清呈以前是不近视的。

"来得正好。"谢清呈干脆道，"进来。"

贺予忍不住多看了几眼他戴眼镜的样子，挺帅的，让他的凌厉少了几分，书卷气重了一些，看起来没那么讨厌了。

可惜谢清呈一开口说话，就又是让贺予不欣赏的态度："我要你用这些材料做几个课件 PPT，另外这里还有一些文件要转换成电子版。里面有很多都是医学数据，我对软件的精确性不放心，图片转文字容易出错，你手打完之后多检查几遍，明白了？"

贺予看着他桌上一本本大部头医学著作，几乎全可以拎出来充当杀人工具砸死人。

"谢教授，您知不知道科技可以解放人类？"

谢清呈把一部《普心》和一部《社心》砸在他面前，书桌为之震动，电脑屏幕为之战栗。

"但我也知道人类不该过分依赖科技。干活吧，从这两本里我红笔画出来的内容开始。"

贺予看着那两本厚砖头书，里面还夹了很多批注纸，硬生生又把书撑了快两倍厚。他尽量保持着好涵养，毕竟他现在正坐在谢清呈的办公室里，而同屋有好几个教授都还没走。于是他低声对谢清呈说："您是想要了我的命吗？"

"没有。我只想锻炼你的耐心和毅力。"谢清呈端着咖啡站在他旁边喝了一口。

贺予："……"

"我要求不高，你做仔细了。"谢清呈丢下一句话，扔给贺予一罐饮料，然后转身忙自己的事儿去了。

贺予微微眯起他的杏眼。

他打开谢清呈的电脑，光标移到 Word（图标）上又顿住，长睫毛笼着的尽是阴霾。

"让我看看……"

像谢清呈这种三十多岁的男士，一般私人电脑或者手机里都会有些不太上得了台面的内容，人之常情，无可厚非。但为了避免"社会性死亡"，绅士都会很自觉地把手机或电脑设置密码，设置隐藏文件夹，并且概不外借。

但谢清呈不在意。

他放在办公室给贺予用的，就是他的私人电脑。贺予是个顶级黑客，于是带着找谢清呈把柄的阴暗心思搜索了一遍文件夹，原以为至少能找到一部小电影，但一罐饮料都喝光了，依然没有收获。

贺予不太相信，又换了个代码再次地毯式搜索了一遍，结果还是一样。

谢清呈的私人电脑干干净净，坦坦荡荡，除了学术资料就是工资报表，清白得几乎可以称为不正常。

贺予皱着眉头往办公椅上一靠，细长手指玩着空了的易拉罐，想了片刻，改了语言重新再编一段，敲击回车搜索。

这回倒是搜出来了一个谢清呈在下班时间常用的文件夹，命的名字也值得怀疑，叫"快乐"。

以谢清呈的直男性格，他文件夹的命名方式普遍简单，重要的文档他会改的名字叫"课件1号""课件2号"，不重要的干脆就是系统默认名，连动动手指修个题目都懒得修，"新建文件夹"都已经排到了23号。

所以这个不太符合谢清呈画风的"快乐"文件夹一出来，贺予的眼睛就立刻一亮，精神也来了，腰背也挺直了，他全神贯注地盯着屏幕，把鼠标移到了那个淡黄色的夹子上面，轻轻点了两下。

文件夹打开了。

贺予迅速扫了一眼，神情瞬间从来劲变为了平静，而后眉头紧锁，觉得谢清呈莫名其妙。

那个名叫"快乐"的文件夹里，有的居然只是几张桃花水母的照片。

除此之外，就是几个视频，他打开看了一下，无非世界各地的水精灵视频，从海月水母到火箭水母，各种姿态，应有尽有。其中有个视频长达一个小时，他拖了几遍进度条，居然也全是这些水精灵缥缈如烟的视频。

"……"

所以谢清呈的快乐就是看这些水精灵的视频？

虽然那些视频是很漂亮，漂在水中的古老生命就像沉入水里的烟霭，落入水中的月影，但贺予还是无法理解"老男人"的这种趣味，于是把视频关掉退了出去。

尽管不是很甘心，但贺予托着腮换了几种模式排查下来，发现谢清呈的私人电脑就和下过雪一样，好个白茫茫无瑕世界。他把鼠标一扔，放弃了——

只要是个正常男人，总不会一点点的欲望也没有吧……

他一边把玩着空易拉罐，一边出神地思索。

他的目光重新转向电脑屏幕，觉得谢清呈这人真是太冷了。

既然如此，就只能另换办法了。

贺予遂舍弃了在谢清呈电脑里寻找小电影的计划，舌尖于牙床上柔软地抵着一转，出神的目光收敛回笼——他又有了个主意。

第二天。

谢清呈的大课是在下午，刚好贺予有空，课件又是他替谢清呈整理成电子版的，所以他干脆也来了医科大，坐在多媒体教室最后一排蹭课。

谢清呈原本不想让他来的："你一个学编导的来蹭什么精神病学课？"

贺予温文尔雅道："哥，我就是精神病人。"

"……"

"何况你的PPT都是我昨晚做的，万一有什么问题我也可以在现场解决，你说是不是？"

谢清呈想想觉得也对，就随他去了。

结果贺予一进教室,谢清呈就有些后悔了——他忘了贺予之前和名单上的几个女同学谈过心,而那几个选修了精神病学的女生,很明显地,在看到贺予走进来之后就瞪大眼睛,立刻露出了罕见的花痴般的笑脸。

"帅哥,你怎么来了?"

贺予对她招了招手,却给她做了个噤声的手势,指了指讲台上的谢清呈。

女生立刻压低声音小幅度地点头:"哦哦哦!"然后无比配合地转过头认真看向讲台准备听课。

贺予在教室最后一排靠窗的位置坐了,把单肩书包一扔,抱臂往后一靠,摘了一路戴着的耳麦,看向谢清呈。

那意思很明显:你看我,客气吧,尽管你讲的课对我而言是听天书,我还是会尊重你认真听讲的。

只可惜他的表面客气换来了谢清呈的一个白眼。

谢清呈冷漠地把教参搁桌上,视线从贺予身上转了,然后沉着脸道:"都看他干什么?没见过隔壁学校的人来蹭课?"

同学们在谢教授的高压下默默不敢多言,眼神却暗自交换着。

真没见过。

除非是偶像剧里演的跨校园谈恋爱。

女同学们,尤其是和贺予之前就接触过的,在意识到这一点之后纷纷对号入座想入非非,有些"脑回路"快的已经连以后孩子在哪个妇幼保健医院出生都想好了,一个个将坐姿调整得很优美,希望这帅哥能在最后一排看着自己。

而这一幕无疑映入了站在讲台上的谢清呈眼里。

谢教授对此感到非常嫌恶,但他通常不会怪女生,只会觉得是贺予不好。

于是谢清呈又盯着贺予看了好几秒。

然后谢清呈才冷声道:"书打开,上课。这堂课所有人不许把头往后转,谁的脖子管不住往后扭了,期末总分扣6分。自己掂量清楚。"

学生们:"……"

被针对了的贺予却忍不住低头笑了。

之前就觉得谢雪上课威逼学生的样子很傻,现在他算是知道这种傻是哪里来的了。

敢情全是和谢清呈学的。

"根据《中国精神障碍分类与诊断标准第三版》(CCMD-3),心境障碍包括双相障碍、躁狂症和抑郁症……"

谢清呈首先和学生们对昨天布置下去的课后习题答案。虽说很多大学生把四年青春都献给了寝室简陋的木板床，过着逍遥似神仙的日子，但医学生绝对不在这个范畴。事实上，他们可能要过最起码五年起步的痛苦"高三"生活。

只是一个普通的课后作业，谢清呈就和他们对了半节课，可见题量之多。

蹭课生贺予倒也安静，很有不请自来者的自觉，坐在后排角落里双手抱臂看着谢清呈。

他发现，虽然谢清呈威胁学生的姿态和谢雪如出一辙，但讲课的方式和谢雪截然不同。谢雪是极力调动班级气氛，让自己所述的内容尽可能地生动活泼，谢清呈却几乎漠视了整个教室的学生。

他挺拔地站在讲台上，却好像并不属于这个世界，现实是与他无关的，他像半个身子浸在虚幻空间的人，而知识数据则仿佛有了实体，在他身后飘散萦绕。

很明显，他是个纯学术派的教授，并不想向学生循循善诱地传授知识，也不打算苦口婆心地劝学劝习。恰恰相反，谢清呈是高高在上的，他仿佛是从知识圣殿里闲庭信步走出来的引渡者，秀长的指尖染着墨韵，淡薄的嘴唇落着书香，从他那种专注、自我乃至无我的神情眉眼间，透散出了一种极致的贵气。

他好像根本无所谓你学不学，也绝不在意你看不看他，但他站在讲台上的气质，本身就是对于"知识"最完美的诠释。

贺予简直都要怀疑他随时可能开口说一句："本尊下凡来施舍给各位同学的知识，在座诸位都应该跪下叩谢天恩。"

青年就这样思量着，望着台上那个神情淡漠，兀自沉浸于医学世界的男人。

"好，昨天的题目对到这里，下面把头抬起来，看投影课件。"

一句话让贺予回了神。

他抬起眼帘，一直抱在胸前的手臂松了，十指交扣，搁在桌上，而身体微微前倾。

这是一个带有期待意味的姿势。

而贺予是不该对谢清呈的课怀有任何期待的。

可惜谢教授目中无人惯了，对贺予这种没事来蹭课的更是懒得理会，完全没有瞧见贺予忽然之间略微绷紧的神情。

他打开电脑，连上网络，调试投影仪，鼠标在学生的集体瞩目中，移到了贺予做的那个命名为"课件1号"的PPT上。

双击。

课件打开了。

谢清呈看也不看地就抬头："今天我们来讲幻觉、本体幻觉、真性幻觉、假性幻觉……"

自顾自地讲了半天，直到前排终于有男生忍不住扑哧低头笑出声来，他才意识到不对，但也没回头看课件，而是皱眉问那个胆大包天的男生："怎么了？"

这回没有忍住笑的，就不只这一个男生了。

"谢教授，您的课件……"

谢清呈这才意识到不对，回头一看。

得益于校长关心学生们的学习，努力提升学校硬件设备，这新换的多媒体教室投影仪又大又清晰，纤毫毕现地投射了PPT页面——

一群电脑绘图软件做出的可爱水精灵宝宝，样子有点像Q版的海月水母。

这玩意儿还是GIF动图格式，水精灵宝宝正憨态可掬地在重复做着"宝宝好气""宝宝昏倒了""宝宝不和你玩了，再见"一系列动作。

那画面实在太过肉麻幼稚，冲击力极强，谢清呈下意识就要摸一根烟出来压惊。

而贺予则忍不住把脸偏过去，肩膀微微抖动，半低着头笑了。

谢清呈怒而回首，就看到罪魁祸首垂着睫毛，闲适地靠在椅背上。察觉到他的目光，贺予还抬起头，毫不掩饰他落拓在唇角的那一缕薄笑。

这小鬼……

谢清呈的眼神几乎要把贺予钉穿在座椅中央。

贺予料定他不会在众人面前承认PPT课件是他"抓壮丁"做的，居然松开交扣的十指，笑着抬手，微扬着眉，轻轻往桌上的手机点了一下。

那意思不言而喻，就是暗示谢清呈查看一下自己的信息。

谢清呈一张脸色难看到了极点，回到讲台前关了PPT："课件错了，稍等。"

学生难得见到谢教授出岔子，而且还是这么低级的岔子，要不是顾及谢清呈威信，早就笑得前仰后合了。大家都拼命忍着，忍得很辛苦，哪儿有工夫注意到那个隔壁学校的蹭课生和他们教授之间暗流汹涌。

谢清呈趁机黑着脸打开自己手机。

果然有一条贺予两分钟前发来的消息："您想要真正的PPT吗？"

"你想怎样？"

对方正在输入中……

等了一会儿。

还是"对方正在输入中"。

谢清呈实在忍不住了,再次抬头越过憋笑的学生,目光刺向那个慢慢悠悠斯斯文文靠在椅背上打字的青年。

青年仿佛是刻意研磨他的痛点,延长着这种令谢教授社会性死亡的尴尬,居然瞧也不瞧他,细长的手指只伸出一根,在屏幕上划拉几下,输入几个字,又删掉,然后再输入,再删掉。

好像真的在认真思索交换条件似的。

只可惜贺予因为坏心思得逞而扬扬得意地挑起来的眉峰,暴露了他暗爽的心情。

就在谢清呈快要被他磨得受不住,打算走过去敲他桌子的时候,消息终于来了。

谢清呈立刻按开自己振动一下的手机。

"您卖了我衣服您还记得吧?"

谢清呈:"……"

"转我5000元。我上去给您调试课件。"

谢清呈:"……"

"顺便提醒一句,如果您一直不管的话,十分钟后,您的电脑会自动下载并播放一些无聊视频,强行关机也没有用。教授,您自己判断,也许过几分钟我就又涨价了。"

黑客打完字,就把他俩在众目睽睽之下搞私发的通信工具放下了。

他舒舒服服地靠在椅子上,其中一条手臂往后一靠,手肘搁着椅背。

然后他扬起下巴,以旁人微不可察的幅度,点了一下投影仪的方向,又抬起另一只手,随意扯了扯自己衣领,朝谢清呈露出了无辜又黑暗的乖笑。

"……"

谢清呈神情阴鸷,一边盯着贺予的眼,一边慢慢地攥起手机,打开支付软件转账,咬着牙打了5000元。

一秒过后。

贺予放在桌上的手机振了一下。

他垂下眼睫,遮住杏眸,查看了到账的5000元。

贺予起身,不愧是演过"小破剧"的演员,这人已经不是初始演技了,他佯作关心谢清呈,走上讲台:"不好意思,谢教授,好像是我昨天帮您妹妹备份资料到您电脑上的时候弄错课件了。真对不起。"

收人钱财,替人消灾,贺予同学客客气气地将谢教授散落在地上的尊严拾掇起来，然后低头开始在谢清呈的笔记本上操作。

不出一会儿，真正准备好的PPT课件就被他从文件夹里翻出来了。

贺予抬手，恭敬温雅地退到一边，给谢清呈让出位置："教授您请。"

课件风波就这样以贺予再次获胜的结果平息了。

只是后半节课，谢清呈的面色比世界末日的阴云还沉郁，山雨欲来风满楼，目光更是冷到像掺进了冰碴子。

贺予丝毫不怀疑如果眼刀能够实体化，自己早就成了透心凉的筛子。

但显然这种假设不成立，于是他面带微笑，以旁人根本看不出来的痞坏，将眼刀一个不落照单全收了。

"今天的课就到这里……"谢清呈最终在下课前五分钟结束了这该死的PPT教学，不得不说，后面再没出事情，这让他终于松了一口气。

"下面我把本期作业发到内网，记得下载完成。"

精神舒缓下来的谢教授关了课件，打开浏览器输入校园网址，啪地利落按下回车。

几秒过后……

海量资源随心下，美女写真，超100w燃情影片，网址：https://jiushidouniwan.com.
同时被投影仪强势放大的还有广告弹窗，一个衣着暴露的女人对着屏幕外所有眼镜震碎的学生搔首弄姿。

全体同学鸦雀无声。

谢清呈倏然回首。

贺予："……"

千古奇冤。

这回真不是他……

33 | 他这是自投罗网

课件乌龙发生后，贺予和谢清呈解释了好几次。

但谢清呈爹性太重了，又是个教授，其他胡闹可以既往不咎，唯独这件事让他无法释怀。过了好些日子，谢清呈也不怎么愿意搭理他。

替贺予调整心态是一回事，贺予惹了他又是另外一回事。谢清呈雷区被人踩了，不给对方点颜色是不太可能的事情。

苍天在看，给颜色的机会很快就来了。

这一日，谢雪打了个电话给谢清呈。

"哥啊，沪大和医科大有个百年校庆联欢活动，这件事你知道吗？"

"怎么了？"

"哦，活动里有一项，是咱们两个学校联合拍个影视作品，不上线的那种啦，到时候会放在校园网上，也会组织联欢观影。"

见哥哥没有打断自己，谢雪叨叨地继续说："虽然只是拍着玩儿的练习作品，但是因为沪大和医科大双校的百年华诞，校方还挺重视的，给了很多资金，让我们老师组织相关专业的学生好好拍摄。我觉得这个机会特别难得，我已经开始认真写剧本了。你能来当医学指导吗？"

谢清呈虽然对这事儿没什么兴趣，但因为是谢雪开口，还是道："你把方案发给我，我看看。"

"哦哦哦，好呀！一定哦！你要给我捧场哟！"

挂了电话没多久，谢雪就发了一个完整的策划文档给他。沪大师生已经有了个大致的拍摄方向，因为要和隔壁医科大互动，所以他们出的策划稿里，这个校诞影视作品的名称就暂定为《百态病生》，单元剧，讲的是社会上各种各样病人和边缘人群的遭遇。

谢清呈坐在办公室里喝着清咖，点开文件浏览了一遍，发现这个作品需要的演员很多，谢雪已经在文档上标明了一些被学生们报名的角色，但还剩了十来个空着。

照理说学生们对于这种热闹的剧演兴趣会比较大，能有角色剩下，估计都是因为不怎么讨喜。

他看了一下，果然没错。

那些无人问津的角色里，有的是给病人端屎倒尿的护工，有的是妊娠反应激烈的孕妇，还有的则是和对手有亲密互动的情侣。

以沪大的态度，哪怕是练习拍摄，只要会在学校留档的，都会要求学生真实演绎，意思就是演护工就真的要倒屎尿，演孕妇就真的要吐，演情侣也真的要亲要抱。再加上这回可是双校百年华诞，那就更不可能放水。

如果这些棘手的角色没人报名的话，最后都得"抓壮丁"。

谢清呈仔细看完策划案后，想起贺予对自己课件的那通操作，不由得微微眯起眼睛……他思索片刻，拿起手机拨了谢雪的号码。

"你的邮件我看完了。"他靠在办公椅上，转着笔杆，慢悠悠地说，"我可以去当医学指导，但是有一个要求。"

"什么要求？哥，你尽管说！"

谢清呈的桃花眸里映出屏幕上停驻着的某个人物小传。

他眼神淡漠地扫过后面一串占据了整页PPT的文字："我觉得有个角色，可以让贺予试试。"

尽管谢雪对于谢清呈这种"带人进组"的行为感到迷惑不解，但贺予本来就是相关专业的学生，之前又救场接了个小破剧，长得还帅，这种人虽然现在读的是编导，但以后是台前还是幕后都不得而知。

谢雪想了想，大概是因为他哥和贺予关系不错，毕竟从小看到大的孩子，可能他哥想给孩子一个锻炼的机会，于是便欣然答应了谢清呈的要求。

老师亲自抓的壮丁，贺予不好拒绝，于是几天后，贺予下了晚自习，就来到了《百态病生》单元剧的排演组。

谢清呈走过去的时候，贺予和另一个主演正在对戏。

贺予原本就是个新生，又非表演专业，平时不用去早功，也没上过太多表演课，虽然之前在草台班子剧组救场演过男五号，但那个角色本身就和他有共鸣，所以演起来还算轻松。这会儿要演亲密感情戏，他毫无经验，可算是给折磨惨了。

谢清呈倚在旁边看了一会儿——和之前在杭市的那次探班他看到的演技相比，贺予的表演水平简直是断崖式下滑。

不，说断崖式下滑都是客气了，应该说断东非大裂谷式下滑才准确。

他演的那是什么啊，台本上写的是一段男主和对象隐秘而甘甜的私下约会，两人都要表现出青涩的爱意，结果谢清呈看了半天，压根没看出来贺予的表演里有爱，AI演技都比他出色。

"你有多爱我？你会为我放弃什么？"和贺予搭戏的学生资质倒不错，深情款款，环着贺予的脖子问道。

贺予淡道："很爱你，你要我放弃什么都可以。"

"那你看着我的眼睛。"

"……"

接下来的一幕应该是贺予凝视了初恋情人许久，忽然爱意汹涌，克制不住低头亲吻了对方。

然而贺予特不习惯和陌生人亲近，甚至可以说是生理性厌恶。他盯了戏搭子一会儿，那表情难看得不得了，对方哪里像他的初恋情人，根本就是他的杀父仇人。

"哥，亲我啊。"那学生搂着他的脖子，因为是在走戏，不用特别在意连贯性，所以对方见贺予漠然不动，就晃了晃胳膊柔声道。

贺予彻底绷不住了，一把将人推开，苍白着脸问导演："对不起，能借位吗？"

负责这个单元的是导演专业的研二"学霸"，特别"轴"的一个酷学姐，她无情摇头："别人那边可以商量，我这里不能，我报演员要求的时候就写清楚了，我的戏不接受借位。"

贺予："……"

"不过现在只是走戏，你也没必要真亲。"学姐导演又转头对贺予的戏搭子道，"还有你，你别着急，你得让人家适应适应，进一下状态，是不是？"

谢清呈在旁边看着贺予一副晕车的样子，脸色青得几乎能和五月枝头的酸梅媲美，总算舒服些了——

贺予小时候很好带，但是自从他俩重逢后，贺予的心和身高一起往上蹿，再也不把他放在眼里，敢和他较劲。

直到这会儿，谢清呈冷笑着看他束手无策的样子，才总算找回点曾经碾压他的感觉来。

他这样想着，饶是生着张严肃冰冷的脸，棱角都禁不住有些软化了。

这小子，真挺好笑的啊。

"哟，谢教授。"导演看到《百态病生》的医学指导来了，正好这会儿也中场休息，给贺予调整的时间，于是就和谢清呈聊了起来。

"贺予不行，他演这个演得太差了。"

"是吗？"

"唉，您要不和他说说，您看他演得就和个死人似的，我真是受不了了……"

谢清呈忍着浅笑，点了根烟，说："那就把他叫过来吧。"

他说着，嫌这里吵闹，就去了排演室的舞台帷幕后面等人。

过了一会儿，脸色铁青的贺予唰地一撩帘布进来了，红色的天鹅绒幔帐在他身后飘摆着。这里被帘子遮着，没有其他人，他一进来就砰地把谢清呈往墙上推，力道用得很生猛，谢清呈整个人被他紧紧按在冰冷的墙面。

"谢清呈，你是不是想要我弄死你？"

谢清呈也很高，被贺予按着，却也不显得弱势。

他那双桃花眼淡漠地打量着贺予："我说了你在任何情况下都要学会冷静。"

"……"

轻声的讽刺绕在两人的呼吸间，谢清呈低声道："你听不懂啊？"

"……"

"松开我。"

几秒钟之后,贺予想着自己也不能真把他掐死了,狠狠将谢清呈一推。

"你知道我讨厌和陌生人亲密接触还让我演。"

"怎么?"谢清呈抬手,从贺予这个角度,可以隐约看到他细白的牙齿,"你连这点情绪都克服不了,其他还谈什么?"

"你这是公报私仇。"

谢清呈这回是真的笑了,有些嘲讽:"那就算是吧……你又能拿我怎么样?"

"……"

"好好去演吧。"谢清呈抬手整了整贺予的衣领,在昏暗的帷幕后面,他抬起眼悠悠地看向被他折腾惨了的青年。

"我很看好你。"

"贺予——回来!开始了!"外面导演在喊。

贺予森森然盯了谢清呈一会儿。

"你给我等着。"

谢清呈漫不经心道:"去吧。"

贺予沉着脸出去了。

排演再一次开始。

这次可更糟糕了,贺予之前看上去像晕车,现在看上去已经像晕船,要了命的那种。对方越缠着他,越要带着他入戏,他反抗得就越激烈,简直牛不吃草强按头。

接下来的时间,贺予和戏搭子又把那段剧情演了几遍,但贺予的表演实在太差,每一句台词每一个动作的演绎都可以罗列出不下十种错误,没一遍顺利过的。

酷姐导演又一次喊:"卡!"然后卷着台本对贺予破口大骂:"祖宗!你是机器人吗?你的肢体动作能不能稍微舒缓一点!你才十几岁,你很天真,很莽撞,你把未来想得很美好,你有满腔的勇气和学校、家人为敌,你到底懂不懂这种感情啊?大哥!已经第五遍了!你能不能走走心啊!"

贺予在众人眼里脾气好,狂躁的一面没有翻到明面上来,大家都觉得他是三好学生十佳楷模,才敢这样对他蹬鼻子上脸。

但贺予实在没什么心力给学姐记仇,他都快被戏搭子过于炙热和真诚的眼神给逼得发病了。

学姐一卡，他就由着她骂，自己抬手覆额，按着突突直跳的太阳穴，原地走了几圈平复心情。

　　兜圈子的时候他瞅见了谢清呈，气得差点没当众扑过去把这优哉游哉长腿交叠倚靠在墙边的罪魁祸首给活活掐死。

　　谢清呈冲他冷冷笑了一下，低头掏出手机，以彼之道还施彼身。于是过了三秒，贺予兜里的手机振了振。

　　"对不起导演，我有条消息，我看一下再开始。"

　　"快点看！你演得那么差还那么多事儿！"

　　贺予点开谢清呈刚才众目睽睽之下发给他的信息。

　　"干爹"给他发来一条消息。

　　"干爹"是贺予给谢清呈的备注，因为他觉得谢清呈实在是太像封建大家长了，有时候简直比他亲爹还爹。

　　谢清呈："非常敬业，我等着看你肢体戏。"

　　贺予神情瞬间阴冷到了极点，把旁边女生吓了一跳："怎么啦？"

　　谢清呈转头抿起嘴角，看上去又冷又静，贺予发疯仿佛和他没任何关系。

　　贺予缓了口气，杏眼一眨不眨地死死瞪着谢清呈，那目光好像要把谢清呈狠力按住然后钉穿钉死在墙壁上："没事。"

34 | 那就对个戏吧

　　酷姐导演心想，今晚可能没那么早能收工了，于是想打个电话给单元组的总负责老师蒋丽萍，希望她能和教学楼负责人打声招呼，延迟一下小礼堂关门时间。

　　"嘟……嘟……"

　　随着导演的电话拨过去，等待着。

　　学校的宾馆套间内，蒋丽萍的手机在床单上振动。

　　但是手机的振动不算什么，宾馆内的其他动静远比手机激烈得多，女人没有接电话，而是由着它去了。过了好久，动静才停了下来。

　　"哎，刚才那通电话，催命似的催，真是扫兴，不然我还能发挥得更好，你信不信？"男人这样对女人说。

　　蒋丽萍随意把手机上的未接电话滑掉，又调了个静音，而后懒懒地往他身上一靠，媚眼如丝："干吗哟，我信呀，我当然信。真好，你总算是恢复精神啦。前一阵子看你那魂不守舍的模样。"

"唉，前段时间是因为……"男人说到这里，打了个激灵，没再往下说。

蒋丽萍佯作不知其中原委，莞尔一笑，身子依偎过去。

"亲爱的，想什么呢？和我在一起你还心不在焉的，真讨厌……"

"打不通。"

小礼堂内，导演再一次挂了通话，她招呼和贺予搭档的同学："小赵过来，争取一遍过啊！大家加把油，在今晚小礼堂关门前……"

"砰！"

话还没说完，礼堂的门就被人重重推开了。

所有人都一惊转头，就见到礼堂管理员气喘吁吁地说："关门了、关门了，赶紧地结束你们手上的工作！"

导演火气上来了："哎，我们场地借用的时间还没到好吗？您看这还有四十多分钟呢，怎么就——"

管理员还没说话，忽然间，礼堂里响起了扁平的机械音：

"丢呀……丢呀……丢手绢，轻轻地放在小朋友的后面，大家不要告诉他……"

全场的人都一愣。

因为那个声音，竟然是齐刷刷地从每个人的手机里传出来的！

"我手机怎么了？"

"跳出个视频！"

"我的也是，怎么也关不掉！怎么回事？！"

谢清呈啪地打开自己的手机，还能用，APP开启都正常，但是手机的左上角出现了一个无法关闭的弹窗。他还未及细看，礼堂外面就走进来一群穿制服的警察。

为首的那个沉声道："学校内出事了，已经有一起命案发生。今晚宵禁，赶紧都回宿舍去。"

礼堂里死寂片刻，随即发出一片惊慌失措的尖叫声："啊啊啊！"

审判之剑

VOLUME 02

★ 沪传广电塔

W ② L

丢手绢死亡游戏

开始

王剑愦

Case File Compendium

01 | 唉，又见命案

谢清呈和贺予是最后从礼堂里出去的。

他们到外面时，看见学生们都在老师和警察的带领下成群结队地往宿舍方向走，学校的广播正放着通知："请各位同学冷静，不要落单，如有在偏僻位置的学生，立刻和你的老师、室友和同学取得联系，请大家有序返回宿舍……"

但是广播的声音仍然压不住学生们的吵闹。

露天处，所有人的眼睛都紧紧盯着自己的手机，或者盯着学校的标志性建筑——沪大广电塔。

那是学校专门为艺术生打造的高楼，仿正式电视台建造的，塔身可实现灯光全覆盖。

然而此时此刻，控制台系统已经被黑客入侵了，广电塔整个都被锁定成了刺目的红色，就像一把沾血的利剑，猛刺在大地上，上面以黑体投放了几行估计数千米外都能看得一清二楚的字。

W，
Z，
L，
丢手绢死亡游戏，开始。

除了广电塔外，沪大这一片所有的智能手机信号也被对方的软件锁定了，大家的手机都还能用，但就是有个小屏幕框关不掉。

成千上万个小窗口瞬间把夜色里的沪大变成了荧光星河，可惜星河里的每一颗星星播报的都是恐怖诡异的画面。

谢清呈重新低头看自己的手机，发现那个视频里的文字和广电塔上的是一样的。

写的都是：W，Z，L，丢手绢死亡游戏，开始。

　　但视频里，每一个字母下面，都有一圈非常诡异的电子小娃娃，小娃娃们围成一圈坐着，其中有个女娃娃笑嘻嘻地摆动，站在圈外，手里拿着块猩红的手绢，就像小时候玩的丢手绢游戏一样。

　　W字母后面，那个女娃娃已经把手绢丢在了其中一个电子小男娃后面，小男娃在跑，女娃娃笑眯眯地在后面追。

　　忽然——

　　W字母后面的那个女娃娃追上了男娃娃，女娃娃嘻嘻笑着，攥住被她抓到的电子男娃娃的头，一把拧了下来！

　　几秒钟后，整个学校内的所有手机，再一次齐刷刷地发出了幼嫩扁平的歌声："丢呀、丢呀、丢手绢，轻轻地放在小朋友的后面，大家不要告诉他……"

　　无数的手机扩音器让这轻柔的儿歌声变成了一种令人汗毛倒竖的合唱，响彻了整座校园。

　　学生们看着这一幕，惊恐交加，挤在一处，有的甚至连宿舍也不肯回，觉得大家一起赖在露天之下更安全，胆子小的甚至抽泣起来。四周不停地回响着电话铃声，铃声和歌声居然还能重叠，都是学生家长打来的。

　　"喂，妈！我没事……但我好怕……"

　　"呜呜呜，爸爸！我和同学在一起！嗯！我不乱跑，呜呜呜……"

　　一片混乱中，谢清呈也立刻给谢雪打了电话，在得知她正在家里和黎姨包馄饨之后，松了口气，简单地和她说了一下情况，让她注意安全待在家里不要出门，一个小时给他报一次平安。然后也没再和她废话，就挂了电话。

　　他结束通话之后，发现贺予正安静地看着他，两人视线对上，贺予把目光移开了。

　　"……"

　　谢清呈这才意识到贺予并没有人关心。

　　几乎所有人都接到了来自亲人或者朋友的消息，但贺予的手机始终是安静的，像一潭死水。而男生的神情也和死水一样平静。

　　谢清呈正想说什么，就在这时候，丢手绢的歌声结束了，所有人的手机上都忽然闪现出了一张硕大的照片。在照片出现的一瞬间，两人就听到他们旁边的警察轻轻地"啊"了一声。

　　那警察的传呼机器里随即也传来他们队长愤怒到极点的声音："这是警方刚才对现场摄录取证的照片！怎么到了他们手里！！"

所有人的注意力都被吸引了。

那是一张没有马赛克处理的照片。

照片内容诡谲猎奇，极具冲击力，是一具男尸，他被勒死在一张凌乱的大床上，脚上被套了双红色高跟鞋。

这大床房对于各位学生而言真太眼熟了，这不就是沪大自营的宾馆吗？

每年开学季，很多学生家长来送孩子报到，都会选择在这家宾馆落脚。酒店环境不错，持沪大学生卡能打折，每次开学，都能迎来一波大客流。

这下人群中的惊呼感叹声此起彼伏，贺予开学时从没家长送过，因此没有光顾过这种酒店，他皱了皱眉头，一时并不明白周围那些学生的反应。但他从画面中解读到了另外一些内容，他回过头，也顾不得之前和谢清呈的互相攻击了，径直望向谢清呈的脸。

然后他从谢清呈的目光中捕捉到了和自己一样的怀疑——

成康精神病院。

这种杀人手段和成康精神病院有着微妙的呼应。

第一是着装。死者明明都是男性，却在死时被换上了具有女性色彩的衣服配饰。梁季成是全身女装，这具尸体则是红色高跟鞋。

第二是音乐。贺予和谢清呈都绝不可能忘记江兰佩在办公室里分尸时轻轻哼唱的歌，当时他们以为谢雪遇害了，而一门之隔的地方，传来的就是疯女人森幽的哼唱："丢呀、丢呀，丢手绢，轻轻地放在小朋友的后面，大家不要告诉他……"

第三是 WZL 这三个字母，正印证了他们俩曾经在梦幻岛山洞里看到过的神秘留言。

逐渐地，意识到江兰佩类似杀人手法的学生越来越多，人群中滋生出弥漫着恐惧意味的窃窃私语。

"江兰佩……"

"对，是《丢手绢》这首歌，她杀人时就在唱，我在报纸上看到过……"

"那双红色高跟鞋像不像报纸上登的江兰佩的照片里，她穿的鞋子？"

"天哪，听说'鞋'代表的就是邪气，还有'送你走'的意思……"

有个学生可能是吓傻了有些失控，尖叫着喊了声："真的是江兰佩！"

这一嗓子，周围就像炸开了锅。

之前贺予就和谢清呈说过，江兰佩惨死之后，因为她的遭遇和她的死亡方式，学生中不知从什么时候开始流传起一种"只要写上渣男的名字和死法，落款江兰佩,那女人化作的厉鬼就会来索命"的说法。

现在这张照片无疑呼应了这种校园怪谈,再加上无数部手机的放大投射,学生们的情绪难免会受到极大的刺激。

眼见着场面越来越混乱,负责疏散学生的警察和老师们举起了手里的扩音喇叭,把吃奶的劲儿都用上了,在那边大喊:"安静!各位同学!不要拥在这里,跟着老师回宿舍!我们会保护你们的安全!"

学生们又被赶鸭子似的往前赶,但一双双眼睛仍然盯着杀人照片。

平日里过度保护的结果就是,学生们对此类画面的承受阈值很低,真的看到这种血腥恐怖的场景时,反而更加挪不开视线了,又恐惧又害怕,越害怕越要看,越要看就越混乱。

安保疏散工作本就困难,偏偏这时,大家手机视频的画面又变了。

死者图片消失,霸屏的内容回到了那个"WZL丢手绢死亡游戏上"。

但是和刚才相比,画面有了细微的变化。

W后面,被准确地打上了死者名字"王剑慷",他名字旁边的丢手绢小电子人已经黑了,所有微笑着在玩游戏的小人都僵在那里,画面定格在了小男孩的头被拧下来的那一幕。

而在W王剑慷下面,那个Z字母,它后面跟着的电子小孩们本来是静止不动的,现在却开始飞速旋转起来。拿着红手帕的电子小女孩笑嘻嘻地绕着圈子跑,在"小朋友"们后面徘徊,随时准备把手绢丢下……

第二轮杀人游戏,已经开始。

谢清呈和贺予对视一眼,都想起了在梦幻岛留言簿上的那句话:"WZL将在最近遇害。"

当时他们都以为WZL是一个人的名字缩写,从来没怀疑过这居然是三个人的名字开头……

W,王剑慷死了。

Z,又会是谁?

突然,贺予的手机响了。

贺予愣了一下,在看到来电人的姓名时,用了一秒钟的停顿,才不那么适应地接起了电话:"爸。"

贺继威正从机场出来呢,就看到了秘书给自己发的沪大视频杀人案的消息:"你们学校怎么了?安保工作怎么做的?怎么能出这种事情?"

贺予没接话。

贺继威："你现在在哪里？"

"学校礼堂门口。"

"我让李叔派人去接你。"

"不用。"贺予看了周围一眼，人都快堵成沙丁鱼罐头了，更何况谢清呈还在他旁边站着，他要是这时候被接走了，估计谢清呈嘴上不说，以后看他的眼神就会更鄙夷。"不用了，车开不进来。我一会儿回宿舍去。"

"那万一有什么状况——"但贺继威这会儿也听到贺予那边混乱的动静了，他停下了脚步，叹了口气，"你现在周围有熟人吗？"

贺予看了谢清呈一眼。

也不知道，这个男人算不算是他的熟人。

还是像他俩之前都认定的那样，他俩之前，也就是一段干干净净结束了的医患关系而已。

"喂？贺予你在听吗？"

贺予刚想说话，就听到手机那边有个男孩子的声音响起来："爸爸！你走慢一点，我有个东西落飞机上了，要去和机组说呢。"

听到那边的动静，贺予的眼神淡了许多："没关系爸，我这边有认识的人。"

说着看了眼谢清呈。

"我和谢医生在一起。"

"谢清呈？"

"嗯……"

"他和你一起干什么？他在替你看病吗？"

贺予其实也说不上。

谢清呈从宾馆那次之后，就一直在给他找碴儿，好像也没怎么认真替他疏导过心理。

可是他莫名地就好像好了许多，注意力竟不完全集中在谢雪那件事上了。

他之前一直没觉察，他对谢清呈现在没太多信赖度，总觉得谢清呈就是在趁火打劫，找自己麻烦。但此刻他才忽然意识到，这也许就是谢清呈给他的一种治疗方式。

精神埃博拉症除了生理，也有很重要的心理影响因素，谢清呈不是纯药物治疗流派的，他更注重的是对患者精神世界的引导和建立。有时候说他有点偏向唯心主义。

这也是谢清呈不适合做短期咨询，却适合做长期陪护的原因，他这种治疗师通常不会反复强调："你有病，我们来谈谈，你有什么话可以和我说。"

他往往是在平时，以一种最贴近生活、最不容易被发现的方式，对病人进行心理干预的。他一直想让病人觉得自己是个正常人。

在心理治疗这方面，有时并不能看过程中医生说得有多专业，多天花乱坠。其实最终人们要看的，是病人得到了怎样的安慰，有了怎样的精神状态改变。

贺予发现自己这段时间和谢清呈吵吵闹闹，绞尽脑汁地对付他给自己使的绊子，居然还真的从最初的失恋打击中，走出来了不少。

他因为这个发现而微微出了会儿神，抬眼看着谢清呈："……"

贺继威："你怎么不说话了？又怎么了？"

"没事。"贺予轻咳一声，把视线从谢清呈身上转开，"对，他是在给我看病。"

"这个谢清呈……之前留他他不肯，请他他不来，偏要做义工。"

贺予总不能说自己之前在宾馆发病刺激了谢医生，谢医生看不过才顺手管管的，只得尴尬道："他……他就是偶尔看看，不是固定的。"

贺继威顿了一下："那行。那你跟着他，别回自己寝室了，毛头小孩子聚在一起有什么安全可言？你跟着你谢医生，和他回他的宿舍。"

贺予："爸，这不太合适。"

"有什么不合适的？他从小带你带到大的，这点事情他愿意帮忙。"

"他现在已经不是我的医生了。"

"一码归一码，在雇佣关系外不还有人情？不然他干吗还偶尔给你看看病？再说了，他在我们家又没有闹得不愉快，干吗算得那么冰冷那么清楚？你不好意思说就把电话给他，我和他说。"

手机那头再次传来了贺予弟弟的声音："爸，你走这么快干吗？谁呀？贺予？"

"我知道了。"贺予一听到这个声音就不想再听下去，"我先挂了。"

收了线之后，贺予把目光落在谢清呈身上，轻咳一声："那个——"

谢清呈："你爸让你跟我回去。"

"你听到了？"

谢清呈"嗯"了一声，和贺予顺着人群往前走。沪大现在封校了，谢清呈无法回沪医科，但是他可以去谢雪的宿舍，他刚才和谢雪说过，也知道电子锁的密码。

两人好容易跟着拥挤的人潮回到了宿舍，谢清呈开了门。

"进来吧。"

客厅灯被按亮，屋里的居家气息驱散了刚才在外面那种震慑人心的压迫感。

尽管恐怖行动还在继续，但在这样的环境下，就更像是隔岸观火，和看警察与凶手争斗的电影一样，没那么令人窒息了。

更何况这是谢雪的屋子，进门迎接他们的就是一茶几的垃圾零食、抱熊布偶。而且还有两碗杯面没有丢。

贺予："……"

谢清呈："……"

这很难恐怖起来。

谢清呈把门关了，松了一颗领口的衣扣，沉着脸就开始替谢雪收拾垃圾。

贺予看着这无处落脚的客厅，他以前虽然也来过谢雪住处，但谢雪都会自己先收拾一下再请他进来。

没想到不曾打理过的房间居然是这样的，堪比回收站现场。

他一时觉得这比王剑慷被杀现场的照片还震撼人心，很难把这样一个脏乱差的屋子和谢雪平时清清爽爽的模样联系起来。

他背着手靠在门口好一会儿，才谨慎地问了句："平时也这样吗？"

"一直都这样。"谢清呈当爹当得早就习惯了，面无表情地把谢雪扔在地上的一只狗熊拾起来，拍了拍，摆回柜子上。

贺予："……"

"你去烧点热水，泡两杯茶。"

"好。"

贺予泡茶的时候发现谢雪丢在水池里的茶具也是两套，滤渣袋里有一些茶朵，是谢雪不太喜欢喝的红茶。

他脑中隐约有什么闪过，但是还未多想，就听到谢清呈在客厅和他说："拿茶柜第三层的藏茶，我喝藏茶。"

贺予应了，集中了注意在谢雪那堆乱塞的点心和饮料里找他的"谢总"要的藏茶，也就没有再去思考那个红茶茶包和两套茶具的事了。

屋子很快被收拾干净，谢清呈看上去特别凌厉特别精英特别高高在上不食人间烟火，其实那只是一个层面的他而已。

一个能在自己还是个少年时，就开始把小了他八岁的妹妹拉扯带大的男人，绝不会是什么省油的灯。

贺予泡好茶端着托盘出来时，谢清呈正在弯腰收拾地毯上扔着的最后一摞书。

他俯身的动作很好看，因为腿很直很长，腰又细，低下去的时候衣服是绷直的，衬衫下的劲瘦腰身能被看得很明显。

见贺予来了，他直起身子把这些书抬手放回书架，就侧眸看向贺予，下颌微微抬起，示意小贺秘书把他的藏茶放在已经很干净的茶几上。

贺秘书："我泡的是雪地冷香。没拿错吧？"

"嗯。"

谢总收完东西去洗了个手，就在沙发上坐下了，扯松了衣领。

虽然隔着墙，他们还是能听到外面喧闹的声音，警笛的声音，甚至，只要谢清呈稍微侧过脸，就能通过客厅窗看到那座宛如血红色审判之剑的塔楼。

而手机里，Z后面的那个小女孩丢手绢还在旋转。

谢清呈："黑客？"

贺予："肯定是。锁定范围是这个区域的移动电子设备和广电塔。"

他说着，大概是觉得谢清呈和自己的手机同时播放这个视频很烦，又大概是出于黑客争强好胜的习惯，他打开了手机，开始输入一段代码指令。

"有些意思，他们用的是国外的最新设备，我接触过一次。"没过多久，贺予就轻声说道，"这个设备辐射范围广，但有故障，摆脱控制其实不难。"

他目不转睛地盯着屏幕上的破译代码，在向对方的防御系统进行代码突破。

几分钟后。

贺予的手机果然安静了。

他的手机脱离了对方的技术辐射，他漫不经心地把它丢到一边。

"就这么简单？"

"我的技术应该不能算是垫底的。"黑客暗网排行前五的贺予很谦虚地说，"他怎么也不该犯到我头上来。"

"那整个区域的辐射你能阻止吗？"

贺予笑了一笑："不行，没正版设备，做不到那个地步。而且这是警方的事情。我把自己卷进去，反而容易成为被调查的对象。你的手机我也不设保护了，留着看看视频。"

他说得有道理，谢清呈应了。

贺予在谢清呈对面坐下，问："对了，你认不认识那个王剑慷？"

谢清呈是沪医科教授，王剑慷十有八九是沪大的某个工作人员。贺予只是随口一问，没想到谢清呈喝了一口雪地冷香茶之后，闭了闭眼睛，后颈往沙发上一靠，居然吐出两个字："认识。"

02 | 我拿了谢清呈的电话

王剑慷是沪大的对外交流部主任，四十出头。

因为工作关系，王剑慷的人脉很广，经常要和外面的人吃饭见面。

谢清呈和他也见过一两次，觉得这男人很烦，后来见着他就绕着走，所以充其量也就是个"认识"，谈不上"了解"。

"鬼神之事我是不信的，他既然死了，多半就和成康精神病院的事情脱不了关系。"谢清呈又饮了一口茶，淡道，"而且，和江兰佩的事情脱不了关系。"

贺予转头看了看广电塔："成康这事儿动静闹得不小，背后恐怕不是一个精神病院这么简单。"

这不用贺予说，谢清呈也知道。

能把学校的广电塔都给操控了，辐射范围内的电子通信工具被非法统一投放视频，还能在这样的高度戒严下盗取警方的照片，公然挑衅，背后的人有多嚣张，不言而喻。

而且这事儿居然牵扯沪大，沪大又是谢雪现在就职的地方……谢清呈想着，头有些隐隐地痛。

"我去煮点消夜。"左右也是烦，今晚估计很难睡着了，不如吃点东西熬着，看看结果。

谢清呈问贺予："要什么？"

"鱼子酱和紫胆刺身。"

"滚出去。"

"那都可以。"

谢清呈就去了厨房。

他做饭很利落，而且干净，就像进行一次手术，一切都是清晰的，井井有条的。抽油烟机的声音在里面响起，贺予低头看起了手机。

微信消息快爆炸了。

主要是同学群里，全在讲今晚发生的事情，估计整个沪大没有一个人能合眼，哪怕都老老实实跟朋友同学们待在寝室，大家也全望着手机视频。

"Z到底是谁啊？"

"Z肯定是那个被害目标的姓，我姓许，太好了，我没事。"

"呜呜呜呜，救命啊！我姓张！"

"没事同学，我姓赵，从来没有这样嫌弃过自己的姓，我也睡不着了。"

甚至还有几个人自发地组成了Z和L开头的同学群，说要在群里抱团取暖互相安慰。还有人指出："只要《丢手绢》的歌声又响起来，肯定就是锁定目标杀人了。我们整个寝室都在看那个丢手绢视频，太可怕了……"

新闻推送也跳到了主页上。

不过贺予点进去看的时候，显示的就已经是内容被发布者删除，估计这个点网警已经在加班加点删审相关信息了。他能理解这事儿，情况没有控制住，又不知道究竟下一步会怎么发展，背后的利害关系，牵扯人物，全都不清楚，官方不可能允许这样的消息迅速在网上散布，否则很容易造成谣言泛滥和群众恐慌。

贺予有个家庭群，那个群里基本没什么人说话，他合理怀疑父母和弟弟还有一个三人小群，反正他这个精神病人永远都好像是家族外的存在。

但今天沪大出了这样的事，吕芝书还是在群里发了个消息："事情你爸都和我说了，你和谢医生回家了告诉我们一声。"

贺予："到宿舍了。"

贺继威："拍个照片。"

贺予叹了口气，这是觉得他可能在敷衍，搁这儿查岗呢。

他就起身，一拉厨房门："谢清呈，我爸要我拍张你的照片。"

谢清呈皱皱眉："我等会儿打给他电话就行了。"

贺予刚好希望他这么说，也不想进"相亲相爱一家人"群了，他把手机一扔，走到谢清呈身后。谢清呈正在煮面，闻上去挺香的。

"你进来干什么？"

"看看你做饭，学一点。"

谢清呈也就不赶他了。谢清呈这会儿正要煎两个荷包蛋，单手打了蛋往平底锅里倒时，他才发现自己因为有些心不在焉，没有系围裙。

他虽然会做饭，却讨厌自己身上有油烟味，眼前的煎蛋又要管着，于是他侧了侧头，对贺予说："帮个忙，把围裙给我拿来系上。"

贺予："……"自己真成他小秘了。

"看什么？还站着干什么？快点。"

贺予没办法，只能去门后面取了围裙——那一看就不是谢雪用的，很干净很素的围裙，估计就是谢雪为谢清呈准备的。

"这玩意儿怎么系？"

"你真是十指不沾阳春水。"

"我不是不会系，我用过，但是没给人系过。"

"自己琢磨。"

贺予琢磨一下也就清楚了，这也不是什么难事，于是他就走到谢清呈身后，把围裙绕过去给他系上。

系的时候贺予又一次发现谢清呈的腰很细，之前只是冷眼看着，这回是拿绳子环着他的腰侧绕过来，还要在背后打上一个结。

贺予比谢清呈高一些，谢清呈站在灶台前，贺予站在他身后，垂了眼给谢清呈仔细把绳结系上了，重新抬起眸时，正好看到谢清呈低着的脖颈。

很白，近乎透明的瓷白色。

后颈侧边，有一个小小的朱痣。

贺予以前从来没有从这个角度看过谢清呈的脖子，小时候是没他高看不到，再见面时也没从背后认真打量过谢清呈的颈。直到现在他才发现谢清呈的脖颈很漂亮，他下意识说了句："谢清呈，你颈后侧有颗痣。"

还补了一句。

"红的。"

谢清呈下意识摸了一下自己的后颈，瞬间城防高筑，冷冷盯着贺予，一副被冒犯的模样。

贺予："⋯⋯"

谢清呈："⋯⋯"

彼此僵了一会儿，锅里忽然传出一股奇怪的味道。

贺予回过神，对谢清呈道："焦了焦了！"

谢清呈立刻回头，果然煎蛋的一面已经发黑了。

"⋯⋯"

他从八岁起煎蛋就没焦过，今天真是倒了血霉。

谢清呈压着火，把平底锅挪开了，又对贺予道："在这里杵着干什么？出去。"

贺予："⋯⋯"

贺予没再说什么，低着头就出去了。回到客厅后他觉得心里有些不舒服，感觉谢清呈那种眼神太凉了，带着明显的排斥和俯视感。

贺予不喜欢和谢清呈好好相处，同样也不喜欢谢清呈拿那种眼神看他的感觉。

他从小就被谢清呈压制着，上了大学之后再遇见谢清呈，他就慢慢地在纠正自己对谢清呈源于童年的阴影，甚至已经很多次拿到了两人关系里的主动权。

但就凭刚才那眼神，贺予立刻又被勾进了回忆里——谢清呈还是谢清呈，还是能用刺刀似的眼神，冷静地、挑剔地俯瞰着他的一切。

谢清呈其实还是占据着绝对的主导地位。

正想着，手机忽然响了。

贺予心不在焉，以为是贺继威等不耐烦了打来的电话，随手就接了。

"喂。"

"喂，谢哥，我刚刚结束任务能打电话，就看到你学校附近出事了。哥，你等一等，我现在就过去，我挺不放心你的……"

贺予把手机拿得离自己远了点，才发现他弄错了，他接的是谢清呈的电话。

而来电显示的，是个备注为"陈慢"的人。

听声音是个慌慌张张毛毛躁躁的少年。

还一口一个"哥"的，叫得非常亲密。

贺予和陈慢之前是见过的，两人和谢清呈在食堂吃了顿饭，还聊了好一会儿天。

但很可惜，当时他俩都没有自报姓名。

时间隔得又有些久了，加上声音在电话里会有些失真，所以他俩谁都没听出来对方的身份。

贺予不知为什么有些不太舒服，他看了一眼还在厨房刷锅重新煎蛋的谢清呈，起身走到阳台去。

"哥，你怎么不说话？你……"

贺予拉上了阳台门，非常礼貌地开了口："请问您是？"

"哎？不是谢哥吗？"对方明显愣了一下，"你是谁？"

"我是谢医生的朋友。"

"哦，那你叫我哥听电话吧。"

贺予带着笑，嗓音却更冷了，他说："谢清呈好像没有弟弟，您是哪儿来的亲戚，从来没听他说起过。"

陈慢顿了一下，他也不傻，听出这个接电话的人在这儿挑刺呢。

陈警官毕竟是警察，从来都只有他审别人，哪儿有别人一上来就审他？

而且仔细一听，对方应该是个和自己差不多年龄的男性。这个时间点，出了这种事，还能和谢清呈待在一起的年轻男孩子，会是谁？

陈慢一时也想不到，他把那天那个相谈甚欢的饭友给忘了。

他对贺予起了警戒和猜疑："你又是谁？哪个朋友？谢哥朋友就那么几个，

我应该都认识。"

贺予笑了，眼睛望着猩红色的广电塔，这使得他的瞳色看上去有些深幽。

他其实没必要自报家门，但还是说了句："我叫贺予。"

"他没和我说起过你。"

贺予神情未动，望着塔似乎想说什么，但又不知道该说什么。

他忽然意识到自己和谢清呈的交际圈确实没有多少的重合度。

这个姓陈的……

"贺予，怎么了？"背后的移门忽然被拉开，谢清呈站在那里。

"有个电话，我拿错了，就接了。"

谢清呈："谁的？"

"陈慢。"

谢清呈一听这名字就过去把手机从贺予手里拿过来了，转身去屋内接了电话。

贺予沉默地站在原处看着。

谢清呈是个很淡漠，不太容易对别人表现出兴趣和关心的人。除了谢雪，基本没有任何人能引起他的过度关注。

但这个陈慢好像是个例外。

贺予盯着谢清呈的背影，眯起了眼睛……

03 | 它撞死了他的父母

"你朋友？"

过了一会儿，谢清呈挂了电话进屋了，贺予就这么问道。

谢清呈没打算和贺予多解释，估计贺予贵人多忘事，也早就把一饭之缘的陈慢给忘了，于是只简单道："算是。"

"他说刚结束工作要过来。"

"我没允许。"

谢清呈打发了陈慢，就把煮好的面条从厨房里端出来。他忙碌的时候贺公子在旁边大爷似的看着，也没上去帮忙的意思，只知道问陈慢的事。

"他为什么这么主动找你？"

"都说了是朋友。"

"挺年轻的吧，几岁了？"

"和你差不多。"

"谢教授好多忘年交。"贺予说,"你们就没有代沟吗?"

"……"

谢清呈觉得他莫名其妙,啪地把筷子一放,眼神冷下来:"你银河系警察,问那么宽?我的社交圈和你有什么关系?"

贺予不语了。

他确实没什么好说的,回过神之后也觉得自己神经了,在意这些干什么?

谢清呈把盖着溏心荷包蛋的一碗面推到贺予面前。

"吃你的,我去给你爸打个电话。"

此时此刻。

沪大某教学楼一间办公室内,张勇蜷缩在办公室黑漆漆的角落里,办公室大门紧闭。

大颗大颗的汗珠从他脑门上淌下来,他拿汗巾去擦,但汗巾已经湿透了,几乎可以拧出水来。

他的小绿豆眼一直紧盯着铁门的方向,这是外人想要进来唯一的入口。他已经盯了很久,从王剑慷的尸体照片曝光起,他就知道下一个是自己。

毕竟成康精神病院的那些实验,他也参与了,而且占有那些丧失了正常意识的女人,也成了这些男人在谈大事时,一种约定俗成的权色交易。

精神病院的女人也有很漂亮的,有些甚至还是被他们骗进去治疗的沪大的学生,她们又乖,又听话,能激起很多男人的欲望,还很安全。

不太有人会去关注她们的精神世界,把她们的话当回事,有些女人被折磨疯了,甚至是健忘的,回头他们对她们做过的事都能忘得七七八八。

怀了孕也没关系,他们和梁季成是多年的合作伙伴,梁季成很清楚该怎么处理,知道找那些嘴严的研究员把"罪证"处理干净。

可是……

可是这一切最早也不是他想做的啊!

明明是那个老前辈唆使他,拿巨大的利益和性资源诱惑他,让他为其办事,说大家都是一条船上的兄弟,出了事,可以一起兜。

成康精神病院被烈火付之一炬后,那男人还安慰过他们,说都处理干净了,最多查到梁季成那一层,其他的都死无对证,让他们不要担心。

可王剑慷突然就惨死了。

他和其中一个兄弟的姓氏也被挂在了杀人视频上,后面跟着可怕的丢手绢游戏暗示。

张勇看到广电塔时,刚刚从教学楼出来。他瞬间就吓得丢了三魂七魄,一边毫无头绪地狂奔,一边惊恐交加且不假思索地给"那个人"打了电话。

电话通了。传入耳中的是非常悦耳的舒缓音乐声,隐约还有外籍按摩师在轻声询问力道的声音。

他们的命都要没了。

那个人却还在做SPA。

"喂!喂!"张勇目眦尽裂,又恨又怕,他压低声音却压不了愤怒,更压不住恐惧。

"喂!!"

"哦。"对方笑了,"张主任啊。这么晚了,不睡觉,有什么事吗?"

张勇气得脑血管都要迸裂了,嗓音也变得很扭曲:"你装什么!王剑慷死了!他死了!你说成康已经打扫干净了,让我们不要担心,现在这算怎么回事!你说啊!"

"嗯……舒服,肩膀那边再用力点儿。"那个人和按摩师用英文说了几句,又慢吞吞地对张勇道,"兄弟啊,成康的卫生是打扫干净了。但是狗那边死命嗅着不放人,非要闻地上的血腥味儿,都闻到咱们家门口来了,那你说该怎么办呢?"

"我不管!你该去想办法!你拿走的利益最多,你……"

可对方笑着打断了他:"张主任,这世上的事情,往往都是不公平的,您也是成年人了,怎么这个道理都还不明白呢?"

张勇汗流浃背,他盯着手机,知道那个人不会再帮他了,甚至会害他。

与虎谋皮,往往就是这样的结果。

张勇抬头望着血红色的广电塔,如梦初醒一般,把可以追踪信号的手机扔到了树丛里,然后朝着教学楼方向狂奔而去。

现在,他正瑟缩在其中一间办公室内。

沪大的楼舍那么多,办公室和教室加起来,不说一万也有一千。

他躲在里面,把带定位功能的智能表都摘了,应该就是安全的。只要躲过今晚,他就去自首。

他想好了,他不能再有侥幸心理,自首也许还能获得减刑,不至于落得像王剑慷那样浑身赤裸被活活勒死的结果……

想到王剑慷的死法,张勇又是一阵战栗,他用力咽了口唾沫,江兰佩的身影仿佛就在他眼前晃动,红衣服红鞋的女鬼要来把他也带走。

"呸！"他哆哆嗦嗦，小声地给自己一点勇气，"呸呸呸！想什么？没有鬼！这世上没有鬼！"

可仿佛是为了推翻他的说法，忽然间——

一声女人的轻笑在这个封闭的空间响起："嘻嘻……"

张勇吓得猛跳而起，五官变形："谁！谁？！"

又没有声音了。

好像方才那轻轻的笑，是他产生的幻觉一般。

张勇肥腻发汗的背脊紧贴着冰冷的墙面，他特意选的这个办公室，只有门，没有窗！办公室很小，甚至连个能藏人的柜子也没有！这个声音是哪里来的？张勇整个人汗湿得都像是从水里捞上来的活鱼，心脏都快从嘴里蹦出来。

然后，就像一场杀人游戏里，必然带有仪式性的一个环节。

歌声再一次响起了。

"丢啊……丢啊……丢手绢……轻轻地放在小朋友的后面，大家不要告诉他……"

可他身上已经没有手机了啊！

这个扁平的电子音，究竟是从哪里发出来的？哪里有手机？他怀着一线希望，安慰自己——是有人把手机忘在这间办公室了吗？

张勇几乎站不住了，艰难地分辨出声音发出的方向。

他缓缓地，顺着歌声，把那双鼓胀如牛蛙似的眼睛，往上移动，往天花板的方向……头顶……

"啊！"

张勇发出一声整个教学楼都能听见的惨叫——

是空调检修口！

空调检修口不知什么时候被打开了，一个红衣黑发的女人正从架空层里面冷然俯视着他，然后冲着他幽幽地笑了。

张勇原本就有心血管方面的基础病，顿时脸白胜鬼，嘴唇迅速发青，还挂着佛牌的肥厚的胸脯剧烈起伏着，突然——

张勇一口气没有上来，他捂住心口，往后退了两步，扑通一声栽倒在地。

教学楼的天花板都是龙骨吊顶，上面留有很大的空间，以往学生们都对上面跑来跑去的猫鼠习以为常了，空调也是老式的那种外掀盖式的检修口，张勇没有意识到，那上面的空间足够一个人爬行。

女人打开检修口，从里面跳下来……

"你……是你……"

张勇在极度的惊恐中还是看清了女人的脸——好妖冶的一张脸，闭月羞花，娇不可言。但此时此刻，在他看来，就像是地狱里爬出来的恶鬼。

蒋丽萍！

是蒋丽萍！

"你既然看到我了，今天就肯定不能活着了。"蒋丽萍微笑着向他走近。

"你……你是他们的人？！"

"对，我是他们的人。"蒋丽萍嫣然一笑，"不然你以为我为什么整天愿意混迹在你们这些腐臭不堪的油腻老男人中间？"

张勇往后退……往后退……他捂着心脏，踉跄跪着往后挪，余光瞄着后面的铁门——然后——

"砰！"

他不知从哪儿爆发出的力量，或许是骨子里的求生欲，让他像个野生动物一样发足狂奔，狠撞开门就往外跑去。

蒋丽萍眼神一暗。

他跑？

跑也无所谓。

这周围早已是步步杀机，他不过是换一种死法罢了。

她知道她不必追上这个已经趋近半疯的男人，更何况她也不可能追着他跑出去，外面都是警察，否则她何必通过龙骨吊顶从天花板的架空层过来？

"老板，张勇从 4406 教室跑了出去。"蒋丽萍用特制的联络麦贴在朱唇边轻语，"3 出口方向。我走 6 出口，让你养的人来接我。"

张勇屁滚尿流地逃出了这栋教学楼，他的尖叫和动静引起了警方的注意，警察和警车往他的方向迅速靠近。

张勇没有想到有一天，他做梦都会害怕的警笛竟然会成为救赎曲，他淌着满头的汗，声嘶力竭地喊着："救命！救命！我自首！我举报！救我……那楼里有杀人犯……"

他气喘吁吁地奔跑着，胸前的佛牌一晃一晃，他到这时候都还没有发现佛牌一个小孔洞里闪着的电子信号幽光……

心里有愧，求神来的是什么？

怕是魑魅魍魉。

同伙的算计早已布下，从他跪下求神的那一刻，就有一双眼睛在背后看着他，看到了他的软弱和犹豫。

那是组织上的烂肉，迟早要被剔除。

"救救我……救救……"

"救命啊啊啊！"

这一圈守着的警察听到了他的尖叫，立刻全副武装地朝他跑了过来。

张勇眼里闪着激越的光，他几乎用尽了吃奶的力气往警察的方向跑，像是个在暴风雨中努力向岸上泅游的溺水者——

他不要死，他不要死……

就快了……

马上……

他都可以看到离他最近的那个警官紧张而坚毅的神情了，他哭着把手伸向他们，伸过去……

"救救我，我说，我什么都说，我——"

"砰！"

一声令人毛骨悚然的巨响！

秘密的倾吐戛然而止。

一片死寂。

张勇在跑过岔路口，就要与警方会合的一瞬间，停在路边的一辆学校食堂的冷冻车忽然发出恐怖的引擎咆哮声，接着就冲正准备自首的张勇猛撞过去！

所有人都在瞬间不得不猛刹住了脚步，眼睁睁地看着张勇瞬间被那辆车撞飞在墙上又砰然弹回。

"郑队！"几许可怖的沉默后，有个眼尖的警察大喊，声音因为短时间内的巨大刺激微微地扭曲，"快看！那辆车的驾驶座上没有人！是无人驾驶！车子是自己动的！怎么会这样！！"

负责这起突发案件的郑敬风是个老刑警，他就在这附近，张勇被撞死的这一幕他正好看了个一清二楚，见此情景，老刑警忽然想到什么，十九年前的某个案件仿佛就在眼前重演，当时惨烈的画面急剧闪过，郑敬风倏然色变。

他大声冲所有人喊："趴下！都趴下！！"

轰隆！！

爆破声几乎是在同一时间响起，那辆冷冻车空空如也的驾驶座上，忽然蹿起了一阵火光，紧接着就把整个车头部位包裹到了炸开的烈焰之中……

郑敬风呛咳着从地上爬起来，喘着气往那辆半燃烧的钢铁机器看去，无人驾驶的车辆，撞人后自燃的驾驶室，地上的尸体……老刑警的脸色在通亮的大火中变得非常非常难看……

他仿佛回到了十九年前的那一天……

眼前的情形，和那一天，几乎是一模一样。

唯一的区别在于，那时候车轮底下躺着的，是他的两位同袍，一对夫妻——谢平，周木英。

"丢呀，丢呀，丢手绢，轻轻地放在小朋友的后面，大家不要告诉他……"

第二个被标记者，死了。

轻柔诡谲的童谣再一次通过无数电子移动设备，回荡在沪大校园上空。

整个校园像是巨人的胃，在几秒沉寂后，上下翻腾，成千上万的师生发出的惊呼和喊叫，像是一场声波地震，击在耳中，隆隆闷响。

无数脑袋低垂下来，惊恐交加地盯着手机屏幕。

Z字母后面的丢手绢电子小人也停止了，电子女孩抓住了电子男孩，男孩倒在地上，身后是一条鲜红的手帕，电子火光从小男孩身上烧了起来。

几秒钟过后，杀人视频再一次改变了模样——

又是一张照片，俯拍远镜头拉伸。

照片中大火燃烧着，吞噬着冷冻车的车头，张勇的尸体倒在那个燃烧怪物前……

"又有人遇害了！"

"我认识他！张勇！学校对外交流处的主任！"

"Z是张勇……"

这一幕通过投屏，倒映在了上万双眼睛里，其中有一双眼睛是锐利的桃花眸，此刻正大睁着，难以置信地看着这一幕——

谢清呈整个人都僵住了。

血液在瞬间变得冰凉无比。

他怎么也不敢相信，会在今天，在这场视频连环杀人案中，看到同样的……车子自动撞人后爆炸燃烧的情景。

他像是忽然被一只无形的手掐住了脖子，狠狠勒入了一片浓重的黑暗中，视频里的张勇死亡照片竟就在这时和他挥之不去的噩梦交叠重影。

那场持续了十九年的噩梦……

那个，他始终追寻不到，最终只能黯然放弃的答案……

谢清呈血液冰凉的手没有拿住杯子，杯盏啪地掉在地上摔了个粉碎。

"谢清呈，你怎么了？"贺予觉察到身边的人情绪不对，谢清呈的状态和他们看到第一张照片时完全不一样了。

王剑慷遇害时,谢清呈是以一个正常人的态度对待的。他看,分析,遵守警方的要求,回到宿舍里,该做什么不该做什么,他界限分明。

但张勇这张照片一出现,谢清呈没有再理会贺予,甚至没有一句分析,他拿着手机,青白着脸想了一会儿,拨了个电话,径自去了谢雪的卧室,当着贺予的面关上了门。

贺予只来得及听见他和那个接电话的人说:"郑队,是我……"

04 | 谢清呈,我从来没有忘记过你

张勇的死亡照片已经消失了,现在留下的,是最后一抹血红色——L。

丢手绢杀人游戏最终场,正式开始。

"你告诉我你们锁定的 L 到底都有谁?"

卧室内,谢清呈一只手抵在墙上,另一只手的指尖压着太阳穴,桃花眼紧紧盯着远处广电塔上的那一抹血光。

电话里的郑队语重心长地和他说了些什么。

谢清呈克制着情绪:"我不和你说这些有的没的。你给我名单。"

"……"

"前一阵子我把沪大发现的一个留言簿送到了派出所,那上面写着 WZL 将在最近遇害,落款是江兰佩。我以为是对你们警方有用的东西,所以我送了回去。你不用瞒我,那种本子不会无缘无故出现在那里,而且还能和今天杀人视频上的信息对上号。"

"小谢……"

"那是你们线人的留言,是不是?"

谢清呈直刺要害,对方连一句否认都说不出来。

谢清呈咬着牙:"所以 WZL 会遇害这件事,你们早就知道了,但恐怕线人也是一知半解,他只能把知道的信息写在本子上,给你们提醒,让你们破译——WZL,算一算日子,你们应该已经为这条消息思考了很长时间,足够锁定名单。郑敬风,你别和我说你没有这东西。"

郑队长长地叹了口气:"我瞒不过你小谢。你听我说,我理解你的心情,这件事换成是谁,都受不了,但是……"

郑敬风的话锋一转,谢清呈微微一颤。

"但是，我们必须保密……"

谢清呈忽然暴起，他鲜少有如此情绪激动的时候："保密？什么保密？我爸妈死的时候你们查不出任何东西，最后定性只是一场车祸！我那时候和你们说了多久？我曾经付出了多少代价去求一个答案！你们什么都知道，但是什么证据都找不到！那么多年……我因为还有一个妹妹，后来我放弃了，我管不了那么多……但现在这些人就在我眼皮子底下晃，你和我说保密？"

"谢清呈，你毕竟不是警察，你要冷静……"

"我是被害人的儿子！"

"……"

"杀我父母的那些人，到底是谁？我今天有可能找到一个活口去问。"谢清呈双目赤红，额头抵着冰凉的窗棂，"你说，你要我怎么冷静？"

"……"

"你要我怎么信任你们，郑敬风？十九年了，你们没有给我一个答案。现在就连这个视频杀人的黑客倒计时入侵你们也无法阻止，你不用和我说，我都知道，那些人是道高一尺，魔高一丈，有多大可能他们这次还能全身而退？

"郑敬风、郑警官，你明白十九年只知有黑暗，却等不到一个真相是什么感受吗！我一直都在忍，一直都在等。"

"我明白。可是……"

"我理解了你们十九年，你们能不能理解我这一天？"

"我理解的，我理解的……"对方喃喃，似乎也不知道该说什么好了。

谢清呈顿了顿，字字带血。

"郑队，你如果真的理解，就把L的名单给我。"

"……"

"不然我自己想办法去找。"

"……"

几许沉默。

郑敬风最后还是道："唉，小谢啊，你听你郑叔一句劝吧……"

他接下来还语重心长地说了些什么劝解的话，可那成了最后一根压垮谢清呈的稻草。

他忽地暴起怒骂，一脚踹翻了旁边的座椅："那有什么用？你别再来和我说这种废话！！"

谢清呈将手机重重扔在了桌上，额头紧贴着墙，因为情绪激动，而磕得青紫浮红。

　　这世上的任何一个人，哪怕是谢雪，都没有见过他的这副模样。他胸口剧烈地起伏着，眼眶也是红的，爬着血丝。

　　他安静了片刻，重新望向广电塔。

　　广电塔和这几万部手机的投屏是实时同步的，L后面的丢手绢电子游戏正在慢慢地进行着。

　　谢清呈竭力使得自己冷静下来，用颤抖的手指重新拿起手机，调整了一下呼吸，去拨陈慢的电话。

　　"嘟……嘟……"

　　"喂，谢哥。"

　　"陈慢，"谢清呈哑着嗓子对电话里的人道，"有一件事，你看看你能不能帮我？"

　　陈慢停了一下："哥，只要是你让我去做的，我都会去做。但是……"

　　"……"

　　陈慢的声音变得非常难受："但是我知道你现在想做的是什么。"

　　谢清呈实在忍不了，又摸烟，勉强摸出来一根咬在齿间，却点不上火。

　　他烦躁地把打火机扔一边，重重咬着那层滤纸："你知道？"

　　"我知道，现在几乎整个沪州的公安都在监测这件事情。沪大的移动信号端口被入侵，强行传输死亡视频，我们的人虽然已经拦截到了黑客——但又收到了匿名威胁，如果我们把视频阻断，沪州好几个地点会出现爆炸袭击。现在不能确定是真是假，但这一点我们赌不起。"陈慢的声音显得很疲惫，"谢哥，我知道你想干什么。"

　　"……"

　　"你看到的我也看到了。我知道你是想找到L，阻止他被杀，问出当年杀害你父母的凶手究竟是谁，是哪个组织。"

　　陈慢说到这里，声音有点哽咽了："我也知道……我也知道我大哥当年就是为了替你爸爸，替他师父讨回一个真相，他才……他才……"

　　电话那头传来陈慢抽着鼻子的声音。

　　谢清呈的喉结上下滚动着，喉管有些发苦。

　　陈慢没有当着他的面哭，但隔着电流，陈慢的泪好像也落在了他的心上。

　　"你不能帮这个忙是吗？"谢清呈轻声地问。

　　"我不能……这是规定……我……我只是个基层，我接触不到那么高的密钥，而且我……我是个警察……我……"

"……"谢清呈什么都没有再说。

他可以骂郑敬风，哪怕郑敬风是他的长辈。但在这件事上，他永远骂不了陈慢。

他只是无限倦怠地说了句："那就算了。"

"谢哥，我——"

谢清呈已经挂了电话。

他躺在床上，时间一分一秒地在他周围流逝，他整个人都是冰凉的，从指尖，到内心……

"爸！妈！！"

"别过去！谢清呈！别过去！！"

十九年前的暴雨夜，他在终于反应过来倒在血泊里那两具冰冷的尸体是谁时，失控地要朝他的父母扑去。

他爸爸的同事抱住他，好几个人，全都涌过来，阻止他。

"凶手是谁？凶手是谁？司机是谁？？"

"……"

"你们让我过去……你们让我再看清楚一点，会不会是弄错了，会不会是弄错人了……"

那些警察都在流泪，但抱着他的手始终不肯松开。

"小谢，你不要这样。"

"司机逃逸了，我们会查的……一定会查清楚，给你一个交代……"

可他们给了他什么交代？

他后来才知道，没有人逃逸。调出来的监控里，那辆车根本是无人驾驶，似乎是被什么远程装置给操控了，直直地向他父母撞去，然后那个装置启动了爆炸程序，大火瞬间烧上来，把驾驶室内的证据烧了个干净彻底。

干干，净净。

干净到十九年了，案件都未能侦破。

谢清呈躺在床上，越来越觉得冰凉，他颤抖的手点不上烟，勉强打开手机，从里面找出一个文件，不停地看着其中的画面。

"咔嗒"一声。

卧室的门开了。

而这时，谢清呈闭上眼睛关了手机，他的手机上，开始有电话接二连三地打进来——

　　有他父母的老同事，有谢雪，也有陈慢。

　　他谁的都没有接，由着电话铃一茬接一茬地响着，刺痛他的耳膜。

　　"丁零零……"

　　忽然，手机铃声停止了。

　　随即响起的是关机的声音。

　　谢清呈拿胳膊遮着额和眼，这时候才微微睁开眸，透过屈着的手臂，麻木地望向那个把他手机关掉的青年。

　　"我都听见了。"贺予说。

　　"……"

　　"你从来没告诉过我，你父母是这样走的。"

　　谢清呈偏过头，到底是没有哭，只是双眼通红得厉害，他想起身出去，这些事情是贺予无法理解的。

　　谢清呈并不想和他说太多。

　　他坐起来，用还是微微发颤的手拿起烟，点了几次火，手上都没有力气，点不了。

　　打火机被接过了，咔嚓脆响，贺予替他点亮了，凑到了谢清呈唇边。

　　谢清呈接过来，抽了一口，浑身的颤抖才慢慢平息了一些。

　　贺予坐在他身边，安静地看着他。

　　他觉得谢清呈其实很厉害，遇到了这样的事情，也只是情绪失了些控制，没有失态，更没有精神崩溃。

　　但这样无助的谢清呈，在他面前依然是罕见的。

　　他显得很脆弱，而贺予习惯了他的强大，这样脆弱的谢清呈，找遍了所有人，都没有谁肯帮他，能帮他。这让贺予有了一种从来没有过的，想要把手伸给他的感觉。

　　他看着谢清呈那么绝望却又缄默的样子，忽然间，觉得有些眼熟。

　　他盯着谢清呈看了好一会儿……

　　然后他想起来了。

　　那很像是发病时的自己，八岁、九岁、十岁……每当他最痛苦的时候，他就会是这样地无助，但又这样地沉默，什么都不愿和人说。

　　而那时候的谢清呈，是怎么对自己做的呢？

　　……太久了。

贺予感到意外，他怎么就还记得。

还是谢清呈成了他的私人医生之后吧……他第一次发病。

那天别墅内落针可闻，安静得像一座荒冢。

他独自坐在开着绣球花的石阶上，也不哭，也不闹，摸出一把尖锐的银刀，慢条斯理地割开自己的血肉，好像在处理一副与自己无关的皮囊。

贺予发病的时候，很喜欢闻到血腥味。

他冷漠地看着鲜血顺着自己的手流下来，感受着自己的心脏长满苔藓，残忍的感觉从内核延伸向肢体……

忽然，无尽夏的繁花深处，有个冷静的声音响起来——

"喂，小鬼。"

贺予吃了一惊，立刻不动声色地把刀刃藏好，手背到身后，然后在自己稚气未脱的面庞上收拾出一方净土，堆砌上小孩子该有的天真烂漫。他抬起头，发现从花间走出来的人，是那个穿着白大褂，还很年轻的谢清呈。

谢清呈扬着眉，居高临下地看着他："藏什么？"

"没什么。"

贺予从来不和任何人交心，自然希望他走开。

袖子里的锋利刀片贴着皮肤，他得花很大的力气，才能克制住想用它来对别人施暴的欲念。

但谢清呈攥住了他的手腕，逼迫他把手伸出来，沾血的刀子当啷落地，谢清呈看到他手腕上鲜血淋漓的刀口。

贺予浑身紧绷，等着他责骂自己。

可是等了很久，他只等到医生一句："你不疼吗？"

他愣住了。

他的父母都知道他是有病的，但他们似乎以他的疾病为耻。尤其是他的母亲——

"你不可以去伤害任何人，你要学会自我调节，我能理解你生理上的难受，但小孩子怎么会有那么多精神上的痛苦？看来你还是不够坚强。"

他安静地听着母亲诸如此类的训诫，像每一次接受教诲一样。他照着他们的要求去活成一张张奖状，一盏盏奖杯，一句句夸赞。

他是支离破碎的，每一片血肉都要放到显微镜下供人检视。

他不能出错。

所以，每次发病时，他都会把痛苦小心翼翼地掩藏起来，内化到自己结了厚茧的心里。

他必须是优秀的，他连疼都不能喊。喊了也没有用，没人会真正在意。

渐渐地，他竟丧失了呼痛的本能。再也无所谓了。

就像童话故事书里磨牙吮血的恶龙，棘皮利爪，却没有飞出过自己的暗礁。他折磨的是自己的内心，啮咬的是自己的肢体，他把那些会让人失望的变态病症，都转化成了无法轻易示人的伤疤。

只要不去害人，他的病就没有过错吧？

每一道腥甜的血印子，都是他打在自己身上的烙印，都是他为了做一个正常人，而选择自我束缚的枷锁。

他自己的血，是他为病魔送上的唯一祭品。

这些他都早已习惯了。

可偏偏那个私人医生要挣动他自缚的铁索镣铐，要踏入他森寒无光的恶龙巢穴，要触摸他身上深浅不一的疮疤，然后问他："喂，小鬼，你不疼吗？"

他的内心发出幼龙微弱却震怒的低吼，却在男人伸出手来想要抚摸他的伤口时拖着血淋淋的残躯仓皇避闪，刺棘丛生的龙尾焦躁地拍打着。

他不习惯被询问。

更不习惯被关心。

他说："我不疼。

"我不疼，你别这样看着我！我不会伤人的，你不要管我，不要盘问我，不要靠近我，走开……"

手却被捏住了，年轻的医生将他一直掩藏在下面的胳膊拽出来，捋开了他的衣袖。

冰冷的刀片掉在了地上。

目光所及之处，是这个年幼稚嫩的孩子在发病时，为了克制自己的伤人冲动，在自己身上用刀尖划出的一道道的口子，温热的血还在纵横交错地流。

幼龙像是受到了什么惊吓，甚至跌落了乖巧温顺的人类面具，露出后面狼狈不堪又伤痕累累的丑陋小龙的脸。

他拍打着长满尖刺的龙尾，喝吼时展露尖尖的利齿，以所有的戒备，着急地将这个入侵者逐出自己的巢穴——

"不关您的事，别碰我。"

年轻医生没有管他的反抗，双手绕过他的胳肢窝，将小小的孩子一把抱起来，扛在肩头。

"别动。"

贺予挣扎起来,他厌恶极了医生身上的消毒水味,厌恶极了医生衣袖里淡淡的药涩味。

他再也无法掩饰住自己的暴虐,咬着牙轻声地威胁,也是警告。

"放开我,不然我可能会伤害你……"

医生淡道:"你打算怎么伤害我,有具体方案吗?"

回到别墅里特意收拾出来的治疗室,医生把他往柔软的儿童小沙发上一扔,砰地甩上门,然后去抽屉里拿出一次性口罩戴上。转过头来时,贺予只看到谢清呈一双幽深冷锐的黑眼睛。

那是第一次,他没有被当作一个"榜样"凝视和艳羡。

他好像在这样的眼神里,忽然就成了一个笨拙的孩子,失误和可笑都情有可原,甚至伸手问人讨糖吃,也是没有错的。

所以他愣住了,都忘了跑走。

谢清呈在水池边洗手消杀,然后说:"手伸出来,我给你包扎。"

"没关系。我不在意。"贺予别过头,攥着自己流血的伤口,不肯相信眼前的这个人。

谢清呈微微扬起眉:"你习惯了血腥味,习惯了暴力,甚至因此而无所谓自我伤害,是吗?"

贺予轻声道:"是。这是改变不了的,我不想麻烦您治。"

谢清呈淡漠道:"我是拿钱的。"

"……"

"小鬼,你觉得自残是一件正确的事吗?嗜血疯狂,内心扭曲,是一件该被忽视的事吗?

"你连自己都要伤害,你连自己都不重视自己。血腥味闻多了,就什么人情都没有了,慢慢地,越来越疯,越来越麻木,一生活得都像草木顽石,你不遗憾吗?你不疼吗?"

这些对话,就好像还是昨天发生的那样。

哪怕谢清呈后来走了,与他关系淡了,他始终都还记得那一天,第一次有这样一个人,把手伸给他,然后问他——

你不疼吗?

你怎么连自己都不重视自己……

贺予看着这个男人垂着头把最后一点烟抽尽。

他忽然说："谢清呈，你想知道警方锁定的 L 是谁，对吗？"

"……"

"你不要难过。也许我可以帮到你。"

谢清呈蓦地抬起头，睁大桃花眸看着他。

"别忘了，"贺予说，"我是个黑客。"

"……"

"他们使用的设备是尖端的，出于习惯，那种设备一面世我就了解过，刚才我也已经拦截了对方对我手机的攻击。他们的程序我大概都清楚，这些人雇用的技术员，未必是我突破不了的。"

贺予没和他开玩笑。

贺予的神情非常严肃，甚至是庄重的。

像是在和一直以来，以不可逾越的姿态矗立在自己面前的山岳宣告，他早已成长，不再是当年无尽夏里的那个无助的男孩。

谢清呈一时间很茫然，头脑一片空白，思绪都是乱的。

过了很久，他听到自己在问："你……为什么要帮我？"

贺予平静了一会儿，忽然，他把手伸给谢清呈。

就像谢清呈当年，有勇气把手伸给那个疾病发作、抑郁成疾、暴力嗜血、自残自伤的孩子。

"因为曾经，你也对我做过同样的动作。"

"……"

"谢清呈，我从来都不喜欢你。"

"但是……"

无尽夏绣球花的香味好像又从那一年的盛夏飘来，站着的人向坐着的人伸出手——

"谢医生，我也从来……都没有忘记过你。"

05 | 她也从来没有忘记过恨

谢雪的卧室有一台笔记本，她是现代社会罕见的那种不设密码的奇葩。

贺予打开笔记本，双手在键盘上翻飞移动，杏目紧紧盯着屏幕，一行行代码在他深黑色的眼底急速掠过。

几分钟后，贺予细长的手指按下了回车。一段被破译的信息跳出来，映在他的视网膜上。

"L居然已经不是排查范围了。"贺予盯着弹框里那行字，轻声道，"原来警方早就明确知道了WZL分别是谁。"

谢清呈这时候已经竭力让自己镇定下来了，但不知道是不是因为之前的情绪太过激动，他身上出了很多汗。他腰背紧绷，直挺挺地站在贺予旁边，俯身看着笔记本上的代码。

那是内部的通信消息，贺予截获的有三条。消息用了一部分暗语，但对于已经了解了一部分内情的两人而言，意思其实很好猜。

"王剑慷、张勇已遇害。"

"有内鬼，换频道。"

"排查卢玉珠信号出现的最后位置，动作快。"

别说是谢清呈，就连贺予也愣住了。

最后一个人是……卢玉珠？

卢玉珠是人群中看起来最老实简单的那一类人。

她今年四十来岁，在学校的医务室帮忙，是一个非常爽朗健谈的阿姨。贺予和谢清呈都因为一些事去过沪大医务室，还都和她说过几句话。

怎么会是她？

同一时间，沪大教学楼旁，张勇遇害现场附近。

郑警官僵坐在指挥车里，一双豹目充盈着血气，身后的警察们都很沉默。

他们都听到了郑敬风刚刚在一通电话里被一个男人破口大骂。这个男人是谁，老警察都知道，年轻的哪怕不知情，也听出了个大概。

但最让他们哑然无声的，是眼前两次未能阻止的谋杀案。

大火还在烧着，一部分警员正在对案发现场进行拍照、保护、寻证。

郑敬风拧开保温杯，喝了口水，勉强平复了一下内心。

"还能联系上那个提供情报的线人吗？"

他的徒弟摇头："从留言簿被人发现，送到我们所里之后，线人就再也没有出现过。他说他那一阵子就已经不安全了，WZL是他最近能给我们的最后一条信息。"

郑敬风重重靠回椅背上，手指捏着睛明穴，深叹了一口气。

沪大WZL将被杀害，这是线人提前就给了他们的警示。

江兰佩，则是线人与警方约定好的标记落款。

但是那个神秘组织的水太深了，高层之间的消息有时候都不会互通，很多传信用的都是暗语，所以线人给警方线索时，他也不知道 WZL 到底是什么意思，只是照模照样地把这条加密信息传达给了警方对接人。

郑敬风花了一段时间，终于利用各种侦破手法，各方线索关联，破译出 WZL 根本不是一个人，而是三个人，这是神秘组织故意带有误导性质的加密信息。

而破译出来的那三个人，分别是王剑慷、张勇、卢玉珠。

三人均与案件有牵扯，并且将在近日被"打扫干净"。

线索侦破后，警方一面要保护线人，一面又要与这三位完全属于"黑暗"的目标进行沟通保护，其实很不容易。他们绝对不能和王、张、卢三人说实情，否则就会打草惊蛇，只能 24 小时派人盯着他们，一有情况就开始行动。

可是，说是 24 小时盯梢，谁也不可能专注到每分每秒。更何况线人也只知道他们遇害的大概时间，而无法确定具体究竟是什么时候。

王剑慷是个色鬼，最喜欢背着老婆偷情。这种偷情的爱好使得他在行事时，本来就具备一定的反侦查意识。

他遇害的地方是在学校酒店，前往目的地时他去过宿舍楼，和同事换过一辆车。当天学校有会议，教职工穿的衣服都是统一的制服，王剑慷换车之后，便衣误把他的同事当成了他，导致有一个多小时的空当，没有能够盯住他的梢。

一个小时后，王剑慷被勒死在了酒店，并且被凶手换上了女鞋。

张勇性格谨慎、胆小，既想要钱，又害怕事。

他可能也觉察出组织上层对他的不信任了，警方曾经想从他入手，向他许诺会保护他的安全，让他把已知情报透露出来。

但这种人警敏多思，对谁都缺乏信任，面对便衣的试探，他第一反应是，便衣是假的，是组织为了确定他的忠诚度派来的。

他因此严防死守，什么也不肯说，并且在那天之后，他为了表达忠心，还把这件事告诉了他的上层。

从此跟踪张勇这件事变得异常艰难和危险，因为螳螂捕蝉，黄雀在后，警方盯梢张勇时，那个神秘组织的人也在暗处盯着警方。

张勇的追踪因此产生了一定的距离差和时间差，在他被撞死的最后几个小时前，他曾经给警方打过电话，但后来他见到王剑慷被杀的照片，又担心手机定位系统不仅仅可以帮助警察找到他，也极有可能成为组织挖出他的踪迹，便把手机丢了。

他在见到蒋丽萍之前都还抱有自己可以逃脱一劫的侥幸心理，躲在无人的办公室，自以为没有了一切可以追踪他的电子设备，就可以获得安全。

但张勇没有预料到，他随身戴着的佛牌里，早就被组织留下了追踪定位器……

最后一个已知的活口，是卢玉珠。

卢玉珠是三个人里最棘手的那一个。

因为她和前几个油腻腻的图财害命的色鬼男人不一样，她不是为了利益。她是因为自身的不幸遭遇，而天然地仇视公检法，仇视社会。

卢玉珠走上犯罪道路很特殊，她曾经在老家县城里有一份体面的工作，后遭陷害，锒铛入狱。

她那时候还很年轻，孩子两岁大，刚会含含糊糊地叫一声"妈"。

等她出来时，丈夫已经有了新欢，女儿完全不记得自己有这样一个母亲，被继母抱在怀里，害怕地看着眼前这个情绪激动的女人。

卢玉珠心如死灰，背井离乡，离开了那座小县城。

记者以为自己在伸张正义，夸大笔墨写了一篇报道。不被上级所知的黑暗交易，丈夫的软弱和背叛……这一切，都轻描淡写地落在这个女人身上，几句话，几笔钱，就毁了一个普通人的一生。

卢玉珠因为有案底，出来之后也找不到太好的工作，她洗过碗，当过护工，做过家政……时间都不长，雇主知道她以前的经历后，或委婉或直白，都是要把她辞退的。

在活得最困难的时候，卢玉珠只能去娱乐场所上班。

她见了太多职业的人，其中就包括那些最不应该出现在这种地方的人。

后来，有个客人见她手脚利落，谈吐间又不像是个没读过书的，出于好奇，就问了问她的经历。卢玉珠本来也是没想多说的，但人总有脆弱的时候，那天她没忍住，就在灯光暧昧的包房里把一切都说了，说到最后，泣不成声。

客人抽了支烟，想了想，给她写了个地址，如果她愿意，可以去这个地址找他的一个朋友，那个朋友会给她安排一份安定体面的工作。

卢玉珠就是这样来到沪大医务室当护工的。

她在这里做了很久，两三年前，上面彻查陈年冤假错案，查到了卢玉珠当年那个贪污受贿案，给她翻了案底。

年轻的检察官亲自登门向卢玉珠道歉，并送上了慰问金。

卢玉珠那时候刚给几个学生拿完药，看了看他们，笑了一下，挺平静的："过去的就都过去了吧。这点钱你们自己留着，我不收。"

检察官问她为什么。

她冷淡地看着他们，说："你们觉得这些钱，买不买得了一个人的一生？"

"……"

"我的人生已经被毁了，我要这些有什么用？你们能让我回到二十五岁那一年吗？"

"……"

"你们能把我的孩子、我的丈夫、我的家庭还给我吗？"

"……"

"你们走吧。"

检察官十分为难。

卢玉珠说："那你们就拿这笔钱去成立个什么基金会，去教教那些媒体，求求他们在落笔写一个人、一件事的时候，谨慎一点，公正一点，保留一点。他们大笔一挥痛快了，眼球和钱财都赚够了，蝗虫过境一样，留给当事人的呢？"

她笑了笑，眼尾已经有了深深的皱纹。

"那是一辈子的狼藉和痛苦。"

卢玉珠，是绝对不会投靠警方的。

问题是，这样一个在心理上非常远离警方，却对组织高认可高服从的人，组织"打扫卫生"，为什么要打扫到她的头上？

"卢玉珠没有携带任何电子通信工具，但也可能是她使用了别人的手机，我们追查定位不到。"负责信息侦查的警察一边敲击着键盘，一边对郑警官汇报着情况，"目前这个区域有15890部手机在进行信号收发，要全部定位也完全没有意义。"

另一个女警接完了电话，上到指挥车上，脸色非常之凝重，和郑警官说："郑队，跟踪不到，卢玉珠的反侦查能力是我们这些年见过的顶级水平，她肯定受过这方面的训练，并且配备了干扰装置，依目前的状况看，也就只有那几个甲级在逃犯能和她并论。"

郑敬风没说话，一双豹目紧盯着还在旋转着"丢手绢"电子小人的广电塔。

那刺目的字母L，就像沾着血的弯钩一样。

L……

老刑警一直在想，L是不是他们破译弄错了？或许代表的不是卢玉珠？这样一个高忠诚的女人，究竟有什么被她上级杀害的必要？

这是三个人里他唯一感到不确定的。因为从对方的杀人动机上而言，杀死卢玉珠并不符合常理。

病案本 | File No. 001

尽管确实也没有别的目标出现了。

但直到这一刻，郑敬风仍在想，这个字母L……是不是还有别的他们不曾挖掘到的深层含义？

06 | 一起阻止他们吧

沪大教工宿舍。

"卢玉珠的个人经历都在这里。"贺予迅速查了相关档案，和谢清呈两个人在屏幕前看过去。

"这人没有被杀害的意义。"最后一行信息刚看完，贺予就很干脆地下了结论，"她彻头彻尾是对方的人。"

谢清呈："那她为什么要被'打扫'干净？"

"打扫……"

贺予琢磨着这个词，陷入了沉思。

俗话说得好，只有同类最了解同类。

和郑敬风不一样，贺予是个黑客，他会更了解更注重信息传输方面的问题，而且他在逻辑思维上，也比对方的理解力更高。多年的精神病伪装，异于正常人的生活方式，已经将他的头脑折磨得非常扭曲、紧绷、敏锐。

他思索了一番，看着窗外如血红之剑的广电塔，沉思几秒，继而从"打扫"这个词语里，联想到了什么。

他忽然站了起来，看着沪大广电塔后面的那个建筑，眼中掠动着近乎恐怖的光影。

L。

对了……这整个事件中有个看似正常，其实毫无必要存在的东西。

一样重复的东西。

广电塔。

它在整个视频杀人中，起到了什么作用？仔细想想，竟是什么单独的作用都没有。到目前为止，它的职能就是和手机视频实时同步杀人进度。它与手机视频的职能完全重合了。

所以他们为什么要把广电塔弄得像一把审判之剑一样矗立在那里？

难道只是为了挑衅吗？覆盖区域信号就已经够嚣张了，何必再多此一举？

贺予表情凝重。他已经意识到，广电塔被控制，其目的或许根本不在播放杀人进度，而是……

而是因为这座塔的附近……或许有需要他们精准控制的某些信号源！

正因如此，对方黑客不想被广电塔的信号所干扰，所以干脆把广电塔也控制了，并伪装出一副杀人仪式感的样子。他们真正的目的，其实在于实现周围信号覆盖的稳定性。

L……L……

广电塔周围有哪些值得被注意的建筑？

第二食堂……风雨操场……

还有就是，贺予此刻目光已牢牢锁定的——Library。

博文楼。

也是学校的图书馆之一。

江兰佩在成康精神病院被关了近二十年，成康的案子和沪大广电塔案现在紧密地缠绕在了一起，组织要打扫卫生……

L，只是指卢玉珠的"卢"吗？

他们要打扫的，只是"人"吗？

长达十年的黑暗，一定涉及很多纸面上的记录。正常人之间尚且需要合同约束，那种组织不可能把任何约定都流于口头，时间再往早推，更不可能使用电子版。

那么如果有案卷，不论是记载他们做的事，还是记载卷入案件的人，十多年，二十多年时间，会累积多少文本？

最重要的那些，他们会放在自己身边，但是不那么重要的那些边角料呢？

会不会被拿出来，存放在合作者的领地中，像是某种互相掣肘的"契约"，约束着黑暗中的合作双方？

王剑慷和张勇，都是学校的高层。他们是神秘组织的合作者，获得了一部分的边角案卷，他们会放在什么地方？那些案卷也许很大，不适合存入银行保险柜，他们也不想让自己的亲人知道，那么……

有什么地方，是整个学校存档资料最多，也最不会有人去查阅的？

答案就是那一栋此时此刻还掩藏在广电塔血光之下，看上去沉默而不起眼的博文楼。

每一座百年名校都有这样一栋楼，里面摆满了大摞大摞的卷宗，尤其是沪大，哪怕现在都有电子档案，这所学校还保留着把每个毕业生成绩单、论文、试卷以纸张形式存档的古老传统。

沪大的档案楼可以追溯出一百多年前某位学生写的论文答辩原案，楼内的档案袋多到花上十天十夜也整理不完。

L，图书馆，卢玉珠。

如果她不是被打扫的人，那么她就是……

贺予回过头来，对谢清呈说："你如果相信我，就和我一起去一趟博文楼。但我的判断不一定是对的，从这里去博文楼要二十分钟，我们还要避开巡警不被发现，可能二十分钟也不止。我的猜测一旦错误，你可能就没有机会接近这个或许知道你父母死亡线索的人了。你考虑一下，要不要这样做。"

谢清呈一直以来都习惯了冷静地对别人发号施令，替别人规划指导，但这一刻他面临的是他父母十九年不曾追查清楚的死亡真相。

他的头脑几乎已成一团乱麻。

所以，尽管谢清呈隐隐地觉得有什么地方是不妥的，但是他不知道该怎么捋清楚面前的棋。

他也万万没有想到，现在唯一能给他一个方向的，居然会是贺予这个小鬼。

心烦意乱间，谢清呈将桌上的烟盒拿了，然后他深深看了贺予一眼。

谢清呈从来没有用这样的眼神看过贺予。

以前他的眼神总是俯视的，哪怕贺予比他高了，从他那双桃花眼里透出来的气质，也还是在看一个需要向他绝对服从的少年。

但这一刻，谢清呈的目光是平视的。

他对贺予说："我相信你。"

贺予的心猛地一颤。

更别说谢清呈顿了顿，竟看着他，又一字一句地对他说："谢谢你。"

贺予过了几秒才回神："没事。"

他说着，压下自己内心那莫名其妙的震颤。"没事。"他重复，抓过自己的手机，忽然想到了什么，"对了哥，你等我一下。"

他回身迅速用手机连接了电脑，登录了一个暗网，搜索了一个软件，用万事达付了款，下载到了自己的手机上。

"这是他们使用设备的黑客镜像软件，虽然只是最基础的一部分镜像，"贺予说，"但够用了，以备不时之需。"

谢清呈望着他，那种不妥感又涌上来了。

如果是平时的谢清呈，一定能立刻明白不合适在哪里。但是这一会儿他的思维像是半凝固的胶水，转动得太艰难。

于是当贺予把软件支持全部都设置好，把手机揣进兜里回头看着他，和他说"走吧"的时候，谢清呈虽然有一瞬间的停顿，但还是答应了。

他跟着贺予一起往博文楼方向奔去。

博文楼内。

卢玉珠神情轻松，把蒋丽萍送到电梯口，将一个移动硬盘交给她。

"整理出的重要资料都在里面，段总知道密码。"

蒋丽萍接过了，低头摩挲着，过了一会儿她对卢玉珠说："卢姐，你看你要不要……"

"我不会跟你们走的。"卢玉珠说，"这件事需要一个收尾的人，闹得那么大，老板是给了所有合作方血淋淋的警告，让每一个躲在暗处的人都封住了嘴，知道了背叛他的下场，知道哪怕在警察眼皮子底下，只要老板想动手，他们也依然性命不保。但是那些猎狗，尤其是猎狗头子，一定会想方设法把这案子查下去。"

她笑笑："我太知道那些人为了自己，能丧心病狂到什么地步了。"

蒋丽萍："你想好了？"

"我想好了。"卢玉珠说，"我就是整起案子的境内执行凶手，我必须误导警方，让他们以为江兰佩和境外势力有关系，我是那个势力为了给江兰佩报仇而策划这一切的凶手。

"现在，所有可以给警方完成三证链的东西我都已经留下了，他们查到最后，得到的证据只能证明是一起跨境犯罪案，而那个境外机械制造业的老板已经在长达十年的对峙后于几个月前被段总控制，段总就等着把证据引到他们身上后再在境外把他们杀了。那么大的一具巨人尸体，替我们组织顶替成康案和十九年前的那些杀警案绰绰有余，反正是死无对证的事情。

"现在，境内只要能拿我交差，大部分猎狗就会撤了。在逃的人员他们都不会花主力去追，而剩下那些不甘心的，都是单枪匹马，孤掌难鸣。"

她说着，低头看了看时间，对蒋丽萍道："丽萍，你快走吧，王剑慷和张勇的事情，你也脱不了干系，落到他们手里你就完了。段总什么时候派人来接应你？"

蒋丽萍看着卢玉珠的脸，似乎想说什么，又终究没有说出口。她沉默了片刻，回答道："他的人已经到了，我马上就能走。"

"那你快去吧，郑敬风也不傻，等他回过味来，也许就会追到这里。"

"卢姐……"

"走吧。"卢玉珠说着，抱了她一下。她们俩都是藏在沪大的组织暗探，某种意义上，也算共患难过的姐妹。"你一定要小心，组织里有警方的线人，这次计划要不是被提前泄露，进行得应该更加顺利。"

蒋丽萍："我知道。"

"那个线人，至今没有露出马脚……他暗中害了我们这么久，抓到他了之后，你们一定要让老板把他碎尸万段……"卢玉珠咬着后槽牙，眼里迸射着一股狂热的精亮的光，"这是我死前唯一的心愿。我会在地狱里看着的。"

蒋丽萍闭上眼睛，一言不发地紧紧抱住了她。

几秒钟之后，她转身，进了电梯。

电梯门在两个女人之间缓缓合上，隔住了阴阳。

电梯上升。

卢玉珠转身往下，去了更深的博文楼地下室里。

那里已经埋好了多路火线、起爆器，档案馆的两个工作人员都已经被她给杀了。哪怕有线人通风报信，郑敬风到底还是输给了她，没能在她完成布局前找到她的位置。

他们总是那么无用，十多年前是那样，现在还是这样。

总是迟到。

迟到的正义是没有意义的，他们曾经用她的人生教给了她这个道理。

她现在打算用她的生命，把这个道理还施彼身。

卢玉珠走到了地下室中央，重新地、仔仔细细地把一切都检查了一遍，这是组织给她的最先进的一套装置，她不懂爆破，但是她懂一定的程序。

只要她按他们的要求搭建好了，按下起爆装置，他们的人就能远程操控，在五分钟内完成所有装置的同时引爆。

卢玉珠在蛛网似的线路中安静地站定，她镇定地环顾着四周，知道这些东西一旦爆炸，整个博文楼，别说这二十年，上百年的卷宗档案都会付之一炬，那个曾经把她从坐台小姐的生涯里救出来的人，就能获得"干净"。

"段哥，"她轻轻念了一句她平时从来只敢在心里呢喃的斗胆包天的称呼，"我来替你打扫卫生了。"

她轻笑一声，把起爆装置按了下去。

"段老板。"

在沪州某个酒店套房内,一个技术员正盯着眼前的笔记本屏幕,脸色非常难看。

"引爆远操系统突然被人拦截了。"

站在落地窗前俯瞰着沪大广电塔的男人冷淡地问:"被警方拦截了?我花了那么大代价把你聘过来,你却玩不过警方,这钱,你收得安心?"

"不是警方。"技术员擦了擦脑门上的汗,眼珠子因为紧张,在高度近视的啤酒瓶盖眼镜后面像牛蛙一样鼓起,"入侵端口不是我们熟悉的端口。"

男人像是来了些兴趣:"那是?"

"暂时查不出来,但是看手法,我感觉……我感觉对方是……"

"是?"

技术员吞了口唾沫:"Edward."

话音落后,安静了几秒钟,屋子里传来了一个女人的声音。

那个女人之前一直没有说话,躺在躺椅上刷着微博,看关于沪大广电塔的讨论。虽然这些内容很快就被封杀删除了,不过消息此起彼伏,时不时刷新一下,还是有些看头。

但听到 Edward 的名字时,女人的手停住了。

她问技术员:"你确定?"

"我……我也不能确定,但是能在这么短时间内拦截掉我的系统的,又是这种手法,知名的黑客里,除了他,我暂时想不到其他人,我……"

段老板淡笑了一下:"是他倒也容易了。先看看是不是他。"

说着他吩咐了身边的秘书:"给贺予打个电话。"

"嘟……嘟……嘟……"

"段老板,他没接。"

男人微微侧过一只深邃的眼珠,乜斜着女人:"我真是要恭喜你了,吕总。你有这么好的一个儿子。"

女人从椅子上起身,高奢定制的丝绸裙子裹着她臃肿的身躯,她走到落地窗边,外面的都市夜色照亮了她的脸。

那张慈眉善目八面玲珑的商人颜面。

这女人赫然是——

吕芝书!

吕芝书把杯子里的酒喝了,她的表情有些难堪。

但她还是勉强笑了几声,和那个男人说道:"段总,我也该恭喜你啊,如果不是他，今天这事儿就很难收场了，是不是？是他反而倒也好办。因为以我儿子的性格，他是绝对不可能自己主动牵扯到这件事里的，一定有谁陪着他。"

她说着，低头看了一下手机。

家庭群里，贺予的消息还停留在"我和谢医生回宿舍了"这条上。

吕芝书眼神复杂，把手机递给男人："你尽量别伤他，想个办法让他把这件事赶紧停了。"

男人扫了眼屏幕。

"令郎和谢清呈又在一起了。"

"估计关系还挺好。"吕芝书巴不得把这件事和自己家的人撇清关系，就一股脑儿都往谢清呈身上推，"我这儿子我知道，谢清呈的性格他不喜欢，但在精神上，他一直拿谢清呈当目标在仿效突破。估计今天这事儿是谢清呈想要查吧，他就那么巴巴地上赶着送上去了，想要在他的精神偶像面前表现。"

"精神偶像？"男人翻看了一下聊天记录，过了一会儿，对技术员道，"那就去调几段老录像吧。也该给孩子碎一碎他的……叫什么来着？哦……偶像滤镜。"

段老板走到电脑旁，继续吩咐："网上公开的和我们内部的，都要。我来和你说具体是找哪些视频。"

男人成竹在胸地冷冷一笑——这件事，贺予是为了谢清呈才做的就好。

要贺予停手，其实再容易不过。

只要，看到谢清呈的那些过往。

吕芝书的这个儿子，就一定不会向他的谢医生伸出援手。

07 | 因为真相从来不是没有意义的

五分钟。

卢玉珠想，只要五分钟，一切就都结束了。

引爆器的嘀嗒声回响在地下室内，像是很多年前，县城老宅子里的摆钟，在她尚且平静的人生里，嘀嗒嘀嗒地叩击着。

那时她以为自己可以宁静顺遂地过完这辈子。

突然——

就像当初那个毛头记者打破她的人生一样突然。

死亡倒计时竟然停了。

与此同时，卢玉珠听到身后电梯轿厢轰鸣的闷响。

她蓦地扭身回头，看到电梯门缓缓洞开，里面站的是一个身材高大、肩宽腿长的男人，生着一双漂亮的桃花目，里面溅着锋锐的火光。

谢清呈从银灰色的电梯轿厢里走出来，目光如楔，戮入心腔。

贺予猜得一点也没错。

卢玉珠就在这里，他进入档案馆之前，手机上下载的镜像软件就触发了高强度信号提醒。贺予进行连接扫描，发现这里甚至还布着引爆器。

不止一台。

不幸中之大幸，这些引爆器是可以被镜像软件操控的，这才使得贺予能在进去前攻破对方的防火墙，阻止了倒计时。

他们闯入前并没有通知警察，时间已经不允许了。而且他们已确定警方也有内鬼，通知了只会更易生变。

现在事情已经很清楚，卢玉珠要以自杀式行动，替她的恩人把卷宗罪证，统统"打扫干净"。

"我知道倒计时只有五分钟，但现在它已经停了。"谢清呈盯着女人的脸，"我们能聊聊吗？"

"倒计时已经停了……倒计时怎么会……"

"那要感谢你们老板喜欢高科技啊。"一个温柔如缎的声音在谢清呈身后响起。

卢玉珠这才发现电梯深处还站着一个人。

刚才谢清呈的气场太有冲击力了，从缓开的轿厢里步出，仿佛是顶天立地的，每一步都像走在她的心上，以至于让她一时没注意到隐藏在大型电梯暗处的那个青年。

那青年穿着一身简约的黑色秋款高领衫，看上去很随意平和，甚至走出来的时候还在漫不经心地玩手机，如果将档案室换成书店或会所，他这身打扮这副眉眼，也一点都不"违和"。

青年冲她笑了笑："卢老师，科技确实是个好东西。"

但他没有和卢玉珠说太多，对方的技术员正在疯了般对他刚刚绑架的程序系统进行攻破。贺予温柔贴心地打了个招呼，就又靠在墙边继续与对方去打这无声无息的程序战，眼神沉淀，聚精会神，再也没去管谢清呈和卢玉珠之间的对话。

卢玉珠是个经历过大风大浪的女人，哪怕遇到这种情形，她在短暂的震惊后，就又恢复了镇定。

"你们不是警察。"她打量着他们，紧绷的肌肉微微放松了些。

"不是。"

"狗都还没闻到这儿来，你们能先来。"卢玉珠眯起眼睛，"你们是什么人？"

谢清呈没打算和她多废话，单刀直入："十九年前，我父母死于一场车祸。一辆无人驾驶的车撞过去，撞击后车头发生自燃，销毁了有效证据，手法和刚才你们的人杀害张勇一模一样。"

卢玉珠道："所以你父母是该被扫清的背叛者，还是两条警犬？"

谢清呈："他们是警察。"

"那死得很好，一点也不冤枉。追封烈士了吧？"卢玉珠嘲讽地扭出一张笑脸。

"没有。"

卢玉珠的笑僵了一下。

"他们不是死于任务中，没有任何直接证据可以证明是被仇杀的。尽管他们身边的所有同事都明白这件事不是巧合，也不是一起普通的车祸，但只要无法自证，那就是一次意外。"

卢玉珠的眼神微黯，似乎想到了自己曾经的经历。

"我看过你的资料，知道你遭遇过的事情。"谢清呈顿了一下，"我知道那么多年得不到一个公正的回应是什么滋味。卢玉珠，不是所有警察都罪大恶极。"

"……"

"我十三岁的时候父母就牺牲了，在我印象里他们没有做过任何愧于良心的事情。事实上他们就是因为不断地给像你这样的人追讨真相，洗刷冤屈，而被残忍杀害的。"

"卢玉珠，"谢清呈说，"我知道你恨当时构陷你的记者、经办者——所有相关人员，你背井离乡，受尽苦难，三年前的翻案对你而言已经太迟了，过去的一切都无法改变。

"可你知不知道，为了给你、给那些背负了莫须有罪名的人沉冤昭雪，又有多少你看不见、你不知名的记者、警察、检察官，竭尽全力，甚至最后连命也送了？他们为什么要为已经尘埃落定的事情，为了那些……或许翻案了当事人也再不能原谅的事情，去付出他们的鲜血、青春甚至是生命？

"因为迟来的真相虽然无法改变过去……"

谢清呈的声音都在微微地颤抖了，他好像不仅仅是在和卢玉珠对话，也在和那个困顿了近二十年的自己撕扯——

"但是至少,可以让未来回到正确的轨道上。

"它可以让受尽冤屈的活人,重新抬头;可以让无名而死的烈士,九泉含笑。可以卸下受害者肩上的沉重枷锁,可以让在法网外的人知道什么叫天理昭彰。"

"它不能弥合过去的伤口,卢玉珠。"谢清呈说着,声音很冷静,情绪也压抑着,可是红了的眼眶暴露了他其实已经很崩溃支离的内心,"但是它不是没有意义的。真相从来都不是没有意义的。

"你在检察官找到你、所有人向你鞠躬致歉的那一刻,你有没有一种堵了十几年的气,终于在心口烟消云散的痛快?尽管那种痛快伴随着无边的痛苦,但是那一刻你终于能喘息了。"

"……"卢玉珠眸光微动。

"你等到了,卢玉珠。我也等了快二十年,我还没有等到。"

卢玉珠:"……"

谢清呈:"在你看不到的地方,有很多为你的冤屈而流血牺牲的人。你甚至连他们的名字都不知道。但他们一直在追讨公正弥补错误,为了不是他们犯下的错误,去讨一个公道;为了活着的和死去的人,去讨一个公道……你觉得这是没有意义的吗?

"十多年了,哪怕你的丈夫背叛了你,你的孩子也不再认识你,哪怕连你自己都不记得曾经的自己是什么样子了,但那些和你素昧平生的人还没有肯放下你的卷案,你以为他们做这些,就真的只是为了和你说一句对不起?……至少我父母不是的。他们说当警察,是为了赚钱,为了养家糊口,是把它看作一份职业。可他们说是这样说的,最后为了这份职业去死,没有什么钱,没有把他们的孩子养大。他们走的时候我才十三岁。

"卢玉珠,你也是一个母亲,你能想象我母亲死亡的那一刻,她在想什么吗?"

卢玉珠之前只是沉默,但在听到这句话时,身子狠狠地一颤,似乎天上有了一双流泪的眼睛,和她一样,是一个被迫离开了自己孩子的女人,在默默地望着她。

"她半边身子都被压碎了。我亲眼看见的。

"被你们的人。"

"……"

"她做错了什么呢,卢玉珠?她一辈子都没讲过什么很了不起的话,只郑重其事说过一句,我到现在都还记得。她说每个普通人都在困顿时渴望一个真相,人在这个世界上,要有点光明的东西去相信,才能有奔头活下去。

"她希望她肩上的警徽是光明的,是可以被每一个无助求援的人信任的东西。但你的同伴,你的组织,你们的人,杀害了她。"

"她的肩章都被碾成了碎片。"

卢玉珠的指尖在微微发颤。

谢清呈说:"你该恨的不是警察,你该恨的是那些陷害你毁谤你的罪犯……回来吧,卢玉珠。有些事情不该是这样的。"

卢玉珠看上去就像一个游魂一样,十多年的错综人生在她身体里撕扯打转。最后她抬起头来,对谢清呈开了口,嗓音竟有了一些沙哑:"我很遗憾……"

"……"

"我很遗憾……"她喃喃。

但是——

但是,她又说:"你知道吗……这句话,是替我翻案的检察官找到我时,重复最多的一句话。"

卢玉珠轻轻地说:"我当时觉得,我很遗憾的言下之意,是什么?是你过得凄惨,但与我无关。"

她望着谢清呈的眼神非常复杂。

停了几秒钟后,她接着往下说:"但现在我和你说,我很遗憾。我感觉到了,我在想,也许……也许他当时并没有与我无关的意思。他确确实实,是真的替我感到扼腕。只是——"

话锋转了。

卢玉珠在苍冷的地下室灯光下,慢慢地说:"有的事已经回不去了。

"或许我们的人是迫不得已,牵连无辜。再或许,确实是有罪有错的,可在我最绝望、最无法坚持的时候,是我们的人救了我,给了我一块容身之处。"

"……"

"没有他们,我可能已经在这漫长的追溯和等待中自杀了,太痛苦了,我根本等不到翻案的那一天。"

卢玉珠对谢清呈缓声道:"我无法说你是错的,我也知道我是错的。但是我这个人,已经彻彻底底地属于黑暗。光明是我所陌生的。

"不管错与对,我这条命是他给的。我死也不会背叛他。"

谢清呈:"你觉得他救你不是在利用你吗?为了这一天,为了有人豁出性命也要为他们守口如瓶!死亡倒计时有五分钟,还可以远程操控,他们为什么不带走你,要让你在爆炸中与他们要销毁的东西同归于尽?"

卢玉珠笑了一下："你看轻了他。"

"……"

"他说过要带我走，没有打算丢下我。是我自己要留下来的，因为事情闹大了，警告给足了，他总要留几个境内的人给警方结案收底。"卢玉珠说，"如果我想活着，我大可以在按下按键之后逃离，他甚至都留给了我反悔的时间。"

"但我不想。"她说。

"我不想落到警察手里，我不想再回那个关了我太多年的地方。我不愿意再接受任何的拷问，不想再做任何的配合。死对我而言一点都不可怕。

"活着，才令人感到漫长和绝望。"

卢玉珠说着，缓缓往地下室深处退，退到灯光外，退到黑暗里。

她不想走上前。

她也不能再走上前。

她背过手去，后腰处有一把手枪。

她没有动过枪，那是组织最后给她的东西，原本只是为了以防万一，她不确定是否真的能够瞄准，但总要试一试……

她的目光落在了那个始终一言不发，飞快点着手机屏幕的黑衣青年身上。

是的。

她再也记不清自己曾经的模样了。

她心脏抽紧，无声无息地咬着牙，颤抖地把枪扣打开……

忽然——

嘀的一声信息鸣响。

正在打程序战的贺予一顿。

他设置了信息屏蔽，但这条信息是对方技术员穿破壁垒发来的。两人的交锋间，对方却给他发了一条匿名的消息。

是一个视频。

匿名消息："Edward，我查到了你和他的身份。你先看看这个，再考虑要不要替他做到这地步。"

08 | 你告诉我真相是什么

什么视频？

看上去似乎和谢清呈有关。

贺予冷静地瞥了眼急速上移的代码，对方要赶上他的速度还需要一段时间，只是很短的时间而已，这种视频谁知道是不是为了干扰他的注意发送的？

他把信息窗关了，没有再理会，没有分心。

但紧接着，第二条消息又阴魂不散地跳了出来。

"Edward，我知道你是个罕见的精神病人，你在攻破我们防火墙的同时，我们也调查了你的密档。"

贺予的手一顿。

他的病症虽是被保密的，但就诊资料在私人病院和私人医生那边都有留档，对方黑客技术很高，根据一些线索，在短时间内锁定他的真实身份并调取重要资料，不是没有可能。

紧接着对方发来了第三条。

"那个谢清呈是在欺骗你，利用你，你不好奇他为什么突然不当医生了吗？"

"……"

第四条。

"不要为他卖命了，看一看这个视频吧。"

视频框再一次出现了，蛇蝎一样对他穷追猛打。

贺予意志力没那么薄弱，他依旧没有点开。

但那毒蛇的齿确实啃咬到了他的血肉，他出现了一瞬间的迟疑。

对方要在短时间内摧毁他的注意力屏障，切入的点必然十分刁钻。

不得不说，对方黑客弹框出来的内容，确实就是他一直以来最耿耿于怀的事情。

谢清呈为什么一定要走呢？

一意孤行，执意离开，甚至连他那么放下面子，那么狼狈地开口挽留，谢清呈也只是说：我受雇于你的父亲。

我是你聘请不起的。

贺予很难忘记掉那时的心情。

他的生命中只有两个紧密关联着的人，一个是谢清呈，一个是谢雪，而就在那一天，那一晚，都化作了仿佛从来不曾存在过的幻影。

他那么尽力地活着，活得像个正常人一样，从不肯向心魔屈服，努力了整整七年。

那一刻他的内心其实很崩溃。

但说到底，他最后也没有真的怨恨过谢清呈，贺予习惯了孤独，也习惯了去理解各种各样的人，他后来想，他是能明白谢清呈的选择的。

毕竟，只是一段简单的医患关系。

只是一份拿钱的工作。

他们既非亲也非友，谢清呈完全有理由随时离去，谢清呈临走前也没有骗他诓他，把道理说得很明白。

他没什么好怨恨的。

他确实无法释怀谢清呈的突然别离，但是——

后来他想，至少这个人曾经来过，带给他一个明确的信条，让他有勇气好好地活下去。至少这个人，曾经告诉他，精神病患者需要与社会重建桥梁，不该被孤立，他不是社会里的异端。

贺予想，就冲这一点，他也应该谅解谢清呈。

谢清呈总能说服人心，得到别人的谅解。

就像刚才谢清呈和卢玉珠之间的对话，贺予也模糊听进去了一些，谢清呈的口才一直都很不错，这么多年过去了，依然很能以理服人，打动人心。

想着这些，贺予瞥过卢玉珠的神情，他清楚地看见，卢玉珠的内心是有动摇的。尽管她在泥泞中扎根太深了，这短短的对话，到底无力与她十余年的痛苦做抗衡，但她确确实实是动摇过的。

谢清呈说服卢玉珠是为了得知父母死亡的真相，那他对自己呢？

是否又全是真诚的，没有隐瞒的？

贺予没有点视频，但他的眼神到底有些游移了，落在了和卢玉珠对峙的谢清呈身上。

而就只是这一片刻的恍神，对方的代码指令竟直追了上来，在贺予回神的一瞬间，已经冲破了防御边界。

"嘀——嘀——嘀——"

引爆倒计时恢复正常，并且以更快的速度开始走动，对方的技术员将五分钟数读的每秒间隔时间重新压缩到最小阈值，爆炸再也不是五分钟倒计时，而变成了短短一分十几秒！

贺予蓦地回神，暗骂一声，现在果然不是想这些东西的时候。

他迅速重新集中注意力，输入指令硬生生隔去了视频干扰，细汗从他光洁的额头渗出来，一双杏目紧盯屏幕，手指翻飞如虚影，快得让人根本看不清动作。

而另一边，卢玉珠确定了，就是他。

这个看上去年纪轻轻的小伙子，就是在用手机干扰着组织的远程操控，那个谢清呈不是最重要的，重要的是这个年轻人。

她不动声色地、慢慢地踱过去，眼珠锁定在谢清呈身上，好像在与谢清呈周旋，但余光其实关注的是贺予。

缓缓地，越来越近了，她解开手枪的保险栓，那里面有十一发子弹。

贺予飞快地输入一串指令，按下确认键。

红光跳出。

已拦截！！

疯狂的倒计时再次被勒住了。

贺予松了口气，抬起头来，刚想向谢清呈比一个没问题的手势，眼皮就忽然一跳，人类的第六感让他觉得脖颈发刺，他猛地扭过头去——

也就是在同时，卢玉珠从腰后拔出手枪，朝着贺予狠狠按下了扳机。

"砰！！"

子弹出膛，卢玉珠被手枪的后坐力震得手臂酸麻，踉跄着往后退了两步，她这一枪打得太歪了，打到了资料档案柜上，整个柜面被冲击得凹陷下去，弹片爆开了玻璃橱窗，蛛网似的龟裂而后炸开。

"贺予！"

谢清呈顿时惨白了脸，猛扑上前。

卢玉珠被谢清呈直接扑在地上压制住了，但是手上的枪始终不松，她挣扎着，冲着与她短兵相接的谢清呈嘶吼着，谢清呈的胸膛离她的枪口是那么近，随时都有擦枪走火的危险，但他不松手。

"你让开！"她头发蓬乱，目眦尽裂地朝他叫道。黑洞洞的枪口就对着谢清呈的胸口，但不知道为什么没有对他开枪，"否则我也要了你的命！"

"你可以要了我的命，卢玉珠，但你不能对他，对一个孩子下手。"

谢清呈死死压制着她，低声咬牙切齿。

这一句话说得很轻，是在混乱中低沉地说给卢玉珠听的，可惜夹在卢玉珠疯狂的叫喊中，贺予终究是没有听见。

卢玉珠发出了不似人类的愤怒咆哮。

内心的禁忌被打开了，第一声枪响毙去了她心里最后一丝犹豫和柔软，属于卢玉珠的理智和温度流失得越来越快。

天上那个母亲流泪的眼睛，她慢慢地就看不到了，她自己本就是个被孩子抛弃的女人。

她是被抛弃的……

眼前闪过种种往事。

"卢玉珠就是厉害，咱们县的第一个女研究生！重点大学毕业的，回乡来做贡献！了不得！要给县里多办些好事啊！"

"谢谢你帮我们村修了路，建了希望小学，之前拖了那么多年，他们就是东拉西扯地不肯干。"

"谢谢你，要是没有你，俺妈肯定要逼着俺嫁人了，俺，俺想读书……谢谢你帮着俺，让俺有书念了……谢谢，真的谢谢……"

"你为啥不收咱们的谢礼呢……那么多人走马上任，谁也没有像你一样，真正地把咱们乡民的生活放在眼里，替咱们做了那么多事……"

"谢谢你。"

"谢谢……"

忽然，如晴天霹雳，云端坠入深渊。

"卢玉珠，有人举报！有人举报你贪污受贿，请和我们去派出所走一趟。"

"玉珠……"

"妈……妈……妈……妈……"

大深渊的尽头，仿佛一直有一个牙牙学语的孩子，在含含糊糊地喊不清，那孩子伸着手眼泪汪汪地望着她。

不停地喊她："妈……妈……"

几年后她回来了，那个伸着手的女孩怯生生地站在另一个年轻女人后面，不敢靠近她。

"你……你是谁……？"

你是谁？

卢玉珠想，她是谁呢？

肮脏的酒店洗碗间，污浊的桌布和碗碟中央——

"卢玉珠，利索点，你不是农村出来的吗？这点活都干得这么慢。"

"她可是个研究生呢。"

"咦？研究生来刷碗？"

"读的好像还是很时髦的专业，计算机信息安全……真奇怪，那她是为什么？"

"卢玉珠，你以前坐过牢！这样的事情在应聘时是不能瞒报的，你走吧，这个月的工资给你结清，明天你就不用再来上班了。"

按摩间内，男人们的狎昵面目之间——

"小美人还挺不好意思。"

"摆什么谱？给你钱还那么多废话！看得上你是给你面子！你还敢咬我——！！"

啪的一巴掌！

一巴掌，又一巴掌。

有声的，无声的，有形的，无形的，从黑暗中，从四面八方，捆向她的脸颊。

她跪在地上号啕大哭，手指死死抓抠着地面，满手满掌的血，好像想从其中挖出一点点光明和真相，然后捧给那些人去看。

她是错了。

她做错过，她是收了钱……可那只是一头猪的钱，她都不知情……

为什么要沦落到家破人亡，孑然孤寂，无处容身！！

为什么……

百口莫辩，天网昏沉。

她期盼着有谁可以去让她信任，能够给她带来希望，可是她等了很久，等到心都枯死了，等来的是一次失望接一次失望。

"我姓段。你叫卢玉珠是吧？是个研究生。"

突然有了一星火光。

是一个男客人打火机引亮的光。

他看她觉得有趣，就在那一星一点的光亮里，慢悠悠地吐出点烟霭来。

"读了那么多书，"他把打火机往茶几上一丢，看着她，"为什么来做这个？"

"……"

或许是男人的目光太平和了，里面没有掺杂着任何瞧不起人的意思，甚至是专注的，认真的，怀有真正的兴趣，想要了解她。

卢玉珠岌岌可危的心城，忽然就在那一刻遭到了沉重的撞击。

她忍了几秒，抑或十几秒，但她终于还是没有忍住，她一下子跪了下来，就在那客人面前掩住面庞，失声痛哭……

自己昨日的哭声，昨日的绝望，仿佛就在眼前，卢玉珠朝谢清呈怒吼道："你别想阻止我保护他！！"

人的潜力是很可怕的，她不知哪里来的一股力气，竟然猛地把自己被压制的手抬起来，指向了旁边的贺予。

贺予并没有逃走，相反地，贺予意识到谢清呈的危险，就上来要帮着同伴。

换作从前，卢玉珠应该是欣赏这样的少年的。

可是——

她竭力地把手腕抬起，扭曲，转向……尽力对着贺予，紧攥着枪，扣住扳机——

"砰！"

穿耳震心！

一击未中，卢玉珠杀红了眼，面目神情破碎支离，额角的青筋暴突着，牙齿龇着，像是人，又像是被人豢养的兽，她被谢清呈扑在地上，手却不肯松，发了疯似的全往贺予身上扫——

"砰砰砰砰砰！"

谢清呈根本没有顾忌自己的危险，在这么近的枪击之下仍然不肯松手，但卢玉珠爆发出了仿佛人类垂死挣扎时才有的力量，他在那么短的时间内，那么混乱的情况下也无法立刻夺她的枪。

卢玉珠没有把一颗子弹浪费在谢清呈身上，只一连串地朝阻止她引爆档案馆的贺予扫射着。

"砰砰砰！"

冷不防一声闷响。

谢清呈睁大眼睛，蓦地回头，瞳孔骤缩——

"贺予！"

青年还是受伤了，因为他不肯离开，因为他直到这一刻还是没有丢下谢清呈逃走，他被击中了。

贺予捂着肩膀，侧身重重靠在墙上，血迹从他伤处涌出来时，最初并不明显，因为他穿的是一身黑衣服，红与黑交织，昏暗的灯光下热血也不鲜明。

但是……

他抬手去捂住枪伤，冷白的五指一盖在伤口上，就被大股大股的鲜血所浸透，红渗在苍白的指上，顿时触目惊心。

谢清呈的视野都像是被染红了。

卢玉珠见自己打中，粗重地喘息着，她维持着被谢清呈按在地上的姿势，看着贺予喷涌的鲜血，忽然仰头大笑起来，那笑声凄厉可怖，刺穿耳膜，笑着笑着，眼泪就顺着她的面颊流下来，流到蓬乱的头发里。

"哈哈哈哈……哈哈哈哈哈……"

手松了，枪跌落在了地上。

谢清呈见状起身，立刻向贺予奔去，贺予那只受伤的手还想再拿起手机，想把没有写完的指令写完，但是他试了两次，手抖得厉害，手机啪的一声砸在了地面，屏幕上已全是鲜血。

"贺予，你……"

"我没事。我们必须走了，谢清呈。"

贺予眼神狠冷，盯着卢玉珠的面庞看，他脸色惨白，冒着汗珠，话却是对着谢清呈说的。

"你从她嘴里，套不出任何东西。这个人陷得太深了。"

"我知道你错过这次活口会很遗憾，但是不走就来不及了。"

像是验证了他说的话，贺予再也无法输入程序后，对方的技术员迅速突破了防火墙，再一次将引爆器的控制权掌握在了他们的手里。

贺予皱了皱眉。

他并不是那么怕受伤的人，血对他而言更是稀松平常的东西，但可怕的是他受伤的那只手无法再抓握任何东西了。

一切都已经失控。

"快走。"

276、275、274……

倒计时是飞快的，被压缩过的，谢清呈架起贺予，侧过头，用那双血红的桃花眸，最后望了一眼那个瘫倒在一地引爆线网内的女人。

卢玉珠犹如被蛛网粘住的飞蛾，时不时笑得颤抖一下，眼泪却又落了满面。她抬起胳膊，捂住眼，上半张面容在流泪，下半张面庞却在疯狂地大笑着。

谢清呈重重闭了闭眼睛，扭头的一瞬间像是慢动作——

像是把视线，从十九年前父母冰冷的尸身上移开。

但是——

卢玉珠那把手枪里，居然还有最后一发子弹！！

她哭着，笑着，癫狂着，听到他们要走了，本能地拾起那支被她刚刚松开的枪，向他们瞄去……

"趴下！"

谢清呈一心注意着贺予的伤口，又是完全背对着卢玉珠的，这次是贺予发现得更快。

砰的一声。

贺予也不知道自己怎么想的，或许根本没有想，只是一种恶龙保护财物的本能，他猛地把谢清呈压下去！那一发最后的子弹，竟又一次击中了他原本就受伤的那个位置——

只是稍微偏上了一点。

这次贺予的身子直接痛得一颤，在谢清呈怀里软了一下，血就当着谢清呈的面溅了出来。

谢清呈头都麻了，他一个医生，这一刻竟然这么无法面对淋漓的热血……

"你为什么……"

贺予不吭声，黑眼睛怔忡地看着自己的伤口，似乎也在想，自己为什么要这样去做。

是啊……

为什么啊……

倒计时还在疯狂地继续着，谢清呈不能再耽搁，他一把架起贺予，携着受伤的男孩，从楼道口奔了出去……

贺予的血很热，顺着他的肩背在往下淌，谢清呈一路往前跑，没有再管往事如何，没有再管他就这样错失了最后一个活口。

他抱着贺予跑出去，死死抱着他，他和贺予说："没事了，我带你走。"

"别在意……我不怕这些，谢清呈。"贺予的声音轻轻地在他身边响起，在脚步纷乱的博文楼走道，然后到大厅。

贺予还是很冷静。

"我不怕死，不怕血，也不在乎痛，你记得吗？"

"……"

"可能就是太不怕死了，刚刚我才会那么去做。"

贺予的唇色都开始淡下去了。他说："没事的。"

但是谢清呈感觉到在乎了，感觉到痛了。

谢清呈紧紧抱着他，贺予因为一瞬间失血太多，脸色都白得有些可怕。

那么小的一个孩子，才十九岁。

正常孩子还在问父母讨要零花钱，高高兴兴地打着游戏，心无旁骛地读着书籍，无忧无虑地感受着蓬勃的生命在体内抽芽，期待着无限的光明。

贺予呢？

他明明知道自己眼前只有黑暗，在他的前面，只有三个早已经逝去的"精神埃博拉"病人在向他狞笑，告诉他这一辈子都将没有天明，只有长夜，没有出口，只有死路。

可他还是咬着牙，想要挣扎着爬向那个或许拥有希望的未来。

童年，纯真，欢笑，无忧。

这些词，都和贺予没有半点关系。

他才十九岁……不管多厉害，多无所不能，说到底他就是一个孩子。

谢清呈在这一刻终于从父仇母恨带来的混沌中清醒了，他终于知道自己之前的不妥感究竟是因为什么——

他不该把贺予卷进来的。

凭什么呢？

贺予是他的什么人？

这个孩子已经够努力了，自己其实只给了他一点点最基本的，作为一个私人医生该有的关心，怎么值得这个孩子搭上性命危险陪自己往火坑里跳？

谢清呈捂着贺予伤处的手都在微微发抖。

他以前从来没有为贺予感觉到有多痛过，更多的是一种责任，一种照看，一种怜悯，可这一刻，青年的热血像是要顺着他的皮肤，他的背脊，扎进他的心里，刻入他的骨髓深处。

是的……

他们只是有一段医患关系，只是最清楚的雇佣关系，如果说自己还因为人情纠葛以及"精神埃博拉"的特殊性，应该对贺予抱以稍显独特的关注，那么贺予不一样。

贺予是不欠他任何东西的。贺予看待他，其实并不该有任何面对医生之外的感情。

然而贺予还是跟来了。

只因为谢清呈说，他想知道父母死亡的真相。

他很想找到凶手。

可那对贺予而言，根本是毫不相关的事情啊……

谢清呈带着贺予跑出去，他死死捂住贺予肩头的伤，声音沙哑地说："我马上带你去医院，你不要再多说话了。"

贺予很安静。

安静了一会儿，这个青年只轻轻笑了一下，说道："我真的没事，但是——"

"但是，我就想问你一件事。谢医生……"

他的呼吸就在谢清呈耳边。

很热，却又好像带着些冷。

"我很想知道，你当年，为什么忽然不再愿意当医生？真的只是合约到期那么简单吗？"

"……"

"为什么我怎么留你，你都不要我？"

"……"

"七年了，谢清呈，我爸都说雇佣关系之外还有人情。我今天……我今天真的很想问问你。"血还在流，贺予不看一眼，他黑色的眼睛在漫长到恐怖的夜里，只一眨不眨地望着谢清呈。那眼神，就和那一年无助到突然很幼稚，幼稚到想用零花钱挽留他的那个孩子一模一样。那个孩子哪怕再耐痛，感知再麻木，受了两次枪伤，仍是会疼的。

贺予的声音很轻，许是跑得急了，听来有些沙哑："谢清呈……你那时候对我，就真的一点多余的人情也没有吗？"

图书在版编目（ＣＩＰ）数据

病案本．1 / 肉包不吃肉著．－－ 广州：广东旅游出版社，2025．7（2025．8重印）．－－ ISBN 978-7-5570-3584-6

Ⅰ．I247.5

中国国家版本馆 CIP 数据核字第 2025AM3114 号

病案本．1

BING AN BEN．1

出 版 人：刘志松
责任编辑：梅哲坤
责任技编：冼志良
责任校对：李瑞苑

广东旅游出版社出版发行
地址：广州市荔湾区沙面北街 71 号首、二层
邮编：510130
电话：020-87347732（总编室） 020-87348887（销售热线）
投稿邮箱：2026542779@qq.com
印刷：河北鹏润印刷有限公司
（地址：河北省肃宁县工业聚集区）
开本：700 毫米 ×980 毫米 1/16
字数：325 千
印张：18.125
版次：2025 年 7 月第 1 版
印次：2025 年 8 月第 2 次印刷
定价：108.00 元（全 2 册）

【版权所有 侵权必究】

如发现图书质量问题，可联系调换。质量投诉电话：010-82069336